ullstein

Zum Buch

Als erfahrene Mordermittlerin hat Jagoda »Milo« Milosevic viele Dinge gesehen, die niemand sehen will. Doch diesmal geht das Grauen tiefer und selbst ihr als Profi unter die Haut. Die Opfer: Männer, die in der Vergangenheit Täter waren und sich brutal an Frauen vergangen haben. Ein gefundenes Fressen für die Boulevardpresse, die schnelle Ergebnisse fordert. Doch noch während Milo versucht, die Fäden zu entwirren, steht sie selbst plötzlich im Fokus der Gewalt ...

LEA ADAM

STIGMA

Thriller

Ullstein

Besuchen Sie uns im Internet:
www.ullstein.de

Originalausgabe im Ullstein Taschenbuch
1. Auflage Februar 2023

Umschlaggestaltung: zero-media.net, München
Titelabbildung: © FinePic®, München
Gesetzt aus der Albertina powered by *pepyrus*
Druck und Bindearbeiten: ScandBook, Litauen
ISBN 978-3-548-06722-3

Dieser Roman enthält explizite Darstellung von
körperlicher, seelischer sowie sexualisierter Gewalt
und kann retraumatisierend wirken.
Bitte achten Sie auf sich.

Prolog

Mai 1998

Hartnäckig kämpfte Gwendolyns Bewusstsein gegen die Finsternis. Der Alkohol machte sie müde und ließ ihre Augen immer wieder zufallen.

Irgendetwas war nicht in Ordnung. Sie war in der Vergangenheit schon betrunken gewesen, doch dieses Mal fühlte es sich anders an. Etwas in ihr wehrte sich gegen die Ohnmacht.

Da war plötzlich so viel Schmerz, wo vorher keiner gewesen war. Schemenhaft erkannte sie die Umrisse der Grillhütte. Wie lange war sie bereits hier? Wie lange ging diese Party schon? Wo waren ihre Freundinnen? Gedankenfetzen, die kamen, um sofort wieder hinter dieser roten Wand aus Feuer zu verschwinden, die ihren Körper umhüllte.

Irgendetwas drückte schwer auf ihre Brust. Bewegte sich auf ihr, in ihr. Sie versuchte, sich aufzurichten, das Gewicht von ihrem Körper zu schieben. Das Stechen zwischen ihren Beinen wurde schlimmer. Als würde ein Messer in sie stoßen, immer und immer wieder. Gwendolyn keuchte, ein leises Wimmern kam über ihre Lippen. Sie wollte weg von hier, doch sie konnte Arme und Beine nicht bewegen, auch ihren Oberkörper nicht. Sie spürte einen warmen Luftzug im Gesicht, roch den scharfen Alkohol aus einem fremden Mund, der ihr ganz nah war.

Dann war es plötzlich wieder dunkel. Die Schwärze legte sich wie ein schützender Mantel um ihren Geist.

Als sie das nächste Mal erwachte, war alles anders. Sie fror, obwohl es schon fast Sommer war, ihre Beine waren nackt und gespreizt. Wie lange war sie bewusstlos gewesen? Minuten, eine halbe Stunde, eine Stunde? Sie wusste es nicht. Zeit war relativ, besaß keine Bedeutung mehr. Sie hatte jedes Gefühl für den Raum um sich herum verloren. Doch dieses Mal gab es kein Zurück mehr in die Ohnmacht.

Gwendolyn schlug die Augen auf, spürte den Schmerz, der immer noch zwischen ihren Beinen loderte. Dann erkannte sie den Jungen über ihr. Es war dieser Typ, der sie schon ein paar Mal so lange aus seinen blauen Augen angestarrt hatte. Ein Grünschnabel, fast noch ein Kind.

Jetzt fickte er sie, drückte ihre Knie auseinander, schob sich so tief in sie, dass sie spürte, wie er in ihrem Inneren gegen sie stieß.

Sie wollte sich wehren, die Arme nach vorn reißen und ihn von sich schubsen, doch etwas schlang sich um ihre beiden Handgelenke und hielt sie fest.

»Los! Sei nicht so ein Schlappschwanz. Nimm sie richtig ran. Die Schlampe braucht das«, hörte sie eine Stimme im Hintergrund sagen.

Der Junge über ihr keuchte, stöhnte, wurde schneller.

In dem Moment, als sie seinen warmen Samen in sich spürte, zerriss etwas in ihr, wie ein Gummiband, das zu weit gedehnt worden war. Nein, dachte sie. Nicht ich. Das passiert mir nicht.

Sie wälzte sich zur Seite, hatte Glück, überraschte ihren Peiniger im Moment seines Orgasmus. Er rutschte von ihr. Dann holte sie mit dem Bein aus und trat ihm mit voller Wucht ins Gesicht. Er fiel zur Seite wie ein Baum, prallte auf den Boden auf, ohne sich abzustützen, und stand nicht wieder auf.

»Scheiße, sie ist wach«, hörte sie wieder die Stimme.

Die Faust kam aus dem Nichts, traf sie ins Gesicht und brachte die Dunkelheit zurück.

Als sie erneut zu sich kam, hatte jemand eine Jacke um sie gelegt. Ihr Unterleib brannte wie Feuer, und sie spürte, dass ihr linkes Auge zugeschwollen war. Auf der Zunge schmeckte sie Blut.

»Alles wird gut«, sagte jemand.

Sie öffnete die tränenverklebten Augen. Der Junge, der sie gefickt hatte, lag wie tot neben ihr. Gwendolyn hob den Kopf. Einer der Typen, mit denen sie am Abend getrunken hatte, stand ihr gegenüber. Seine Miene wirkte besorgt.

Die Stimme neben ihr sagte: »Wir haben die Polizei gerufen.«

Etwas kam ihr komisch vor. Sie versuchte, den Nebel in ihrem Gehirn zu vertreiben, sich zu erinnern. Diese Stimme. Gwendolyn verstand nicht. Ergab das irgendeinen Sinn?

»Was ist passiert?«, stammelte sie leise und klammerte sich an die winzige Hoffnung, das alles wäre nur ein böser Traum, aus dem sie jeden Moment erwachen würde. Diesmal richtig.

»Er hat …« Der Typ neben ihr seufzte schwer. »Er hat dich vergewaltigt. Wir sind zu spät gekommen, um dich vor ihm zu beschützen.«

Er sah seinem Begleiter ins Gesicht, diesem Kerl, den Gwendolyn vor der Party noch nie gesehen hatte. Der Fremde zog den Mundwinkel nach oben. Ein Lächeln? Es war nur kurz zu sehen, und fast meinte sie, es sich eingebildet zu haben.

Doch es war dieses Lächeln, das sie über die kommenden Jahre verfolgen würde. Dieses Lächeln, das schlimmer war als die Erinnerungen. Schlimmer als das Gerede im Dorf, und sogar schlimmer als die bangen Wochen, in denen sie auf ihre Regel wartete. Es war dieses Lächeln zwischen den beiden Jungen, die von allen für ihre Hilfsbereitschaft gefeiert wurden, das ihr bis heute nachts den

Schlaf raubte. Das ihr unmissverständlich sagte: Da ist mehr gewesen, als du weißt.

Viel mehr.

I

30. Oktober 2022, 5:00 Uhr

Das leise Klicken eines Feuerzeugs ließ Milo herumwirbeln. »Vince«, zischte sie genervt. »Das ist ein Tatort!«

Ihr Kollege verdrehte die Augen. »Der Tatort, liebe Hauptkommissarin Milosevic, ist im Moment erst mal nur ein Leichenfundort, außerdem befindet er sich fünfzig Meter entfernt von hier.« Er zog den Rauch tief in seine Lunge, deutete auf das Gebüsch in einiger Entfernung und atmete achselzuckend kurz darauf wieder aus. Als ihn Milo weiter erbost musterte, warf er die Zigarette auf den Boden und trat sie mit der Schuhsohle und einer gehörigen Portion Theatralik aus. »Besser?«

Sie fluchte, holte einen durchsichtigen Beutel aus der Jackentasche, schob ihren Partner beiseite und hob die zerdrückte Zigarette auf. Mit spitzen Fingern schob sie den Stummel in die Tüte und drückte sie Vince in die Hand. »Wegwerfen. Und zwar pronto.«

Er schlug die Hacken zusammen und salutierte. »Jawohl, *Gospođa* Milosevic.«

Milo schob die Brauen noch weiter zusammen. Sie hasste es, wenn Vince Witze dieser Art machte. Oder ihren Nachnamen sonst wie erwähnte. Milosevic war ein gängiger serbischer Familienname – Hunderttausende in der Heimat ihrer Eltern hießen so. Leider aber auch ein gewisser Slobodan, der für den größten Genozid in Europa seit Ende des Zweiten Weltkriegs verantwortlich war. Und trotzdem war das immer noch besser, als wenn Vince sie bei ihrem eigentlichen Vornamen rief, was außer ihren Eltern niemand tat. Jagoda – blöder konnte man es beim eigenen Namen eigentlich nicht treffen. Immerhin beachtete ihr Kollege nun ihren Dienstgrad ausnahmsweise und tat, worum sie ihn gebeten hatte. Dass er es sonst mit Vorschriften nicht so eng nahm, war kein Geheimnis in der Mordkommission. Bislang hatte sich Vincent Frey, Gott sei Dank, nichts Ernstes zuschulden kommen lassen. Trotzdem nervte es Milo, dass ihr Partner selbst die einfachsten Hygieneregeln der Ermittlung so auslegte, wie es ihm in den Kram passte. Und noch mehr nervte sie, dass er mit seinem Charme und einem Lächeln jedes Mal davonkam. Sie selbst hatte diesen Beruf gerade wegen der Korrektheit und der Ordnung gewählt.

Betont lässig schlenderte Vince nun zu einem der öffentlichen roten Mülleimer, auf dem eine weiße Sprechblase mit den Worten »Bin für jeden Dreck zu haben« prangte, und ließ die Tüte hineinfallen. Dann klopfte er sich den unsichtbaren Staub von den Händen und sagte: »Geht das jetzt endlich mal los hier?«

Milo musste sich zusammenreißen, um ihrem Partner nicht schon am frühen Morgen die Leviten zu lesen. Ohne ein weiteres Wort wandte sie sich dem Gebüsch zu, das von rot-weißem Flatterband abgesperrt war und von Scheinwerfern erhellt wurde. Wie dreibeinige Außerirdische mit riesigen Augen erhellten sie die Nacht. Menschen in weißen Ganzkörperanzügen liefen zielstrebig von links nach rechts, silberne Alukoffer, kleine Plastiktüten und große Taschenlampen in den Händen, mit denen sie die Umgebung nach Spuren absuchten.

Im selben Moment schob sich eine zierliche Gestalt durch die weiß Vermummten und winkte Milo und Vince zu sich. Dr. Susanne Süß, jüngste Rechtsmedizinerin des Landes Hamburg aller Zeiten, gab den beiden zu verstehen, dass die Spurensicherung am

Fundort fertig war und sie sich endlich die Leiche ansehen konnten.

Ohne auf Vince zu warten, stapfte Milo über den matschigen Rasen in Richtung des Gebüschs. Auf dem nassen Gras lagen bereits gelbe Blätter, die die Bäume des Stadtparks abgeworfen hatten. Ein sicheres Zeichen, dass der Sommer endgültig vorbei war, trotz der milden Temperaturen, die zwischenzeitlich noch einmal geherrscht hatten. Milo fröstelte und zog den Reißverschluss ihrer dünnen Lederjacke zu. Das garstige Wetter passte bestens zur garstigen Uhrzeit.

Dr. Süß kam ihnen strammen Schrittes entgegen. Milo wusste nicht, wie sie sich eine typische Rechtsmedizinerin vorstellte, aber die Kollegin war eine Überraschung für sie gewesen: Die Frau war maximal eins sechzig und brachte höchstens 45 Kilo auf die Waage. Tropfnass und mit Klamotten. Sie wirkte, als ob sie gerade die erste Anatomie-Prüfung bestanden hätte. Dabei war sie Anfang dreißig, Überfliegerin ihres Jahrgangs und mit einem messerscharfen Verstand gesegnet. Einen größeren Kontrast zu Professor Heiner Papst, ihrem Vorgänger, der mittlerweile in den Ruhestand entlassen war, hätte es nicht geben können. Papst war ein Riese gewesen, Dr. Süß hätte mindestens dreimal in ihm Platz gefunden. Die Tage bis zur Pensionierung hatte er mit einem Abreißkalender gezählt und am Ende nicht mehr so lichterloh für seine Obduktionen gebrannt, wie das nun bei Dr. Süß der Fall war. Die musste sich dank ihres Engelsgesichts und des jugendlichen Aussehens seit dem ersten Tag im rechtsmedizinischen Institut mit einer ihrer Assistentinnen verwechseln lassen, und hatte deshalb einen ziemlichen Ehrgeiz darin entwickelt, aller Welt zu beweisen, dass sie auf ihrem Gebiet die Beste war.

»Männlich, weiß, vermutlich zwischen 30 und 40 Jahre alt. Eins achtundachtzig groß, schätzungsweise 85 Kilo. Seit mindestens acht Stunden tot. Am Hals hat er eindeutige Strangulationsmale, sie wurden ihm durch diesen«, sie hob eine durchsichtige Tüte hoch, »schwarzen Kabelbinder zugeführt. Über dem Kopf war eine Mülltüte. Haben wir beides neben der Leiche gefunden.« Sie hielt einen anderen Beweismittelbeutel in die Höhe, in dem eine schwarze Tüte mit gelbem Zugband steckte. Eine Tüte in der Tüte, die Ironie daran entging Milo nicht. Ansonsten hatte das Ding nicht viel zu bieten, es war Supermarktstandard, Massenware. Jeder zweite Deutsche trug so ein Exemplar regelmäßig zur Tonne. Unmöglich, da eine Spur zu verfolgen, wenn der Mörder nicht zufällig seine DNS oder Fingerabdrücke hinterlassen hatte.

Vince, der Milo gefolgt war, schmatzte mit einem frischen Kaugummi im Mund: »Wer hat den Toten gefunden?«

Dr. Süß zeigte auf den Rettungswagen, der in der Nähe der Bäume auf dem Rasen parkte. In der geöffneten Heckklappe saß eng umschlungen, in eine Decke gewickelt, ein Teenager-Pärchen. »Zwei Nachtschwärmer. Julie Franz und Paul Wankewitz.«

Milo zog einen Block aus der Jackentasche und notierte die Namen. Sie konnte sich schon denken, was die beiden zu nachtschlafender Zeit im Stadtpark getrieben hatten.

»Alles klar.« Sie nickte Vince zu. »Du übernimmst die Kids. Ich schau mir den Toten an.«

Ihr Kollege wollte protestieren, überlegte es sich offenbar aber anders und marschierte kommentarlos in Richtung des Rettungswagens.

Hinter Dr. Süß lief Milo durch das Gras zum Unterholz. Sie warf einen Blick auf ihr Handy. Es war gerade einmal fünf Uhr am Morgen. Wenn der Tote vor acht Stunden noch gelebt hatte, war er seinem Mörder auf einer abendlichen Runde im Stadtpark begegnet. Ein Spaziergang vielleicht, oder der Heimweg nach ein paar Bierchen mit Freunden in einer Bar. In den frühen Morgenstunden, als Milo gerade das Haus verlassen hatte, um zum Stadtpark zu fahren, hatte es zu regnen angefangen. Für Spuren bedeutete das nichts Gutes.

Als hätte Dr. Süß Milos Gedanken erraten, sagte sie: »Die Spurensicherung hat Dutzende von Spuren gesammelt, aber es ist ein öffentlicher Park.«

»Und es hat geregnet.«

Dr. Süß zuckte mit den Schultern.

Sie hatten ihr Ziel erreicht. Als Milo näher trat, hielt sie für einen Moment die Luft an. Der Anblick war kein schöner – nicht mal für eine erfahrene Ermittlerin wie sie. Sie betrachtete das Gesicht des toten Mannes. Es war blau angelaufen, wirkte aufgedunsen, die schwarze Zunge hing aus dem Mundwinkel. Seine Haut war wächsern und fahl. Dort, wo einmal die Augen des Mannes gewesen waren, prangten zwei rotschwarze matschige Löcher im Schädel.

Sie räusperte sich, plötzlich war da ein bitterer Geschmack in ihrem Mund. »Ihm wurden die Augen ausgestochen.«

Dr. Süß nickte nachdenklich. »Vermutlich rausgeschnitten, so genau kann ich das jetzt noch nicht sagen.«

»Hat man die Augen gefunden?«

»Ja, lagen neben der Leiche.«

Milo fröstelte und zwang sich, den Blick von den schrecklichen Wunden im Gesicht zu lösen. Sie hob den Kopf und hatte mit einem Mal das Gefühl, jemand würde sie beobachten. Unsichtbare Blicke, die sie auf ihrem Körper spürte, aus Augen, die dem verstümmelten Schädel zu ihren Füßen fehlten … Sie schüttelte sich. Einbildung, mehr nicht! Dann konzentrierte sie sich wieder auf die Leiche.

Der Tote trug Trainingsklamotten, schwarze Lauf-Tights, ein dunkles Funktionsoberteil mit neonfarbenen Reflektoren und neuwertig wirkende Joggingschuhe. Um seinen Oberarm spannte sich ein schmaler Gurt. Sie deutete darauf.

»Das Telefon?«

»Steckte im Armgurt. Die Techniker werten es bereits aus«, erklärte Dr. Süß und fügte nach einem Moment der Stille hinzu: »Eine grausame Art zu sterben.«

»Warum?«

»Weil es lange gedauert hat. Mindestens fünf Minuten muss er gegen den Tod gekämpft haben.«

»Wurden die Augen post mortem entfernt?«

»Das kann ich erst nach der Obduktion sagen.«

Milo bemerkte die Gänsehaut, die sich auf ihrem Körper ausbreitete. »Ist er erstickt oder wurde er stranguliert?«

Die Rechtsmedizinerin zuckte wieder mit den Schultern. »Das weiß ich alles noch nicht. Äußerlich gibt es – neben den fehlenden Augen – nur eine andere Wunde, aber die hätte niemals zum Tod geführt. Und, bevor die Frage kommt, auch nicht das Entfernen der Augen.«

»Kampfspuren?«

»Nicht viele. Wenigstens nicht an Händen und Fingern. Was dafür spricht, dass die Augen erst nach dem Exitus entnommen wurden.«

Milo runzelte die Stirn und dachte laut nach. »Der Kerl joggt durch den Park, plötzlich zieht ihm jemand eine Tüte über den Kopf und schlingt ihm einen Kabelbinder um den Hals.« Sie wusste, wie schwer es war, das schmale Ende des Plastikstrangs in die winzige Öffnung einzuführen, um den Kabelbinder zuzuziehen. Wenn das Opfer sich währenddessen zur Wehr setzte …

»Das ist so gut wie unmöglich«, sprach sie den Gedanken laut aus.

Dr. Süß lächelte schmallippig. »Hier kommt die Wunde am

Hinterkopf ins Spiel.« Sie ging in die Hocke, packte den Toten an der Schulter und wuchtete ihn überraschend geschickt auf die Seite, sodass Milo eine zentimetergroße Platzwunde am Schädel erkennen konnte. »Er war nach dem Schlag sicherlich für ein paar Sekunden ohnmächtig, zumindest weggetreten. Danach hatte der Täter leichtes Spiel.«

»Oder die Täterin«, gab Milo zu bedenken.

Die Gerichtsmedizinerin blickte sie mit zusammengezogenen Augenbrauen an. »Sie wollen jetzt aber nicht, dass ich hier mit dem Gendern anfange, oder?«

Milo hob entschuldigend die Hände. »Ich meine ja nur. Theoretisch könnte es auch eine Frau gewesen sein.«

»Das stimmt. Theoretisch könnte ich aber auch gerade auf Mauritius Urlaub machen.« Dr. Süß ließ den Toten wieder auf den Rücken fallen und richtete sich auf. »Es brauchte schon eine gewisse Kraft, das Opfer zu überwältigen und ins Gebüsch zu ziehen. Als Schlagobjekt hätte alles herhalten können, was man hier so findet.« Sie sah sich um. »Steine, ein großer Ast … Die Kollegen halten danach Ausschau.«

»Aber auch eine einigermaßen starke Frau hätte den Schlag ausführen können«, hakte Milo nach.

Dr. Süß seufzte. »Ja. Theoretisch schon. Vermutlich war die Reihenfolge so: ein gezielter Schlag auf den Schädel mit einem zufällig gefundenen oder mitgebrachten Gegenstand. Mülltüte und Kabelbinder, Erdrosselung, anschließend die Entfernung der Augäpfel, die der Täter«, sie zögerte, »oder die Täterin neben der Leiche ablegte. Das Vorgehen setzt eine gewisse Vorbereitung voraus, denn zumindest Kabelbinder und ein Instrument, um Augäpfel aus den Höhlen zu schneiden, finden sich hier im Park nicht.«

»Und für die Erdrosselung mit dem Kabelbinder braucht man nicht viel Kraft?«

Dr. Süß schüttelte den Kopf. »Nein, das ist wesentlich leichter und geht schneller, als wenn man es mit den bloßen Händen versuchen würde, vor allem wenn das Opfer vom Schlag noch bewusstlos oder benommen ist.«

Nachdenklich betrachtete Milo die Leiche. Das sah wirklich nicht nach einem spontanen Angriff aus. War der Tote dennoch ein Zufallsopfer, oder hatte der Mörder oder die Mörderin hier auf ihn gewartet? Dass er die Augen herausgeschnitten, aber nicht mitgenommen hatte, war ungewöhnlich.

Plötzlich war da wieder dieses Gefühl, als würde sie jemand anstarren. Mit einem Ruck wirbelte sie herum, aber es war nur Vince, der seine Befragung beendet hatte und auf sie zukam.

Er verzog beim Anblick des Toten den Mund, dann riss er sich los und sagte: »Julie und Paul, sie fünfzehn, er siebzehn. Wollten es im Stadtpark treiben, weil sie es zu Hause nicht können. Sie ist vollkommen durch den Wind, er kriegt die Zähne nicht auseinander.« Vince machte ein mitfühlendes Gesicht.

Milo war sich nicht sicher, welchen der beiden traumatisierten Teenager er mehr bemitleidete, wollte es aber auch nicht wissen. »Haben sie irgendwas bemerkt? Jemanden gesehen?«, hakte sie stattdessen nach.

Vince schüttelte den Kopf. »Gar nichts. Aber die beiden werden in den nächsten Nächten garantiert kein Auge zumachen. Falls sie den Anblick überhaupt jemals vergessen. Mal davon abgesehen, dass sie einen Arsch voll Ärger von den Eltern bekommen.«

Milo schwieg. Als hätte ein Arsch voll Ärger Vince schon jemals von irgendwas abgehalten. Seine Leck-mich-Haltung würde ihm eines Tages noch das Genick brechen, wenn es nicht die Zigaretten vorher taten.

»Wissen wir, wie der Tote heißt?«, wechselte sie das Thema.

Dr. Süß nickte und zog eine in eine Plastiktüte verpackte Kreditkarte aus einer Tasche ihres Overalls. »Michael Schmidt.«

»Echt? So heißen Leute noch?«, sagte Milo verblüfft. »Ein richtiger Max Mustermann.«

Vince grinste. »Es kann nicht jeder so viel Glück bei der Namenswahl haben wie du, meine süße Erdbeere.«

Was hat mich geritten, ihm das zu verraten?, fragte sich Milo und dachte an den Abend vor einem Jahr, als sie mit Vince in der *Austerbar* versackt war. Obwohl – oder viel eher: weil – sie normalerweise wenig bis nichts trank, hatten die zwei Gin Tonic, die der Kollege ihr aufgedrängt hatte, ihre Zunge etwas zu sehr gelockert. Viel zu viel hatte sie ihm von sich erzählt. Von ihrer schwierigen Jugend in Billstedt. Der komplizierten Einwanderungsgeschichte ihrer Familie. Und von ihrem serbischen Vornamen Jagoda, der auf Deutsch Erdbeere hieß.

Energisch verdrängte sie den Gedanken. »Was wissen wir über Michael Schmidt?«

»Ich hab eben mit den Technikern gesprochen, die sagen nach einer ersten Auswertung seines Telefons, dass er laut Navigations-App in Winterhude wohnt.« Er zuckte mit den Schultern und warf ihr einen Blick von der Seite zu. »Zumindest hat er da eine Adresse mit ›Zuhause‹ markiert.«

»Ruf mal im Büro an. Nadja soll alle Michael Schmidts in Winterhude raussuchen. Vielleicht hat er eine Akte.«

»Nadine. Sie heißt Nadine«, korrigierte Vince sie.

Milo winkte ab. Heute sollte er sie mit Namen bloß in Ruhe lassen. Sie warf einen letzten Blick auf den Toten. »Niedergeschlagen, erdrosselt und erstickt.« Sie schüttelte den Kopf und ging in die Hocke. Ihr Instinkt sagte ihr, dass sie etwas übersah. »Warum Tüte *und* Kabelbinder? Hätte eines von beiden nicht gereicht?« Ein weiteres

Mal lief ihr ein Schauer über den Rücken beim Gedanken an den schrecklichen Todeskampf des Joggers vor ihr im Dreck.

Dr. Süß antwortete trocken: »Da wollte jemand ganz sicher gehen.«

2

30. Oktober 2022, 7:00 Uhr

Vince parkte den schwarzen Passat in zweiter Reihe vor einem der Jugendstilhäuser. Der Roepersweg war eine schmale Straße, links und rechts von vierstöckigen Altbauten flankiert. Mehrere große Bäume ragten über die voll besetzten Parkbuchten hinaus. Die meisten Autodächer waren von oben bis unten mit Vogelkot zugeschissen.

»Nette Gegend«, befand Vince und stellte den Motor aus.

»Das ist kein Parkplatz«, stellte Milo fest und drehte sich um. Die Straße war so eng, dass der Wagen die Durchfahrt blockierte. »Da passt doch keiner mehr durch.«

Vince sah sie einen Augenblick lang an, bevor er den Schlüssel aus der Zündung zog. »Jagoda Milosevic. Eine bessere Deutsche hat das Land nie gesehen.« Er lachte und stieg aus.

Milo folgte ihm, einen unterdrückten Fluch auf den Lippen. Was bildete der Kerl sich ein? Selbst wenn er vielleicht ein kleines bisschen recht hatte. Immerhin, die Spurensicherung würde gleich noch mit dem großen Kastenwagen kommen, und dann war in dieser engen, zugeparkten Straße sowieso kein Durchkommen mehr.

Aus der Jackentasche zog sie den Wohnungsschlüssel, den sie in einer kleinen Innentasche des Laufoberteils des Toten gefunden hatten, und folgte Vince zu Hausnummer 12. An den Klingelschildern ließ sich erkennen, dass Schmidt im dritten Stock wohnte. Sie schob sich an ihrem Kollegen vorbei, öffnete die Haustür und betrat den Eingangsbereich. Er wirkte nicht nur ordentlich, man hätte vom Boden essen können. Als sie eintraten, ging ein Bewegungsmelder an, der das Foyer mit antikem Terrazzo-Boden und Stuck an der Decke sowie die honigfarbenen Stufen der gewendelten Treppe in ein sanftes, indirektes Licht tauchte. Links an der Wand hingen acht identische silberne Briefkästen, unter der Treppe standen in Reih und Glied, klinisch sauber, drei hochpreisige Kinderwägen. Milo musste an den Eingang im Wohnhaus ihrer Eltern denken. Nicht aufgrund der Ähnlichkeit, sondern weil der Kontrast nicht größer hätte sein können. Im Zuhause ihrer Kindheit hatte der Flur als Zwischenhalde für überquellende Mülleimer, ausrangierte Möbel und Schuhe herhalten müssen. Sie konnte sich nicht daran erinnern, in 18 Jahren Billstedter Hochhaus jemals einen Menschen mit einem Besen oder gar einem Wischmopp im Treppenhaus gesehen zu haben.

Auch Vince pfiff anerkennend durch die Zähne, während er den Blick schweifen ließ. »Das sieht ein bisschen schicker aus als bei mir zu Hause.«

»Du wohnst in St. Pauli. Ich glaube nicht, dass es da solche luxuriösen Wohnobjekte überhaupt gibt.«

Er lächelte schmallippig. »Nein, die überlassen wir gern den Schnöseln in Winterhude und Eppendorf.«

Jeder in Hamburg wusste, dass die Mietpreise rund um die Binnenalster hoch waren und ein bestimmtes Publikum geradezu magnetisch anzogen: Anwälte, Ärztinnen, Architekten, junge Pärchen mit doppeltem Einkommen, die sich gemeinsam eine 60-Quadratmeter-Wohnung für 1.500 kalt leisten konnten, in der sie bis kurz nach der Geburt des ersten Kinds lebten und sich dabei so fühlten, als wäre es das »echte Hamburg«. Überall in der Umgebung fanden sich hippe Szeneläden, die dreihundert Sorten Craftbeer ausschenkten, kleine Cafés, in denen man gluten-, milch- und zuckerfreie, dabei Instagram-taugliche »lunches« und »brunches« konsumieren konnte, inhabergeführte Boutiquen, in denen man für einen Wollpullover durchschnittlicher Qualität ohne Wimpernzucken 250 Euro hinblätterte, allein deshalb, weil das Preisschild aus recyceltem Papier war. Wer hier wohnte, musste nicht aufs Geld achten, lebte traditionelle Beziehungsmodelle rauf und runter und wiegte sich trotzdem in der Sicherheit, urban und hip zu sein. Und: Wer hier wohnte, wurde nur in den seltensten Fällen beim Joggen im Park erdrosselt.

Sie stiegen in den dritten Stock hinauf. Es war früh am Morgen, aber hinter einigen Türen konnte Milo bereits die leisen Geräusche der erwachenden Bewohner hören. Eine Spülmaschine, die gerade ausgeräumt wurde. Das Ausklopfen eines Siebträgers. Das zufriedene Quieken eines Kleinkindes.

Billstedt klang anders. In dem Teil des Viertels, in dem Milo aufgewachsen war, war es niemals leise. Irgendwo stritt immer ein Paar, dessen Geschrei durch die papierdünnen Wände und Decken drang. Das Treppenhaus war erfüllt von einer Kakofonie aus viel zu laut eingestellten Fernsehgeräten, deren unterschiedliche Programme in verschiedenen Sprachen wild durcheinanderquäkten. Und es kreischte stets ein sehr unzufriedenes Baby.

Gereizt schüttelte Milo den Kopf. Sie wusste selbst nicht, warum an manchen Tagen unentwegt Szenen von vor zwanzig Jahren aus ihrem Unterbewusstsein hervorquollen. Vielleicht weil sie manchmal immer noch nicht glauben konnte, es dorthin geschafft zu haben, wo sie heute war. Es wäre nämlich ein Leichtes gewesen, auf ihrem Lebensweg eine falsche Abbiegung zu nehmen.

Im dritten Stock angekommen, drehte sich Milo nach links

und entdeckte das gravierte Türschild, auf dem Schmidts Name prangte. Klar, hier bekam man eigene Türschilder von der Hausverwaltung.

Bevor sie den Schlüssel ins Türschloss steckte, klingelte sie. Lebenspartner oder andere Mitbewohner waren nie auszuschließen. Doch niemand öffnete. Vor dem Eintreten in die Wohnung zogen Milo und Vince blaue Plastiküberzieher über die Schuhe und schlüpften in Einweghandschuhe.

»Hallo?«, rief sie sicherheitshalber noch einmal beim Öffnen der Tür, aber auch dieses Mal erhielt sie keine Antwort.

Milo betrat den schmalen Flur. Auf den ersten Blick war zu erkennen, dass Schmidt neben der Miete genug Geld für die restlichen Annehmlichkeiten des Lebens zur Verfügung gehabt hatte. An einer Garderobe an der Wand hing ein sandfarbener Wollmantel, daneben ein dunkelblauer Trenchcoat. Zwei Budapester in Cognac und Schwarz sowie ein Paar Ankleboots standen auf dem Boden, alle glänzten frisch gewachst.

Vince gab Milo ein Zeichen und wandte sich nach links. Sie selbst tastete sich nach rechts vor. Der gestylte Flur mündete in ein geradezu antiseptisch sauberes, geräumiges Wohn- und Esszimmer. Eine elegante graue Designercouch befand sich an der hinteren Wand, davor auf dem Boden lag ein Teppich, dessen Kanten exakt mit denen des Sofas abschlossen. Darauf stand ein gläserner, moderner Couchtisch und rechts davon, an der Fensterseite, ein schmales Sideboard mit einer verloren wirkenden Vase darauf. Darüber schwebte ein riesiger Flatscreen.

Ein Esstisch mit verchromten Beinen und weißer, glänzender Oberfläche, umrahmt von vier Eames-Chairs, komplementierte das Bild. Hinter dem Tisch war eine schmale Bilderleiste an der Wand angebracht, auf der drei silberne Rahmen standen. Milo hätte schwören können, dass zwei davon noch die Beispielbilder aus dem Möbelhaus beinhalteten, das dritte zeigte Michael Schmidt in Joggingmontur bei einem Zieleinlauf. Vermutlich ein Marathon.

Es gab keine Kissen, keine Vorhänge, keine persönlichen Gegenstände und kein Leben in diesem Raum. Selbst die Vorführkojen bei IKEA strahlen mehr Persönlichkeit aus als dieses Zimmer, dachte Milo.

Durch eine weitere Tür gelangte sie ins Schlafzimmer, in der sie dieselbe nüchterne Kälte empfing. Ein riesiger Wandschrank und ein französisches Bett waren die einzigen Möbelstücke. Immerhin gab es hier Metalljalousien vor den Fenstern.

»Wow. Hier drin sieht es aus wie im Knast«, meinte Vince, der in diesem Moment ins Schlafzimmer getreten war. »Außer Joggen und Arbeit scheint der Typ nichts gemacht zu haben.«

»Ganz schön exklusiver Knast«, antwortete Milo knapp. »Hast du irgendwas Interessantes gefunden?«

Er zuckte mit den Schultern. »Proteinshakes und jede Menge Nudeln, im Kühlschrank herrscht gähnende Leere, sieht man davon mal ab.« Er hob eine Packung Milchschnitte hoch. »Die gab's bestimmt nur ausnahmsweise. Wenn er mal einen draufmachen wollte.« Vince ließ die Packung sinken. »Komischer Kerl.«

»Kann man wohl sagen. Es ist so … unpersönlich hier«, murmelte Milo, während sie eine Schranktür öffnete. Zwölf verschiedene Anzüge derselben Marke in den Nuancen Grau bis Dunkelblau. Selbst die Krawatten, die in einer Schublade darunter fein säuberlich aufgereiht lagen, waren in gedeckten Farben. Sie öffnete auch die anderen Schranktüren. »Irgendwo muss er doch persönliche Dinge lagern. Fotografien. Unterlagen von der Rentenversicherung. Briefe, Erinnerungen.«

Warum wird ein Typ, der so nichtssagend ist, auf derart grausame Art ermordet?, fragte sich Milo. Der Schlag auf den Hinterkopf, die Mülltüte, der Kabelbinder, die leeren Augenhöhlen. Vielleicht hatte die postmortale Blendung eine symbolische Bedeutung. Milo nahm sich vor, der Ermittlungsassistentin, deren Namen sie schon wieder vergessen hatte, den Auftrag zu geben, nach anderen Fällen zu suchen, bei denen den Opfern die Augen entnommen worden waren.

Vince verließ den Raum und kam eine halbe Minute später wieder zurück. Er hielt ein silbernes MacBook in der Hand. »Jede Wette, das ist alles da drin. Dieser Schmidt war ein Asket. Und wirkt ziemlich spaßbefreit. Zumindest, wenn seine Wohnung ein Indikator ist.«

Sie sah sich erneut um. Das war wirklich kein Ort zum Wohlfühlen. »Wo hast du den Computer gefunden?«

»Im Schrank neben dem Fenster. Unter dem Fernseher.«

»Ist da noch mehr?« Sie folgte ihm ins Wohnzimmer und begutachtete das Innenleben des Möbels. Zwei Ordner, in denen Michael Schmidt Versicherungspolicen und den Fahrzeugschein für einen Audi verwahrte. Eine Handvoll Bücher über Buchhaltung und Controlling. Eine Kiste mit Kabeln und Ladegeräten. Daneben eine externe Festplatte, ein DVD-Player und ein iPod. Und eine Schatulle mit Kerzen und Teelichtern darin, alle ausschließlich weiß.

»Doch ein Romantiker?«, fragte Vince lakonisch.

Milo stand seufzend auf. »Diese Wohnung sieht aus, als würde hier gar niemand wohnen. Ich habe Airbnbs gesehen, die persönlicher waren.«

Ihr Kollege sah sich langsam um. »Ich weiß nicht, aber … irgendwas stimmt hier nicht.«

Sie sah ihn nachdenklich an. »Wieso?«

Er knabberte an der Unterlippe. »Ich gehe mal davon aus, dass der Kerl nicht 007 war oder beim BND arbeitete. Wo hat der seinen ganzen persönlichen Krempel?«

Darüber hatte Milo auch schon nachgedacht.

»Dachboden? Keller?«, fragte sie, ohne selbst daran zu glauben. »Oder er ist einfach Minimalist?«

»Oder?«

»Oder, was?«

»Oder Michael Schmidt hat ein Geheimnis.«

»Geheimnis? Was für ein Geheimnis?«

Vince zuckte wieder mit den Schultern. »Keine Ahnung. Aber wenn du mich fragst, hat jemand, der in einer so unpersönlichen Bude lebt, irgendwas zu verbergen. Wegen Minimalismus werden einem, soweit ich weiß, nämlich nicht einfach mal so die Augen aus dem Kopf geschnitten.«

3

30. Oktober 2022, 9:00 Uhr

Es hatte schon wieder begonnen zu regnen. Von etwaigen Spuren am Leichenfundort würde binnen einer halben Stunde nur Matsch übrig bleiben. Hoffentlich waren die Kollegen im Park mittlerweile durch.

Milo fröstelte, während sie vor der Bäckerei in der Schlange stand und darauf wartete, dranzukommen. Ihr Handy vibrierte, und sie zog es aus der Tasche, um die Mitteilung zu lesen: *Dauert das heute den ganzen Tag, oder besteht die Chance auf ein spätes Frühstück zusammen?*

Sie tippte eine kurze Nachricht in die Zeile: *Komme bald. Halt das Bett warm. :)*

Dann war sie endlich an der Reihe. Sie kaufte sechs Franzbrötchen fürs Team und ließ sich zwei weitere in eine extra Tüte packen, bezahlte und verließ die Bäckerei. Vince lehnte am Passat und rauchte.

»Rauchen vermindert die Qualität deiner Spermien«, kommentierte Milo und stieg in den Wagen.

Er warf die Zigarette weg und setzte sich hinters Steuer.

»Fünfundzwanzig Euro Bußgeld«, erinnerte Milo ihn. So viel kostete es mittlerweile, wenn man in Hamburg seine Kippe auf dem Boden entsorgte.

»Ich dich auch«, erwiderte Vince und fuhr los.

Als sie die zweite Etage des klobigen Siebzigerjahrebaus erreichten, in dem die Mordkommission untergebracht war, hatte Serpil Özdemir, die Leiterin des Kommissariats, bereits mit der Zusammenfassung der bisher bekannten Ergebnisse begonnen. Die beiden platzten mitten in ihren laufenden Vortrag hinein.

»... gebürtig aus Usedom, 37 Jahre alt, seit acht Jahren in Hamburg gemeldet. Studium der Betriebswirtschaft. Das Opfer arbeitete als Controller bei einer Unternehmensberatung. Seine Akte ist sauber. Keine Vorstrafen, keine Auffälligkeiten.«

»Ich sag doch, kein Spaß im Leben«, flüsterte Vince und biss in sein Franzbrötchen.

»Was hat die Durchsuchung der Wohnung ergeben?«, wandte sich die Chefin an die beiden Neuankömmlinge.

»Nichts. Rein gar nichts«, antwortete Milo.

»Die Bude ist so steril, dass man meinen könnte, der hätte ohnehin nie gelebt«, ergänzte Vince mit vollen Backen. »Ich wette, wir finden nicht mal Fingerabdrücke.«

»Ist die Spusi dort?«

Milo nickte. »Kurz nach uns aufgeschlagen. Viel finden werden die aber auch nicht. Alles picobello aufgeräumt und asketisch. Schmidt war ein echter Minimalist.«

»Was wissen wir noch?«, drängte Serpil.

Milo zückte ihren Block, auf dem sie die ersten Beobachtungen von Dr. Süß notiert hatte, und brachte ihr Team auf den neusten Stand. »Noch ist nicht klar, ob Schmidt wegen des Sauerstoffmangels gestorben ist oder ob ihm der Kabelbinder den Kehlkopf eingedrückt hat.«

»Fürs Endergebnis auch egal«, murmelte Vince und biss wieder vom Franzbrötchen ab. »Will noch jemand?« Er ließ die Tüte rumgehen. »Ach ja, der Tote hatte keine Augäpfel mehr. Die lagen neben der Leiche im Unterholz.«

Serpil, die mit ihren harschen Zügen und den teilweise ergrauten Haaren älter aussah, als sie war, verschränkte die Arme vor der Brust. »Die Technik sagt, dass er regelmäßig im Park laufen war. Offenbar war er Mitglied in einem Joggingtreff. Zumindest heißt einer der Gruppenchats auf seinem Telefon so.«

»Es gibt ein einziges Foto von ihm in der Wohnung«, sagte Milo zustimmend. »Darauf läuft er ebenfalls.«

Serpil dachte nach. »Ihr bekommt eine Liste seiner Kontakte und klingelt die mal durch. Aber vorher geht ihr bei ihm auf der Arbeit vorbei.« Sie drehte sich zu Horst um, dem ältesten Mitglied der Mordkommission. »Du fährst bitte nach Rostock, wo Schmidts Eltern wohnen.«

»Mach ich.« Er nickte und strich sich den Bauch.

»Heute.«

»Aber heute ist Sonntag«, beschwerte sich der füllige Kollege, der die meiste Erfahrung und den schlechtesten Modegeschmack innerhalb des Teams hatte. Seine speckigen Jeans und die schrecklichen Pullover aus Polyester waren in der Mordkommission eine Legende.

»Der Sohn dieser Menschen ist gestorben. Das sollten sie so schnell wie möglich erfahren. Denen wird egal sein, was für einen Wochentag wir haben.«

»Kann das nicht ein Kollege in Rostock übernehmen?«

Serpil blickte Horst finster an. »Müssen wir das wirklich diskutieren? Du weißt genauso gut wie ich, dass die Reaktion der Angehörigen wichtig ist. Vielleicht wissen sie etwas. Feinde, Konflikte im privaten Umfeld, eine eifersüchtige Ex-Freundin, du kennst das Spiel.«

Horst schnaufte, klappte geräuschvoll sein Notizbuch zu und stand so schwungvoll auf, dass sein Stuhl über den Boden quietschte. Dann verließ er den Raum.

»Philipp, ich möchte, dass du dir Schmidts Privatleben ansiehst. Auch die Finanzen, den Mailverkehr, soziale Medien und so weiter. Einen Laptop gab es doch?«, fragte sie an Milo gewandt, die nickte. »Gut, Philipp, schau dir den an. Vielleicht findest du was.«

Der schmale Mann nickte knapp und schob sich die Brille höher auf die Nase.

»Die Obduktionsergebnisse werden im Laufe des Tages erwartet. Milo, Vince, haltet euch bereit, Dr. Süß wird sich bei euch melden.« Serpil nahm ihre Tasche und warf einen Blick auf die Uhr. »Meine Tochter wird heute zehn und hat sich einen Parcours-Geburtstag gewünscht. Wegen des beschissenen Wetters hat der Trainer einen Hindernislauf in der Tiefgarage von ALDI aufgebaut. Mich erwartet ein Nachmittag voller aufgeschlagener Knie und schreiender Mädchen. Ihr habt die ausdrückliche Erlaubnis, mich jederzeit anzurufen, wenn sich etwas Neues ergibt. Ansonsten sehen wir uns morgen, Meeting ist um elf.« Sie schulterte die Tasche, nickte noch einmal und verließ den Raum.

»Äh, hat Serpil vergessen, dass morgen Feiertag ist?«, flüsterte Vince in Milos Richtung.

Sie warf ihm ein freudloses Lächeln zu. Jeder, der in der Mordkommission arbeitete, wusste, dass es nach einem Mord keine Feiertage oder Wochenenden mehr gab. Zumindest vorerst.

Philipp erhob sich geräuschlos. Vince hielt ihm die fast volle Tüte mit den Franzbrötchen hin. Doch der Kollege schüttelte den Kopf und lief wortlos in sein Büro.

»Und was machen wir beiden Hübschen jetzt?«, wandte sich Vince an Milo.

Sie überlegte, dann nahm sie Vince die Bäckereitüte aus der Hand und sagte: »Um Schmidts Arbeit kümmern wir uns am Dienstag, da erreichen wir heute und morgen niemanden. Ich fahre jetzt nach Hause und versuche, noch eine Mütze Schlaf abzubekommen. Wir treffen uns später in der Rechtsmedizin, sobald Süß sich meldet.«

»Und was mach ich in der Zwischenzeit?«, wollte Vince verdutzt wissen.

»Keine Ahnung. Ruf irgendeine deiner Liebschaften an? Triff dich mit Freunden? Hast du kein Privatleben?«

»Nein! Ich lebe nur für meinen Job.«

Milo musste lachen. »Klar.«

»Kann ich mit zu dir?«

Sie zuckte zusammen. Machte er Witze? Vince hatte sie noch nie um einen Besuch gebeten. Was sollte das? Bemüht lässig antwortete sie: »Nein, sorry, das geht nicht.«

»Wieso nicht?«

»Ich trenne Arbeit und Privates.«

»Milo! Sei nicht so eine blöde Kuh«, quengelte er.

»Ich bin nicht dein Babysitter. Fahr nach Hause.«

»Da warten nur der Abwasch und mein leerer Kühlschrank.«

»Such dir eine Haushaltshilfe. Oder noch besser, eine feste Freundin.«

Er verdrehte die Augen.

»Wieso bleibst du nicht hier und arbeitest? Du könntest mit der Laufgruppe anfangen.« Sie drückte ihm die Tüte mit den Franzbrötchen wieder in die Hand. »Freunde dich mit Philipp an. Zwei einsame Herzen und so.«

»Ha ha.«

»Und schau mal im Internet, was du über Michael Schmidt findest.«

Er holte noch eines der Franzbrötchen aus der Tüte und betrachtete es frustriert. »Manchmal glaube ich, du kannst mich nicht leiden. Bei so einem Nullachtfünfzehn-Namen sitze ich bis Weihnachten an der Recherche.«

Sie klopfte ihm auf die Schulter, ehe sie sich grinsend umdrehte. »Genau aus diesem Grund solltest du dich mit Philipp besser anfreunden. Und nur fürs Protokoll: Ich kann dich wirklich nicht leiden.«

4

30. Oktober 2022, 16:30 Uhr

Als Milo sich am Nachmittag wieder auf den Weg machte, wünschte sie, der Sonntag wäre ausnahmsweise auch für sie heilig. Valeries Parfüm umgab sie wie eine schützende Wolke, als sie in den Passat stieg und Richtung Rechtsmedizin fuhr. Der Anruf von Dr. Süß hatte, wie immer, nicht lange auf sich warten lassen. Heute aber hätte Milo gern noch mal Heiner Papst aus dem Ruhestand geholt, nur um sich ein paar Stunden mehr in den Armen ihrer Freundin zu verschaffen.

Bei der Vorstellung, Vince hätte ihnen mit Kaffee und Franzbrötchen bewaffnet Gesellschaft geleistet, konnte sie ein Lachen nicht unterdrücken. Knapp zwei Jahre waren sie nun schon ein Team, aber von ihrer Beziehung zu Valerie Husteberg wusste er nichts, und das durfte gern auch so bleiben. Die Mordkommissarin, die mit einer Sexualtherapeutin liiert war. Mehr Inspiration für Vince' einsame Stunden konnte man nicht liefern. Besser, dass niemand, wirklich niemand von ihrem Liebesleben erfuhr. Milo trennte nämlich nicht nur Beruf und Privatleben, sie trennte sogar ihr Privatleben fein säuberlich: Valerie auf der einen Seite, ihre Familie auf der anderen. Keiner der Milosevics wusste von ihrer Freundin, weder ihre Brüder Branko und Drago noch ihre Eltern. Und obwohl Milo den andauernden Streit mit Valerie über ihr ausstehendes Coming-out kaum ertragen konnte, würde sie die Enttäuschung in den Gesichtern ihrer Verwandten noch weniger aushalten. Bevor Vince sie also jemals zu Hause besuchte, mussten noch viele Mordfälle gelöst werden. Besser mit diesem weitermachen.

Der Parkplatz am Institut für Rechtsmedizin war fast leer. Andere Leute nahmen die Sache mit dem Sonntag offensichtlich deutlich ernster. In der Ferne konnte sie den schneeweißen BMW von Dr. Süß erkennen, makellos und blitzeblank geputzt. Einmal mehr wunderte sich Milo darüber, wie diese Frau das trotz des Hamburger Wetters schaffte. Daneben, deutlich vernachlässigter, stand der rostrote Opel Kadett von Vince quer über zwei Parkbuchten. Milo schüttelte den Kopf, es gab wirklich keine Regel, die ihr Partner nicht brach, wenn er die Gelegenheit dazu bekam. Außerdem konnte sie seine Begeisterung für die Karre nicht verstehen. Selbst wenn sich seine Eltern in Rüsselsheim am Band kennengelernt hatten, und selbst wenn das Baujahr der alten Kiste sein Geburtsjahr war: Der Kadett mit seinem Heckspoiler und den schwarzen Rennstreifen auf der Seite war ein unglaublicher Proletenschlitten. Sie schämte sich jedes Mal, wenn sie damit durch die Stadt heizten und der Motor aus dem letzten Loch pfiff.

Fröstelnd stieg sie aus dem Wagen. Der Oktober war wirklich verdammt kalt. Valerie hatte ihr eine warme Jacke angeboten, aber Milo würde sich eher eine Lungenentzündung holen, als sich am Kleiderschrank ihrer Freundin zu bedienen. Was halfen das gleiche Geschlecht und die gleiche Konfektionsgröße, wenn man, was den Geschmack anbelangte, unterschiedlicher nicht sein konnte? Milos Garderobe ließ sich mit Fifty Shades of Black mit vereinzelten Farbtupfern zusammenfassen, während Valerie am liebsten minimalistische Designer aus Skandinavien trug. In einem beruflichen Umfeld von Kommissaren und Polizisten hätte der mitternachtsblaue, knöchellange Wollmantel von Jil Sander Aufsehen erregt.

Also hatte sie sich mit ihrer schwarzen speckigen Lederjacke begnügt, die sie nun fest um den Körper zog Milo schritt zügig auf das Gebäude zu. Der Pförtner öffnete ihr mit einem Summen die Tür und nickte ihr zu, sie brauchte weder ihre Marke zu zeigen noch nach dem Weg zu fragen. In den letzten Jahren war sie Stammgast in der Rechtsmedizin geworden.

Sie lief die langen Flure bis zu den Aufzügen und fragte sich zum wiederholten Male, warum Obduktionen immer im Keller stattfanden. Lag es an der Kälte? An den wenigen Besuchern? Oder daran, dass man die Zimmer mit Ausblick denen vorbehalten wollte, die ihn auch zu schätzen wussten? Im Fahrstuhl drückte sie den Knopf für das Kellergeschoss. Für einen Moment schloss sie die Augen und dachte an den Toten. Was musste das für ein Gefühl sein, nichtsahnend durch den Park zu rennen und plötzlich einen Schlag auf den Kopf zu bekommen? Das Nächste, das man sah, war das dunkle Plastik vor den Augen, und dann wurde auch schon die Luft knapp …

Die Härchen auf ihren Armen stellten sich auf. Ein leichtes Rucken, begleitet von einem sanften Klingen, ließen Milo wissen, dass sie ihr Ziel erreicht hatte. Die Türen glitten auseinander, und sie trat in einen grell beleuchteten Flur. In einiger Entfernung konnte sie ein helles Frauenlachen hören, gefolgt von einer tiefen Männerstimme, dann wieder das klingende Lachen. Wenigstens Vince und Dr. Süß lassen sich von den kalten Körpern hier unten nicht stören, dachte sie missbilligend und legte einen Zahn zu. Wie ihr Partner es immer wieder schaffte, Frauen jedes Alters, jedes Bildungsgrades und jeder Herkunft um den Finger zu wickeln, war Milo ein Rätsel. Sie würde es nie verstehen, und das lag sicher nicht nur an ihrer sexuellen Immunität gegenüber Männern.

Sie bog um die Ecke. »Hallo.«

Mit schuldbewusstem Blick und errötenden Wangen trat Süß

einen Schritt von Vince weg und auf Milo zu, als diese den nüchternen Obduktionssaal betrat.

»Frau Milosevic. Wie schön, dass Sie es geschafft haben«, begrüßte sie Milo und strich sich verlegen eine blonde Strähne hinters Ohr. Milo musterte Vince kritisch, doch der schien sich keiner Schuld bewusst. Wahrscheinlich hatte er sein immer gleiches Flirtrepertoire abgespielt. Auf Frauen, die sonst nur mit sehr stillen Männern zu tun hatten, musste das doppelt wirken.

»Ich hoffe, ich störe nicht«, gab Milo trocken zurück, und Dr. Süß wurde noch röter.

»Aber nein. Auf keinen Fall. Wie kommen Sie darauf?« Sie räusperte sich. »Ich habe Vince gerade den vermuteten Tathergang geschildert.«

»*Vince?*« Milo zog erstaunt die Augenbraue nach oben.

Ihr Kollege grinste dabei wie ein Schuljunge. »Korrekt, mein Name«, erklärte er. »Susanne hat aber eben erst begonnen, du hast nichts verpasst.«

Milo verzog keine Miene. »Könnten Sie vielleicht noch einmal von vorn beginnen, Frau Dr. Süß?«, fragte sie stattdessen mit freundlicher Stimme.

Die Ärztin war mittlerweile knallrot angelaufen, nickte aber und begann, mit professioneller Genauigkeit den Tathergang, wie sie ihn aus der Obduktion hatte ableiten können, zusammenzufassen.

»Wie bereits am Fund- und Tatort vermutet, war es nicht die Kopfwunde, die zum Tod geführt hat. Das Opfer wurde durch den Kabelbinder stranguliert. Der eingedrückte Kehlkopf, aber auch die Stauungsblutungen im Kopfbereich lassen auf einen langsamen Erstickungstod von mehreren Minuten schließen. Ich würde sagen: sechs bis acht. Unter den Fingernägeln haben wir keine Hinweise auf den Täter gefunden, keine fremde DNS, dafür aber Farbpartikel der Mülltüte. Der Tote ist also noch mal zu Bewusstsein gekommen, als die Tüte bereits über seinem Kopf fixiert war. Er hat vermutlich versucht, sie zu zerreißen, dann aber mangels Sauerstoff alsbald die Orientierung verloren. Der Täter hat den Kabelbinder noch fester angezogen, um den Vorgang zu beschleunigen. Vielleicht war ihm das Opfer zu wehrhaft, vielleicht wurde er gestört? Jedenfalls geht die zweite Strangfurche etwas tiefer. Sie war es auch, die Michael Schmidts Leben endgültig beendet hat. Nach dem langen Erstickungskampf vermutlich eine Erlösung. Die Petechien in seinen Augäpfeln bestätigen die Theorie.« Sie räusperte sich. »Der Täter ließ sich Zeit.«

»Absicht?«, fragte Milo.

Süß zuckte mit den Schultern. »Möglicherweise. Vielleicht hat er aber auch bloß nicht gewusst, wie viel Kraft man braucht, um einen erwachsenen Mann zu erdrosseln. Würde ich Ihnen einen Kabelbinder in die Hand drücken und Sie auffordern, Ihren Kollegen damit zu strangulieren, wüssten Sie auf Anhieb, wie fest Sie zuziehen müssten?«

Milo blickte zu Vince und musste unwillkürlich grinsen. »So fest es geht«, antwortete sie ruhig.

»Das würde vermutlich trotzdem nicht reichen«, erklärte die Rechtsmedizinerin. »Ich vermute, der Täter wollte wirklich auf Nummer sicher gehen, aber wissen kann man das natürlich nicht. Es könnte auch sein, dass er das Opfer so lange wie möglich beim Todeskampf beobachten wollte. Das wäre dann aber ein sehr persönliches Motiv. Und spräche gegen die schwarze Mülltüte über dem Gesicht.«

Mit dem Motiv waren sie im Fachgebiet von Milo und Vince angekommen. Aber hatten sie überhaupt schon irgendeine Idee zu Täter und Motiv? War die Tat persönlicher Natur – oder war Schmidt ein Zufallsopfer? Und wie passte die Mülltüte in die Gleichung, die immerhin das Gesicht des Toten verborgen hatte? Wenn sich ein Täter am langsamen Ersticken seines Opfers ergötzte, wollte er dann nicht dem Sterbenden dabei zusehen? Milo spürte, dass dieses Detail wichtig war, konnte sich jedoch bisher keinen Reim darauf machen. Vor allem nicht in Kombination mit den entnommenen Augen.

»Wann wurden die Augen denn nun entfernt – und wie?«

»Sie wurden herausgeschnitten, vermutlich mit einem scharfen Gegenstand wie einem Skalpell. Und auf jeden Fall erst nach dem Tod.«

»Das ist die erste gute Nachricht des Tages«, warf Vince ein.

»Die gute Nachricht ist, dass er die Augen nicht mitgenommen hat«, erwiderte Milo nachdenklich. Denn immerhin war damit klar, dass die Augen kein Souvenir waren, die der Täter behielt, um sich nachträglich zu erinnern. Kein Ermittler dieser Welt wünschte sich einen Netflix-würdigen Psychokiller.

»Die Mitglieder des Lauftreffs sind jedenfalls total geschockt«, fuhr Vince fort. »Ich konnte vorhin tatsächlich mit ein paar von ihnen sprechen, weil sie zufälligerweise am Vormittag für einen Lauf verabredet waren. Die treffen sich immer mittwochs zum Training, manchmal kommt ein Lauf am Wochenende dazu. Bei dem Wetter heute waren sie nur zu dritt. Stephan Heinrich, Claus Mader und …«, er holte sein Handy aus der Tasche und öffnete die Notizen. »Peter Lorbeer, genau, das war der Dritte. Jedenfalls, die hatten gleich alle die Hosen gestrichen voll und sind in einem Affenzahn wieder nach Hause. Von denen läuft so schnell niemand mehr im Stadtpark. Haben Angst vor 'nem Serienmörder oder einem Hamburger Jack the Ripper oder so. Keiner von denen kann sich vorstellen, dass jemand Schmidt umbringen wollte. Sie selbst sind durch die Bank Schreibtischhengste. Ich glaub nicht, dass von denen einer zu so was in der Lage ist.«

»Na, wenn das so ist! Da hat sich die Ausbildung bei dir aber gelohnt«, erwiderte Milo trocken. »Ich würde sagen, dann lassen wir sofort alle Befragungen in diese Richtung sein und losen den Täter aus.«

Ausnahmsweise war es Vince, der mit den Augen rollte. »Du weißt, was ich meine, Milo! Nach heißer Spur hat sich das jedenfalls nicht angefühlt.«

Im selben Moment klingelte ihr Telefon. »Serpil Özdemir« leuchtete es auf dem Display auf.

»Die wird sicher begeistert sein, dass wir wenigstens schon drei Menschen als Täter ausschließen konnten«, knurrte Milo und drückte sich das Handy ans Ohr.

»Milosevic.«

»Ja, hallo, Serpil hier. Ich wollte mich nach dem Stand der Dinge erkundigen. Hat Dr. Süß etwas rausgefunden? Ich sitze seit über einer Stunde in der verdammten Notaufnahme. Eines der Mädels hat sich den Arm gebrochen. Diesen Typ vom Parcours werde ich kreuzigen, das verspreche ich. Also, was ist los bei euch?«

»Nicht viel. Wir warten immer noch auf die Auswertung des Handys. Im Moment tappen wir nach wie vor im Dunkeln und wissen ehrlich gesagt nicht mal sicher, ob da ein Anfänger oder ein Profi am Werk war.«

»Mhm.« Auf der anderen Leitung herrschte kurz Stille. »Was wisst ihr von Horst? Hat er mit den Eltern gesprochen?«

›Horst?‹ Milo formte das Wort mit dem Mund, Vince schüttelte den Kopf. »Nein, wir haben noch nichts gehört. Vince hat sich ein paar Typen vom Lauftreff zur Brust genommen, aber die sind wohl nicht unsere Kandidaten.«

»Trotzdem dranbleiben«, verlangte die Chefin. »Sprecht mit allen: Lauftreff, Kollegen, Familie. Schaut, ob es irgendwo eine Frau gibt … oder einen Mann. Diese Tüte auf dem Kopf ist mir irgendwie nicht geheuer, ich will davon nichts in der Presse lesen. Sonst haben wir gleich die wildesten Spekulationen. Von der Sache mit den Augen mal ganz abgesehen. Da machen uns die Schmierfinken von der Mopo doch sofort einen Serienmörder draus. Also dichthalten und die Information als Täterwissen deklarieren. Verstanden?«

»Verstanden.«

»Alles klar, wir hören uns.« Dann war sie weg, aufgelegt.

»Und?«, fragte Vince neugierig.

Milo zuckte mit den Schultern. »Was wohl? Sie will, dass wir dranbleiben und ihr morgen zum Frühstück den Täter servieren. Und sie hat ein ungutes Gefühl wegen der Tüte und der Augen. Meint, das könnte uns um die Ohren fliegen.«

Neben ihr räusperte sich Süß. »Die Tüte hat mir auch schon Rätsel aufgegeben«, sagte sie nachdenklich.

Überrascht hoben Milo und Vince den Kopf.

»Warum?«, fragte er.

»Nun ja, für das Tötungsdelikt spielt sie eigentlich keine Rolle. Der Kabelbinder hätte seinen Zweck auch ohne Tüte erfüllt. Warum also sich diese Mühe machen? Entweder, weil man dem Opfer noch mehr Angst einjagen will, oder weil die Tüte ein Symbol ist.«

»Eine Mülltüte als Symbol?«, fragte Milo skeptisch.

Dr. Süß legte den Kopf schief. »Finde ich selbst nicht sonderlich überzeugend, die These.«

»Und die Augen?«, wollte Milo wissen. »Wieso wurden die herausgeschnitten?«

»Vielleicht hat Schmidt ja etwas gesehen, was er nicht sehen sollte.« Vince lachte auf. »Oh Mann, das hört sich fast wie eine Mafiamethode an.« Er blickte in Milos Richtung. Im selben Moment zerfiel das Lächeln in seinem Gesicht. »Scheiße.«

Anna

Anna gab dem Barmann ein Zeichen, und er beugte sich über den Tresen. »Noch eine Skinny Bitch, bitte!«, rief sie über den Lärm in sein Ohr, und er nickte.

Sie drehte sich um und ließ den Blick über die Feiernden wandern. Der DJ hatte gerade »Nordish by Nature« von Fettes Brot aufgelegt, die heimliche Hymne der Partymeile Hamburgs. Wenn der Song kam, flippten alle aus. Sowohl die Abschied feiernden Junggesellinnen mit den albernen Motto-T-Shirts als auch die Hemdträger, die nur übers Wochenende für irgendein Seminar in der Stadt waren. Selbst die Altonaer Mützenjungs mit den zu engen Jeans fingen an zu hüpfen.

Annas Blick fiel auf ein Paar, das sich mit den Zungen gegenseitig die Mandeln massierte. Vermutlich kannten sie sich erst seit ein paar Augenblicken, wollten aber den Sack zumachen, bevor in anderthalb Stunden das große Resteficken begann. Sie grinste. Wer bis drei Uhr morgens nicht einen einigermaßen attraktiven anderen Paarungswilligen gefunden hatte, bekam nur noch die ganz Verzweifelten ab. Das wusste sie aus eigener leidvoller Erfahrung.

Jemand tippte ihr auf die Schulter. Sie wandte sich um und sah, dass der Barkeeper auf den Drink deutete. Anna kramte in ihrer Hosentasche nach Geld.

»Das übernehme ich«, sagte eine Stimme neben ihr.

Sie sah auf. Der Typ war Anfang dreißig, hatte kinnlange Locken und ein sympathisches Lächeln. Was wollte der denn von ihr? Sie war doch gar nicht seine Liga. Mindestens zwanzig Kilo zu schwer und nicht mal halb so hübsch wie die meisten anderen Frauen in der Bar. So, wie er aussah, konnte er jede haben. Anna war sofort skeptisch.

»Ich zahl das lieber selbst.«

Er hob entschuldigend die Hände. »Sorry.« Dann drehte er sich wieder zum Barkeeper und gab ihm ein Zeichen. »Ein Astra.«

Anna schob einen Schein über den Tresen, gab ein großzügiges Trinkgeld und fühlte sich wie ein Idiot. Da wurde sie einmal von einem attraktiven Typen angesprochen, und versaute es innerhalb der ersten fünf Sekunden. Kein Wunder, dass sie immer noch Single war, absolut untervögelt noch dazu. Nicht, dass sie Wert auf One-Night-Stands legte. Aber ein bisschen zwischenmenschliche Wärme wäre mal wieder schön.

Der Typ bekam sein Astra, bezahlte und prostete Anna zu. Während er die ersten Schlucke trank, lehnte er sich mit dem Rücken an den Tresen an und beobachtete lächelnd die Feiernden.

Soll ich was sagen? Ihn ansprechen? Oder einfach weggehen?, fragte sich Anna. Wieso war sie eigentlich so misstrauisch? Es war ja nicht so, als hätte sie jemals eine schlechte Erfahrung mit Männern gemacht. Sie trank einen Schluck und drehte den Kopf weg.

Der DJ wechselte das Genre. Ein tiefer, schneller Techno-Bass schallte aus den Lautsprechern, kurz darauf setzten die Klänge eines Glockenspiels ein, dann kamen die Bläser. Noch eine Hamburger Band: Meute. »Kerberos« hieß der Song, wie der Höllenhund aus der griechischen Mythologie. Anna liebte das Lied und bemerkte, wie ihr Kopf anfing, im Takt zu nicken. Auch ihre Schultern entwickelten ein Eigenleben und bewegten sich im Rhythmus. Sie trank einen großen Schluck von ihrem Wodka Soda und schloss die Augen. Bei elektronischer Musik ließ sie sich gern von den Klängen davontragen. Der treibende Beat ergriff ihren Körper. Mit dem Glas in der Hand, begann sie zu tanzen. In diesem Moment war es ihr völlig egal, ob sie dicker war als alle anderen. Sie gab sich einfach der Musik hin und spürte, dass der Alkohol zu wirken begann. Ihre Selbstzweifel verblassten, die Welt um sie herum erstrahlte in weichen, gedimmten Farben. Als der Refrain einsetzte, stieß sich Anna vom Tresen ab und ließ sich mit dem Drink in der Hand in die Menge treiben. Erhitzte, schwitzige Körper berührten ihren, schoben sie in die Mitte der Tanzfläche, bewegten sich im Takt wie Seeanemonen, deren Arme von den Strömungen des Meeres hin und her wogten.

In diesem Moment spürte sie, dass jemand eng hinter ihr tanzte. Ein durchtrainierter, maskuliner Körper, der sich an sie schmiegte. Er roch gut. Nach einem herben Parfüm. Nach Lenor. Und frischem Bier. Ein Arm schlang sich um ihre Taille, berührte sie zärtlich und gleichzeitig fordernd am Bauch. Normalerweise hätte Anna den eingezogen, aber ihr war gerade egal, ob er ihre Speckrollen spüren konnte oder nicht. Sie fühlte sich schön. Alles war leicht. Der Boden unter ihren Füßen begann, sich in eine Luftmatratze zu verwandeln, auf der sie nur schwer Halt fand. Doch der Mann hinter ihr stützte sie. Er tanzte mit ihr, im selben Takt, hielt sie fest, als sie bemerkte, dass ihr schwindelig wurde.

Annas Blick fiel auf das Glas in ihrer Hand. »Immer nur Flaschengetränke beim Feiern!«, hatte ihre Mutter ihr früher eingebläut. Wegen der K.-o.-Tropfen, die unbemerkt in ein Glas geschüttet werden konnten. Erschrocken starrte Anna das Glas an. Es war leer. Sie bemerkte, dass sie ihre Fingerspitzen nicht mehr fühlen konnte. Scheiße, dachte sie, ließ das Glas los, das zu Boden fiel und zwischen den Füßen der Tanzenden verschwand, und drehte sich um. Es war der Typ von der Bar.

»Ich halte dich«, flüsterte er ihr ins Ohr, während die Tanzenden um sie herum die Arme in die Höhe rissen und zu jubeln begannen, weil ein weiteres Mal der Refrain einsetzte.

Anna wollte etwas sagen. Aber ihr Mund brachte kein Wort mehr heraus. Im selben Augenblick hatte sie das Gefühl, ihr Bewusstsein würde sich in eine der hintersten Ecken ihres Verstandes zurückziehen. Dann wurde ihr schwarz vor Augen.

5

1. November 2022, 10:45 Uhr

»Das ist so unglaublich frustrierend.« Vince warf seinen Kugelschreiber auf die Tischplatte und sah dabei zu, wie er zu Boden rollte. »Ich hab keinen Bock mehr! Der Tag gestern war schon für den Arsch. Vom Sonntag mal ganz abgesehen.«

Milo schnaufte. »Wenn du alle gesetzlichen Feiertage hättest mitnehmen wollen, hättest du dir besser einen anderen Beruf gesucht, Frey.«

Obwohl sie zugeben musste, dass sie genauso gefrustet war. Das schöne, lange Wochenende war zwischen Stadtparkmatsch, Rechtsmedizin und Befragungen der Nachbarn ins Wasser gefallen – und trotzdem waren sie keinen Schritt weiter.

Seit über zwei Stunden waren sie nun in Schmidts Firma und befragten seinen Vorgesetzten und seine Kollegen. Alle waren entsetzt über die Neuigkeit, dass einer der Mitarbeiter Opfer eines Gewaltverbrechens geworden war. Aber keiner konnte irgendetwas über Michael Schmidt sagen. Weder etwas Nettes noch etwas Unnettes. Schmidt war einfach *da* gewesen. Unauffällig, zurückhaltend, etwas unterkühlt. Und damit in bester Gesellschaft in diesem merkwürdigen Unternehmen. Kaiser & Köhn war eine Unternehmensberatung, die sich auf Bankdienstleistungen für Privatpersonen und mittelständische Unternehmen spezialisiert hatte. Etwa fünfzig Leute arbeiteten in dem Laden, und alle hatten offenbar denselben Herren- beziehungsweise Damenausstatter. Nach dem dritten Kollegen, den sie zum Einzelgespräch in Schmidts Büro luden, konnte sich Milo schon nicht mehr an den ersten erinnern, in der Anzugsuniform sahen sie einfach alle gleich aus. Sie wunderte sich langsam, ob überhaupt aufgefallen wäre, dass einer fehlte. Sagen konnte oder wollte von den Übriggebliebenen keiner etwas. Michael Schmidt war seit drei Jahren bei Kaiser & Köhn, machte einen ordentlichen Job, leistete die von der Chefetage erwarteten Überstunden und fiel ansonsten nur durch seine Unauffälligkeit auf. Manche wussten nicht einmal, wer er war, obwohl sie auf derselben Etage saßen.

»In einer halben Stunde beginnt das Meeting mit Serpil«, sagte Milo, stand auf und dehnte die Schultermuskulatur. »Einen nehmen wir uns noch vor, dann hauen wir ab. Es scheint ja sowieso niemand etwas über ihn sagen zu können.«

Es klopfte an der Tür, die kurz darauf geöffnet wurde. Eine hochgewachsene dunkelhaarige Frau in den Dreißigern trat ein. Wie alle ihrer Kolleginnen trug auch sie einen schmal geschnittenen Hosenanzug mit Seidenbluse, Achtzentimeterabsätze und dezentes Make-up. Sie war hübsch und wirkte selbstbewusst. Vermutlich war das genau wie die Bereitschaft zur Wochenendarbeit ein Einstellungskriterium.

»Setzen Sie sich doch.« Milo zeigte auf einen Stuhl, den sie aus einem der anderen Büros geholt hatten, und nahm wieder neben Vince Platz. »Sie wissen, warum wir hier sind?«

Die Frau nickte und senkte den Blick. »Ja, ich habe es gehört. Schlimme Geschichte.«

»Wie heißen Sie?«

»Nina Wucherpfennig.«

»Ha!« Vince lachte schnaubend auf. Sowohl Schmidts Kollegin

als auch Milo sahen ihn irritiert an. »'tschuldigung«, schob er schnell hinterher.

»Was können Sie uns über Ihren Kollegen Michael Schmidt sagen?«

Frau Wucherpfennig blinzelte ein paar Mal und zuckte dann mit der Schulter. Dieses Schulterzucken hatte Milo heute schon ein paar Mal bezeugen dürfen. »Ich hatte kaum mit ihm zu tun.«

»Aber Sie kannten ihn?«

Nina Wucherpfennig nickte. »Vom Sehen. Und wir hatten mal ein Projekt zusammen.«

»Und sonst keine Überschneidungen? Vielleicht mal ein Plausch am Kaffeeautomaten?«

Sie räusperte sich. »Bei Kaiser & Köhn gibt es keinen Kaffeeautomaten.«

Milo verkniff den Mund. »Dann im Kopierraum? Auf dem Gang?«

Nina Wucherpfennig wandte den Blick ab und betrachtete ihre dezent manikürten Hände. Sie schwieg.

»Oder auf der Weihnachtsfeier?«

Ein kaum merkliches Beben überlief Schmidts Kollegin.

»Frau Wucherpfennig?«

Die Frau sah zur Seite. Täuschte sich Milo, oder glitzerten da Tränen in ihren Augen?

»Alles, was Sie uns erzählen, bleibt in diesem Raum. Keiner Ihrer Kollegen wird etwas erfahren.«

Frau Wucherpfennig räusperte sich erneut, dann blickte sie in Vince' Richtung.

Milo verstand sofort. »Vince, geh uns doch mal einen Kaffee holen.«

Er starrte sie verwirrt an. »Sie sagt doch, es gibt keinen Automaten hier.«

»In dem Café unten.« Sie warf einen Zehneuroschein auf den Tisch. »Jetzt.«

In diesem Moment begriff er. Hastig nahm er den Schein, erhob sich von seinem Stuhl und ging zur Tür. Bevor er den Raum verließ, drehte er sich noch einmal zur Befragten um. »Cappuccino? Latte macchiato?«

»Espresso, doppelt, schwarz«, erwiderte Nina Wucherpfennig knapp. Als sich die Tür hinter ihnen schloss, ergriff sie erneut das Wort. »Man soll ja nicht schlecht über Tote reden …«

»In diesem Fall ist das anders. Wir leiten eine polizeiliche Ermittlung, die den gewaltsamen Tod Michael Schmidts klären soll. Da muss alles auf den Tisch, auch die weniger schönen Dinge.« Milo wartete einen Moment. »Und ich gehe davon aus, dass Sie mir etwas dieser Art erzählen wollen.«

Frau Wucherpfennig schwieg. Dann hob sie die Hände, verbarg ihr Gesicht darin und atmete tief durch. Als sie wieder aufblickte, schien sie gefasster – und wirkte zum ersten Mal so, als ob hinter der professionellen Fassade ein echter Mensch steckte. »Es war bei der Weihnachtsfeier vor zwei Jahren. Ich weiß, diese Firma wirkt wie ein ziemlich humorloser Haufen.« Das war die Untertreibung des Jahrhunderts. »Aber wenn der Alkohol erst mal fließt … Wir stehen hier alle unter ziemlichem Druck. In der ganzen Branche ist das so.«

Milo schwieg und hörte zu. Sie wusste, es war wesentlich, die Frau reden zu lassen. Alles konnte wichtig sein, und sie wollte sie in keine Richtung lenken.

»Die Feier fand in einer Rooftop-Bar in der Hafencity statt, die der Chef gemietet hatte. Nur unsere Leute, ein exklusives Menü, ein DJ und natürlich Alkohol bis zum Abwinken. Um zehn Uhr war keiner mehr nüchtern. Ich auch nicht.«

Milo nickte. »Weihnachtsfeiern.«

Frau Wucherpfennig lächelte knapp. »Ich habe an diesem Abend mit ein paar Kollegen getanzt. Auch mit Michael. Die Stimmung war gut, alle waren gelöst, es war ein gutes Jahr. Als ich, vermutlich so gegen Mitternacht, auf die Toilette wollte, kam mir plötzlich Michael entgegen. Er …« Sie stockte. »Er drängte mich in die Garderobennische und kam mir sehr nah. Zu nah.« Wieder machte sie eine Pause, musterte ihre Fingernägel. Dann sah sie auf und blickte Milo direkt in die Augen. »Er bedrängte mich. Schob mir seine Zunge in den Hals. Begrapschte mich am Busen. Und fasste mir unters Kleid, in den Slip.«

Milo atmete tief durch. Wieso passierte das immer wieder? Warum gab es Männer, die glaubten, einer Frau auf diese Art nahe kommen zu dürfen? Leise fragte sie: »Was haben Sie getan?«

»Ich habe ihm gesagt, er soll sich verpissen.« Frau Wucherpfennig knetete ihre Hände. »Dass er die Finger von mir lassen soll.«

»Aber?«

»Er war stark, viel stärker, als er aussah. Ich wehrte mich. Keine Chance. Und er hörte nicht auf. Sagte, ich hätte ihn angemacht auf der Tanzfläche. Und dass ich … dass ich doch so ein Flittchen sei, das mal wieder ordentlich durchgefickt werden müsste.«

Milo hob die Augenbrauen. »Er benutzte diese Worte?«

Die Frau nickte. »Er fasste mir an die Kehle, drückte zu. Dann steckte er mir seinen Finger in die Vagina.«

Milo lehnte sich in ihrem Stuhl zurück und blies die Wangen auf. »Frau Wucherpfennig, es tut mir wirklich leid, dass Sie das erleben mussten. Haben Sie das zur Anzeige gebracht?«

Die Frau schüttelte den Kopf, und Milo wusste, dass es sinnlos war, nach dem Warum zu fragen. Sie kannte die Gründe, warum Frauen sich gegen Übergriffe dieser Art nicht mit allen Mitteln zur Wehr setzten. Was dazu führte, dass die Kerle nie dafür belangt wurden und weitermachten. Andere Frauen trafen, die sich ebenfalls nicht gegen die sexualisierte Gewalt auflehnten. Und so ging es immer weiter.

»Haben Sie etwas dagegen, wenn ich mir ein paar Notizen mache? Das könnte für uns noch wichtig sein.«

»Nein, ist in Ordnung. Solange Sie es nicht in der Firma herumerzählen. Eine Frau, die sich von einem Kollegen befummeln lässt, wird sofort zum Freiwild erklärt.«

Milo schrieb stichpunktartig auf, was Nina Wucherpfennig ihr erzählt hatte. Währenddessen schien die Frau noch einmal in der Erinnerung zu versinken. Ihr Blick wirkte abwesend, ihr Gesichtsausdruck traurig.

»Wie ist es weitergegangen?«, wollte Milo schließlich wissen.

Die andere seufzte. »Mein Vorgesetzter kam zufällig vorbei. Er wollte seinen Mantel holen. Er sah mich und Michael, starrte uns an. In dem Augenblick ließ Michael von mir ab und verschwand.«

»Und dann?«

»Mein Chef sagte nichts. Er nahm einfach seinen Mantel und ging. Ich habe danach fluchtartig die Party verlassen.«

Milo konnte kaum glauben, was sie da hörte. »Hatte das Ganze ein Nachspiel? Immerhin hatten Sie einen Zeugen.«

Frau Wucherpfennig sah aus dem Fenster. »Nein. Als ich mit meinem Chef darüber sprechen wollte, meinte er bloß, wir hätten ja alle recht viel getrunken an dem Abend. Michael ging mir seitdem einfach aus dem Weg.«

»Wieso haben Sie nicht gekündigt?«

Frau Wucherpfennig lachte humorlos auf. »Weil es in anderen Unternehmen andere Michael Schmidts gibt. Das ist in dieser Branche so. Oder in dieser Welt.«

»Unterstützung haben Sie sich nicht gesucht?«

»Warum denn? Es ist ja nichts passiert.«

Milo dachte über eine gute Antwort nach. Wie hätte sie in so einer Situation gehandelt? Was konnte man Frauen raten?

Nina Wucherpfennig reagierte auf das plötzliche Schweigen empfindlich. »Schon klar, dass jemand wie Sie das nicht verstehen kann«, stieß sie heftig aus.

Doch bevor Milo sich entschuldigen und die Sache klarstellen konnte, ging die Tür auf, und Vince war zurück. In der Hand hielt er ein Pappgestell mit drei Coffee-to-go-Bechern darin. Er sah sich unsicher um. »Soll ich noch mal gehen?«

Frau Wucherpfennig erhob sich, nahm sich den kleinsten Becher aus dem Gestell und sagte: »Nein, wir sind hier fertig.« Dann wandte sie sich an Milo und sagte kalt: »Sieht so aus, als hätte Michael am Ende seine Strafe bekommen. Nicht wahr?«

6

1. November 2022, 11:15 Uhr

Milo drückte auf das rote Icon auf ihrem Handydisplay und atmete tief aus. »Serpil ist sauer, weil wir beim Meeting nicht da waren – aber auch froh, dass wir Nina Wucherpfennig noch befragt haben.«

Vince ließ den Wagen an. »Und jetzt?«

»Wir fahren noch mal in Schmidts Wohnung. Vielleicht hast du recht mit dem, was du gestern gesagt hast.«

»Was habe ich gestern gesagt?«

»Ziemlich viel Unsinn wie immer, aber auch eine schlaue Sache: Irgendetwas stimmt bei Michael Schmidt nicht. Und ich glaube, die Geschichte mit seiner Kollegin ist ein Fingerzeig, in welche Richtung wir ermitteln müssen.«

Er nickte und lenkte den Wagen aus der Parkbucht in den zäh fließenden Verkehr. Gestern waren sie in wenigen Minuten durch die Stadt gekommen, doch über Nacht schienen sich die Baustellen verdreifacht zu haben.

Als sie nach einer guten halben Stunde im Roepersweg ankamen, war Vince genervt. »Wir sollten auf den HVV umsteigen. Ist auch ökologisch vertretbarer.«

Milo lachte. »Genau. Und wenn wir es eilig haben, setzen wir uns das Blaulicht auf den Kopf und bitten darum, schneller zu fahren.«

Sie betraten den Altbau, stiegen erneut in den dritten Stock und durchschnitten das polizeiliche Siegel, das zwischen Tür und Rahmen klebte.

Dieses Mal übernahm sie Küche und Bad, während Vince sich in Wohn- und Schlafzimmer umsah.

Die Küche war genauso spartanisch eingerichtet wie der Rest der Wohnung. Auf der Arbeitsplatte lag kein Krümel, die Schränke waren beinahe pedantisch eingeräumt. Alle Lebensmittel befanden sich in durchsichtigen Plastikdosen, die Schmidt beschriftet hatte: Linsen, Nudeln, Mehl. Zucker fand sie keinen, die Milchschnitten waren tatsächlich seine einzige Sünde. Nicht mal Alkohol gab es hier. Das Inventar wirkte samt und sonders hochwertig und unbenutzt. Sechs Teller, sechs Gabeln, sechs Gläser.

Auch im Badezimmer war der Tote seiner Askese treu geblieben. Eine Seife in der Duschbadewanne, ein Deoroller, Zahnbürste, Haargel, eine angebrochene Packung Paracetamol, eine Rolle Pflasterband, ein Kamm. Michael Schmidt hatte wirklich wie ein Asket gelebt. Nicht einmal Kondome waren irgendwo zu finden.

»Milo? Komm doch mal«, rief Vince aus dem Wohnzimmer.

Als sie zu ihm trat, hockte er vor dem Sideboard an der Fensterfront. Die Türen waren geöffnet. Vince sah zu ihr hoch. »In der Grundschule haben wir mal so einen Test gemacht. Ich glaube, da ging es um Intelligenz oder so.«

Milo zog die Augenbrauen zusammen. Solche Tests hatte es in Billstedt nicht gegeben. »Und? Du hast ihn nicht bestanden?«

»Ha ha. Nein, hör mal zu. Du kennst die Aufgaben bestimmt. Man bekommt vier Wörter und muss sagen, welches nicht in die Reihe passt. So wie Apfel, Banane, Hund und Kirsche.«

Sie nickte. »Semantik nennt man das.«

»Genau. Und jetzt schau dir den Inhalt dieses Schrankes an.«

Sie ging ebenfalls in die Hocke und ließ den Blick wandern. Ordner, Boxen, Kisten, Aufladegeräte. Worauf spielte Vince an? Was passte seiner Meinung nach nicht in die Reihe? Sie blieb an dem silbernen Gerät hängen, das ihr gestern schon aufgefallen war. »Du meinst den DVD-Player?«

Vince grinste schief. »Merkwürdig, dass ein Typ, der offenbar alles digitalisiert hat, bei dem man nicht eine einzige Schallplatte oder CD, geschweige denn eine DVD findet, einen DVD-Player hat, oder?«

Milo legte den Kopf schief. »Okay.« Sie war nicht überzeugt.

»Es wird aber noch merkwürdiger. Das ist nämlich kein DVD-Player.«

Sie blinzelte. »Sondern?«

»Ein Videorekorder.«

Milo betrachtete das Gerät eingehend. Es war tatsächlich ein VHS-Rekorder, seit ihrer Kindheit hatte sie so was nicht mehr gesehen. Vince hatte recht, dieses Ding passte nicht zu dem durchdigitalisierten, minimalistischen Schmidt.

»Sind hier irgendwo VHS-Kassetten?«

Vince sah sie an. »Rate mal.«

Milo zog das Gerät aus dem Schrank und betrachtete es von allen Seiten. Es lag keine Kassette darin. Im Schlafzimmer im großen Schrank hatte sie auch nichts dergleichen gesehen. »Dann lass uns mal auf die Suche gehen.«

Sie standen auf und drehten in den folgenden 60 Minuten die Wohnung auf links. Milo beförderte den gesamten Inhalt des großen Schranks aufs Bett, öffnete jede Schachtel, jede Box, jede Kiste, sogar zwischen den Laufsachen und den akkurat gefalteten T-Shirts sah sie nach. Danach waren sie so weit, die Möbel zu verschieben und darunter beziehungsweise dahinter nachzusehen. Vince kam auf die Idee, in den Polstern der Couch zu suchen, doch selbst als er die Reißverschlüsse aufgezogen und die Hand zwischen die Schaumstoffkissen geschoben hatte, waren dort keine Kassetten zu finden.

»Vielleicht hat er das Ding nur aus sentimentalen Gründen aufbewahrt?«, fragte Vince, nachdem sie alles mehrfach durchsucht hatten.

Ein Gedanke ließ Milo innehalten. Sie griff zum Handy und rief Philipp an. Der Kollege nahm sofort ab. »Sag mal, hast du auf den Konten irgendeine Abbuchung von einem Lager oder einem Store oder so was gefunden?«

Philipp schwieg, doch sie hörte ihn auf der Tastatur herumklicken. »Nein. Er hatte ohnehin kaum regelmäßige Abbuchungen. Miete, Nebenkosten, Netflix. Ansonsten hat Michael Schmidt wenig Geld ausgegeben.«

»Er muss doch irre viel Kohle gehabt haben.«

»255.498 Euro und 17 Cent.«

Milo fiel fast das Handy aus der Hand. »Okay. Sparsames Leben lohnt sich also.«

»Nicht, wenn man nicht alt wird«, erwiderte Philipp und beendete das Gespräch.

Sie stemmte die Hände in die Hüfte und sah sich in der Wohnung um. Vince hatte sich auf die Couch fallen lassen und blätterte in einem Jogging-Magazin.

»Und was machen wir jetzt?« Milo drehte das Handy in der Hand. »Irgendwo muss er doch Kassetten haben.«

Vince blickte nachdenklich aus dem Fenster. »Einen Dachboden hat die Wohnung nicht. Keller auch nicht. Im Büro wird er vermutlich nichts deponiert haben.«

Sie schüttelte den Kopf. »Da war die Spusi heute Morgen drin. Alles genau so, wie es sein soll. Nichts Auffälliges.«

»Hm.« Er schlug das Heft zu. »Warum hat man einen VHS-Rekorder, wenn man keine Videokassetten hat? Das ergibt keinen Sinn.« Vince stand auf und lief ins Schlafzimmer. Aus einer Kiste in einem Schrankfach unten links zog er einen Schraubenzieher. »Dann müssen wir jetzt tiefer graben.«

»Und wo willst du anfangen? Wir können ja schlecht die Fußleisten abschlagen.«

Er sah sie einen Moment lang an. Dann marschierte er schnurstracks ins Badezimmer, ging vor der Duschbadewanne in die Hocke und machte sich an einer großen Fliese zu schaffen. Die Fugen waren deutlich dunkler, und mit wenigen Handgriffen hatte Vince die Fliese ausgehebelt.

»Jede Badewanne hat einen externen Zugang. Falls mal ein Leck ist, muss man nicht gleich den ganzen Fliesenspiegel kaputt hauen, sondern kommt unter die Wanne.« Er legte den Schraubenzieher zur Seite und schob die Hand in die Öffnung, fand aber offenbar nichts. Mit einem frustrierten Schnaufen ließ sich Vince auf den Bauch gleiten und spähte in die Dunkelheit unter der Wanne. Dann zog er sein Handy aus der Tasche und aktivierte die Taschenlampen-App. »Da hinten ist was«, sagte er plötzlich.

Milo spürte, dass sich die Aufregung in ihr breitmachte. »Was ist es?«

Vince schob den Arm so tief in die Öffnung, dass er bis zur Schulter darin verschwand. »Eine Plastiktüte. Ich kriege sie …«, er stöhnte, machte sich noch länger, »gerade so zu fassen.«

Aus dem Versteck unter der Badewanne zog er eine weiße, nichtssagende Plastiktüte, in die ein rechteckiger Gegenstand eingeschlagen war. Vince sah hinein und zog eine VHS-Kassette aus der Tüte. »Bingo!«, murmelte er triumphierend.

»Warum versteckt jemand Videokassetten unter der Badewanne?« Natürlich ahnte Milo die Antwort, doch für einen Moment, nur einen kurzen, wollte sie nichts wissen von dem Abgrund, der sich ohne Zweifel vor ihnen auftun würde.

Vince wurde plötzlich sehr ernst. »Weil er auf keinen Fall will, dass irgendjemand sie findet.«

Zsófia

Ein Geräusch ließ sie hochfahren. Ich bin eingeschlafen, dachte Zsófia erschrocken. Sie versuchte, die Augen zu öffnen, doch ihre Wimpern waren verklebt. Vielleicht hatte sie im Schlaf geweint. Oder es war Blut.

Instinktiv wollte sie sich mit der Hand an den Wimpernkranz fassen, um die Verkrustungen zu lösen. Da spürte sie, dass ihre Hände immer noch auf dem Rücken gefesselt waren. In diesem Augenblick setzte der Schmerz in den Schultern ein, und sie bemerkte, dass sie ihre Arme kaum mehr spürte. Mit den Fingerspitzen tastete sie über die alte Matratze, die ihre Welt war, seitdem sie sie hierhergebracht hatten. Der raue Stoff unter den Fingern gab ihr ein trügerisches Gefühl der Sicherheit. Sie war noch hier, in diesem hermetisch von der Außenwelt abgeriegelten Raum. Kein Ton drang von draußen herein, kein Lichtstrahl stahl sich durch eine Ritze. Absolute Dunkelheit, die jegliches Gefühl für Zeit verschluckte.

Wie lange war es her, dass sie in diesem fremden Land aus dem Zug gestiegen war? Wie viele Nächte? Wie viele Männer? Sie hatte Sicherheit gesucht, ein neues Zuhause ohne Angst. Gefunden hatte sie nur ein weiteres Gefängnis.

Ihren vermeintlichen Retter hatte sie am Bahnhof getroffen. Es war mitten in der Nacht, als sie angekommen war, und er hatte ihr ein warmes Bett und gutes Essen versprochen. Danach brachte er sie in ein Viertel, in dem ausgebrannte Autoskelette neben umgekippten Einkaufswägen auf den Straßen zwischen den Plattenbauten standen. In dieser Nacht vergewaltigte er sie das erste Mal.

Dann kamen die Männer. Erst waren es nur zwei oder drei pro Nacht, irgendwann hörte Zsófia auf zu zählen. Ihr Handy, das Portemonnaie und ihren Ausweis hatten sie ihr abgenommen, genau wie alles andere, was ihr gehörte. Sie lebte über Monate in einer Wohnung mit vier anderen Mädchen, alle so alt wie sie, keine älter als sechzehn, und nie sahen sie das Tageslicht. Die Männer durften alles mit ihnen anstellen. Alles, was sie wollten. Wer sich ein illegales Mädchen kaufte, tat das, weil er mit ihm Dinge tun wollte, die nicht mal die Nutten machten, das wusste sie.

Und niemand hatte eine Ahnung, wo sie war. Niemand würde sie holen kommen. Zsófia spürte, wie eine Panikattacke sie schüttelte. Unkontrolliert fing sie an zu zittern, ihre Zähne knallten aufeinander, dann kamen die Tränen, von denen sie sicher gewesen war, dass sie versiegt waren. Die warme, salzige Flüssigkeit löste die Verkrustungen um ihre Wimpern, und als Zsófia sich wieder halbwegs beruhigt und die Gedanken an das, was ihr möglicherweise bevorstand, verdrängt hatte, öffnete sie blinzelnd die Augen.

Es war immer noch so dunkel, dass sie nichts erkennen konnte. Ihre Welt bestand aus Schwärze und Schmerz.

Das Geräusch von gerade eben erklang noch einmal. Das Quietschen einer Tür. Zsófia spürte in sich hinein. Der Hunger war noch nicht allzu schlimm, und sie war durstig, aber nicht übermäßig. Für den Mann, der sie jeden Tag versorgte, war es also noch zu früh.

Ihr Herz fing plötzlich an zu schlagen. Nein, dachte sie, nein. Dann fiel ihr Gott ein, den sie, seitdem sie in der Dunkelheit vegetierte, schon öfter um Erlösung angefleht hatte. Bitte, Gott, mach, das es aufhört!

In diesem Moment knirschte es im Schlüsselloch, und die Tür schwang auf. Zsófia blinzelte gegen das grelle Licht. Sie erkannte die Konturen von drei Männern. Der erste trug ein Stativ in der Hand. Der zweite eine Kameratasche. Und der dritte …

Als Zsófia die Reflexion auf der glänzenden, langen Klinge sah, wusste sie, dass Gott ihr die letzte Bitte erfüllen würde.

7

1. November 2022, 12:00 Uhr

Das Surren der Videokassette, die vom Rekorder automatisch zurückgespult wurde, war das einzige Geräusch, das die Stille zerriss. Fassungslos starrte Milo auf den schwarzen Bildschirm. Was sie und Vince gerade gesehen hatten, würde sie so schnell nicht wieder vergessen – vermutlich nie mehr. Sie, der sonst nichts auf den Magen schlug, spürte Säure in ihrer Kehle hochsteigen. Jetzt bloß nicht kotzen, dachte sie, wobei sie versuchte, ihre Atmung zu kontrollieren.

Am liebsten wäre sie einfach aufgestanden und gegangen. Videos wie dieses waren der Grund, warum sie Menschen misstraute. Sie waren zu Dingen in der Lage, die derart unaussprechlich waren, dass ihr schlecht wurde beim Gedanken daran.

Plötzlich hörte sie ein Schniefen und drehte den Kopf nach links. Vince, der neben ihr auf dem Sofa saß, hatte glasige Augen.

»Bist du okay?«, fragte sie leise und legte ihm eine Hand auf den Oberarm. Er senkte den Kopf und konnte sie nicht ansehen. Seine immer lockere Miene war vor Schmerz verzerrt. Dann kullerte ihm eine einzelne Träne über die Wange, die er verärgert wegwischte.

»Was für eine Drecksau«, presste er zwischen den Lippen hervor. »Wenn er nicht schon tot wäre, dann …«

»Dann würdest du ihn auch nicht töten«, unterbrach ihn Milo

mit sanfter Stimme. »Du bist nicht wie diese Menschen. Du, wir sind diejenigen, die solchen Schweinen das Handwerk legen.«

Mit vor Wut zitternder Stimme sagte er: »Es ist ja nicht so, dass ich nicht wusste, dass es solche Videos gibt. Aber sie dann zu sehen … Das sind schließlich keine x-beliebigen Pornos auf irgendeiner Seite im Internet. Das sind Menschen! Echte Menschen.«

In Pornos sieht man auch echte Menschen, war Milo versucht zu sagen, aber natürlich wusste sie, was er meinte: Niemals wurden in den landläufigen Pornos, nicht mal in den harten, Frauen in Gefangenschaft vergewaltigt. Erst recht nicht mit einem riesigen Messer an der Kehle bedroht – und am Ende mit einem brutalen Schnitt quer über den Hals getötet.

»Ich kann nicht fassen, dass er sie wirklich …« Vince stockte. »Meinst du, das ist echt?«

Milo seufzte tief. »Vince, das ist ein Snuff-Video. Ich glaube schon, dass die Vergewaltigung und auch der Mord tatsächlich stattgefunden haben«, erwiderte sie leise.

»Wer tut so was? Und warum zeichnet man so was auf?«, fragte Vince ehrlich verzweifelt. »Wen macht so ein kranker Scheiß an?«

Milo zuckte mit den Schultern. Ihr Kollege, der nach außen gern den abgebrühten Macho und Womanizer gab, kam ihr mit einem Mal wie ein kleiner, verängstigter Junge vor.

»Es gibt im Internet, vor allem im Darknet, Börsen, auf denen für viel Geld Videos wie dieses verkauft werden«, murmelte Milo leise. »Und nicht nur Videos. Auch Frauen. Kinder.«

Er vergrub das Gesicht in den Händen. »O Gott. Was stimmt nicht mit der Menschheit? Warum tun Leute so etwas?«

Sie schüttelte langsam den Kopf.

Vince hob das Kinn, atmete tief aus und strich sich über das Gesicht. »Furchtbar. Das arme Mädchen.« Dann sah er sie an. »Glaubst du, der Mord wurde je aufgeklärt?«

Milo lächelte matt. »Eher nicht. Mädchen wie das im Video kommen oft aus Osteuropa, werden aus ihren Dörfern verschleppt, mit Drogen gefügig gemacht und weiterverkauft. Sie sterben an irgendwelchen Orten der Welt weit weg von zu Hause. An dem, was man ihnen antut, oder an den Drogen. Ich habe mal einen Bericht über Menschenhändler in Asien, vor allem Thailand, Indonesien und Kambodscha gesehen. Die Männer kommen in die Dörfer, kaufen die Kinder für ein paar Dollar aus den Familien und machen sie zu Sexarbeitern.«

»Ja, aber so was passiert in Asien«, wandte ihr Kollege ein.

Milo verzog den Mund zu einem humorlosen Lächeln. »Nein, das passiert auch in Europa. Ich war während meiner Ausbildung doch ein halbes Jahr bei der Sitte. Und glaub mir, da hab ich Sachen erfahren …« Sie verstummte.

Vince saß da und schwieg. Dann sagte er: »Was war das für eine Sprache, die das Mädchen gesprochen hat? Da war immer so ein Wort …«

Milo hatte es ebenfalls gehört, wenn auch nicht verstanden. Keine der Sprachen, die sie kannte, verfügte über dieses Wort, das wie eine gemurmelte Bitte geklungen hatte.

»Das lässt sich herausfinden.«

»Ja. Aber was bringt uns das? Selbst wenn wir ermitteln, aus welchem Land das Mädchen kommt, das Video könnte überall auf der Welt aufgenommen worden sein, vor fünf Monaten oder fünf Jahren. Diese Scheißkerle geben keinen Laut von sich. Verstecken sich hinter ihren schwarzen Masken.« Vince fuhr sich mit der Hand durch die Haare, sodass sie zu allen Seiten abstanden, und sprang auf. »Ich hoffe, dass sie an irgendeiner beschissenen Krankheit elendig verreckt sind! Ich schäme mich für mein Geschlecht, wirklich. Nein, eigentlich schäme ich mich für meine Spezies.«

Milo schwieg. Vince hatte recht – und doch fanden jeden Tag, jede Stunde, jede Minute irgendwo auf der Welt Verbrechen statt, die niemanden interessierten. Das Video hatte sie aufgewühlt und gleichzeitig zutiefst deprimiert. Sie hoffte, es sich nicht noch einmal ansehen zu müssen.

»Wir sollten es in die Forensik bringen. Vielleicht können die Kollegen irgendwas herausfinden, was uns hilft, mehr über den Aufnahmeort oder die Identität des Mädchens zu erfahren.«

»Oder über die Männer, die ihr das angetan haben«, knurrte Vince. Er schien sich wieder gefangen zu haben, zumindest spiegelte sich auf seinem Gesicht nun blanke Wut und keine Verzweiflung mehr wider. »Du meinst also, er hat die Kassette im Darknet bestellt?« Er stand auf, ging zum Videorekorder, nahm die Kassette heraus und steckte sie mit spitzen Fingern in eine durchsichtige Plastiktüte.

»Na, aus dem Sexladen um die Ecke hat er sie jedenfalls nicht.« Milo beobachtete Vince dabei, wie er die Kassette in der Hand angewidert betrachtete. »Ich glaube, so was kann man nur im Internet kaufen.«

»Gut.« Vince nickte. »Im Internet hinterlässt man Spuren.«

Sie dachte laut nach. »Eigentlich doch ironisch, oder? Als das Internet neu war und sich noch niemand so recht damit auskannte, war man froh, sich in der virtuellen Anonymität verstecken zu können und nicht mehr in diese klebrigen Erotikläden in den Industriegebieten fahren zu müssen, wo man jederzeit dem Nachbarn begegnen konnte. Man glaubte, online könnte man im Verborgenen agieren – dabei hinterlässt man unentwegt Spuren. Nachvollziehbare, beweisbare Spuren. Man muss sich schon im Darknet herumtreiben, wenn man abseits der beleuchteten Wege laufen will.«

»Stimmt. Ich wette, es gibt mittlerweile wieder mehr Typen, die gestörten Scheiß wie diesen nur offline kaufen. Unter der Ladentheke, sozusagen.«

Milos Handy klingelte, und sie sah, dass es eine Nummer aus der Mordkommission war. »Milosevic?«

»Philipp hier«, grüßte ihr Kollege knapp. »Ich habe mir Schmidts Laptop vorgenommen. In den sozialen Medien war er nicht unterwegs, er hatte wohl nicht mal einen Facebook-Account – oder keinen, von dem wir wissen. Leider hat er regelmäßig seinen Cache geleert, sodass es ausgesprochen schwer war, überhaupt etwas über seine Internethistorie zu erfahren.«

»Warte, ich schalte dich mal auf laut. Sagst du das bitte noch mal?«, bat sie.

Philipp wiederholte, was er gerade gesagt hatte, beinahe im selben Wortlaut. Er war kein versierter Redner, aber ein zuverlässiger Ermittler und Kollege, der einem nicht mit seinen Marotten auf den Keks ging.

»Dass Schmidt keine Spuren hinterlassen hat, wundert mich nicht«, sagte Vince und sah sich demonstrativ im Wohnzimmer um. »Der Typ war echt ein Phantom. Offenbar aus gutem Grund.«

Philipp reagierte nicht auf die Anspielung des Kollegen, und Milo beschloss, ihm und dem Rest des Teams erst später von ihrer Entdeckung zu erzählen. »Was hast du noch herausgefunden?«

»Nicht viel. Tatsächlich hat er seine Joggingrouten mithilfe der GPS-Uhr getrackt, ansonsten war er aber ausgesprochen vorsichtig unterwegs, was seinen digitalen Fußabdruck angeht. Deshalb habe ich den Rechner heute früh in die Technik gegeben, da sitzen die Profis. Wir wissen mittlerweile, dass Schmidt mithilfe des Tor-Netzwerks im Darknet unterwegs war.«

Milos und Vince' Blicke trafen sich. Mit angewidertem Gesichtsausdruck hielt er immer noch die VHS-Kassette in der Hand, als wäre sie giftig oder ansteckend.

»Ist das für euch relevant?«, wollte Philipp wissen.

»Allerdings«, erwiderte Milo. »Danke für deinen Anruf.«

»Gern. Ich nehme mir jetzt noch das Handy vor. Falls ich etwas finde, melde ich mich.«

Milo bedankte sich bei Philipp und beendete das Gespräch mit einem kurzen Gruß. Erwartungsvoll sah sie Vince an. »Dieser Schmidt war alles andere als ein unbeschriebenes Blatt. Im Gegenteil, der hatte richtig Dreck am Stecken. Vielleicht finden wir noch mehr.«

Vince schüttelte sich und fuhr sich durch die Haare. »Wollen wir das? Ich würde mir lieber die Augen ausstechen, als noch mehr davon anzusehen.«

»Du würdest was?« Milos Kopf schnellte nach oben, und sie starrte ihren Kollegen an, während in Gedanken die erste Reihe Domino-Steine fiel. »Sag das noch mal.«

»Milosevic, diesem Schmidt ging einer ab, wenn er sich Videos einer Vergewaltigung mit anschließendem Mord anschaute. Vielleicht war er selbst der Täter auf dem Band, wer weiß, aber in jedem Fall hat er es sich angesehen. Dann wird er selbst ermordet und …« Er verstummte.

»Und ihm wurden die Augen herausgeschnitten«, beendete Milo seinen Satz. »Zufall?«

»Das wäre aber ein großer Zufall«, sagte Vince, und in seinen Augen blitzte es plötzlich. Er ließ die Tüte sinken. »Komm, lass uns abhauen und diese Kassette loswerden. Ich will keine Sekunde länger hierbleiben.«

Er wandte sich zum Flur. An der Tür angekommen, blieb er noch einmal stehen und drehte sich zu Milo um. »Eigentlich sollten wir Schmidts Mörder nicht jagen, wir sollten ihm einen Dankesbrief schicken«, sagte er frei heraus.

»Vince!«, mahnte Milo.

»Aber es stimmt. Und im Grunde ist es so, wie seine Kollegin sagte, die er befummelt hat: Er hat bekommen, was er verdient hat. Hoffentlich schmort er in der Hölle.«

8

1. November 2022, 17:00 Uhr

Milo sah auf die Uhr. Ihr Magen knurrte. Nach dem schrecklichen Fund der Videokassette war ihr der Appetit erst mal vergangen, sie hatte keinen Bissen zu Mittag herunterbekommen. Doch nun kam der Hunger doppelt so heftig zurück und verknotete ihr die Eingeweide.

Vor wenigen Minuten hatte die Ermittlungsgruppe die offizielle Sitzung beendet, in der sie alle bisherigen Informationen und Ergebnisse zusammengetragen und auch einige Ausschnitte aus dem Film aus Schmidts Wohnung angeschaut hatten. Den Kollegen waren die Bilder genauso sehr an die Nieren gegangen wie Milo und Vince. Der hatte sich während dieses Teils der Sitzung vorsorglich nach draußen verdrückt, um zu rauchen.

Milo indes sah sich noch einmal Teile des Videos an, selbst wenn sie es gern vermieden hätte. Auch den Augenblick, als einer der Männer das junge Mädchen mit den geschlossenen Augen und dem ausdruckslosen Gesicht an den Haaren packte und ihren Kopf in den Nacken zog. Den Moment, in dem der Mann plötzlich die Klinge des Messers an die weiße Haut ihres Halses führte, durch die blaue Venen schimmerten, und mit einer beinahe genüsslichen Geste durchzog. Das Blut spritzte, das Mädchen riss plötzlich die Augen auf, erschrocken, aber auf unheimliche Art auch erleichtert, und nach wenigen Sekunden sank ihr Kopf nach vorn. Sie hustete noch ein paar Mal, schließlich fiel ihr Brustkorb in sich zusammen und hob und senkte sich ein letztes Mal. Der Mann mit der blutigen Klinge, der hinter ihr stand, machte einen Schritt zurück in die Dunkelheit. Kurz darauf brach die Aufnahme ab, und das Band war zu Ende.

Im großen Sitzungsraum herrschte bleierne Stille. Niemand sagte ein Wort, bis Horst sich räusperte und mit leiser Stimme sagte: »Es hat eindeutig den Richtigen erwischt.«

Serpil sah ihn entrüstet an.

»Ist doch so! Wer sich so ein krankes Zeug reinzieht, hat es nicht besser verdient«, knurrte der Kollege. »Wenn Schmidts Eltern das wüssten. Das sind wirklich nette Leute. Die sind vollkommen fassungslos. Haben keine Ahnung, warum gerade ihrem Wunderknaben so was passiert ist.« Er schnalzte mit der Zunge und schüttelte den Kopf. »Mir wäre lieber gewesen, der Täter hätte ihm nicht nur die Augen, sondern auch den Schwanz abgeschnitten.«

Serpil erinnerte Horst pflichtbewusst an seine Professionalität: Ein Opfer war nun mal ein Opfer, selbst wenn es in anderem Zusammenhang auch ein Täter gewesen war. In ihren aktuellen Ermittlungen durfte das keine Rolle spielen, auch wenn es die Angelegenheit nicht eben erleichterte. Vom Tod eines »Unschuldigen« konnte man aber beim besten Willen nicht sprechen.

»Aber das darf uns nicht beeinflussen. Verstanden?« Serpil deutete das widerwillige Nicken der Runde als Zustimmung und fuhr fort: »Die Technik nimmt sich gleich das Video vor. Ich befürchte aber, dass es uns nicht weiterhelfen wird. Wann und wo der Film gedreht wurde, vor allem wer das Mädchen ist, werden wir vermutlich niemals herausfinden.«

Für einen Moment breitete sich Stille im Sitzungssaal aus. Es war einer dieser Augenblicke, in denen sich jeder der Beteiligten fragte, welchen Sinn dieser Job eigentlich hatte, wenn man nichts gegen Verbrechen wie dieses tun konnte.

Schließlich erhob Serpil wieder das Wort und fragte Philipp, was die Untersuchung des Laptops und des Handys ergeben habe. Er berichtete von den bisherigen Erkenntnissen, dass Schmidt sich im Darknet herumgetrieben hatte, was erklärte, wie er an die Videokassette gekommen war.

Zum Schluss trug Nadja – oder Nadine? –, die Assistentin der Kommission, die Ergebnisse der Obduktion vor, die Milo im Großen und Ganzen schon kannte. Lediglich dass Schmidt eine alte, etwa fünf Zentimeter große Narbe am Hals gehabt hatte, war eine neue Information gewesen, die sie jedoch kein Stück weiterbrachte. Serpil gab Horst den Auftrag, bei den Eltern nachzufragen, wie es zu dieser Narbe gekommen war. Danach kehrte jeder zu seiner Arbeit zurück.

»Ich glaube, ich mach Schluss für heute«, sagte Milo und klappte den Laptop zu, an dem sie gerade noch in der Vermisstendatenbank herumgesurft war. Sie bezweifelte jedoch, dass das Mädchen in einer der deutschen Datenbanken zu finden war, vermutlich war das ein Fall für Interpol.

Wie sinnlos diese Fährte war ... Wie sollten sie aus der unendlichen Fülle von Vermisstenanzeigen ausgerechnet die des Mädchens aus dem Video herausfischen? Sie wusste ja nicht mal, aus welchem Land das Opfer kam, bevor sie nicht ermittelt hatten, welche Sprache sie gesprochen hatte – was umso schwerer war, weil die Audioqualität des Videos im Vergleich zum Bild mehr als bescheiden war. Und selbst wenn sie herausfanden, woher das Mädchen stammte, wussten sie noch lange nicht, ob das Video etwas mit dem Mord an Schmidt zu tun hatte. Ihre erste Spur drohte im Nichts zu verlaufen. Denn ihr Gefühl sagte Milo, dass keiner der vermummten Männer Michael Schmidt gewesen war – auch wenn sie dafür keine Beweise hatte.

»Fährst du nach Hause?«, wollte Vince wissen, während er sich eine Dose Red Bull öffnete.

»Du solltest aufhören, dieses Zeug zu trinken. Das macht bestimmt blind oder impotent oder beides.«

»Hey, dann sollten wir es doch an all die verfickten Triebtäter da draußen verteilen!« Er hob prostend die Dose und trank.

Milo überlegte. Sie könnte wirklich nach Hause fahren, mit Valerie etwas kochen und sich danach neben ihr auf dem Sofa zusammenrollen und einen Film schauen. Nichts Spannendes oder Brutales, vielleicht lieber was Animiertes von Pixar. Etwas, in dem garantiert keine Männer in schwarzen Skimasken jungen Frauen die Kehlen durchschnitten. Doch sie wusste, dass der Fall sie nicht loslassen würde. Bilder wie diese vergaß man nur schwer, irgendwie fanden sie immer ihren Weg in das eigene Zuhause, wo sie wie ein dunkler Schatten neben einem auf der Couch saßen.

Es war besser, wenn sie die Eindrücke des Tages erst mal abschüttelte. Da es schon wieder Bindfäden regnete, fiel ein Spaziergang in der Dunkelheit aus – ohnehin nicht die beste Idee, nachdem sie erst vorgestern Schmidts Leiche aus dem Stadtpark gezogen hatten. Bei ihren Eltern könnte sie aber mal wieder vorbeischauen. Die würden sie garantiert auf andere Gedanken bringen.

»Ich fahr noch nach Billstedt«, sagte sie zu Vince.

»Heimatbesuch? Nice, grüß deine Mum von mir.«

Milo lächelte verkniffen. Ein einziges Mal waren ihr Kollege und ihre Mutter sich begegnet. An Milos Geburtstag, als Evica Milosevic ihr vollkommen überflüssigerweise einen Kuchen ins LKA gebracht hatte – peinlich, aber irgendwie auch süß. Vince und Evica hatten sich sofort blendend verstanden, und seitdem ließ ihre Mutter keine Gelegenheit aus, Milo nach dem netten jungen Herrn Frey auszuquetschen, den sie wohl am liebsten als Schwiegersohn begrüßt hätte. Milo wusste bei dem Gedanken daran nicht, was schlimmer war: Vince zu heiraten oder ihren Eltern eines Tages die Wahrheit zu sagen.

Sie zog die Lederjacke an, steckte Autoschlüssel und Geldbeutel ein und griff nach dem Handy.

»Bis morgen!«, rief sie den Kollegen zu und verließ das Büro. Auf dem Weg zum Auto wählte sie Valeries Nummer, die nach dem dritten Klingeln dranging.

»Hallo, du Schöne«, schnurrte sie ins Telefon, und Milo musste unwillkürlich grinsen. Obwohl sie seit drei Jahren ein Paar waren, war ihre Beziehung immer noch ausgesprochen liebevoll und zärtlich. Klar, es gab auch nervige Zeiten, und Valerie war alles andere als perfekt – genauso wenig wie Milo. Aber im Allgemeinen sahen sie über herumliegende Socken und BHs, nicht zugeschraubte Zahnpastatuben und andere Ärgernisse einfach hinweg und nahmen sich so, wie sie waren.

»Hey du«, murmelte Milo leise, da sie verhindern wollte, dass jemand von den Kollegen etwas mitbekam. »Ich wollte nur sagen, dass es heute etwas später wird. Warte nicht mit dem Essen auf mich.«

»Schade«, schmollte Valerie. »Geht es um die Leiche im Stadtpark?« Ihre Freundin akzeptierte meistens, dass sie zurückstecken musste, wenn gerade ein Mordfall geschehen war. Die ersten 48 Stunden der Ermittlung waren oft entscheidend, wohingegen die Dringlichkeit der Arbeit, genau wie die unfreiwilligen Überstunden, mit fortschreitender Dauer eines Falls meist wieder abnahm.

»Nicht direkt. Ich will zu meinen Eltern raus.«

Für eine Sekunde blieb die Leitung still. Dann sagte Valerie: »Oh.«

Es war der ewige Streitpunkt ihrer Beziehung: die Tatsache, dass Milo ihrer Familie immer noch nichts von ihrer Homosexualität erzählt hatte. Die Milosevics hatten die Wohnung im Eppendorfer Weg schon seit Milos Einzug nicht mehr besucht – und zu dem Zeitpunkt hatte sie noch allein dort gewohnt.

Milo stieß die Haupteingangstür des LKAs auf, und der kalte Herbstwind schlug ihr ins Gesicht. »Ich werde es ihnen sagen.«

Valerie schwieg.

»Versprochen«, schob Milo hinterher, genau wie die letzten Male, an denen sie über die Sache geredet hatten. Selbst in ihren eigenen Ohren klang die ewige Beteuerung schal.

»Ich verstehe einfach nicht, warum …«, setzte Valerie an, doch Milo unterbrach sie.

»Du weißt, warum! Dass ich mit 36 noch unverheiratet und berufstätig bin, ist für meine Eltern schon eine echte Tragödie. Wenn ich ihnen jetzt auch noch sage, dass ich eine Lesbe bin, schmeißen die mich raus.«

»Sie können dich nicht mehr rausschmeißen, weil du mit mir zusammenwohnst«, gab Valerie zu bedenken.

»Aus der Familie!«, stöhnte Milo genervt.

»Aber Liebling, das kann doch nicht ewig so weitergehen. Was machen wir denn, wenn wir eines Tages heiraten wollen? Soll ich mir dann einen falschen Schnurrbart aufkleben und mit tiefer Stimme mein Gelübde ablegen?« Sie senkte die Stimme. »›Mein Name ist Valerius, und ich liebe Ihre Tochter sehr, Herr und Frau Milosevic.‹«

»Ha ha«, knurrte Milo, musste aber lachen.

»Das ist nicht witzig«, beschwerte sich Valerie. »Du schämst dich für mich.«

»Nein, ich schäme mich für *die*«, versuchte sich Milo an einem Scherz, weil sie befürchtete, dass die Stimmung jeden Moment kippen würde. »Ich bin das jüngste Kind von serbischen Einwanderern. In den Köpfen meiner Eltern haben wir noch die Siebzigerjahre. Meine Brüder würden vermutlich nie wieder ein Wort mit mir reden. Oder mich zu irgendeinem Arzt schleppen, der mir das Lesbischsein austreiben soll. Für meine Familie ist Homosexualität – egal, wie aufgeklärt sie ansonsten sind – eine Krankheit.«

Valerie stöhnte. »Augen auf bei der Partnerwahl.«

Jetzt musste Milo lachen. »Mitgehangen, mitgefangen.« Sie schloss den Passat auf und ließ sich auf den Fahrersitz gleiten. »Ich freu mich auf später«, fügte sie mit sanfter Stimme hinzu.

»Sorg dafür, dass nicht noch ein Toter dazwischenkommt«, neckte Valerie. »Wie war es heute eigentlich?«

Milo, die gerade den Motor hatte anlassen wollen, zuckte zusammen. Sofort schoben sich wieder die Bilder vor ihr inneres Auge: der dunkle Raum, die weiße Haut des Mädchens, die silbrig glänzende Klinge, die vermummten Männer. Sie fröstelte. »Interessant. Wir haben einiges herausgefunden, auch wenn wir noch nicht wissen, was es für den Fall bedeutet.«

»Erzählst du mir später mehr davon?«

Milo verharrte für einen Moment, die Hand am Anlasser. »Klar«, log sie, denn sie hatte keineswegs vor, Valerie von dem fürchterlichen Snuff-Video zu erzählen. Damit würde sie die schreckliche Erinnerung förmlich dazu einladen, in ihr Privatleben vorzudringen.

»Ich muss jetzt los.«

»Bis später. Ich liebe dich«, verabschiedete sich Valerie leise.

Milo lächelte. »Und ich liebe dich.«

Ich muss das mit Valerie und meinen Eltern irgendwie auf die Reihe kriegen, dachte sie, während der Diesel mit seinem charakteristischen Stampfen ansprang, und legte den Rückwärtsgang ein.

9

1. November 2022, 18:00 Uhr

Es war bereits stockdunkel, als Milo in die Kapellenstraße einbog und gleich darauf wieder den Blinker links setzte. Sonnenland hieß die Straße, in der sie ihre Kindheit verbracht hatte und in der ihre Eltern bis heute lebten, und kein Name passte weniger zu dieser Gegend. Nur die wenigsten standen hier auf der Sonnenseite des Lebens. Bandenkriminalität, Drogenhandel, häusliche Gewalt – wann immer man in Hamburg von Problemvierteln sprach, meinte man auch Billstedt damit. Zwischen den Hochhäusern, die grau in den Himmel ragten, standen Tischtennisplatten aus Beton aus einem anderen Jahrhundert, an denen man sich nach Einbruch der Dunkelheit traf. Verwahrloste Kinderspielplätze, abgehalfterte Trinkhallen und Kioske, in denen man von Sauren Tüten mit steinharten, längst nicht mehr genießbaren Fruchtgummis bis zu Heroinpaketen unter der Ladentheke so ziemlich alles bekam.

In diesem Kiez war Milo groß geworden, und hätte das Leben einen anderen Plan für sie bereitgehalten, wäre sie vermutlich dort geblieben. Möglicherweise wäre sie auf die schiefe Bahn geraten – als Jugendliche hatte sie immer wieder mit dem Feuer gespielt. Aber manchmal drückt selbst die wankelmütige Schicksalsgöttin Fortuna ein Auge zu.

Wer wäre ich heute, wenn ich damals in dieser Tankstelle nicht meinem Schutzengel, sondern irgendjemand anderem begegnet wäre?, fragte sich Milo, während sie den Passat in einer der freien Parkbuchten abstellte und die Handbremse anzog. Vermutlich wäre sie mit irgendeinem Typen verheiratet, hätte zwei oder drei Kinder und einen Job, der ihr keine Freude und erst recht kein sicheres Einkommen bereitete. Ganz sicher wäre diese andere Milo, die in einem Paralleluniversum vor vielen Jahren eine gänzlich andere Entscheidung getroffen hatte, keine Polizistin geworden. Die Bullen in Billstedt waren damals meist der Feind gewesen. Nicht aber ihr Schutzengel, selbst wenn der bei der Kriminalpolizeidienststelle Mitte gearbeitet hatte, die heute, wie alle anderen, dem Landeskriminalamt untergeordnet war. Angela Kaltofen. Die Dankbarkeit ihrer alten Chefin und Mentorin gegenüber wurde sofort von einer Welle schlechten Gewissens fortgespült. Wie lange hatte sie Angela schon nicht mehr besucht? Viel zu lange … Würde die alte Frau sie überhaupt noch erkennen? Ihre klaren Momente wurden immer seltener. Mit ein Grund, warum Milo sich vor den Besuchen drückte: Der Verfall dieses einst so messerscharfen Verstands beklemmte sie mehr, als sie sich selbst eingestehen wollte.

Sie stieg aus dem Wagen und schloss ab, prüfte, wie immer, ein zweites Mal, ob auch wirklich alle Schotten dicht waren. Dann zog sie den Reißverschluss ihrer Jacke hoch, schob die Hände in die Jackentaschen und lief durch den immerwährenden Novembernieselregen auf die dunkle Gasse zwischen den Hochhäusern zu. Als ihr eine Gruppe lärmender Teenager entgegenkam, die noch nicht einmal sechzehn waren und von denen trotzdem jeder eine Bierdose in der Hand hielt, machte sie instinktiv einen Ausfallschritt zur Seite und ließ die Jungs passieren. Die Zeiten, in denen sie sich mit halbwüchsigen Billstedter Kids anlegen musste, um sich zu beweisen, waren endgültig vorbei.

Sie lief weiter und passierte den kleinen Kiosk, vor dem Ahmet stand und mit ausladenden Gesten auf einen winzig kleinen Mann mit Schiebermütze und riesigem Schnauzbart einredete. Als er Milo erkannte, unterbrach er seinen Monolog, breitete die Arme aus und kam auf sie zu.

»Jagoda, Täubchen, sieht man dich auch mal wieder? Wie geht es dir?« Er hauchte ihr zwei Küsse auf die Wangen und ließ dann seine schwere Pranke auf ihre Schulter fallen.

»Gut, Ahmet, gut«, erwiderte sie lächelnd.

»Hast du dich endlich um die Genehmigungen für die Außenbestuhlung gekümmert?«, wollte Ahmet wissen. »Du hast mir schon im Sommer versprochen, das zu organisieren.«

Milo konnte sich ein Grinsen nicht verkneifen. »Nein, Ahmet, ich habe dir damals schon gesagt, dass ich bei der Kriminalpolizei arbeite, nicht beim Bezirksamt. Außerdem …«, sie sah sich um, »sieht es so aus, als hättest du dich schon selbst um die Lizenz für die Außenbestuhlung gekümmert.« Ihr Blick wanderte über vier Sitzgarnituren aus weißem Plastik, die in unmittelbarer Nähe auf dem Bordstein standen.

»Täubchen, du weißt doch selbst, wie langsam die Mühlen der deutschen Bürokratie mahlen«, sagte er mit einem breiten Lächeln. »Ich konnte nicht mehr auf die offizielle Erlaubnis warten. Du verrätst mich doch nicht, oder?«

»Nein, Ahmet.« Milo lachte. »Natürlich nicht. Du mich aber auch nicht, falls du mal geprüft wirst.«

»Ehrenwort, *in schā' Allāh!*«, rief Ahmet munter.

Sie wollte sich abwenden. »Ich muss dann mal weiter.«

»Suchst du deinen Bruder? Der war gerade noch hier.« Ahmet machte einen langen Hals und sah sich um. »Ah, da drüben ist er ja.«

Milo folgte seinem Blick und erspähte in einiger Entfernung zwei Gestalten in weiten Jogginghosen und dazu passenden Trainingsjacken sowie Baseballkappen auf dem Kopf. Mit 42 war

Branko für diese Klamotten mindestens zwanzig Jahre zu alt, wenn es nach Milo ging. Viel schlimmer als sein Look war jedoch, dass sie just in diesem Augenblick sah, wie der Typ, dem ihr älterer Bruder gegenüberstand, Branko die Hand reichte und ihm dabei einen kleinen Gegenstand übergab.

Milos Laune sank augenblicklich auf den Tiefpunkt. Dorthin, wo Branko in seinem Leben schon ein paar Mal gelandet war. Dreimal war er bereits wegen der Dealerei hochgenommen worden. Wegen eines Einbruchdiebstahls hatte Branko sogar schon ein paar Monate gesessen. Aber keine Resozialisierung der Welt schien ihn von der schiefen Bahn runterzukriegen. Dass er nach unzähligen Gelegenheitsjobs, die er nach spätestens drei Monaten wieder los war, immer noch bei seinen Eltern wohnte, keine feste Freundin (zumindest keine, von der Milo wusste) und kein geregeltes (oder wenigstens legales) Einkommen hatte, schien für Branko eine unumstößliche Realität zu sein. Er lebte in den Tag hinein, schlief meist bis Mittag, hing dann Stunden vor der Glotze ab und zog gegen Nachmittag mit seinen ähnlich aufgestellten Kumpels um die Häuser, trank Alkohol, rauchte Hasch – und verkaufte den Scheiß offenbar auch wieder.

Milo schloss die Augen und atmete tief ein und aus. Das ist nicht dein Problem, sagte sie sich. Dein Bruder hatte dieselben Möglichkeiten wie du. Nur dass du etwas daraus gemacht hast und er nicht. Gleiches Recht für alle.

In diesem Augenblick hörte sie Brankos Stimme, der sie aus der Entfernung rief. »*Sestrica*! Was machst du denn hier?« Er kam auf sie zu und zog sie in eine feste Umarmung.

Milo hielt die Luft an. Branko roch nach Zigaretten, Bier und Marihuana.

»Ich besuche *majka* und *otac*.«

»Und mich, deinen Lieblingsbruder.« Branko lächelte breit und verwuschelte ihr mit der Hand die blonden Haare.

Entnervt zog Milo den Kopf weg. »Lass das!«

Branko lachte laut und kam noch näher. »Bah, Jagoda, sei nicht so eine Kartoffel. Und wenn wir schon beim Thema sind, hast du endlich einen Kerl gefunden, der dich ein bisschen locker macht? Du weißt schon.« Er pfiff durch die Zähne und machte eine anzügliche Geste, indem er sich zwischen die Beine fasste.

Milo schubste ihn von sich weg. In anderen serbischen Familien war es so, dass die großen Brüder ihre Schwestern am liebsten für immer in einem Zimmer eingesperrt hätten, damit sie niemals ein fremder Mann zu Gesicht bekam. Branko machte, solange Milo sich erinnern konnte, vulgäre Witze und hackte auf der Tatsache herum, dass sie noch nie einen Freund mit nach Hause gebracht hatte – offenbar nicht ahnend, dass unter anderem er selbst ein Grund dafür war, niemanden, der ihr lieb und teuer war, jemals auf ihn treffen zu lassen. Weder einen Freund noch eine Freundin, obwohl Letzteres sicher einen Super-GAU ausgelöst hätte.

Branko stupste sie an und nickte mit dem Kopf in Richtung Hochhaus. »Komm, *majka* hat *Prebranac* gemacht.«

Bohnensuppe? Bitte nicht.

Als ob Branko ihre Gedanken gelesen hätte, fügte er hinzu: »Aber mit Fleisch. Konnte ja keiner ahnen, dass wir heute königlichen Besuch bekommen.« Er machte eine übertriebene Geste, als ob er sich verbeugen wollte.

Da Milo seit einigen Jahren Vegetarierin war, blieb ihr bei den Familienessen oft nichts anderes übrig, als Knoblauchcreme, Ajvar und Spinat-Börek zu essen, während sich alle anderen mit großem Enthusiasmus Rind, Schwein, Lamm und was sonst noch nicht bei drei im Stall war, einverleibten. Noch so ein Punkt, der dazu beitrug, dass Milo sich bei den Milosevics manchmal wie eine Außerirdische fühlte.

Durch den feinen Nieselregen, der in Hamburg die Eigenschaft hatte, allen physikalischen Gesetzen zum Trotz permanent von unten ins Gesicht zu regnen, liefen Branko und Milo auf die gläserne Eingangstür des Hochhauses zu. Jemand hatte mit grüner Sprühfarbe obszöne Wörter und eine Penis-Zeichnung quer über die Scheiben geschmiert, und niemand hatte sich darum gekümmert, die Farbe zu entfernen. Milo dachte an das schöne Entree im Haus des Toten. Nein, das konnte man nun wirklich nicht mit diesem Ort vergleichen.

Als sie nebeneinander in der winzigen Aufzugkabine standen, die nach Urin und etwas anderem stank, das Milo nicht identifizieren konnte, und der Lift zu ihrer größten Überraschung tatsächlich begann, sich in den elften Stock hochzuarbeiten, ergriff sie wieder das Wort.

»Und, wie läuft's?«

Ihr Bruder nickte, den Blick starr geradeaus. »Kann nicht klagen. Selbst?«

Auch sie nickte, schwieg aber.

»Arbeitest du an einem Fall? Bringst du die bösen Jungs zur Strecke?« Branko sah sie an.

Milo ergriff die Chance. Zwar konnte sie sich nicht vorstellen, dass die herausgeschnittenen Augen ein Verweis auf ein Mafia-Verbrechen waren, aber sie wusste, dass Branko sich in der Szene einigermaßen gut auskannte. Bevor sie nun also jemanden vom LKA 6 aufsuchte, der Abteilung für Organisierte und Rauschgiftkriminalität, konnte sie doch – wortwörtlich – den kurzen Dienstweg nehmen.

»Welche Mafia-Gruppierungen gibt es eigentlich in Hamburg?«

Branko blinzelte, kniff die Augen zusammen und lächelte schief. »Kein unnötiges Vorspiel, was?«

»Branko, komm schon.«

Er seufzte. »Was willst du denn wissen?«

»Alles.«

Branko lachte auf. »Wie lange willst du bleiben? Lass mal mit was Einfachem anfangen. Vor dreißig Jahren teilten die Albaner und die Kurden den Markt in Hamburg unter sich auf. Aber auch die Italiener hatten ihre Finger im Spiel.«

»Wer genau?«, hakte Milo nach, während die Zahl vier in der Aufzuganzeige hell erleuchtet wurde und der Lift anhielt.

»Cosa Nostra, 'Ndrangheta, Camorra … eigentlich sind alle hier. Sie sind die Ausputzer der Albaner.«

Milo schwieg, weil sich in diesem Moment die Aufzugtüren öffneten und ein dicker Mann erschien. Er sah die beiden, die aufgrund der winzigen Größe der Kabine eng zusammenstanden, mit skeptischem Blick an.

Branko schüttelte den Kopf und sagte: »Im Ernst, Kumpel. Lieber mal die Treppe benutzen, hm?« Dann klopfte er sich auf den flachen Bauch und nickte dem Dicken zu.

»Arschloch«, knurrte der, doch in diesem Moment gingen, Gott sei Dank, die Lifttüren wieder zu, und der Aufzug fuhr weiter.

»Will ich wissen, woher du das alles weißt?«, sprach Milo weiter.

»Nein.« Branko grinste verboten fröhlich.

»Und was ist mit den Arabern? Und den Rockerbanden?«

Er nickte langsam. »Die wollen natürlich auch alle ein Stück vom Kuchen abhaben.« Dann zögerte er. »Warum interessierst du dich dafür?«

»Nur so«, nuschelte Milo und fuhr nahtlos fort: »Haben die

Clans Markenzeichen? Wenn sie jemanden …« Sie suchte nach dem Wort. »Beseitigen?«

Branko prustete. »Meinst du einen Betonklotz am Bein, oder was?«

»Ja, zum Beispiel. Oder eine Verstümmelung. Eine bestimmte Technik.«

»Wieso fragst du mich das? Müssten das nicht deine Sesselfurzer im LKA wissen?« Plötzlich machte er große Augen. »Oh, lass mich raten! Du willst mich als V-Mann anheuern.«

Lieber schmore ich in der Hölle, dachte Milo und schwieg diplomatisch.

Branko drückte die Schultern durch und starrte auf die ehemals silberne Aufzugtür vor ihnen. »Keine Ahnung. Ehrlich nicht. Ich hab mit so einer Scheiße nichts zu tun.«

Dafür mit jeder Menge anderer Scheiße, fügte Milo im Geiste hinzu.

»Und Menschenhandel?«

Der Aufzug blieb im elften Stock stehen, die Türen glitten auf. Branko sah Milo kurz nachdenklich an, dann sagte er: »Ich weiß ja nicht, in welchem stinkenden Haufen du gerade wühlst. Aber eines kann ich dir sagen, mit so einem Mist habe ich nichts am Hut.« Dann trat er aus der Kabine und schlenderte auf die Wohnungstür ihrer Eltern zu.

Milo hastete ihm hinterher. »Branko! Es ist wirklich wichtig. Und vielleicht wäre es ja zumindest einmal in meinem Leben möglich, dass du mir hilfst.« Und nicht ich dir den Arsch retten muss, wie es normalerweise abläuft, meldete sich die spitze Stimme in ihrem Inneren erneut zu Wort.

Er blieb stehen, drehte sich um. Schwieg einen Moment, dann seufzte er. »Wer in den Neunzigern dachte, dass die Albaner und die Kurden schlimm waren, der hatte keinen Schimmer. Die Banden aus Bulgarien, Rumänien, Lettland und Litauen, die seit einigen Jahren das Frischfleisch bringen, sind krasser drauf als alle vor ihnen.«

Frischfleisch – damit meinte Branko Frauen, die nach Deutschland geschleust wurden, um dort in illegalen Bordellen und auf dem Straßenstrich zu arbeiten. Deutschland war der Puff Europas, jeden Tag gab es bis zu 1,2 Millionen Männer, die für Liebe bezahlten. Und obwohl Sexarbeitende sich mittlerweile krankenversichern lassen und in die Rentenkasse einbezahlen konnten, war ein großer Teil der Prostituierten nicht gemeldet. Und immer noch viel zu viele waren illegal im Land und wurden zum Anschaffen gezwungen.

»Sie transportieren sie in Lastwagen, manchmal ohne Frischluftzufuhr. Das tut …«, er zögerte. »Das tut der Ware oft nicht gut.«

Milo schauderte bei Brankos Wortwahl. »Verkaufen sie die Frauen auch? An Privatpersonen?«

Er zuckte mit den Schultern. »Klar. Wer zahlt, kriegt alles. Willkommen im Kapitalismus!«

In dieser Sekunde wurde die Tür der Wohnung aufgerissen, vor der Branko und Milo stehen geblieben waren.

Evicas Kopf erschien im Flur. »Branko? Ich hab doch deine Stimme gehört …« Dann sah sie Milo, und ihr Gesicht leuchtete auf wie ein Christbaum an Heiligabend. »Jagoda, *moja draga*! Warum hast du dich denn nicht angekündigt?«, schalt sie auf Serbisch los. »Ich hätte doch etwas zu essen für dich gemacht. Na ja, vielleicht hab ich noch Ajvar. Ist dein netter Kollege auch dabei? Kommt rein, kommt rein! Nun lasst euch doch nicht bitten.«

Branko lüpfte vor Milo den imaginären Hut, dann bat er sie vor sich in die Wohnung, in der sie der Geruch von gekochten Bohnen und angebratenem Speck empfing. *Home sweet home*, dachte Milo, schälte sich aus der Lederjacke und ließ sich von ihrer munter plappernden Mutter ins Wohnzimmer führen. Dort saß ihr Vater im blauen Adidas-Jogginganzug neben einigen ihr unbekannten Männern in seinem Alter auf dem Sofa und schaute sich eine serbische Casting-Show im Fernsehen an. Als er sie erblickte, sprang er auf und eilte auf sie zu, zog sie in eine stürmische Umarmung und schob sie zur riesigen Sofagarnitur vor dem noch größeren Flachbildfernseher.

»Ihr erinnert euch alle an meine Tochter Jagoda«, rief er aufgeregt in seiner Muttersprache. »Nun denkt mal alle ganz scharf nach, welche Söhne, Neffen und Cousins in euren Familien noch zu haben sind. Vielleicht ist ein Ehemann für sie dabei. Aber nur Serben! Haben wir uns verstanden?«

Milo wurde unsanft auf das Sofa gedrückt, viel zu eng neben einen dicklichen Mittfünfziger mit Halbglatze, der ihr ungeniert auf die Brüste glotzte.

»Ich bin auch Single«, grinste der Kerl und entblößte eine riesige Zahnlücke im Oberkiefer.

Es war der Moment, in dem Milo beinahe laut aufgelacht hätte. Die Vorstellung, die wohlerzogene, elegante Valerie und ihren Jil-Sander-Mantel auf der durchgesessenen Couch ihrer Eltern zu sehen, war nicht nur weit hergeholt – sie war geradezu grotesk und würde sich niemals, nie, nicht in einhundert Jahren und wenn alle Planeten in einer Reihe standen, erfüllen. Lieber würde sie sterben.

10

5. November 2022, 4:00 Uhr

Seufzend drehte sich Milo ein weiteres Mal im Bett herum. Vor einer Stunde war sie aufgewacht und fand seitdem nicht mehr in den Schlaf. Neben ihr lag Valerie und schnarchte leise. Als Paar- und Sexualtherapeutin bekam sie den ganzen Tag lang den Müll anderer Leute vorgesetzt, aber Milo hatte noch nie mitbekommen, dass die Patienten und deren Geschichten ihrer Freundin den Schlaf raubten.

Bei Milo war das anders. Obwohl sie wirklich alles versuchte, um Privates und Berufliches voneinander zu trennen, nahm sie ihre Fälle häufiger mit nach Hause, als ihr lieb war. Im schlimmsten Fall sogar mit ins Bett. Vor allem in ihrer Anfangszeit bei der Kripo war ihr das passiert, mit dem Ergebnis, dass sie am kommenden Tag vollkommen übermüdet am Schreibtisch saß. Erst seitdem sie mit Valerie zusammen war, hatte sie gelernt, sich zu distanzieren.

Aber eben nicht immer. Nicht bei so einem Fall.

Das Video machte ihr zu schaffen. Obwohl es vier Tage her war, seitdem sie es zum ersten Mal gesehen hatte, gingen ihr die Bilder nicht mehr aus dem Kopf. Die brutale Vergewaltigung. Der kaltblütige Mord. Und das Gesicht des Mädchens, das wirkte, als habe es das Ende herbeigesehnt. Wie schlimm mussten ihre Qualen gewesen sein, wenn der Tod eine Erlösung war? Milo fröstelte und rollte sich auf die andere Seite.

Wenn sie nur irgendetwas hätte unternehmen können. Diese Hilflosigkeit machte sie fertig. Insbesondere weil sie wusste, dass das Mädchen bei Gott kein Einzelfall war. Überall auf der Welt, in jeder Sekunde, wurde gerade ein Mädchen, ein Junge, eine Frau, ein Kind vergewaltigt, misshandelt, gefoltert, getötet. Weil es den Tätern Freude bereitete. Sie aufgeilte. Ihnen Befriedigung verschaffte.

Sollen sie alle in der Hölle verrotten, dachte sie und schnaufte.

»Kannst du nicht schlafen?« Valeries Stimme klang müde. Ihre warme Hand legte sich auf Milos Schulter. »Der neue Fall, hm? Kommt ihr nicht weiter?«

Wenn es nur das wäre, dachte Milo und drehte sich zu ihr um. Das Licht des zunehmenden Mondes schien durch das Fenster auf ihr Bett und erleuchtete die weißen Bettlaken. Eine Woche war seit der Tat vergangen. Und sie waren in ihren Ermittlungen kaum vorangekommen. »Ich will dich damit nicht belasten.«

Valerie rückte näher und schmiegte sich an sie. »Das verstehe ich. Und ich bin dir dafür dankbar. Aber du weißt, dass du jederzeit mit mir reden kannst.«

Milo schob ihren Arm unter Valeries Körper und zog sie an sich. »Ich weiß.« Sie hauchte Valerie einen Kuss aufs lockige, dunkle Haar.

Valerie hob den Kopf, und ihre Lippen trafen sich. Der Kuss war sanft und zärtlich. Plötzlich spürte Milo, dass Valerie drängender wurde. Ihre Hand wanderte unter Milos Schlafshirt und begann vorsichtig, mit den Fingerspitzen über ihren Bauch zu streichen.

»Es ist mitten in der Nacht«, flüsterte Milo und konnte sich ein Lächeln nicht verkneifen.

»Ach, deswegen ist es draußen so dunkel«, kicherte Valerie und richtete sich auf. In einer fließenden Bewegung zog sie sich das Oberteil über den Kopf und drehte sich zu Milo um.

Die konnte die Augen nicht von ihr abwenden. Valerie war so schön, so feminin. Alles an ihr war rund und einladend. Ihr wohlgeformter Busen mit den kleinen Brustwarzen. Ihr flacher Bauch und die schlanke Taille. Milo spürte, wie Erregung in ihr aufstieg, und streckte die Hand nach Valeries Brüsten aus. Unter ihren Fingerspitzen zogen sich die Brustwarzen zu festen Knospen zusammen.

»Zieh dich aus«, forderte Valerie sie auf und schlug Milos Bettdecke zurück. »Ich will dich schmecken.«

In diesem Augenblick fing Milos Handy auf dem Nachttisch an zu vibrieren.

»Fuck.« Das durfte doch noch wahr sein. Sie warf einen Blick aufs Display. Vincent Frey. »Ich muss da kurz ran«, erklärte sie.

»Nachts um vier?!«

»Eben. Wenn Vince um die Uhrzeit anruft, ist es wichtig.« Sie nahm das Gespräch entgegen. Im Hintergrund waren Fahrgeräusche zu hören. »Ich hoffe für dich und dein Leben, dass du nicht in irgendeiner Kneipe versackt bist und den Haustürschlüssel verloren hast!«

»Mir ist gerade nicht zum Spaßen zumute«, erwiderte ihr sonst so schlagfertiger Kollege nüchtern.

Milo setzte sich im Bett auf. Binnen einer Sekunde war sie hellwach. »Was ist los?«

»Zieh dir was an, mach dir einen extrastarken Kaffee und sei in zehn Minuten unten auf der Straße. Ich hol dich ab.«

Sie schwang die Beine aus dem Bett. »Warum?«

»Wir haben noch eine Leiche.«

Milo hielt inne. »Sag jetzt aber nicht …«

»Doch. Mülltüte, schwarzer Kabelbinder. Der Mörder hat wieder zugeschlagen.«

Olga

Ein letztes Mal richtete sie ihre Kleidung und betrachtete ihr Gesicht in der Reflexion der Türscheibe. Hatte sie Lippenstift auf den Zähnen? Nein, alles saß, und zwar genau dort, wo es sein sollte.

Olga drückte den Klingelknopf und wartete. Aus dem Inneren des hübschen Einfamilienhauses in Volksdorf mit dem ordentlich angelegten Garten drangen laute Musik und kehliges Männerlachen. Ein Junggesellenabschied, wieder einmal. Olga seufzte, aber sie wollte nicht meckern. Diese Feiern waren eigentlich immer nett, vor allem deshalb, weil die meisten Männer vollkommen eingeschüchtert von ihr waren und mit hochrotem Kopf beinahe erleichtert wirkten, wenn sie sich den Junggesellen schnappte, um ihre Show zu machen.

Manchmal, wenn auch selten, wurde sie von Paaren gebucht, die wieder etwas Schwung in ihr eingeschlafenes Sexleben bringen wollten. Selten bekam sie Anfragen von einzelnen Männern. Die lehnte sie jedoch immer ab – zu groß war ihr das Risiko, dass einer der Typen ihre Dienstleistung mit einem schnellen Fick veredeln wollte. Dreimal war sie auf solche Kerle hereingefallen und hatte sich in letzter Sekunde aus ihren gierigen Fingern gewunden.

Im Dollhouse *war es natürlich nie passiert, dass einer der Kunden übergriffig geworden war. Dafür hatte Olga von den Dollhouse-Dollar in ihrem Slip nur einen Bruchteil abbekommen, bis in die frühen Morgenstunden an der Stange tanzen und jeder x-beliebigen Männerrunde einen* Private Dance *anbieten müssen, selbst wenn sie die Kerle widerlich gefunden hatte. Gut, dass sie den Scheiß nicht mehr machte, auch wenn ihr die Security-Männer, die überall im Laden auffällig unauffällig verteilt waren, ein gewisses Gefühl der Sicherheit vermittelt hatten.*

Die Tür schwang auf, und ein vielleicht dreißigjähriger Mann erschien. Ihm war anzusehen, dass er schon etwas tiefer ins Glas geblickt hatte. Allem

Anschein nach war er der Trauzeuge, der Olga über die Agenturseite für Stripperinnen gebucht hatte.

»Hey, schön, dass du da bist!« Er fiel ihr um den Hals, als ob sie sich seit Jahren kannten. Olga ließ es über sich ergehen und tätschelte seinen Rücken.

»War leicht zu finden.« Sie zeigte auf die Straße. »Kann ich mein Auto da stehen lassen?«

Er nickte. »Logo.« Dann streckte er den Arm aus und bat sie ins Innere. Er nahm ihr den dünnen Mantel ab, unter dem sie die Krankenschwesternuniform trug – genau wie per Mail besprochen. »Du siehst geil aus«, sagte er, ließ den Blick anerkennend über ihren Körper wandern und leckte sich über die Lippen.

Olga lächelte knapp. »Danke.« Ihr war bewusst, welche Wirkung die roten Strapse hatten, die unter dem Saum des viel zu engen Kostüms herausschauten. Als ob eine echte Krankenschwester jemals so herumgelaufen wäre. Manchmal war sich Olga nicht sicher, wie naiv die Typen eigentlich waren, für die sie tanzte. Die meisten gingen davon aus, dass sie als Stripperin mit jedem vögelte und einfach immer scharf auf Sex war. Wenn die wüssten! Im Grunde war Olga ein schüchternes Mädchen. In der polnischen Provinz erzkatholisch erzogen, ging sie erst mit jemandem ins Bett, wenn er ihr wirklich etwas bedeutete. Und das taten die wenigsten, denn sie ließ nur selten jemanden an sich ran. Der Großteil der Männer wollte Olga sowieso nicht richtig kennenlernen, eben weil sie sich gegen Geld auszog.

»Hier. Ich habe noch einen Hunderter dazugelegt.« Der Mann hielt ihr ein Bündel entgegen. »Als Trinkgeld.« Er wackelte mit den Augenbrauen und sah mit einem Mal lüstern aus.

Olga zögerte. Wieso glotzte er sie so an? Lag das nur an ihrer Aufmachung? Oder weil er besoffen war? Wieso gab er ihr vorab das Trinkgeld? Nicht, dass er mehr erwartete, als verabredet gewesen war.

Sie schüttelte den Gedanken ab, steckte das Geldbündel in ihre Tasche und kontrollierte ihr Aussehen noch einmal im Spiegel. Dann folgte sie dem Trauzeugen durch den gefliesten Flur, der genauso nichtssagend und langwei-

lig wie in allen anderen deutschen Einfamilienhäusern aussah, ins großzügige Wohnzimmer. Als sie eintrat und das halbe Dutzend Männer in rosafarbenen Motto-Shirts mit der Aufschrift »Game over – Jens heiratet!« erblickte, ging das Gegröle los. Den zukünftigen Bräutigam erkannte Olga sofort, denn er wurde von den anderen nach vorn geschubst und grinste wie ein Honigkuchenpferd.

Olga warf dem Trauzeugen einen Blick zu, wie besprochen stand nur eine Sekunde später ein Stuhl in der Mitte des Raums, auf den der Bräutigam gedrückt wurde. Aus den Lautsprechern drang laute Musik, »Pony« von Ginuwine, aus der Playlist, die Olga vorher per Mail mit dem Trauzeugen geteilt hatte.

Sie begann, sich langsam und lasziv auf den Bräutigam zuzubewegen. Mit rhythmisch schwingenden Hüften schritt sie den Raum ab, lief an der Sofaecke vorbei, auf der die anderen Männer saßen und sie nicht aus den Augen ließen. Die meisten von ihnen hatten etwas Wildes, Animalisches im Blick, was Olga eigentlich nur von Partys kannte, auf denen auch Koks die Runde machte.

Zieh die Nummer durch, und dann hau ab, sagte sie sich, während sie sich breitbeinig zwischen Stuhl und Sofa hinstellte, den Oberkörper nach vorn beugte, den Männern auf der Couch einen Blick auf ihren Hintern und dem Bräutigam Einsichten in ihr tiefes Dekolleté gewährte. Die ganze Truppe johlte, und Olga konnte sich ein Grinsen nicht verkneifen. Männer waren so durchschaubar.

Sie richtete sich wieder auf, tanzte langsam in die Nähe des Bräutigams, während sie die Knöpfe ihrer Krankenschwesterntracht öffnete. Beim Bräutigam angekommen, bemerkte sie, dass er eine sichtbare Beule in der Hose hatte. Olga verstand das als Kompliment und setzte sich auf seinen Schoß. Der Mann stierte sie an, an seinem Hals war eine Ader sichtbar, und auf der Stirn stand der Schweiß.

Plötzlich spürte Olga, dass der Typ ihren Hintern begrapschte.

»Nur gucken, nicht anfassen«, raunte sie ihm ins Ohr und griff nach hinten, um seine Hände von ihren Pobacken zu nehmen.

Da umfasste er ihre Handgelenke. Drückte ihre Arme nach vorn. Eher überrascht als erschrocken, bemerkte sie, dass sich der Griff um ihre Gelenke nicht lockerte.

»Es ist mein Abend … da mache ich, was ich will«, knurrte der Bräutigam und leckte ihr gierig übers Dekolleté.

Olga wollte sich losmachen – aber er hielt sie fest. So fest, dass sie sich kaum noch bewegen konnte.

»Komm schon«, sagte sie über die laute Rap-Musik hinweg, denn nun wurde ihr doch unbehaglich. »Lass mich los.«

Der Bräutigam sah über ihre Schulter auf die Couch. »Die kleine Hure will, dass ich sie loslasse.«

Die Männer lachten. Es klang nicht lustig.

Der Kerl, auf dessen Schoß Olga immer noch saß, erhob sich, trug sie zum Sofa und warf sie auf die Sitzfläche. Sie wollte sich sofort wieder aufrappeln, aber schon hatten sich erneut Finger um ihre Handgelenke geschlungen, die sie mit eisernem Griff umfassten.

»Jungs! Hört auf, das ist nicht witzig.«

Einer der Typen, ein blonder mit albernem Ziegenbärtchen, drückte ihre zusammengepressten Oberschenkel auseinander und ließ sich auf sie fallen. Sein Gewicht raubte ihr den Atem.

»Hey!«, keuchte Olga und konnte nicht verhindern, dass ihre Stimme panisch klang. »Hört auf damit! Sofort!«

Eine Hand legte sich auf ihren Mund und drückte zu. »Du bist jetzt still«, flüsterte eine Stimme in ihr Ohr, die sie als die des Trauzeugen erkannte. »Und machst, wofür wir dich bezahlen.«

II

5. November 2022, 4:45 Uhr

»Kein schöner Ort, um abzutreten«, sagte Vince und schnäuzte sich.

Der November war mit dichtem Nebel und undurchdringlichem Grau hereingebrochen, das bis in die tiefsten Winkel der eigenen Seele vorzudringen schien.

Milo blieb kurz stehen und sah sich um. Sie waren in einem heruntergekommenen Teil St. Paulis. Links von ihr stand ein rotes Backsteingebäude, dessen Wände mit Graffitis und Tags beschmiert waren. Gegenüber befand sich ein verkommener Basketballplatz mit aufgeplatztem Betonboden, durch den sich Wurzeln und Unkraut an die Oberfläche kämpften. Auf der anderen Straßenseite, dort, wo es zur Elbe hinunterging, waren die Häuser hübscher und erinnerten Milo entfernt an die Altbauten aus Winterhude. Nur dass die in einem wesentlich besseren baulichen Zustand waren und in dem noblen Viertel niemals eine »Fuck Capitalism!«-Fahne in Signalrot am Balkon gehangen hätte.

Im Erdgeschoss des Eckhauses war eine Kneipe mit dem vielversprechenden Namen *Tante Trude*. Auch wenn Fenster und Türen verriegelt und verrammelt waren, wusste Milo dank der »Atomkraft, nein danke«- und Antifa-Aufkleber, den Plakaten, die zum Klimastreik und zur Abwahl der Bundesregierung aufriefen, und den vielen Schichten Hippie-Kunst, die den einstigen Gebäudeanstrich überlagerten, um was für einen Laden es sich bei der Trude handelte: alternativ mit politischem Einschlag nach links, Punks, Pogo und manchmal Polizei. Milo trat näher an die Eingangstür heran und entdeckte zwischen den verwitterten Wohnungsgesuchen einen Ausdruck, der schon ganz wellig geworden war. *Wir machen Urlaub vom 23.10. bis zum 06.11.!* Scheiße. Die Chance, einen oder mehrere Zeugen zu finden, schrumpfte damit um ein Vielfaches. Konnte der Tag noch beschissener werden?

Der zweite Tote, fast eine Woche nach dem ersten Leichenfund, traf ihr Team zu einem Zeitpunkt, als sie in den Ermittlungen um Schmidts Ermordung noch immer auf der Stelle traten. Niemand hatte mit einer weiteren Leiche gerechnet, schon gar nicht mit einer, die dieselbe Handschrift trug.

»Ich nehme es persönlich, dass der Täter offenbar nur am Wochenende zuschlägt«, sagte Vince und rückte sich die Wollmütze zurecht. »Ich würde wirklich gern mal wieder ausschlafen.«

»Wir können ihm ja über die Presse eine Nachricht zukommen lassen, dass er den nächsten Mord zu den regulären Bürozeiten planen soll«, schlug Milo vor und zog die Schultern hoch. Sie hatte sich immer noch keine richtige Winterjacke besorgt, und die Kälte war beißend. Spätestens jetzt sehnte sie sich zurück in ihr Bett und Valeries warme, zärtliche Umarmung.

»Spaß beiseite. Er meint es offenbar ernst«, murmelte Vince nachdenklich, während er auf die Polizeiabsperrung vor der Balduintreppe blickte. Im Hintergrund ragten einige der blauen und roten Hafenkräne von Steinwerder in den kalten Herbsthimmel. Nur ein paar Meter weiter unten war der Fischmarkt, wo sich um kurz vor fünf am Morgen, noch dazu am Wochenende, nicht nur die Händler und Verkäufer, sondern vor allem Nachtschwärmer und Junggesellenabschiede tummelten.

»Vielleicht schaut er zu viele Filme über Serientäter«, kommentierte Milo trocken und überlegte, ob sie sich überhaupt an einen Doppelmord während ihrer Zeit bei der Hamburger Polizei erinnern konnte, erweiterte Suizide in Familien nicht eingerechnet.

»Oder er weiß nicht, was er ansonsten mit den vielen Mülltüten anstellen soll«, meinte Vince lakonisch.

Milo konnte er damit nicht täuschen, sie kannten sich zu lange und zu gut. Sie wusste genau, was ihr Kollege dachte, nämlich dasselbe wie sie: Hatte auch dieser Tote eine Vorliebe für gewaltsamen Sex mit hilflosen Frauen gehabt? Würden auch ihm die Augen fehlen? Müssten sie eine weitere Wohnung nach Dingen absuchen, die sie eigentlich gar nicht finden wollten?

»Ihr habt ja nicht lange auf euch warten lassen«, begrüßte sie Susanne Süß, nachdem sie sich zum Tatort vorgearbeitet hatten. Es hatten sich bereits zwei Dutzend Schaulustige um die Absperrung versammelt und versuchten, hinter den Plastikplanen, die die Kollegen von der Schutzpolizei hastig aufgestellt hatten, etwas zu erkennen. Einige der Gaffer wären sicher auch als Verdächtige in irgendwelchen anderen Ermittlungen geeignet, dachte Milo.

»Wir sind Frühaufsteher«, antwortete sie stattdessen mit ironischem Unterton in der Stimme und musterte die aufgescheuchten Obdachlosen, übrig gebliebenen Partygänger und Hafenstammgäste prüfend.

»Guten Morgen, Susi, schön, dich zu sehen«, sagte Vince deutlich freundlicher und zauberte der Rechtsmedizinerin damit sofort ein Lächeln ins Gesicht, das dem Anlass überhaupt nicht angemessen erschien.

Milo verdrehte innerlich die Augen. Susi?!

»Na, dann kommt mal mit«, forderte Dr. Süß sie auf und hob einladend das Absperrungsband. »Das Wichtigste habt ihr ja vermutlich schon erfahren. Wieder ein Erstickungsmord, gleiche Tüte, gleicher Kabelbinder, wieder eine Amputation.«

»Und?«, fragte Milo. »Wo lagen die Augen diesmal?«

»Genau da«, sagte Dr. Süß, »wo sie hingehören, in den beiden von der Natur dafür vorgesehenen Orbitae.«

»Hast du nicht gesagt, es gab auch diesmal wieder eine Amputation?«, bohrte Vince nach.

»Ja, aber nicht die Augen wurden entfernt. Diesmal hatte der Mörder offensichtlich Lust auf Ohren.«

»Ohren?« Milo und Vince starrten sich an. Die Sache wurde nicht einfacher.

»Aber der restliche Tathergang ist identisch?«, fragte Milo sicherheitshalber noch mal nach.

»Korrekt. Schaut es euch selbst an, da drüben liegt er. Kai Nowak, 47 Jahre alt, wohnt laut Ausweisdokument nicht in der Gegend, aber scheint sich regelmäßig hier rumzutreiben. Zumindest behauptet das dieser …«, sie zögerte einen Moment, »… Händler da hinten. Der hat die Leiche gefunden und uns netterweise verständigt. Vermutlich erst, nachdem er seine Ware irgendwo sicher verstaut oder verkauft hat. Ich habe die Kollegen von der Davidwache gebeten, die Befragung euch zu überlassen. Keine Ahnung, ob der Typ in der Lage ist, seine Geschichte zweimal zu erzählen.«

»Ich den Toten, du den Lebendigen?«, schlug Milo ihrem Kollegen vor. Sie hatte wenig Lust, so früh am Morgen einem abgehalfterten Dealer jedes Wort aus der Nase zu ziehen. Vince war, vermutlich weil er dank seiner jovialen Art den meisten Menschen sympathisch war, in der Regel erfolgreicher bei solchen Kandidaten. Brummend überließ er ihr den Platz an Dr. Süß' Seite und stapfte in Richtung der zwei Streifenpolizisten, die den nervös wirkenden Mann beaufsichtigten.

Zum zweiten Mal in nur wenigen Tagen folgte Milo der Rechtsmedizinerin in ein regennasses Gebüsch, aus dem lange Männerbeine hervorlugten. Anstelle der Sportklamotten trug diese Leiche eine verwaschene Jeans, deren Abnutzung eher Zeichen von Verschleiß als ausgefeiltes Design war. Ausgelatschte Lederschuhe und eine speckige, für die Jahreszeit zu dünne Jacke rundeten das Bild ab. Solchen Typen war Milo während ihrer kurzen Zeit bei der Sitte öfter begegnet. Arme Schlucker, die sich mit dem Wenigen, was sie hatten, eine wärmende Umarmung und mehr leisteten.

»Die Tüte war also die gleiche wie beim letzten Mal«, stellte Milo fest und beugte sich unter den tiefhängenden Ästen näher an den kalten Körper.

»Gleiches Material, gleiche Größe, zumindest auf den ersten Blick. Auch dem schwarzen Kabelbinder ist unser Mörder treu geblieben, vermutlich hat er die Dinger im Großpack besorgt.«

»Hoffentlich finden wir ihn, bevor der aufgebraucht ist«, murmelte Milo und fragte sich, ob sie tatsächlich gerade den Beginn einer Serie miterlebte. Hoffentlich nicht. Immerhin ein Gutes hatte das alles: Die Tatsache, dass die Vorgehensweise sowie der Fundort so ähnlich waren, deutete auf denselben Täter hin. »Was können Sie mir noch sagen?«

Milo fiel auf, dass sie die Rechtsmedizinerin nach wie vor siezte, während Vince und Susanne zum vertraulichen Du übergegangen waren. Aber solange die Süß keine Anstalten machte und auch Milo das Du anbot, würde sie schön bei der förmlichen Anrede bleiben. Allein schon aus Prinzip.

»Wie beim letzten Mal, noch nicht sehr viel. Das Wetter ist auch diesmal nicht unser Freund. Und es gibt keine Wunden, die auf eine andere Todesursache schließen lassen. Er ist erstickt wie sein Vorgänger. Wie der Täter es geschafft hat, ihn zu überwältigen, weiß ich noch nicht. Aber er war schon tot oder ohnmächtig, als man ihn hierhergebracht hat. Sehen Sie dort drüben.« Dr. Süß zeigte auf eine mit einem nummerierten Schild markierte Stelle. »Da sind Fußabdrücke und Schleifspuren. Jemand ist dort ziemlich tief in den Boden eingesunken. So tief, dass der Abdruck zwar nicht mehr deutlich, aber immer noch zu erkennen ist. Vermutlich hat er sein Opfer gestützt oder getragen und dann hierhergezogen. Vielleicht weiß der Zeuge mehr.«

»Warum hier?«, dachte Milo laut nach. St. Pauli war eines der ältesten und berüchtigtsten Viertel Hamburgs, mit engen, verwinkelten Gassen und dunklen Hauseingängen. Der Hafen und die Reeperbahn zogen gleichermaßen zwielichtige Gestalten wie Feiernde an. War der Fundort zufällig oder mit Absicht gewählt? Hatte er eine günstige Gelegenheit geboten? Oder bedeuteten Stadtpark und Reeperbahn mehr?

Milo machte einen Schritt auf die Leiche zu und zog die weiße Plane über dem Kopf zurück. In diesem Moment wünschte sie sich, die Augen würden doch fehlen. Denn die glasigen, toten Pupillen ließen sie frösteln. Die Haut des Mannes war grau, der Hals und die Schultern blutig verkrustet. An beiden Kopfseiten fehlten die Ohren. Ausgefranste Haut und weiß-gelblicher Knorpel waren alles, was übrig war. Instinktiv fasste sich Milo an ihr rechtes Ohr, als wollte sie kontrollieren, ob noch alles vorhanden war.

»Sind die Ohren wieder post mortem entfernt worden?«

»Das weiß ich noch nicht, aber ich vermute es – sonst hätte es stärker geblutet.«

»Wo habt ihr sie gefunden?«

»Sie lagen ein paar Meter weiter. Nahe der Treppe.«

Herrlich. Die Vorstellung, eines frühen Morgens nach dem Feiern erst über ein Paar abgetrennter Ohren und anschließend über die dazugehörige Leiche zu stolpern, war alles andere als angenehm.

Milo seufzte. Erst Augen, dann Ohren, immer nach dem Tod, also keine Folter, sondern … sondern was? Warum nahm der Täter seine Trophäen nicht mit? Und was kam als Nächstes?

»Wenn Sie hier fertig sind, lasse ich ihn einpacken«, verabschiedete sich Dr. Süß. »Kommen Sie morgen vorbei oder Ihr Kollege?«

War da Hoffnung in der Stimme der Ärztin zu hören?

»Vermutlich kommen wir beide.«

Eindeutig: Susanne Süß wirkte enttäuscht, riss sich jedoch schnell zusammen. »Gut. Bis dahin sollte ich mehr sagen können. Einen schönen Samstag noch.«

»Ja, schönen Samstag«, murmelte Milo geistesabwesend und rieb sich wieder das Ohrläppchen. Die Mülltüte gab ihr weiterhin Rätsel auf. War sie einfach ein praktisches Mordinstrument, weil Massenware und leicht transportierbar? Oder konnte der Mörder den grausamen Erstickungskampf nicht mitansehen? Was hatte dieser Tote mit Michael Schmidt gemein? Stand auch er auf Vergewaltigung und Mädchenmord? Und wenn ja, woher wusste der Täter davon?

Suchend blickte sie sich nach ihrem Kollegen um. Vielleicht war es Vince gelungen, dem Junkie ein paar Informationen zu entlocken.

Er kam auf sie zu und seufzte theatralisch. »Von dem kranken Typen kriegen wir niemals eine offizielle Aussage«, bestätigte er, was Milo vorhin vermutet hatte. »Ich bin mir selbst nicht sicher, was man dem glauben soll. Der ist total drauf, frag mich nicht, auf was.«

Milo rieb sich müde die Augen. Warum hatte sie diesen Beruf noch mal gewählt? Es gab Anstellungsverhältnisse, die ihr erlauben würden, den Samstagmorgen in den Armen ihrer Liebsten zu verbringen. Stattdessen fror sie hier in der Kälte und schlug sich mit dem Elend der Menschheit herum.

»War denn irgendwas aus ihm rauszubringen?«

Vince zuckte mit den Schultern. »Er sagt, der Tote wäre immer wieder mal hier gewesen. Meist Anfang des Monats. Der Zeuge hat wohl mehrmals versucht, ihm was zu verkaufen, aber der Typ hatte nie Interesse. Das galt eher den Damen oben am Strich.«

»Monatsanfang, wenn noch Geld auf dem Konto war«, überlegte Milo laut.

»Vielleicht solltest du das auch mal wieder machen, Milosevic«, schlug Vince mit einem verschlagenen Grinsen im Gesicht vor. »Sex, meine ich. Bevor du vergisst, wie es geht. Täte dir gut.«

»Du bist so widerlich!«

»Wieso? Eine scharfe Kommissarin wie du muss doch kein Geld fürs Bumsen ausgeben. Das kriegst du doch kostenlos.«

»Vince!« Milo boxte ihn so fest in die Seite, dass er vor Schmerzen aufschrie. »Noch irgendwas, das uns in diesem Fall weiterbringt?«

Vince hielt sich die Rippen. »Der Junkie behauptet, er habe den Teufel gesehen, der mit einem Messer um die Leiche getanzt ist.«

Milo horchte auf. »Wie bitte?«

»Und zwei rothaarige Hexen, die mit ihm Sex hatten. Ich bin mir nicht sicher, ob ich das im Protokoll brauche. Was meinst du?«

Frustriert schüttelte Milo den Kopf.

»Er hat übrigens auch das Portemonnaie des Toten gefunden und bei der Streife abgegeben. Die Kohle ist zwar weg, aber die Papiere sind noch da. Ausweis, Führerschein, Clubausweis St. Pauli, das volle Brett. Außerdem zwei Bilder von kleinen Kindern und einer recht hübschen Frau.«

»Vielleicht seine«, sagte Milo.

»Ich schlage vor, wir fahren aufs Revier, greifen uns irgendwo noch ein Frühstück und machen den Kerl dann richtig nackig. Was Susi kann, können wir auch, oder?«

Milo nickte. Viel mehr blieb ihnen im Moment sowieso nicht übrig. Sie bückte sich unter der Absperrung durch, die Zahl der

Schaulustigen hatte sich beinahe verdoppelt. Ekelhaft, die Sensationsgier der Menschen, dachte sie.

In dieser Sekunde blieb ihr Blick am Gesicht eines Mannes in hinterer Reihe hängen. Im Gegensatz zu den anderen Passanten glotzte er nicht die zugedeckte Leiche an, sondern Milo. Für einen Moment trafen sich ihre Blicke, dann schlug der Typ die Kapuze seines Regenmantels über den Kopf und drehte sich weg. Einen Augenblick später war er verschwunden. Von plötzlichem Unbehagen befallen reckte Milo den Hals, aber der Typ war zwischen den Gaffern nicht mehr zu entdecken. »Gehen Sie nach Hause, Sie sollten sich schämen«, blaffte sie in die Menge, dann folgte sie Vince zu ihrem Wagen.

Als sie die Tür zugeknallt hatte, betätigte sie die Verriegelung.

12

5. November 2022, 7:00 Uhr

»Das glaubst du mir nie!«, sagte Vince, der hinter seinem PC saß und ein Fischbrötchen mampfte.

Milo konnte weder das Schmatzen noch den Geruch ertragen. Matjes vom Hamburger Fischmarkt war nur eine von Vince' vielen Schwächen, aber die einzige, wegen der Milo Einsätze am Hafen hasste wie die Pest.

»Was glaube ich dir nie? Dass Fischgestank tödlich sein kann?«, fragte sie und öffnete demonstrativ ein Fenster. Lieber den kalten Herbstwind ertragen, als mit diesem Geruch in der Nase und an der Kleidung später nach Hause fahren. Dann konnte sie sich die erhofften romantischen Stunden mit Valerie abschminken.

»Haha, sehr witzig. Was kann ich dafür, dass du ohne Geschmack für das Gute geboren wurdest?« Vince stopfte sich den Rest seines Brötchens in den Mund. Mit vollen Backen kauend, tippte er gegen seinen Computermonitor. Darauf war eine Polizeiakte geöffnet, und das Foto zeigte eindeutig ihren Toten von der Balduintreppe. Im Gegensatz zu den Bildern, die man heute Morgen von ihm gemacht hatte, war er auf diesem jedoch lebendig und mit beiden Ohren am Kopf zu sehen.

»Kai Nowak«, murmelte Milo und trat näher an den Schreibtisch. »Was hast du ausgefressen?«

»Er war kein Unschuldslamm, so viel steht fest. Anzeige wegen häuslicher Gewalt. Seiner Ex und den Kindern durfte er sich nicht mehr nähern, da scheint irgendwas Unschönes vorgefallen zu sein. Und sieh mal hier.« Vince' Finger, an dem immer noch Remoulade klebte, tippte erneut auf den Bildschirm. »Da ist noch was, irgendeine andere Akte, ich komm aber nicht ran. Vielleicht die Kollegen aus dem Archiv? Sollten wir mal vorbeischauen und nachfragen.«

Milo runzelte die Stirn. »Er war also ein Frauenschläger und trieb sich auf dem Straßenstrich rum. Verprasste vermutlich sein Geld bei Sexarbeiterinnen. Klingt nicht nach dem Mann, den man sich als Vater seiner Kinder wünscht, oder? Haben wir einen Namen von ihr?«

»Jennifer Nowak, 38 Jahre alt, zwei Kinder, Patrick, acht, und Kim, sechs. Bis vor Kurzem hat sie Sozialhilfe erhalten, jetzt ist sie in Teilzeit in einem Supermarkt angestellt. Gemeldet ist sie mit den Kindern bei einer Hildegard Behrendt. Behrendt ist auch Jennifer Nowaks Mädchenname, vermutlich sind sie bei der Mutter untergekommen. Zweimal haben die Frauen in den letzten Monaten Anzeige gegen Nowak erstattet, weil er nachts unangemeldet aufgetaucht ist. Ich wette besoffen, wollte die Kinder sehen.«

Milo nickte. Sie kannten diese Geschichten zur Genüge. Häusliche Gewalt, irgendwann Trennung, dann kam die tränenreiche Versöhnung, und schließlich ging alles von vorn los. Ein Albtraum, vor allem wenn Kinder im Spiel waren. Aber nur selten endeten diese Geschichten mit einer Leiche, der beide Ohren fehlten.

»Diese Ehefrau müssen wir uns genauer anschauen«, stellte Milo fest. »Lass mal von Philipp prüfen, ob die zufälligerweise mit Schmidt in Verbindung stand. Ich glaube es zwar nicht, aber der Fall ist zu heiß für einen Anfängerfehler.« Sie seufzte. »Serpil wird das gar nicht gefallen, eine zweite Leiche und keine richtige Spur. Wir sollten uns ranhalten, wenn wir nicht Nummer drei und vier werden wollen.«

»Ohne Augen und ohne Ohren«, erwiderte Vince, ohne sich zu ihr umzudrehen. Er studierte weiter die Akte Nowak.

Milo dachte nach. »In jedem Fall scheint es der Täter auf Männer abgesehen zu haben, die selbst nicht vor Gewalt zurückschrecken.«

»Oder die Täterin«, erinnerte Vince sie an den Einwand, den sie vor einer Woche selbst gemacht hatte.

»Ich weiß nicht«, sagte Milo langsam. Obwohl sie es gut fand, dass auch Vince zu begreifen schien, dass man bei diesem Fall wirklich in alle Richtungen ermitteln sollte.

»Könnte doch sein, dass wir es mit einem weiblichen Racheengel zu tun haben«, sprach er weiter. »Vielleicht aus dem Rotlichtmilieu? Würde für die Mafia-Verstümmelung sprechen und für die Gegend.«

Milo legte den Kopf schief. »Nur für Pauli. Nicht für den Stadtpark. Bürgerlicher geht's ja kaum.«

»Stimmt. Aber irgendwo muss sich Schmidt das Video besorgt haben. Vielleicht ist das die Verbindung. Eine Nutte, die die Frau aus dem Video gekannt hat? Und die Nowak als Kunde hatte?«

»Sag nicht Nutte«, wies Milo ihren Kollegen zurecht.

Er stöhnte genervt. »Dann eben eine Dame, die käufliche Liebe anbietet. Möglicherweise ist Nowak bei ihr zu hart rangegangen, oder er hat solche Videos selbst verkauft. Könnte doch sein, oder nicht?«

Milo musste zugeben, dass Vince damit näher an einer Spur war als mit allen anderen Überlegungen, die sie bislang angestellt hatten. Serpils wütendes Gesicht vor Augen, verabschiedete sie sich seufzend von ihrem freien Samstagabend. »Also gut, lass uns heute Nacht noch mal nach Pauli und ein paar der Damen befragen, die käufliche Liebe anbieten. Vielleicht kommen wir dort weiter. Am Montag nehmen wir uns gleich in der Früh Jenny Nowak vor. Bis zur Sitzung am Mittag sollten wir irgendetwas vorweisen können, das unseren Dienstgrad rechtfertigt, sonst schickt uns Serpil Tickets verteilen.«

»Warum fahren wir nicht gleich zur Nowak?«

Milo schnaufte. »Weil manche so etwas wie ein Privatleben haben. Ich habe mir schon das letzte Wochenende für diesen Fall versaut. Und zwischen Jenny und Kai Nowak schien es nicht zum Besten zu stehen. Ich denke, wir sollten ihr in Ruhe vom Ableben ihres Ex-Manns erzählen.«

Er sah sie nachdenklich an. »Sag mal, hast du eigentlich einen Freund?«

Ihr Herz rutschte ihr in die Hose. »Nein. Das weißt du doch. Warum fragst du?«

Er zuckte mit der Schulter. »Manchmal glaube ich, du verheimlichst mir was. Oder jemanden.«

Milos Mund wurde trocken. Sie zwang sich dazu, nicht den Blick abzuwenden, sondern Vince weiter in die Augen zu sehen, in der Hoffnung, er würde nicht bemerken, dass sie ihn anlog. Wobei sie ja nicht einmal log, denn einen Freund hatte sie wirklich nicht.

»Du hast eine blühende Fantasie«, sagte sie kühl. »Ich hol dich um zehn heute Abend bei dir zu Hause ab.«

»Käufliche Liebe«, grinste Vince und schloss mit einem Mausklick die Akte auf seinem PC. »Klingt doch nach 'nem super Samstagabend, oder?«

13

7. November 2022, 8:30 Uhr

Selbstverständlich hatten sie aus den Prostituierten um den Kiez herum kein einziges brauchbares Wort herauskitzeln können. Zunächst einmal waren die Damen viel zu geschäftstüchtig, um einen Stammkunden zu belasten. Zudem gehörte im Milieu eine gesunde Portion Skepsis gegenüber den Bullen nun mal zum guten Ton. Und dann waren da noch die Zuhälter und Aufpasser, die innerhalb weniger Minuten erkannten, dass Vince und Milo kein gelangweiltes Paar waren, das sich am Samstagabend ein Abenteuer gönnen wollte, sondern Polizisten, die ihre neugierigen Nasen in fremde Angelegenheiten steckten. Die Befragung endete, bevor sie richtig begonnen hatte, und gegen halb drei in der Früh, fast vierundzwanzig Stunden, nachdem sie Nowaks Leiche gefunden hatten, waren Milo und Vince durchgefroren und müde wieder nach Hause gefahren. Der super Samstagabend war super frustrierend gewesen.

Am darauffolgenden Tag hatten sie sich Nowaks Wohnung in Harburg angesehen, die aber weder über hinter Badfliesen versteckte Perversitäten noch über irgendwelche anderen Auffälligkeiten verfügt hatte. Nowak besaß einen uralten Laptop ohne Passwortsicherung, den Philipp innerhalb weniger Stunden durchkämmt hatte.

»Er steht auf knallharte Pornos. Aber nichts kann mit dem Video von Schmidt mithalten, nicht mal ansatzweise«, erklärte der Kollege trocken, bevor er sich der Auswertung von Nowaks Handy zuwandte. Eine Verbindung zwischen Michael Schmidt, ihrem ersten Opfer, und Jenny oder Kai Nowak mussten sie zu diesem Zeitpunkt ausschließen.

Milo hoffte, der Wochenstart würde ihnen mehr Glück bringen. Vielleicht erwies sich Jenny Nowak als gesprächiger, was ihren Ex anging, als die Damen, mit denen er wahrscheinlich verkehrt hatte.

Zusammen mit Vince betrat sie einen heruntergekommenen Supermarkt in der Nähe des Altonaer Bahnhofs.

»Guten Morgen, Kripo Hamburg. Wir sind auf der Suche nach Jennifer Nowak. Ist sie schon im Haus?«, fragte sie einen Mann in greller Discounter-Weste, der die Auslage mit frischem Obst befüllte, während sich Vince einen Instant-Kaffee aus dem Kühlregal schnappte und in Richtung Kasse wanderte.

Der junge Mann musterte sie von oben bis unten, bevor er fragte: »Kann ich mal Ihren Ausweis sehen?«

Genervt zog Milo ihre ID aus der Jacke und hielt sie dem Typen unter die Nase. Wie oft sich wohl Menschen den Spaß erlaubten, ohne Ausweis polizeiliche Befragungen im Supermarkt durchzuführen? Zähe Sekunden studierte der Angestellte ihren Ausweis, bevor er ihr endlich und sichtlich widerwillig antwortete: »Die Jenny hat Kassendienst.«

»Danke. Warum nicht gleich?«, schnappte Milo und bahnte sich ihren Weg durch das Labyrinth an Gängen in Richtung Kasse. Sie entdeckte Vince in der Schlange davor, einen Berg Schokoriegel, die Dose Kaffee und eine Tüte Gummibären in den Händen. Vor ihm bezahlte gerade ein alter Mann in dreckigen Klamotten zwei Dosen Bier, eine Flasche Korn und eine Schachtel Kippen. Ungeschickt kramte er nach Geld.

»Ich hab noch irgendwo …«, stotterte er kaum verständlich, »… da muss noch irgendwo was sein.«

»Wenn du nicht bezahlen kannst, musste die Ware hierlassen und gehen«, forderte ihn die Frau hinter der Kasse auf.

Es war Jenny Nowak. Sie sah überraschend jung aus, hatte gelb-blond gefärbtes Haar, lange, angeklebte Wimpern und künstliche Fingernägel in derselben pinken Farbe wie der Lippenstift. Ihr Ton war freundlich, fast mitleidig.

»Haste noch Geld?«, fragte sie den Obdachlosen.

»Lassen Sie mal«, mischte Vince sich ein und lud seine Süßigkeiten auf das Band. »Ich übernehme das für den Herrn.«

Der Mann an der Kasse, Jenny Nowak und Milo blickten ihn ungläubig an. Der Alte murmelte einen grummeligen Dank, während Jenny Nowak die Einkäufe auf die beiden Männer verteilte.

»Das wären dann 19,85.«

Vince legte einen Zwanzig-Euro-Schein aufs Band. »Haben Sie vielleicht einen Moment Zeit für uns, Frau Nowak?«, fragte er, nachdem der Alte sich getrollt hatte.

Der Kopf der Kassiererin schnellte nach oben, in ihrem Blick lag neben Überraschung noch etwas anderes.

Angst. »Polizei?«, fragte sie leise, und Vince nickte. »Ist was mit den Kindern?« Die Sorge in ihrer Stimme war nicht zu überhören.

»Nein, es geht um Ihren Ex-Mann, Kai Nowak.«

Die Angst verschwand nicht aus ihrem Gesicht. »Ich habe nichts mehr mit ihm zu tun«, antwortete sie hart.

»Können wir uns irgendwo in Ruhe unterhalten?«, fragte Milo mit Blick auf die Menschen, die sich bereits hinter ihnen an der Kasse drängten.

»Was ist mit ihm?« Jenny Nowak strich sich nervös eine Strähne hinters Ohr. »Egal, was er ausgefressen hat, es interessiert mich nicht. Und wenn er die Kinder sehen will, können Sie ihm ausrichten, erst im nächsten Leben.«

Milo schluckte den schlechten Spruch, der ihr auf den Lippen lag, herunter und sagte stattdessen ruhig: »Frau Nowak, Ihr Ex-Mann wurde am Samstagfrüh tot aufgefunden. Wir gehen von Fremdverschulden aus und würden Ihnen dazu gern ein paar Fragen stellen. Wir können das hier und jetzt erledigen, oder wir laden Sie aufs Revier ein. Was Ihnen lieber ist. Je schneller wir mit Ihnen sprechen können, umso höher sind die Chancen, das Verbrechen aufzuklären.«

Jenny Nowak starrte sie einen Moment mit vor Überraschung offenem Mund an, dann plötzlich begann sie zu lachen. Ein Kichern, das sich in ein herzhaftes, beinahe hysterisches Gelächter verwandelte und ihr die Tränen in die Augen trieb. Sie schlug die Hände vors Gesicht, doch die Erleichterung, die allen Schreck daraus vertrieben hatte, war nicht zu übersehen.

Es dauerte einen Moment, bis sie sich gefasst hatte. Über die Lautsprecher des Markts rief sie den Kollegen vom Obstregal an die Kasse, dann gab sie Vince und Milo ein Zeichen, ihr in die Lagerhalle zu folgen.

»Er ist tatsächlich tot?«

Vince nickte. »Ja, ist er.«

Diesmal lachte Jenny Nowak nicht, sie fuhr sich durch die blonden Haare und kramte eine Zigarettenschachtel aus ihrer Arbeitsweste. Vince hielt ihr das Feuerzeug hin und zündete sich dann selbst eine an. Dass sie zwischen Bananen, Äpfeln und Gurken standen, schien beide nicht zu stören.

»Fremdverschulden, sagen Sie? Was heißt das?«

»Dass Ihr Mann keines natürlichen Todes gestorben ist«, erklärte Milo.

Jenny Nowak zog an der Zigarette. »Überrascht mich nicht.«

»Hatte jemand einen Grund, Ihren Mann zu töten?«, fragte Milo.

»Ex-Mann«, korrigierte Jenny Nowak und sog den Rauch tief in die Lunge. »Ex, schon seit einigen Jahren. Und ja, ich bin mir sicher, es gäbe einige Menschen, die Grund hatten, ihn umzubringen.«

»Warum?«

»Wo fang ich da an? Schulden, Alkohol, Käufliche, die er nicht immer bezahlt, Wetten, kleinere Botengänge, sicher auch nicht alle legal … Kai hatte ständig Ärger mit allen möglichen Leuten, mit denen man sich besser nicht anlegen sollte.«

»Ist das der Grund, warum Sie sich getrennt haben?«, wollte Milo wissen.

Jenny Nowak blickte ihr tief in die Augen und antwortete: »Sie sind doch Polizistin. Ich wette, Sie wissen bereits, warum ich mich getrennt habe und warum Kai mir und den Kindern nicht mehr zu nahe kommen darf.«

»Er hat sie geschlagen.«

»Geschlagen, beschimpft, zu Dingen gezwungen, zu denen man nicht gezwungen werden sollte.«

»Hat er sie vergewaltigt?«

Die Frau lachte bitter. »Er selbst sieht das bestimmt nicht so. Würden Sie ihn fragen, dann würde er Ihnen erklären, dass er mit mir nur Dinge gemacht hat, auf die er als Ehemann ein Recht hat. Das Gericht hat das, Gott sei Dank, anders gesehen. Geholfen hat es aber wenig.«

»Ihr Mann hat Sie weiter missbraucht, obwohl er sich Ihnen nicht mehr nähern durfte?«

»Nein, nicht mich. Das Schwein hat mich nie wieder angefasst, das hat er sich nicht getraut. Aber ohne den Kick konnte er nicht, und so hat er ihn sich woanders geholt.«

»Bei Prostituierten?«, bohrte Milo nach, ein seltsames Gefühl im Magen.

»Nach allem, was ich gehört habe, ja. Aber das war wohl nicht genug. Die haben sich vielleicht zu wenig gewehrt. Keine Opfer, wie er sich das gewünscht hat.«

»Es kam zu einer weiteren Anzeige, richtig?«, ergriff ihr Kollege das Wort.

Milos und Vince' Blicke trafen sich. Die geschlossene Akte. Es musste sich ein besonderes Vergehen darin befinden, wenn sie nicht einsehbar war.

Wie zur Bestätigung nickte Jenny Nowak. »Zum Glück. Vielleicht wäre sonst auch meine Klage nicht so schnell durchgegangen. Aber mit dem Namen an meiner Seite ging alles ratzfatz, beste Anwälte, Geld hat keine Rolle gespielt. Dem Arschloch wurde schneller der Umgang mit seinen Kindern verboten, als er sich die Hose wieder hochziehen konnte. Ich sag's ja, wenn bei den Männern der Schwanz denkt, dann ist alles andere nicht wichtig. Sorry.« Sie nickte in Vince' Richtung.

Der winkte beruhigend ab. »Ich nehm's nicht persönlich. Wer war das andere Opfer?«

Jenny Nowak warf die Kippe zu Boden und trat sie mit dem Fuß aus. Sie strich sich die Haare aus dem Gesicht. »Das wissen Sie nicht?«

Vince schüttelte den Kopf, noch bevor Milo eine Antwort eingefallen wäre, um Jenny Nowak den Namen zu entlocken.

»Dann darf ich es auch nicht sagen. Ich hab damals einen Vertrag oder so was unterschrieben. Für die Übernahme meiner Anwaltskosten habe ich zugesichert, nicht über den Fall zu reden. Egal wer fragt.«

»Aber das hier ist eine polizeiliche Ermittlung, es geht um den

Mord an Ihrem Mann«, erinnerte sie Vince, doch Jenny Nowak schüttelte den Kopf.

»Ex-Mann. Mir ist es ehrlich gesagt ziemlich egal, wer ihn umgebracht hat. Wenigstens brauch ich mir jetzt keine Sorgen mehr um die Kinder zu machen, die wird er jetzt wirklich nie mehr wiedersehen. Und sie müssen nie erfahren, was für ein Schwein ihr Vater war. Ich bin froh, dass er weg ist.«

»Wir müssen trotzdem wissen, wer das zweite Opfer Ihres Ex-Mannes war. Vielleicht kann es uns wichtige Informationen zum Mord geben.«

»Das glaub ich nicht«, antwortete Jenny Nowak spitz. »Aber Sie haben doch sicher schlaue Akten, in denen das alles steht. Da finden Sie den Namen vielleicht. Von mir erfahren Sie ihn nicht. Ich will keine Schwierigkeiten bekommen, schon gar nicht wegen Kai.«

»Wenn wir die andere Frau nicht finden, macht Sie das vielleicht zur Verdächtigen«, versuchte Milo es ein letztes Mal.

Jenny Nowak lachte. »Wenn ich könnte, hätte ich den Wichser schon vor Jahren umgelegt. Aber ich bin nun mal leider das Opfer und nicht der Täter, auch wenn ich es mir damals anders gewünscht hätte. Und falls Sie das nicht glauben, fragen Sie meine Mutter. Mit der war ich das ganze Wochenende zusammen, und mit den Kindern. Wir schlafen in einem Zimmer, ich schnarche ziemlich laut. Die hätten sofort mitbekommen, wenn ich mich aufgemacht hätte, meinen Ex zu ermorden. Tut mir leid für Sie beide, ich war es nicht. Aber wenn Sie Kais Mörder finden, dann richten Sie ihm meinen Dank aus. Ab heute kann ich endlich wieder ruhig schlafen.«

Jenny

Als die Tür zum Schlafzimmer aufging, kniff Jenny die Augen zu und tat so, als ob sie schliefe. Der Mond strahlte durch das Fenster herein und tauchte den Raum in ein fahles Licht. Sie hielt den Atem an, besann sich dann und bemühte sich, ruhiges Atmen vorzutäuschen.

Ihr Ehemann betrat das Zimmer. Schloss die Tür leise, beinahe lautlos. Schlurfte zum Bett und blieb am Fußende stehen.

Sie hörte, wie er die Gürtelschnalle öffnete. In dieser Sekunde setzte ihr Herzschlag für einen Augenblick aus.

Nein. Bitte nicht.

Seine Schritte näherten sich tastend über den Boden, der leise knarrte. Das langsame Ratschen des Reißverschlusses jagte Jenny ein Frösteln über den Körper. Ihr Mann zog sich die Hose aus, und sie biss sich auf die Lippen. Ließ die Augen geschlossen, versuchte stillzuhalten, auch wenn alles in ihr aus dem Bett springen und davonrennen wollte.

»Jenny.« Seine Stimme war nicht mehr als ein Krächzen.

Sie war versucht, die Hände über die Ohren zu legen und sich in Embryonalstellung zusammenzurollen, damit er ihr nichts tun konnte.

Er setzte sich neben ihr auf die Bettkante. Er stank. Nach den Bratkartoffeln, die ihr vorhin angebrannt waren, und die er vor den Kindern auf den Boden geschmissen hatte. Dann hatte er ihr eine Ohrfeige verpasst, die ihren Kopf zur Seite hatte fliegen lassen. Die Wange brannte noch immer. Aber noch viel schlimmer als der Schmerz vom Schlag war die Scham. Sie ließ sich vor ihren Kindern von ihrem Ehemann verprügeln. Demütigen. Anschreien. Und konnte ihm nichts entgegensetzen.

»Jenny.« Er streckte den Arm aus und legte seine Hand auf ihr Haar. Strich vorsichtig darüber. Berührte ihr Ohr, fuhr mit den Fingern über ihre Kinnlinie bis zum Hals.

Und packte zu.

»Wach auf, du Fotze.« Sein Mund war ganz nah an ihrem Ohr, so nah, dass sie seinen Atem spüren konnte. Seine Hand lag um ihre Kehle und drückte unbarmherzig zu. »Das hat dich vorhin geil gemacht, wie ich dich behandelt habe, hab ich recht?«

Sie riss die Augen auf, schnappte nach Luft, versuchte, die festen Finger um ihren Hals zu lösen. »Bitte«, flehte sie und fühlte sich entsetzlich dabei. »Bitte.«

»Du willst, dass ich es dir besorge?«, fragte er mit gierigem Ton in der Stimme und riss die Bettdecke mit der freien Hand zur Seite. Im Nu war ihr Nachthemd nach oben gezogen, seine Finger suchten sich durch ihre zusammengepressten Schenkel den Weg in ihre trockene Scheide und fingen an, sie zu penetrieren. »Du magst es doch, wenn ich dich ein wenig härter anfasse. Das macht dich an.«

»Nein«, keuchte sie und schlug nach seiner Hand, die immer noch auf ihrem Hals lag. »Fass mich nicht an!«

Vor Überraschung hielt er einen Moment inne. Nahm die Finger von ihrem Hals, blickte sie erstaunt an. Zögerte.

Dann sah sie die Wut in seinem Gesicht aufsteigen.

Er holte aus. Traf sie mit der Rückseite der Hand mitten im Gesicht. Griff in ihre Haare und zerrte sie zu sich, sodass sie aufjaulte. Er warf sie wie eine Puppe herum, drückte sie auf den Bauch und spreizte ihre Beine mit den Händen.

»Du kleine Hure. Wirst schon sehen, was du davon hast.«

14

7. November 2022, 14:00 Uhr

In Milos Ohr klingelte es. Serpil hatte gerade einen ihrer berüchtigten Schreianfälle, weil die Soko »Mülltüte«, die nur wenige Stunden nach der zweiten Tat gegründet worden war, nach wie vor zwar viele Spuren, aber eben keinen Verdächtigen vorzuweisen hatte.

»Der Scheiß-Innensenator klebt mir an den Hacken!«, brüllte sie, während sie anklagend auf das Whiteboard zeigte, auf dem die Soko alle wichtigen Ergebnisse sammelte, auch die Fotos der am Fall beteiligten Personen. »Kriegt das auf die Reihe, verdammt noch mal. Und findet gefälligst heraus, wer sich hinter diesem beschissenen Fragezeichen verbirgt!«

Das Fragezeichen war stellvertretend für das zweite Opfer Kai Nowaks ans Whiteboard gehängt worden. Eigentlich hätten noch viel mehr dieser Fragezeichen an der Wand prangen müssen, denn immer noch wussten sie viel zu wenig.

Während Serpil weiter wütete und sich alle Angehörigen der Soko in der Kunst des Unsichtbarwerdens übten, schaltete Milo auf Durchzug und trug in Gedanken noch einmal zusammen, was sie hatten.

Da war zunächst einmal der Fall Michael Schmidt. Ein langweiliger Bürohengst, der sich an einer Kollegin vergriffen hatte und vielleicht sogar noch weitergegangen wäre, wenn der Chef nicht zufällig dazwischengefunkt hätte. Dieser Schmidt hatte wie ein Asket gelebt, Kohle auf seinem Konto gehortet und unter einer Badezimmerfliese ein Snuff-Video versteckt. Sie hatten in der Zwischenzeit herausgefunden, dass das Mädchen im Film Ungarisch sprach. Das Wort, das Vince und sie gehört, aber nicht verstanden hatten, war genau genommen kein Wort, sondern eine Bitte gewesen: *Szabadíts meg.* Erlöse mich. Interpol hatte die Sache mit dem Video übernommen und eine Anfrage an die ungarischen Behörden geschickt, doch die Chancen waren gering, dass das Opfer je identifiziert würde. Denn sie wussten nicht, wann das Video entstanden war, geschweige denn wo. Es konnte vor drei Monaten oder drei Jahren aufgenommen worden sein – und zwar überall, wo es dunkle Keller gab. Da es sich um eine Videokassette und damit um keinen digitalen Datenträger handelte, war es beinahe unmöglich, die Herkunft zu bestimmen.

»So eine Kassette kann im Prinzip jeder überspielen, der zwei Videorekorder aneinanderschließt«, hatte der Typ aus der Technik gesagt. »Fehlanzeige.«

Genauso war es mit den anderen Spuren, denen sie nachgegangen waren: Fehlanzeigen, so weit das Auge reichte. Weder die Obduktion, die Befragung der Kollegen und der Familie Schmidts, des spärlichen Freundeskreises oder Lauftreffs hatte irgendetwas ergeben, sah man von dem Übergriff auf der Weihnachtsfeier ab. Sogar Tüte und Kabelbinder waren eine Sackgasse: Massenware und ohne verwertbare Fingerabdrücke. Und die Narbe am Hals hatte sich Schmidt in der Pubertät bei einem Fahrradunfall zugezogen. Sie besagte rein gar nichts.

Das Schlimmste aber war, dass die Lage bei Kai Nowak nicht viel besser aussah. Die Obduktion hatte ergeben, dass auch Nowak durch einen Schlag überwältigt worden war, dieses Mal in den Nacken. Da Nowak größer war als Schmidt, bedeutete das wohl, dass der Täter oder die Täterin kleiner war als die beiden Männer, vermutlich um die eins siebzig. Der Fußabdruck, den sie nahe der Balduintreppe im Gebüsch sichergestellt hatten, entsprach einer Größe 41. Alle restlichen Spuren führten ins Nichts.

Auch die Amputationen von Schmidts Augen und Nowaks Ohren halfen ihnen nur bedingt weiter. Schmidt hatte sich Dinge angesehen, die er nicht hätte sehen sollen. Das sprach dafür, dass Nowak etwas gehört hatte, was nicht für seine Ohren bestimmt gewesen war. Oder waren die Amputationen doch willkürlich?

Vielleicht müssen wir doch noch mal der Mafia-Theorie nachgehen, dachte Milo. Ihr Bauchgefühl sagte, dass die Mafia nichts damit zu tun hatte, aber ausschließen konnte sie es nicht. Nur wo anfangen? Abgeschnittene Ohren oder Augen waren kein Markenzeichen der italienischen, rumänischen oder serbischen Mafia und auch keiner Rockerbande. Möglicherweise müssten sie doch noch mal tiefer in die Szene eintauchen oder mit den Kollegen von der Organisierten Kriminalität sprechen, die sich auf diese Art von …

»Hallo? Jemand zu Hause?! Sag mal, spinne ich jetzt eigentlich, oder was?«

Milo schrak zusammen. Serpil war beileibe keine Riesin, aber so, wie sie sich da gerade vor dem Tisch aufgebaut hatte, die Arme auf die Platte aufgestützt, und Milo aus wütenden Augen anfunkelte, wirkte sie wie eine Naturgewalt.

»Ich spreche mit dir. Seit einer guten Minute. Entschuldige, dass ich deinen Schönheitsschlaf störe!«

Milo blinzelte, richtete sich auf und fuhr sich nervös mit der Hand durchs Haar. »Sorry, Serpil, ich war in Gedanken, und …« Weiter kam sie nicht.

Ihre Chefin machte eine unmissverständliche Geste, indem sie mit dem Kopf zackig zur Seite ruckte. Milo schaute zur Tür, wo Vince bereits stand und mit einer Akte wedelte.

»Kriegt raus, wer Nowaks zweites Opfer war. Aber pronto!«

»Klar«, beeilte Milo sich zu sagen, sprang vom Stuhl auf und eilte aus dem Raum.

»Die hatte ja mal wieder eine Bombenlaune«, raunte sie Vince zu, als sie außer Hörweite waren und den Gang in Richtung Fahrstühle entlangliefen.

»Ja, Serpil hat Feuer im Hintern.« Er lachte. »Aber wo warst du denn bitte gerade? Hast du wieder an deinen Liebhaber gedacht?« Vince machte einen Kussmund und schmatzte in die Luft.

»Ich habe über den Fall nachgedacht«, erwiderte Milo, doch selbst in ihren Ohren klang die Antwort lahm. Deshalb nahm sie es Vince auch nicht übel, als er spöttisch auflachte und nicht weiter darauf einging.

»Wohin gehen wir?«

Er hob den Hefter in der Hand hoch. »Das ist Nowaks Akte. Oder besser: ein Teil davon. Wir sollen zu Elvira Schablitzki von den Sexualdelikten. Sie hat wohl an dem Fall gearbeitet. Und dafür müssen wir jetzt …« Er blieb stehen, sah sich nach links und rechts um. Das Landeskriminalamt in Hamburg war von einem Architekten gestaltet worden, der entweder auf Drogen oder bereits im Burn-out gewesen war, und zwar in Form einer Sonne, mit ringförmigem Hauptgebäude und zehn davon abgehenden Strahlen. Sah auf Luftaufnahmen hübsch aus, war in der Praxis aber sehr unübersichtlich. »Ich glaube, wir müssen links«, beschloss Vince und marschierte voran.

Eine gute Viertelstunde später hatten sie das Büro von Elvira Schablitzki gefunden und klopften an.

»Herein.«

Vince setzte ein strahlendes Lächeln auf und öffnete die Tür. Das Lächeln wurde schnell zu einer Grimasse, denn die Person hinter dem Schreibtisch schien für derlei Reize nicht empfänglich. Elvira Schablitzki war eine robust wirkende Frau in den Fünfzigern, trug einen lilafarbenen Rollkragenpullover, der ihr mindestens eine Nummer zu klein war, und hatte die Haare hennarot gefärbt. Auf ihrer Nase saß eine Lesebrille mit rechteckigen Gläsern, von deren Bügeln eine bunte Perlenkette baumelte. Über diese Brille blickte sie Vince und Milo mit missmutigem Gesichtsausdruck an.

»Ich höre«, sagte sie anstelle einer Begrüßung.

»Äh, ja, hallo, mein Name ist Vincent Frey. Das ist meine Kollegin Jagoda Milosevic. Wir sind auf der Suche nach einer Akte.«

Elvira Schablitzki schwieg und sah sie forschend an. Ihr stechender Blick schien Vince nervös zu machen.

»Sie sind doch Elvira Schablitzki? Und Ihr Kürzel ist Schab-E?«

Die Frau hinter dem Schreibtisch regte sich immer noch nicht.

»Auf jeden Fall bräuchten wir Akteneinsicht.« Vince zögerte, dann legte er die Kladde auf den Tisch. »Kai Nowak. Könnten Sie bitte mal nachsehen?«

Die Kollegin blinzelte kurz, schließlich schlug sie mit einem Seufzen die Akte auf, überflog sie und wandte sich dann ihrem Rechner zu. Wie Spinnenbeine tanzten die geübten Finger über die Tastatur ihres PCs. Plötzlich stutzte sie. Ihre Augen verengten sich, und sie tippte ein paar Mal energisch mit dem Zeigefinger auf die Tasten. Schließlich klappte sie den Hefter wieder zu und gab ihn Vincent zurück. »Geht nicht«, antwortete sie knapp und wandte sich ihrem Monitor zu.

»Äh …« Vince sah sich Hilfe suchend zu Milo um, die in diesem Augenblick entschied, sich der Sache anzunehmen – und zwar in einer anderen Tonart als ihr Kollege.

»Frau Schablitzki, es handelt sich bei Kai Nowak um das Opfer eines brutalen Gewaltverbrechens. Der Täter hat bereits vor einer Woche einen anderen Mann umgebracht, wir gehen also von einer Serie aus.«

Elvira Schablitzki verzog keine Miene. Immerhin sah sie Milo an und unterbrach sie nicht.

»Wir wissen, dass Nowak kein Unschuldslamm war, aber die Spurenlage ist ziemlich desaströs. Genau genommen haben wir so gut wie keine Richtung, in die wir aktuell ermitteln können. Das Einzige, was wir haben, ist diese Akte. Aber an die kommen wir nicht ran.«

»Mag sein«, erwiderte die Kollegin, den Blick wieder auf den Monitor gerichtet.

Milo wartete, ob die Frau noch mehr sagen würde, wurde aber enttäuscht. »Warum ist die Akte unter Verschluss?«

»Das kann ich Ihnen nicht sagen.«

»Dürfen Sie nicht oder wollen Sie nicht?«

»Macht keinen Unterschied.«

Milo stemmte die Hände auf den Schreibtisch, genau wie Serpil es vor einigen Minuten bei ihr getan hatte, und starrte der Kollegin wütend ins Gesicht. »Frau Schablitzki. Es ist wirklich wichtig. Der Täter hat vermutlich erst angefangen. Und wenn er erst einmal weitermacht und sich tatsächlich, wie wir glauben, auf Sexualstraftäter spezialisiert hat, dann werden wir noch sehr viel häufiger in Ihr Büro kommen und Akten von Ihnen haben wollen, das verspreche ich Ihnen!«

Für den Bruchteil einer Sekunde schien Elvira Schablitzki die Kontrolle über ihr Gesicht zu verlieren. Schnell fing sie sich jedoch wieder.

»Ich kann Ihnen leider nicht helfen. Auch wenn die Aussicht, dass Sie noch häufiger hierherkommen und mich vollkommen grundlos zusammenschreien, unter normalen Umständen dafür sorgen würde, dass ich selbstverständlich *alles* in meiner Macht Stehende tun würde, um Ihnen Akteneinsicht zu ermöglichen«, ätzte sie.

Milo hielt verdattert inne. »Unter normalen Umständen? Welche Umstände gelten denn hier?«

Schablitzki nahm die Brille von der Nase. »Order von ganz oben.«

»Was meinen Sie mit ganz oben?«

»Meine Güte, Sie wollen es aber wissen!« Schablitzki erhob sich. »Der Senator hat persönlich dafür gesorgt, dass diese Akte nur mit besonderer Genehmigung eingesehen werden darf.«

»Und diese besondere Genehmigung bekommen wir bei Ihnen?«

Sie lächelte. Tatsächlich, Schablitzki lächelte. »Im Prinzip schon. Allerdings bräuchte ich da eine schriftliche Zustimmung des Senators. Haben Sie die?«

»Äh, nein«, antwortete Vince.

»Dann tut es mir wirklich leid.« Elvira Schablitzki klatschte in die Hände. »Möchte noch jemand einen grünen Tee?«

Milo und Vince wechselten einen alarmierten Blick. War die Frau übergeschnappt? Seitdem sie in den Raum gekommen waren, behandelte Schablitzki sie wie Ungeziefer, und nun bot sie ihnen plötzlich Tee an?

»Niemand? Nun, ich werde mir ein Tässchen gönnen.« Sie umrundete ihren Schreibtisch. »Wissen Sie, wie lange grüner Tee ziehen muss? Vier Minuten. Exakt vier Minuten. Wartet man auch nur einen Augenblick zu lang, wird er bitter.«

Damit lief sie an Vince und Milo vorbei und ließ die beiden einfach stehen.

»Was war das denn? Ist die total bescheuert?« Vince sah ihr fassungslos hinterher.

Milo jedoch grinste. »Keineswegs. Sie ist sogar ausgesprochen freundlich.«

Er blickte sie an, als hätte sie sich vor seinen Augen in Elvira Schablitzki verwandelt. »Hä?«

»Mach die Tür zu«, sagte Milo und sauste um den Schreibtisch herum.

»Wer bist du, und was hast du mit Jagoda Milosevic, der Hüterin der Rechte und Regeln, gemacht?« Vince starrte sie fassungslos an.

»Halt die Klappe, Vince, und pass auf, dass niemand reinkommt!«

Tatsächlich, Schablitzki hatte genau die digitale Akte immer noch geöffnet, die sie einsehen wollten. In aller Eile drückte Milo ein paar Tastenkürzel, kurz darauf erwachte der Drucker aus dem Tiefschlaf und spuckte mehrere Seiten aus. Sie angelte nach dem Papierstapel, schnappte sich einen Post-it-Block und schrieb fünf Buchstaben darauf: DANKE.

Vince, der an der Tür stand und Wache hielt, flüsterte in dem Moment »Sie kommt!«, als Milo die Ausdrucke unter ihrem Pulli in die Jeans steckte und sich dann lässig an die Wand lehnte, als wäre nichts gewesen. Nur eine Sekunde später riss Vince mit demselben Lächeln, das er vorhin beim Reinkommen aufgesetzt hatte, die Tür auf und flötete laut: »Frau Schablitzki! Wirklich schade, dass Sie uns nicht weiterhelfen konnten.«

Zu Milos größter Überraschung blieb die Kollegin kurz stehen, zwinkerte Vince einmal zu und ranzte ihn dann an: »Hab ich doch gleich gesagt. Und jetzt raus mit Ihnen! Manche Leute hier haben tatsächlich was zu tun.«

15

7. November 2022, 15:00 Uhr

»Ich kann es immer noch nicht fassen. Du hast eine Straftat begangen.« Vince parkte seinen Proletenschlitten in einer Parkbucht der Elbchaussee und zog den Schlüssel ab.

»Das war maximal ein Dienstvergehen.«

»Das war vor allem eines: genial.« Vince schlug ihr auf den Oberschenkel. »Du steckst voller Überraschungen, Milosevic.«

Sie lächelte angestrengt. Wenn du wüsstest …

Zum Glück lenkte der Blick aus dem Wagen Vince ab. »Schicke Hütte. Im nächsten Leben werde ich auch Politiker«, raunte er und sah an ihr vorbei durch das Beifahrerfenster. Die weiße, zweigeschossige Villa mit drei kunstvoll verzierten Balkonen auf der der Straße zugewandten Hausseite thronte inmitten eines ausladenden Grundstücks. Hinter dem gusseisernen Tor führte ein bogenförmig angelegter Kiesweg über eine geschwungene Freitreppe bis zur imposant wirkenden Eingangstür. So wohnen also wirklich reiche Leute, dachte Milo, als sie auf den goldenen Klingelknopf drückte. Natürlich standen an Häusern wie diesen keine Namensschilder. Wer hierherkam, wusste, wen er besuchen wollte.

Die schwarze Halbkugel über dem Klingelschild zoomte in ihre Richtung. Milo zog ihre Dienstmarke aus der Tasche und hielt sie in die Kamera. Eine Sekunde später wurde der Summer betätigt, und das Tor sprang auf.

Während sie über den Kiesweg auf das eindrucksvolle Haus zuliefen, kramte Vince in seiner Hosentasche nach Kaugummis.

»Sag bloß, du willst mit frischem Atem beeindrucken?«, foppte Milo ihn.

Vince bedachte sie mit einem schiefen Lächeln, sagte aber nichts.

Als sie an der schwarz lackierten Haustür im Jugendstil ankamen, stand diese schon offen. Eine junge Frau, das Haar zu einem strengen Knoten im Nacken gebunden, lächelte sie mit perfektionierter Freundlichkeit an.

»Was kann ich für Sie tun?«

»Wir wollen zu Theresa von Ohlson. Und, bevor Sie fragen, wir haben keinen Termin.«

Die Frau zuckte mit dem Mundwinkel und bat Milo und Vince darum, im Foyer zu warten.

»Ich komme mir vor, als hätte ich eine Audienz im Weißen Haus«, flüsterte Vince in Milos Ohr.

Sie wollte gerade etwas erwidern, als Theresa von Ohlson aus einer angrenzenden Tür das Foyer betrat. Sie war groß, gertenschlank und elegant gekleidet: eine weiße Jeans, ein cremefarbener Strickpullover, sicher aus Mohair oder Angora, aus dem Ausschnitt ragte ein weißer Blusenkragen. An ihren Ohren baumelten unauffällige, geschmackvolle Perlen, die blonden Haare waren zu einer kurzen und dennoch feminin wirkenden Frisur geschnitten. Alles an ihr strahlte Geschmack und Luxus aus. Sie roch sogar teuer.

»Sie wollten mich sprechen?«

Milo und Vince zückten erneut ihre Ausweise.

»Können wir uns irgendwo unterhalten?«

Theresa von Ohlson zögerte einen Moment, streckte dann jedoch den Arm aus und lotste sie in ein modern eingerichtetes Zimmer, in dem sich eine weiße Couch und zwei cognacfarbene Sessel gegenüberstanden. Im Kamin an der Wand prasselte ein Feuer, an den Wänden hingen abstrakte Kunstwerke, für die die von Ohlsons sicher eine Menge Geld bezahlt hatten, die Milo jedoch nichts sagten.

Theresa von Ohlson schenkte jedem von ihnen ein Glas Wasser ein, das in einer Karaffe auf dem niedrigen Tischchen zwischen ihnen stand, und sah sie auffordernd an.

»Kennen Sie einen Kai Nowak?«, eröffnete Milo das Gespräch und ließ die Frau nicht aus den Augen.

Etwas in Theresa von Ohlsons Gesicht veränderte sich. Beinahe als würde sich ein Schatten über ihre Miene legen. »Wieso?«

»Weil er tot ist. Er wurde Opfer eines Gewaltverbrechens.«

Die Frau schlug sich die Hand vor den Mund, riss die Augen auf, keuchte: »O Gott.«

»Sie kannten ihn also«, stellte Milo fest.

Die andere nickte. »Ja, ich … bin ihm begegnet.«

»Darf ich fragen, wie es dazu kam? Herr Nowak und Sie dürften ja nicht so viele Überschneidungspunkte im Leben gehabt haben.« Sie dachte an sein schäbiges Äußeres, das in einem krassen Kontrast zu der Frau vor ihnen stand.

»Wir … ich …« Sie zögerte, griff nach dem Glas und leerte es mit hastigen Schlucken. Dann schien sie sich ihrer Gäste zu besinnen, atmete tief durch und sah Milo in die Augen. »Ich habe Herrn Nowak durch ein soziales Projekt kennengelernt, das ich vor einigen Jahren ins Leben gerufen habe. Wenn man das Glück hat, so privilegiert wie ich zu leben, möchte man der Gesellschaft etwas zurückgeben.«

Milo schwieg. Sie wollte Theresa von Ohlson Zeit geben, ihre Geschichte zu erzählen, nach Möglichkeit, ohne sie zu drängen oder zu unterbrechen.

»Das Projekt ›Back to life‹ kümmert sich um Menschen, die Schwierigkeiten haben, nach einer Kündigung oder Entlassung zurück in den geregelten Alltag zu finden. Unsere Stiftung übernimmt die Kosten für ein Berufscoaching und hilft dabei, Weiterbildungsmöglichkeiten zu eruieren und wieder eine Festanstellung zu finden.«

»*Sie* helfen Arbeitslosen bei der Wiedereingliederung?«, hakte Vince nach.

»Ich nicht direkt«, gab von Ohlson zu. Sie schien immer noch getroffen von der Nachricht, dass Nowak tot war. »Am Anfang habe ich das noch selbst getan, aber im Laufe der Jahre habe ich mich auf die Stiftung, Charity-Events und das Fundraising konzentriert.«

»Sie haben die Stiftung gegründet?«

Von Ohlson nickte. »Und war die Schirmherrin, ja.«

»War?«

Sie schwieg einen Moment, goss sich noch einmal Wasser nach. Dann schien sie eine Entscheidung zu treffen. Theresa von Ohlson setzte sich kerzengerade hin und legte die Hände auf die Oberschenkel. »Ich bin Kai Nowak durch die Arbeit in der Stiftung begegnet, er war Teilnehmer unseres Programms. Unsere Büroräume liegen in der Nähe des Bahnhofs Altona. Wir wollen möglichst niedrigschwellige Angebote schaffen, damit viele unsere Hilfe annehmen.«

Sie warf einen Blick aus dem Fenster. Ihr Blick verlor sich im Nichts.

»Kai Nowak war am Anfang sehr freundlich. So freundlich, dass es sogar einer Mitarbeiterin auffiel. ›Er flirtet mit dir‹, sagte sie, aber ich tat es ab. Irgendwann wurde er offensiver. Wenn wir uns über den Weg liefen, verwickelte er mich in Gespräche. Alles sehr harmlos, ich dachte mir nichts dabei. Er war natürlich überhaupt nicht mein Typ. Mal davon abgesehen, dass ich glücklich verheiratet bin.« Sie betrachtete ihren Ehering. »Sie wissen, wer mein Mann ist.« Es war eine Feststellung, keine Frage.

Milo antwortete dennoch. »Carl von Ohlson. Er wird als nächster Bürgermeister Hamburgs gehandelt.«

Theresa von Ohlson lächelte zurückhaltend, passend für eine angehende Bürgermeistergattin. »Mein Mann arbeitet sehr viel und engagiert sich für gute Zwecke. Es wäre die Belohnung für viele Jahre Mühen, wenn er eines Tages wirklich in das Amt kommen würde.«

»Aber?« Milo wollte nicht drängeln. Dass von Ohlson so frei heraus erzählte, war ohnehin ein Wunder – nachdem die Akte unter Verschluss war.

»Versprechen Sie mir, dass Sie alles, was ich Ihnen erzähle, vertraulich behandeln werden? Es darf in keinem Ihrer Berichte stehen.«

Milo und Vince sahen sich an.

»Wir können nicht …«, fing Milo langsam an.

»Es ist mir wirklich wichtig«, sagte Theresa von Ohlson leise. »Andererseits ist es vielleicht Zeit, das Versteckspiel zu beenden. Ich kann mich nicht für den Rest meines Lebens in diesem Haus verbarrikadieren aus Angst, einem Reporter zu begegnen.«

Milo verstand nicht, sagte aber: »Frau von Ohlson, wir können Ihnen nicht versprechen, Ihre Informationen für uns zu behalten. Wenn sie ermittlungstechnische Relevanz haben, werden wir sie zumindest mit unserer Sonderkommission teilen müssen.«

Von Ohlson nickte. Dann sagte sie: »Es war ein Abend im vorletzten Frühjahr. Wir hatten eine Veranstaltung und dafür eine Räumlichkeit in der HafenCity angemietet. Unsere Programmteilnehmer sollten potenzielle Arbeitgeber kennenlernen. Stellen Sie es sich wie eine private Jobbörse vor.« Sie räusperte sich. »Managerinnen von der Otto Group waren da, Personaler von Blohm & Voss, Marquard & Bahls, Baiersdorf … Alles, was Rang und Namen hat.«

»Und Kai Nowak.«

Die Frau lächelte matt. »Unter anderem. Er ließ mich an diesem Abend nicht aus den Augen. Als die Veranstaltung vorbei und ich auf dem Weg zum Auto war, stand er plötzlich vor mir.«

»Waren Sie allein?«

Sie nickte. »Ich war eine der Letzten, die an diesem Abend gingen.«

»Wo war Ihr Mann?«, unterbrach Vince.

»Auf einem Kongress in Brüssel. Das hatte sogar in der Zeitung gestanden. Nowak wusste es. Jeder wusste es.«

»Und dann?«

»Nowak versuchte, mich zu küssen. Als ich mich wehrte, schlug er mir ins Gesicht und würgte mich. Ich war wie gelähmt. Nicht in der Lage, ihn von mir wegzuschieben. Er fing an, mich zu begrapschen. Er …« Sie zögerte, zupfte ihren Pulli zurecht und setzte erneut an: »Nowak zwang mich, mich ins Auto zu setzen und mit ihm hierher zu fahren.«

»Wieso haben Sie nicht um Hilfe gerufen?«

Milo und Theresa von Ohlson sahen Vince gleichermaßen konsterniert an.

Die Frau zuckte mit den Schultern. »Ich war wie im Tunnel. Mein Kopf war absolut leer, mein Körper funktionierte nur noch. Ich schloss die Tür auf, ließ ihn herein. Er sah sich um, als wäre er in einem Museum. Dann wollte er, dass ich uns eine Flasche Wein aufmache. Wir setzen uns aufs Sofa.«

Milo zuckte zusammen. »Hierher? In diesem Raum?«

Von Ohlson nickte. »Ich habe danach alles renovieren lassen und sogar überlegt, ob wir das Haus verkaufen.«

»Was ist passiert?«, flüsterte Milo, obwohl sie es im Grunde wusste.

»Er hat mich vergewaltigt. Zuerst hat er mich zum Oralverkehr gezwungen. Danach hat er mich ausgezogen und ist in mich eingedrungen. Er war gut vorbereitet, hatte ein Kondom dabei. Und ein Messer.« Theresa von Ohlson berichtete teilnahmslos, beinahe als wäre sie wieder in dieser Ohnmacht gefangen, die sie damals verspürt hatte. »Die ganze Nacht blieb er bei mir. Schlug mich. Misshandelte mich. Hatte Sex mit mir. Ich konnte ihn nicht einmal anflehen, damit aufzuhören.« Ihre Augen wirkten mit einem Mal glasig. »Hinterher habe ich mir das zum Vorwurf gemacht. Dass ich es einfach habe geschehen lassen.«

Milo fröstelte. Nowak hatte es nicht lassen können. Trotz der vielen Chancen, die man ihm eingeräumt hatte. Trotz des Programms, an dem er teilnahm. Trotz der unzähligen Warnungen, die er erhalten hatte. Ein Gedanke nahm in ihrem Kopf Gestalt an: *Wer nicht hören will, muss fühlen.* Möglicherweise hatte der Mörder Nowak deshalb die Ohren abgeschnitten. Nur: Woher hatte der Täter all das Wissen? Hatte er Akteneinsicht? War er Teil des Systems, das Frauen vor Männern wie Nowak schützen sollte? Am Ende sogar … Polizist? Sie schüttelte den Gedanken ab. Nein, in diese Richtung wollte sie noch nicht denken.

Vince räusperte sich leise. »War denn niemand im Haus? Angestellte? Personal?«

Theresa von Ohlson schüttelte den Kopf. »Damals noch nicht. Ich habe mich nie unsicher gefühlt. Erst seitdem … kann ich hier nicht mehr allein sein.«

»Und Ihr Mann?«

»Der fand mich, als er am darauffolgenden Abend aus Brüssel zurückkam. Ich lag noch genauso da, wie Nowak mich verlassen hatte.«

»Haben Sie ihn angezeigt?« Milo rutschte auf dem Sessel nach vorn. Vermutlich war das die verschlossene Akte.

»Ja. Aber ich habe meine Anzeige später zurückgezogen.«

»Was? Warum?« Vince wirkte beinahe erzürnt. »Nowak war doch schon angezählt! Wenn Sie ihn vor Gericht geschleift hätten, wäre er garantiert im Gefängnis gelandet.«

Sie lächelte schmallippig. »Und ich auf der Titelseite der Hamburger Morgenpost.«

»Ja, aber ...«

Theresa von Ohlson unterbrach Vince. »Sie wissen nicht, wie das ist«, rief sie scharf. »In meinem Leben dreht sich alles um Publicity und den guten Ruf. Die Karriere meines Mannes hängt davon ab, sein Lebenswerk! Was glauben Sie, wie man uns angesehen hätte, wenn publik geworden wäre, dass ich von einem der Kerle vergewaltigt wurde, für die ich gemeinnützige Arbeit leiste? Und wie hätte das auf meinen Mann abgefärbt? Ein Bürgermeister, der nicht mal seine eigene Frau beschützen kann! Glauben Sie im Ernst, wir hätten noch einen Fuß auf die Erde gebracht?!« Sie war im Verlauf ihrer Rede immer lauter geworden, ihre Stimme bebte nun. »Mal davon abgesehen, können Sie sich nicht vorstellen, was das für ein Schandfleck ist. Opfer einer Vergewaltigung. Die Leute hätten mich nie wieder so angesehen wie früher! In ihren Augen hätte ich immer das Mitleid gesehen. Und die Fragen, ob ich Nowak vielleicht schöne Augen gemacht habe.« Sie schüttelte entschieden den Kopf. »Nein. Es ist besser so. Niemand soll davon erfahren. Deshalb haben wir uns dafür entschieden, die Anzeige zurückzuziehen und die Sache auf sich beruhen zu lassen. Mein Mann sorgte durch seine Kontakte dafür, dass die Akte nicht für jeden zugänglich ist.«

Für einen Moment war es still im Raum. Dann hörte Milo

plötzlich, wie sich Schritte näherten. Es klopfte, die Tür ging auf, und ein breitschultriger Riese in schwarzem Anzug erschien.

»Frau von Ohlson, ist alles in Ordnung?«

Sie strich sich über das Gesicht. »Ja, natürlich, Jetmir. Ich danke dir. Es ist alles in Ordnung. Ich habe mich nur ein wenig aufgeregt.«

Der Mann, offenbar eine Art Personenschutz, nickte, verschwand wieder und schloss die Tür lautlos hinter sich.

»Das ist Jetmir. Einer meiner Bodyguards.« Von Ohlson lachte humorlos. »Carl hat ihn und seinen Kollegen ein paar Wochen nach dem Vorfall engagiert. Sie fahren sogar mit uns in Urlaub.« Sie schüttelte ungläubig den Kopf, als könnte sie nicht fassen, in welche Richtung sich ihr Leben seit dem Übergriff Nowaks entwickelt hatte.

»Frau von Ohlson, ich möchte mich bei Ihnen bedanken. Es war wichtig, dass Sie uns ins Vertrauen gezogen haben«, sagte Milo.

Die Frau nickte abwesend.

Trotzdem. Irgendetwas stimmte nicht. Klar, Milo konnte verstehen, dass die Gattin eines stadtbekannten Politikers, der eines Tages vielleicht sogar einmal ein Ministeramt der Republik betreuen würde, kein gesteigertes Interesse daran hatte, als Vergewaltigungsopfer in die Öffentlichkeit zu geraten. Aber war das wirklich alles? Sie sagt nicht die ganze Wahrheit, dachte Milo. Da ist etwas, was sie uns vorenthält. Theresa von Ohlson war jedoch nicht leicht zu knacken. Ja, die Geschichte von Kai Nowak hatte sie ihnen erzählt. Davon abgesehen war die Frau glatt wie ein Kieselstein. Es gab kaum eine Möglichkeit, sie aus der Reserve zu locken, um weiterzubohren und herauszufinden, was sie ihnen *nicht* erzählte.

Vielleicht, ganz vielleicht, hat sie mehr mit den Morden zu tun, dachte Milo. Oder war zumindest eine heiße Spur. Es gab nur einen Weg, das herauszufinden.

Milo holte tief Luft. Die nächste Frage würde Theresa von Ohlson ganz sicher nicht gefallen. Und das war genau das, was Milo beabsichtigte.

»Trotz allem würde ich gern wissen, wo Sie in der Nacht von Freitag auf Samstag waren.«

Die Frau riss die Augen weit auf. Auch Vince im Sessel neben Milo wirkte erschüttert.

»Wie bitte?«

»Sie hatten ein Motiv. Und nun würde ich gern wissen, ob Sie auch die Mittel und die Möglichkeit hatten, Ihren Vergewaltiger ein für alle Mal loszuwerden.«

16

7. November 2022, 15:15 Uhr

»Darf ich dich mal kurz sprechen?« Vince hatte Milo am Arm gepackt und aus ihrem Sessel hochgezogen. An die sichtlich schockierte Theresa von Ohlson gewandt sagte er: »Wir sind gleich wieder da.«

Er bugsierte Milo ins Foyer und fragte mit gepresster Stimme: »Bist du von allen guten Geistern verlassen?«

Sie machte sie von ihm los. »Was denn? Sie ist unsere einzige Spur bislang!«

»Die Frau ist traumatisiert bis dorthinaus. Die hat den Nowak doch nie im Leben umgebracht! Und den Schmidt schon dreimal nicht.«

»Woher willst du das wissen?«, erwiderte Milo schnippisch.

»Jagoda, komm mal runter! Du glaubst doch selbst nicht, dass Theresa von Ohlson zwei Männer überwältigt, ihnen eine Mülltüte über den Schädel zieht, sie mit einem Kabelbinder erwürgt und ihnen anschließend Augen und Ohren abschneidet. Was ist denn mit dir los?«

Milo fuhr den Zeigefinger aus und tippte damit auf Vince' Brust. »Die Frage ist eher, was mit dir los ist! Wie voreingenommen kann man eigentlich sein? Nur, weil sie gut aussieht und reich wie Sau ist, muss sie doch nicht unschuldig sein.«

»Milo! Die Frau wurde vergewaltigt. Von einem Typen, der zu

Hause seine Ehefrau verprügelt und misshandelt hat. Wieso sollte von Ohlson lügen?« Vince war sichtlich aufgebracht. Es war nichts Neues, dass er sich mit Opfern, manchmal sogar Zeugen solidarisierte. Aber das ging zu weit.

»Du bist nicht mehr objektiv!«, warf sie ihm vor.

»Und du bist total durchgeknallt«, zischte er. »Die Ohlson war das nicht. Das spüre ich.«

Milo lachte gehässig. »Toll, dann schreiben wir das am besten in den Ermittlungsbericht. Ich hoffe, deine Mutter schickt Blumen auf unsere Gräber, wenn Serpil mit uns fertig ist.« Sie schüttelte unnachgiebig den Kopf. »Irgendetwas stimmt an der Sache nicht.«

Er sah sie lange an. »Du hast recht. Sie verschweigt uns etwas. Aber das kriegen wir nicht aus ihr raus, wenn wir ihr das Gefühl geben, sie zu verdächtigen.« Vince schnaufte. »Wir gehen da jetzt rein. Und dann lässt du mich mal machen.«

Sie schnappte nach Luft.

»Keine Widerrede!«, beschloss er, drehte sich einfach um und ging zurück ins Zimmer, in dem Theresa von Ohlson auf sie wartete.

»Frau von Ohlson, ich muss mich entschuldigen«, begann er, während Milo neben ihm in den Sessel sank und eisern schwieg.

Dieser Arsch.

»Meine Kollegin war gerade etwas forsch. Das tut uns leid.«

Theresa von Ohlson schlug die Augen nieder und nickte.

»Leider ist es so, dass wir tatsächlich von Ihnen wissen müssten, wo Sie am Freitagabend gewesen sind«, erklärte Vince. »Damit wir Sie als potenzielle Täterin ausschließen können.«

Von Ohlson nickte erneut. »Natürlich. Ich war den ganzen Abend hier. Meine Assistentin und Jetmir können das bestätigen.«

»Und am vergangenen Samstagabend?«, mischte Milo sich ein.

Theresa von Ohlson musterte sie kalt, überlegte jedoch einen

Moment und antwortete schließlich: »Da war ich mit meinem Mann auf einem Empfang eingeladen. Jetmir und Shkodran, der andere Personenschützer, waren dabei. Sie können beide fragen.«

»Würden Sie mir bitte die Handynummer Ihres Mannes aufschreiben? Wir werden das überprüfen müssen.«

»Natürlich«, erwiderte von Ohlson höflich.

»Darf ich Sie noch etwas fragen?« Vince konnte wirklich freundlich sein, wenn er sich anstrengte. Als von Ohlson zugestimmt hatte, fragte er: »Seit wann arbeiten die beiden Personenschützer noch einmal bei Ihnen? Jetmir und …«

»Shkodran. Seit vergangenem Sommer.«

»Warum seit diesem Zeitpunkt?«

Theresa von Ohlson sah Vince lange an. Dann lächelte sie und antwortete: »Sie geben ja doch keine Ruhe. Nun, nach dem … Vorfall mit Herrn Nowak bin ich eine Weile zu einer Selbsthilfegruppe gegangen.«

»Warum nicht zu einem Therapeuten, der Ihnen Anonymität von Rechtswegen garantiert?«

Sie zuckte mit den Schultern. »Ich habe es zuerst bei einer Psychotherapeutin versucht. Aber die konnte mir nicht helfen. Ich fühlte mich wie eine Außerirdische, die auf einem fremden Planeten gelandet ist, vollkommen allein, missverstanden. Mein Mann sagte dann, es wäre vielleicht eine gute Idee, mich mit anderen auszutauschen, die Ähnliches erlebt haben. Über eine Bekannte bekam ich den Kontakt zu einer Gruppe, die sich im kleinsten Rahmen und ganz anonym trifft. Dort fand ich die Hilfe, die ich gebraucht habe.«

»Das freut mich zu hören«, erwiderte Vince sanft. Mittlerweile saß er nach vorn gebeugt und hatte die Ellenbogen auf den Oberschenkeln abgestützt. Ganz der aufmerksame Zuhörer. Eines musste Milo ihm lassen: Er hatte einen Draht zu der Frau. Sie schien ihm zu vertrauen.

»Allerdings kam es dann zu einem sehr unerfreulichen Zwischenfall. Eines Abends, als ich von der Gruppe nach Hause kam, lauerte mir ein Reporter auf, der mir gefolgt war. Er drohte, eine Story aus der Sache zu machen. Irgendwie hatte er von der Geschichte mitbekommen, ich weiß bis heute nicht, wie.« Sie verengte die Augen. »Vielleicht hat sich einer Ihrer Kollegen ein paar Euro dazuverdient, indem er die Details preisgegeben hat.«

Vince nickte betroffen. »So was kommt leider sogar bei uns vor.«

»Wir gaben dem Reporter 50.000 Euro und baten ihn darum, die Story zu vergessen. Danach zogen wir die Anzeige gegen Nowak zurück, um keine weitere Aufmerksamkeit auf uns zu ziehen.«

»War das Ihre Idee oder die Ihres Mannes?«, fragte Milo dazwischen.

Theresa von Ohlson sah sie nicht an, als sie antwortete: »Wir haben es gemeinsam beschlossen.«

»War Nowak zu dem Zeitpunkt in Untersuchungshaft?«

Von Ohlson nickte. »Ja. Ohne meine Anzeige und vor allem ohne meine Aussage, die ich ebenfalls zurückzog, hatte die Staatsanwaltschaft nicht mehr viel in der Hand.«

»Immerhin hat es ausgereicht, um Jenny Nowaks Scheidung durchzubringen und den Titel gegen ihren Mann zu erwirken«, gab Milo zu bedenken. »Auch wenn Nowak für seine Taten hätte büßen müssen.«

»Dann würde er heute noch leben«, sagte Theresa von Ohlson langsam.

Alle drei schwiegen einen Moment. Was für eine verdammte Ironie des Schicksals, dachte Milo.

»Und dann ließ Ihr Mann die politischen Muskeln spielen und die Akte verschließen«, nahm Vince den Faden wieder auf.

Milo nickte. »Und engagierte Shkodran und Jetmir, um Sie vor weiteren Journalisten zu beschützen.«

»Und Männern wie Kai Nowak«, ergänzte von Ohlson leise.

»Zur Selbsthilfegruppe gehen Sie nicht mehr?«

Sie schüttelte den Kopf. »Nein. Die Begegnung mit dem Reporter war mir eine Lehre. Aber ich bin mit der Leiterin der Gruppe noch lose in Verbindung. Eine wunderbare Frau. Was sie für die Überlebenden solcher Taten macht, ist mit Geld nicht aufzuwiegen.«

»Können Sie uns den Namen nennen?«, hakte Vince nach.

»Das Prinzip der Anonymität ist Ihnen schon klar, oder?« Theresa von Ohlson lehnte sich auf dem Sofa zurück und verschränkte die Arme vor der Brust.

»Ja. Und Ihnen ist hoffentlich auch klar, dass wir dieses Gespräch auch auf dem Revier führen können«, entgegnete Milo schärfer als beabsichtigt.

Die Frau seufzte. »Nun gut. Ihr Name ist Dina Schneider. Wir sprechen uns noch ab und an.«

»Warum?«, wollte Milo wissen.

Theresa von Ohlson sah sie an. »Frau Schneider hat mir sehr geholfen bei meiner Vergebungsarbeit. Und dabei, Kontakt zu Jenny herzustellen.«

»Jenny Nowak?«, hakte Milo ungläubig nach. »Die Frau ihres Vergewaltigers?«

Von Ohlson nickte. »Es war mir ein Bedürfnis zu erfahren, wie eine Frau freiwillig mit so einem Mann zusammen sein konnte. Jenny entschuldigte sich sogar bei mir. Sie sagte wortwörtlich: ›Wenn ich ihn nicht verlassen hätte, wäre das mit dir vielleicht nie passiert.‹ Und weil ich weiß, dass Sie gleich noch weiterfragen werden, Jenny hat eine Verschwiegenheitsvereinbarung unterschrieben. Im Gegenzug unterstütze ich sie ein wenig und habe zwei Konten für die Ausbildung ihrer Kinder angelegt.«

Milo war erschüttert. Die Opfer eines Vergewaltigers halfen sich gegenseitig durch ihr Trauma. Gaben sich Halt. Dafür bekam die eine Schweigen und die andere eine Zukunft für ihre Kinder. Und der Staat? Der tat nichts, konnte nichts machen. Es war zum Kotzen.

»Wie heißt die Selbsthilfegruppe, der sie damals angehörten?«, wollte Vince wissen. »Unterstützen Sie dort noch weitere Mitglieder finanziell oder auf eine andere Art?«

»Nein, nur Jenny. Und ich denke, ich habe Ihnen jetzt genug gesagt.« Theresa von Ohlson erhob sich. »Sie sind ja nicht auf den Kopf gefallen. Mich haben Sie schließlich auch gefunden. Wenn Sie es clever anstellen, finden Sie den Rest auch heraus. War's das?«

Auch Vince und Milo standen auf.

»Man könnte fast meinen, Ihnen wäre nichts daran gelegen, den Mörder Ihres Peinigers zu finden«, kommentierte Milo beinahe beiläufig das abrupte Ende des Gesprächs mit der angehenden Bürgermeister-Gattin.

Frau von Ohlsons Kopf drehte sich in Milos Richtung, und ihre Augen blitzten. Zum ersten Mal seit ihrem Eintreffen konnte Milo echte Emotionen im Gesicht der Frau erkennen. »Kai Nowak war eine Bestie. Er hat den Tod verdient«, schnappte sie. »Aber ich glaube, dass es etwas Schlimmeres gibt als den Tod: Schuld. Wer auch immer Kai Nowak getötet hat, hat seine Schuld gesühnt und andere, weitere Frauen vor ihm bewahrt. Etwas, das eigentlich Ihre Aufgabe sein sollte. Es ist *Ihre* Schuld, dass solche Verbrechen täglich und überall geschehen, dass keine Frau vor Männern wie Nowak sicher ist. Sie wollen Hilfe von mir, um einen Mörder zu finden? Was ist mit Ihrer Hilfe für Frauen wie uns?«

Vince packte Milo am Arm und schob sie Richtung Ausgang. »Es tut mir wirklich leid, was Ihnen angetan wurde. Mir ist bewusst, dass es nichts auf der Welt gibt, was das wiedergutmachen kann.« Mit diesen Worten zog er Milo nach draußen.

17

7. November 2022, 16:00 Uhr

»Zwei Würstchen mit extra Senf und Pommes Schranke.« Ole wischte sich die Hände am dicken Bauch ab und nickte in Milos Richtung. »Und du willst nix?«

»Du hast ja nix Vegetarisches«, sagte sie.

»Doch. Geflügelwürstchen.« Er grinste breit. »Oder 'ne Pommes.«

»Nein, danke. Ich bin nicht hungrig.«

Ole wandte sich dem nächsten Kunden zu, während Milo und Vince zu einem der freien Tische im Inneren des Imbisses liefen und sich auf die wackligen Stühle setzten.

Milo ließ den Blick durch den winzigen Laden wandern. »Warum gehen wir eigentlich immer hier essen?«

»Ist billig und schmeckt«, antwortete Vince mit vollen Backen.

»Du solltest mal anfangen, dich gesünder zu ernähren.«

»Ja, Mama.«

»Und wenn du dabei bist, kannst du gleich mit dem Rauchen aufhören.«

Vince, der Milo die fettige Schale Pommes hingeschoben hatte, damit sie sich eine herausnehmen konnte, zog sie kommentarlos wieder weg. »Ich weiß wirklich nicht, warum ich dich mag.«

»Das beruht auf Gegenseitigkeit«, konterte sie.

Er aß angestrengt weiter. Senf tropfte von der Wurst auf die

Tischplatte, und Milo wischte den Klecks mit einem Papiertuch weg.

»Sollten wir über das gerade eben sprechen?«, hob er an, als er den Bissen heruntergeschluckt hatte, und blickte ihr forschend ins Gesicht.

Milo guckte aus dem Fenster. Sie war immer noch sauer, wie Vince sie vor Theresa von Ohlson vorgeführt hatte. Gleichzeitig war sie ihm dankbar. Denn offenbar hatte er den richtigen Ton bei ihr getroffen. Darin war Milo manchmal nicht so gut. Kein Wunder, dass Vince und sie ein so gutes Team waren. Meistens jedenfalls.

»Du meinst, ein Beziehungsgespräch? Nee, lass mal«, knurrte sie.

»Es wäre aber vielleicht wichtig. Für uns als Partner.«

»Boah, Vince, wenn ich über meine Gefühle reden will, geh ich zum Therapeuten!«, schnauzte sie ihn an.

Er hob die senfverschmierten Finger. »War nur ein Vorschlag.«

Milo ging einfach darüber hinweg. »Was denkst du, könnte sich Theresa von Ohlson für die Vergewaltigung doch an Nowak gerächt haben?«

Vince verzog das Gesicht. »Glaube ich nicht. Kannst du dir das wirklich vorstellen? Sie marschiert durch St. Pauli und mordet mit Mülltüte und Kabelbinder? Ne.«

»Vielleicht hat sie es nicht selbst erledigt. Geld scheint ja keine Rolle zu spielen. Und nur, weil alles in ihrer Bude schick ist, muss sie noch lange keine weiße Weste haben.«

Er legte den Kopf schief. »Möglicherweise war es einer ihrer Aufpasser. Hast du dir diesen Jetmir mal angeguckt?« Vince hob die Augenbrauen. »Dem Typen will ich im Dunkeln nicht begegnen.«

Es stimmte, der Personenschützer hatte eine ausgesprochen

breite Statur gehabt. Mit Sicherheit stemmte er in seiner Freizeit Hanteln.

»Wo kommt der her?«, wollte Vince wissen.

»Jetmir und Shkodran sind albanische Vornamen.«

Vince hatte ausnahmsweise den Mund leer und pfiff durch die Zähne. »Sieh mal einer an.«

»Wieso?«

»Na, soweit ich weiß, spielen die Albaner in Hamburg eine nicht gerade unwichtige Rolle, was Drecksarbeit jeder Art angeht.«

Das stimmte. Milo erinnerte sich daran, was ihr Bruder ihr über die Mafiagruppierungen in der Hansestadt erzählt hatte. War das Zufall? Sie schämte sich ein bisschen, dass sie bei einem breiten albanischen Kerl automatisch davon ausgingen, dass er Dreck am Stecken hatte. Was für ein Klischee. Müsste sie es nicht eigentlich besser wissen? Gerade sie! Seitdem sie denken konnte, ging es ihr auf den Keks, wenn Leute ihren Namen hörten und zu ihr sagten: »Sie sprechen aber gut Deutsch.« Dabei war sie mit drei Jahren nach Hamburg gekommen. Ihr damals noch jugoslawisches Heimatland kannte sie nur aus Familienurlauben und aus den Erzählungen ihrer Eltern. Und ihr Serbisch war so schlecht, dass ihre Familie sie manchmal deswegen auslachte.

»Die könnten auch jeden anderen engagiert haben«, gab sie zu bedenken.

»Stimmt. Überprüfen sollten wir die beiden Vögel trotzdem. Zum Glück hab ich mir noch die Nachnamen geben lassen. Ich rufe nach dem Essen gleich mal im Büro an und lasse die beiden checken.«

Milo klaute sich nun doch eine Pommes aus dem Schälchen. Sie war kalt, fettig und viel zu salzig. »Unsere Theorie hat einen Haken. Selbst wenn die von Ohlsons Nowak auf dem Gewissen haben, wer hat dann Schmidt umgebracht? Das ergibt doch gar keinen Sinn. Ich glaube einfach nicht, dass sich ein Charity-Pärchen wie die von Ohlsons zu den Rächern der vergewaltigten Frauen aufschwingt.«

Vince nickte. »Mir graut allein bei der Vorstellung, die Theorie irgendwann dem Staatsanwalt vorzulegen. Am Ende ist der mit dem von Ohlson richtig dicke, und wir landen wieder im Streifendienst.«

Milo seufzte und fuhr sich mit den Händen übers Gesicht. »Das stimmt. Wenn wir damit jemals rauskommen, müssen wir mehr haben als ein paar Verdächtigungen.«

Vince wischte sich die Hände ab, wobei er dunkle, fettige Flecken auf der Papierserviette hinterließ. »Ich geh mir mal Kippen kaufen. Wartest du hier?«

Milo schaute raus in den Nieselregen. »Auf jeden Fall. In der Zwischenzeit kann ich schon mal die albanischen Preisboxer überprüfen lassen.«

Ihr Kollege schob sein abgegriffenes Notizbuch über die Tischplatte und schlug die letzte Seite auf. Dort standen zwei hingekritzelte Namen: Jetmir Muça und Shkodran Elezi. Vince stand auf und verließ den Imbiss. Während Milo dem Freizeichen des Telefons lauschte, blätterte sie durch die beschriebenen Seiten. Offenbar war Vince sehr oft langweilig, wenn sie die krakeligen Karikaturen so betrachtete, die in dem Heft zu finden waren.

»Hallo, Milo!«, begrüßte sie eine freundliche Stimme.

»Hallo, alles klar?«, erwiderte Milo, der schon wieder nicht der richtige Name der Assistentin einfiel. War es nun Nadja oder Nadine? »Kannst du mal zwei Namen für mich überprüfen?«

»Klar. Moment, ich starte das Programm.«

Milo diktierte der Assistentin Shkodran Elezis Namen und wartete einige Sekunden ab.

»Der ist sauber. Ein paar kleinere Delikte vor 2000, fallen aber alle unter das Jugendstrafrecht. Scheint so, als hätte der Typ die Kurve noch gekriegt.«

»Okay. Und der andere? Jetmir Muça.«

Während sich die Assistentin mit dem Namen abmühte, sah Milo aus dem Fenster. In dieser Sekunde erblickte sie Vince, der mit eiligem Schritt und eingezogenem Kopf aus dem Kiosk durch den Regen auf die Glasscheibe des Imbisses zukam. Unter der Jacke verbarg er irgendwas.

»Ja, da hab ich was. Dieser Muça …« Die Assistentin zögerte. »Eieiei.«

»Wieso, was ist los?« Milo spürte, dass sie nervös wurde.

»Der hat einiges auf dem Kerbholz. Diebstahl, bewaffneter Raubüberfall, Körperverletzung, Drogendelikte. Er saß auch ein, Augenblick, die Seite lädt …«

Ihr Herz schlug schneller. Dieser Muça hatte laut Akte eine kriminelle Karriere wie aus dem Bilderbuch. Wieso arbeitete der für die von Ohlsons, verdammt noch mal?

»Von wann ist der letzte Eintrag?«, wollte sie wissen.

»Vor zwei Jahren ist er rausgekommen. Davor saß er sieben Jahre.«

Sieben Jahre. Die bekam man nur für ein Kapitalverbrechen. »Wofür wurde er verurteilt?«

Die Assistentin machte eine dramatische Pause, bevor sie antwortete: »Totschlag.«

Bingo, dachte Milo.

In derselben Sekunde knallte etwas von außen gegen die Scheibe, genau an der Stelle, wo sie saß. Milo schrak zusammen und ließ beinahe das Handy fallen. Sie riss den Kopf nach links und starrte auf einen aufgebrachten, regennassen Vince, der eine Ausgabe der Hamburger Morgenpost gegen die feuchte Scheibe drückte und dabei so laut »Scheiße!« brüllte, dass Milo es sogar durch die geschlossene Tür hören konnte. Dann erst las sie die Schlagzeile: *MÜLLTÜTENKILLER! Polizei tappt nach Doppelmord im Dunkeln!*

18

7. November 2022, 20:50 Uhr

Was für ein beschissener, langer, dunkler Tag. Durch den stärker gewordenen Regen stapfte Milo nach Hause.

»Soll ich dich wirklich nicht mitnehmen?«, hatte Vince mehrmals ungläubig gefragt, aber Milo hatte der zweite Wutanfall Serpils noch zu sehr in den Knochen gesteckt. Der war sogar noch schlimmer ausgefallen als der am Morgen.

Denn natürlich gefiel es der Chefin nicht, dass die Presse Wind von der Sache bekommen hatte. Dass auch noch ermittlungsrelevante Informationen an die Reporter der Hamburger Mopo weitergegeben worden waren, konnte nur bedeuten, dass sich irgendjemand im Haus nebenbei etwas dazuverdiente. Und das war scheiße. Immerhin hatte weder von den amputierten Augen noch Ohren etwas in der Zeitung gestanden. Das war aber wirklich ein sehr kleiner Trost.

Milo hatte den Kopf freikriegen wollen, bevor sie zu Valerie nach Hause kam. Fünfeinhalb Kilometer durch die kalte Nacht waren ideal, um den Frust abzubauen und sich zu überlegen, wie es weitergehen könnte. Womit sie mal wieder nicht gerechnet hatte, war das Wetter. Als hätte sich heute wirklich die ganze Welt gegen sie verschworen, öffnete der Himmel mit jedem ihrer Schritte seine Pforten weiter. Sie überlegte gerade, ob sie nicht lieber zur nächsten Bushaltestelle laufen sollte, als ihr Handy in der Tasche brummte. Sicherlich Valerie, dachte Milo und warf einen Blick auf das Display.

FOTZE! LASS DIE FINGER VON DEM FALL ODER DU WIRST ES BEREUEN!

Ein eiskalter Schauer, der nichts mehr mit dem Wetter zu tun hatte, lief über Milos Rücken. Das war ihre dienstliche Nummer, die man nicht einfach so irgendwo googeln konnte, der Absender war unbekannt. Sicher über eine beliebige Website irgendwo auf der Welt abgeschickt, die sie niemals würden ermitteln können. Einen quälenden Moment lang starrte sie auf die Zeilen, die ihr mit voller Wucht ins Gesicht brüllten. Sie zwang sich, ruhig zu atmen. Wer konnte der Absender sein, woher hatte er ihre Nummer? Zwei Fragen, die etwa hundert Meter Eppendorfer Landstraße entlang durch ihren Kopf wirbelten, bis sie schließlich doch in den Bus stieg, der neben ihr Halt machte.

So gut es ging, schüttelte sie den Schneeregen aus der Kapuze ihres Hoodies und strich sich die nassen Haare aus dem Gesicht. Bis auf die Knochen nass und durchgefroren konnte sie nur hoffen, dass sie sich nicht den Tod holen würde bei der Kälte. Ihre Finger immer noch um das Handy in der Tasche gepresst, ließ sie sich auf einen Sitz fallen. Der Bus war so gut wie leer, was für einen Montagabend um diese Uhrzeit aber nicht ungewöhnlich war. Selbst bei dem Schietwetter. Vorne, dicht hinter dem Fahrer, saß eine alte Frau, wasserdicht verpackt in Mantel und Regencape, sogar der Hackenporsche zu ihren Füßen hatte einen passenden Plastiküberzug. Milo fragte sich, ob es die Weisheit des Alters war, die zu solcher Vorsicht verhalf. Dann gäbe es vielleicht sogar für sie noch Hoffnung.

Ganz hinten im Bus, in der letzten Reihe, saß eine weitere Person, die Kapuze tief ins Gesicht gezogen. Vermutlich ein Besoffener, vielleicht sogar ein Obdachloser, der ein paar Euro in diese wärmende Rundfahrt investierte. Der Kopf hing ihm tief auf die Brust, vermutlich war der Mann eingeschlafen.

Sie zitterte, selbst hier drinnen war es kalt. Zu Hause würde sie erst einmal eine heiße Dusche nehmen. Eigentlich hatte sie sich auf ein ruhiges Abendessen gefreut, aber der Appetit war ihr vergangen. Eine Welle der Übelkeit stieg in ihr hoch. Drohungen, einen laufenden Fall betreffend, waren nichts Neues, aber noch nie zuvor hatte jemand sie auf ihrem Handy belästigt. Sie würde sich eine neue Nummer besorgen müssen. Ihre Laune war auf dem absoluten Tiefpunkt angekommen. Und sie stellte zum ersten Mal in ihrem Leben fest, dass es gar nicht so einfach war, Täter von Opfern zu trennen, Schuldige von Unschuldigen. Plötzlich hatte sie eine Ahnung, wie sich die Frauen gefühlt haben mussten, die durch Männer wie Schmidt und Nowak gelitten hatten. Wie schrecklich die Angst gewesen sein musste, die sie nach den Übergriffen Tag und Nacht begleitet hatte. Wie viele von diesen Typen wohl da draußen rumliefen? Wie viele würden noch auf Susi Süß' Tisch landen? Und wäre die Welt nicht besser ohne sie?

»Fruchtallee, Hamburg-Haus«, kündigte die weiche Frauenstimme aus den unsichtbaren Lautsprechern die nächste Haltestelle an. Milo fuhr aus ihren Gedanken hoch. Um ein Haar hätte sie den Ausstieg verpasst. Sie sprang durch den vorderen Einstieg zurück auf die Straße. Das Wetter war nicht besser geworden. Eiskalt stach der Eisregen in ihr Gesicht und den Nacken. Sie drehte sich gegen den Wind und zog sich die nasse Kapuze wieder auf den Kopf. Der schlafende Obdachlose aus dem Bus hatte seine Rundfahrt ebenfalls beendet. Er war aus der hinteren Tür gestiegen. Mit gebeugtem Kopf wackelte er langsam davon.

Wenigstens hat der den Wind im Rücken, dachte Milo und schämte sich sofort. Wo auch immer der arme Hund landen würde, sie hatte es sicher besser. Zügig marschierte sie über den schmalen, unbeleuchteten Weg an der kleinen Grünfläche vorbei, welche die Fruchtallee mit dem Eppendorfer Weg verband. Es waren noch gut dreihundert Meter bis zu ihrer Wohnung.

Sie war erst ein paar Schritte gekommen, als sie plötzlich das Gefühl hatte, irgendjemand würde hinter ihr laufen. Ohne das Tempo zu verlangsamen, drehte sie den Kopf, konnte jedoch niemanden erkennen. In einiger Entfernung beobachtete sie einen Radfahrer, der einer großen Wasserlache auf dem Boden auswich und dabei fast das Gleichgewicht verlor, sonst war niemand zu sehen. Nur die Bushaltestelle, an der sie eben ausgestiegen war, leuchtete kalt und wenig einladend. Milo richtete den Blick wieder nach vorne und lief weiter.

Dieser beschissene Fall. Klar, keine Ermittlung war wie die andere, aber dass sie immer noch so wenig in der Hand hatten, besser gesagt nicht einmal wussten, in welche Richtung sie ermitteln sollten, war einfach frustrierend. Es wunderte sie nicht, dass Serpil im Büro eigentlich nur noch brüllend anzutreffen war – Milo wäre an ihrer Stelle genauso ausgerastet, sobald sie die Sache mit dem Artikel in der Zeitung herausgefunden hätte. Der Umstand, dass sie tatsächlich im Dunkeln tappten, wie der Verfasser des Artikels gemutmaßt hatte, machte die Sache noch schlimmer.

Im Prinzip konnten sie nur darauf hoffen, dass der Täter noch einmal zuschlug und dabei einen Fehler machte – aber durfte sie als gute Polizisten wirklich auf ein weiteres Opfer hoffen? Selbst wenn es vermutlich wieder ein perverses Arschloch war?

Ein lautes Knacken hinter ihr riss sie aus den Gedanken. Doch bevor sie herumwirbeln konnte, legte sich eine schwere Hand auf ihre Schulter und zog an ihrer Jacke. Angst, wie Milo sie noch nie zuvor erlebt hatte, schnürte ihr für den Bruchteil einer Sekunde den Hals zu, dann übernahmen jahrelang trainierte Polizeireflexe das Kommando über ihren Körper. Mit einer kraftvollen Bewegung packte sie die Hand und drehte sich im selben Moment schwungvoll um die eigene Achse. Der Angreifer, auf diese Gegenwehr nicht gefasst, ließ sofort von ihr ab und wollte sich aus dem Griff befreien.

»Hey, Sie tun mir weh!«, jaulte der Mann laut auf. »Was soll denn das?«

Sie ließ ihn los. Machte einen Schritt zurück, nicht ohne sich sicherheitshalber nach weiteren potenziellen Angreifern umzusehen. All ihre Muskeln angespannt, die Hände vor dem Körper ausgestreckt, fauchte sie den Kerl an. »Haben Sie nicht mehr alle Tassen im Schrank? Was soll das? Mich ohne Vorwarnung anzupacken?«

Einen Moment starrten sie sich schweigend an. Der Regen tropfte ihnen beiden auf die Kapuzen.

»Ich will Ihnen doch nichts«, sagte der Mann.

Milo stutzte. Irgendwie kam er ihr bekannt vor. Hatte sie ihn schon einmal gesehen? Vielleicht ein Nachbar? Oder jemand aus ihrem Kiez. In der Dunkelheit war sein Gesicht kaum zu erkennen.

»Ich wollte Ihnen das hier zurückgeben. Das gehört doch Ihnen, oder?«

Zögernd streckte er seinen Arm aus und trat einen Schritt vor ins Licht einer altersschwachen Straßenlaterne. Sein schwarzer zerschlissener Parka war tropfend nass. In der Hand hielt er Milos Polizeiausweis.

Instinktiv griff sie an ihre hintere Hosentasche, wo das Dokument meist steckte. Nichts. Wie auch? Der Typ ihr gegenüber hielt den Ausweis in der Hand. Das Ding musste ihr irgendwie aus der Tasche gefallen sein, als sie aus dem Bus gestiegen war.

Der Bus. Der Kerl, diese Jacke.

Sie runzelte die Stirn, während die Dominosteine in ihrem Kopf einer nach dem anderen umfielen. Der Typ, der gerade vor ihr stand, war der Obdachlose aus dem Bus. Er hatte denselben Halt genommen wie Milo, aber sie war sich sicher, dass er in die entgegengesetzte Richtung gelaufen war. Warum hatte er kehrtgemacht?

»Wo haben Sie den her?«, fragte sie misstrauisch und griff nach ihrem Ausweis.

»Der lag dahinten auf der Straße«, antwortete er schulterzuckend. »Das ist doch Ihrer? Das sind Sie, oder? Jagoda Milosevic? Ein seltener Name, woher kommt er?« Der Mann musterte sie eindringlich. Wie alt war er? Dreißig? Vierzig? Schwer zu sagen. Sein Blick war freundlich, trotzdem musste Milo sich beherrschen, nicht vor ihm zurückzuweichen.

»Serbien«, antwortete sie und bereute es im selben Moment. Was ging es diesen Fremden an, wo ihre Wurzeln waren? »Ich muss jetzt los«, knurrte sie.

»Passen Sie auf sich auf!«, erwiderte er. »So ein Job kann schnell gefährlich werden.«

Ein letztes Mal durchbohrte er sie mit diesem seltsam gutmütigen Blick, der in Milo ein Unbehagen auslöste, das sie sonst nur aus Befragungen kannte. Sie schob den Gedanken beiseite und schalt sich für ihr Misstrauen. Berufskrankheit. Der Kerl hatte sich nichts zu Schulden kommen lassen, ganz im Gegenteil, er hatte ihr eine Menge Ärger erspart. Serpils Standpauke, die der Verlust ihres Ausweises nach sich gezogen hätte, konnte sie tatsächlich nicht gebrauchen. Nachts waren alle Katzen grau, und an diesem Abend wäre jeder Passant mit Kapuze ihr irgendwie verdächtig erschienen.

»Vielen Dank«, verabschiedete sie sich mit einem entschuldigenden Lächeln.

Eilig ging sie los. Besser, dieser Abend würde endlich zu Ende gehen. Heute würde sie sich nicht mehr ins Bockshorn jagen lassen. Nicht einmal von dem irrationalen Gefühl, dass der Mann ihr hinterherblickte, bis sie endlich ihre Straße erreicht hatte und nach links abbog.

Petra

»Frau Hülsenbeck, da sind Sie ja endlich!« Maurer stand verärgert von seinem Stuhl auf und zeigte anklagend auf seine Computertastatur. »Die Tabelle ist schon wieder weg.«

Petra seufzte und schloss die Bürotür hinter sich. Manchmal fragte sie sich, ob ihr Vorgesetzter wirklich so blöd war. Wie schwer konnte es sein, eine Verknüpfung auf dem Desktop anzuklicken, ohne sie dabei alle naslang in den Papierkorb zu verschieben? Und wieso schnallte dieser Trottel nicht, dass er die Dateien aus dem Papierkorb zurückholen konnte, indem er einfach auf »Wiederherstellen« klickte? Während sie auf seinen Schreibtisch zuging, fragte sie sich zum hundertsten Mal, was eigentlich die Einstellungsvoraussetzungen für einen Geschäftsführer eines mittelständischen Unternehmens waren. PC-Kenntnisse konnten es ja beim besten Willen nicht sein! Vermutlich war er einfach so lange befördert worden, bis er die Grenzen seiner Kompetenz erreicht hatte. Deswegen saßen auf den sogenannten Chefposten meistens auch Leute – und statistisch gesehen besonders viele alte, weiße Männer –, die de facto unqualifiziert für ihren Job waren.

Petra umrundete den Schreibtisch und stellte sich neben Maurer. Aus seiner Personalakte wusste sie, dass er nur wenige Jahre älter als sie war. Trotzdem wirkte er, als wäre der Renteneintritt nicht mehr weit entfernt. Kam bestimmt vom Rauchen. Und eine Trennkost-Diät hätte ihm auch nicht schlecht getan. Das Hemd spannte um seinen runden Bauch, und obwohl es nicht besonders warm im Raum war, schwitzte er.

»Was ist denn das Problem?«, wollte sie wissen und richtete den Blick auf den Monitor.

»Die Tabelle. Sie ist weg.«

Petra schob sich an ihm vorbei und beugte sich nach vorn, um nach der Maus zu greifen. Mit dem Cursor fuhr sie über die Desktopoberfläche. Die

Icons waren riesig. Hatte er schon wieder an den Einstellungen rumgespielt? Meine Güte, es war ein Wunder, dass er es schaffte, sich morgens allein die Schnürsenkel zu binden. Wenn er gekonnt hätte, hätte er sie bestimmt auch deswegen angerufen.

Etwas berührte ihren Po. Petra zuckte zusammen, richtete sich auf. »Huch. Entschuldigung«, sagte sie erschrocken und sah, dass Maurer rot angelaufen war. Er schwieg. Petra wartete noch einen Moment, aber er hatte offenbar nicht vor, sich zu entschuldigen. Warum auch? Sie war seine Sekretärin, kein Mensch aus Fleisch und Blut. Wieso hatte sie sich eigentlich gerade entschuldigt? Ihr Hintern war keineswegs so groß, dass man an ihm nicht vorbeikam. Wäre es nicht eher Maurers Aufgabe gewesen, die unfreiwillige Annäherung irgendwie zu kommentieren?

Gereizt wandte sie sich wieder dem Computer zu. Wohin hatte dieser Idiot die Datei verschoben? Noch während sie in der Suchleiste das Schlagwort eingab, spürte sie erneut, dass etwas ihren Hintern berührte.

Petra erstarrte. Das war jetzt aber kein Zufall mehr. Sie zögerte noch einen Augenblick, wusste nicht, was sie als Nächstes tun sollte. Sie konnte ja schlecht ihrem Chef sagen, dass er Abstand halten sollte. Andererseits wollte sie nicht, dass er ihr so nahe kam. Es war ihr unangenehm. Am allerwenigsten wollte sie aber, dass er sie noch einmal am Po berührte, egal ob beabsichtigt oder nicht.

Petra zog den Stuhl heran und setzte sich. »Wollen Sie in der Zwischenzeit vielleicht etwas anderes machen? Das kann dauern«, erklärte sie knapp und rutschte näher an den Schreibtisch.

»Nein. Ich warte«, erwiderte er und stellte sich hinter den Stuhl, eine Hand auf der Rückenlehne.

Sofort war Petra unwohl. Nicht nur, weil er sie überwachte, sondern auch, weil er so nahe hinter ihr stand. Am liebsten hätte sie den Stuhl mit Schmackes vom Schreibtisch weggeschoben und Maurer so an die Wand dahinter gedrückt. Aber das ging nicht, das konnte sie natürlich nicht machen.

Sie konzentrierte sich auf die Aufgabe. Tabelle, flötete sie in Gedanken, Tabelle, wo bist du?

Plötzlich spürte sie Maurers Hand auf ihrer Schulter. Wie vom Blitz getroffen erstarrte sie. Sah auf die Hand hinunter, unfähig, ein Wort zu sagen. Die Finger krochen wie eine gierige Raupe langsam vorwärts, näherten sich ihrem Dekolleté, gruben tiefer, bis sie den Ansatz ihrer Brust erreichten. Petra hielt die Luft an. Ihre Hände schwebten über der Tastatur, das Herz schlug ihr bis zum Hals. Was um Gottes willen machte er da?

»Sind Sie eigentlich verheiratet, Frau Hülsenbeck?«

»N-n-nein«, stammelte sie aus Reflex. In ihrem Kopf wirbelten die Gedanken. Was zur Hölle passierte gerade? Was sollte das? Hatte sie ihm falsche Signale gesendet? Hoffnungen gemacht?

Maurers Finger begannen, Petras Brustansatz zu massieren. Sie war unfähig, sich zu bewegen. Ob sie schreien sollte? Und dann?

Konzentrier dich!, rief sie sich zur Räson. Wenn du diese verdammte Datei gefunden hast, haust du ab. Und dann gehst so sofort in die Personalabteilung und erstattest Bericht. Oder Anzeige? Ist das ein Straftatbestand? Mein Chef hat meinen Po und meine Brüste berührt?

Als Maurers Hand noch tiefer wanderte, verstummten die Stimmen in Petras Kopf. Sie lenkte den Fokus auf den Desktop. Zwei Excel-Dateien waren da. Eine hieß »Abrechnung_Firma_2022.xls«. Der andere Dateiname ergab überhaupt keinen Sinn. Sie runzelte die Stirn und klickte darauf. Als die Datei sich öffnete, erkannte Petra auf den ersten Blick, dass es die gesuchte Tabelle war. Maurer hatte sie umbenannt. Aus Versehen? Vielleicht. Vielleicht aber auch nicht.

»Da ist sie ja«, rief Petra erleichtert, sprang vom Stuhl auf und entfernte sich von Maurer, so schnell es ging. Sie versuchte, nicht zu rennen, während sie auf die Bürotür zueilte.

»Frau Hülsenbeck«, rief ihr Maurer hinterher.

Petra erstarrte zur Salzsäule. Langsam drehte sie sich um. »Ja?«

Maurer lächelte breit. »Danke.«

19

8. November 2022, 5:30 Uhr

Das Handyklingeln weckte sie aus einem kurzen, komatösen Schlaf. Obwohl hundemüde, war sie trotzdem erleichtert, dass der Albtraum der Nacht vorbei war. Irgendwie war ihre sonst so harte Schale durchlässiger als sonst. Trotz der heißen Dusche war ihr am vergangenen Abend nicht mehr warm geworden. Bilder von ausgerissenen Augen und blutigen Ohren hatten sie bis in den Schlaf verfolgt. Kalte, weiß-blaue Männerhände, die gierig nach ihr grapschten, der Obdachlose aus dem Bus, der ihr mit leiser, beruhigender Stimme versicherte, er wolle ihr nichts Böses. Schweißgebadet griff sie nach dem Handy, dankbar für den Störenfried am frühen Morgen.

»Vince«, knurrte sie und rollte sich aus dem Bett, um Valerie nicht zu wecken.

»Jagoda Milosevic, bist du das? Oder habe ich die falsche Nummer gewählt? Ich dachte, du reißt mir um diese Uhrzeit durch das Telefon den Kopf ab.«

Für einen kurzen Moment überlegte sie, ob sie ihrem Partner von der SMS von gestern Abend erzählen sollte, aber irgendetwas hielt sie davon ab. Sie wollte die Sache einfach vergessen, Vince würde das nur unnötig aufbauschen. Sie würde sich eine neue Nummer besorgen, und die Sache wäre erledigt.

»Noch ist der Tag nicht rum«, brummte sie stattdessen in den Hörer. »Was gibt's?«

»Das glaubst du nie im Leben!«

»Es wurde eine Leiche gefunden?«, versuchte Milo ihr Glück.

»Manchmal macht die Arbeit mit dir einfach keinen Spaß«, knurrte Vince am anderen Ende der Verbindung. Milo musste trotz der schlechten Nachricht einen Moment lang schmunzeln.

»Ein Toter aus unserer Serie?«, fragte sie ohne Umschweife.

»Könnte sein.«

»Könnte sein? Geht das vielleicht etwas genauer?«

»Sagen wir es mal so, es gibt Anzeichen, die dafür sprechen.«

»Mann, Vince, für diese Uhrzeit strapazierst du meine Geduld ordentlich. Raus mit der Sprache, was weißt du?«

»Nur das, was mir die Spusi vor fünf Minuten erzählt hat. Die sind wohl schon die halbe Nacht zugange, haben sich aber jetzt erst gemeldet, weil es so lange dauerte, die Leiche zu bergen, und sie nicht wussten, ob das ein Fall für uns ist. Eigentlich nett von denen, dass die uns nicht um den Schlaf gebracht haben. Wir hätten eh nur dumm rumgestanden.«

Milo runzelte die Stirn. »Wieso rufen die immer erst dich an?«

Vince räusperte sich. »Na ja. Entweder, weil sie Angst vor deiner Reaktion haben, oder weil sie bei mir erst mal abchecken, wie wichtig die Sache ist.«

»Hm«, machte Milo, die nicht wusste, was sie davon halten sollte. »Was liegt denn an?«

»Männerleiche im Osterbekkanal, ziemlich schmutzig, ziemlich alt, viel Schlamm, aber keine Zunge im Mund. Einer von der Spusi war am Fundort von Nowak dabei und hat an uns gedacht. Könnte was dran sein, muss aber nicht.«

»Wir treffen uns am Fundort. Dreißig Minuten, bring Kaffee

mit.« Milo wartete Vince' Antwort nicht ab und sprang aus dem Bett.

Der Frühnebel hatte sich noch nicht gelichtet, als Milo eine halbe Stunde später fröstelnd am Kanal stand. Zwischen einer Bootsvermietung und dem *Alster Ruderverein* war die Spusi-Truppe nach wie vor zugange.

Milo gefror der eigene Atem vor dem Gesicht, trotzdem pustete sie weiter warme Luft auf ihre eisigen Finger. Es wurde endlich Zeit für eine richtige Winterjacke. Und Handschuhe.

»Für meinen Geschmack zu viele Leichen«, begrüßte sie Vince, der wie aus dem Nichts neben ihr aufgetaucht war und ihr einen Pappbecher mit Kaffee in die Hand drückte.

»Der ist kalt«, beschwerte sie sich bei ihrem Partner, nippte aber trotzdem an dem schwarzen Gebräu.

»Das liegt daran, dass ich eine halbe Ewigkeit unterwegs war, um ihn zu besorgen. Weißt du, wie schwer es ist, um die Uhrzeit eine offene Bäckerei zu finden?«

»Kaffee?«, säuselte eine ältere Dame und marschierte mit einem Tablett voller dampfender Tassen zwischen den Beamten herum. Die weiß gekleideten Kollegen in Schutzanzügen schüttelten abwehrend den Kopf.

»Wer ist das? Was macht die hier?«, wollte Milo wissen.

»Keine Ahnung, aber sie hat warmen Kaffee. Komm.«

»Ach, noch mehr Polizei«, begrüßte die dick in einen Wollmantel verpackte Frau Milo und Vince. Beherzt nahm sie Milo den Pappbecher ab und drückte ihr eine weiße Porzellantasse in die Hand. »Trinken Sie erst mal einen Schluck, man holt sich ja den Tod hier draußen. Oh, verzeihen Sie meine Wortwahl. Unter diesen Umständen …«

»Sie haben ja recht«, erwiderte Milo und trank von dem Kaffee, der so stark war, dass man damit vielleicht sogar den Toten hätte wecken können. »Haben Sie die Leiche gefunden?«

»Nee«, die Frau schüttelte den Kopf. »Das waren die Bauarbeiter. Die machen hier vielleicht einen Krach, kann ich Ihnen sagen! Seit einem halben Jahr ist die Baustelle schon. Ob die jemals fertigwerden? Ich glaube nicht. Vorher sterben einem die Gäste unter den Händen weg.« Sie verzog ertappt das Gesicht. Offensichtlich war es ihr unangenehm, dass sie schon wieder den Tod erwähnt hatte.

»Kannten Sie denn den Toten? War er einer Ihrer Cafébesucher?« Vince war plötzlich sehr interessiert.

»Ham Se den mal gesehen?«, wollte die Frau wissen. »Den erkennt vielleicht gerade noch seine Mutter, wie der aussieht, kaum noch nach Mensch, ganz weiß unter dem ganzen Dreck. Dabei kennt man das ja eigentlich aus den Filmen. Wüsste man ja, wie so ein Toter aussieht, sollte man meinen. Aber im echten Leben ist das dann doch noch mal ganz anders, ne? Sie wissen das ja, Sie sehen so was ja täglich.«

»Na ja, täglich nicht«, lenkte Vince ein. »Danke jedenfalls für den Kaffee, wir müssen dann auch mal. Die Arbeit ruft.«

»Also, der da unten ruft sicher nicht mehr! Armer Mensch, armer Mensch … Was ist das nur für eine Welt?«, murmelte sie und sammelte die beiden Tassen ein.

»Dann lass uns mal rausfinden, ob wir es mit einem armen Menschen zu tun haben«, forderte Milo ihren Partner auf.

Gemeinsam marschierten sie zur abgesperrten Fundstelle, von einem Toten aber war weit und breit nichts zu sehen.

»Der ist schon in der Rechtsmedizin«, erklärte einer der weiß gekleideten Kollegen. »Wir konnten ihn nicht hier liegen lassen. Raus aus dem Wasser, vertrocknet der uns im Nullkommanix.«

»Ernsthaft?«, fuhr Milo den Mann an und vergaß in diesem Moment, dass die Kollegen es ja eigentlich gut mit ihnen gemeint hatten. »Wir sind umsonst hierhergefahren?«

»Es gab Kaffee.« Immerhin, der Beamte hatte genug Verstand, sich aus dem Staub zu machen, bevor Milo handgreiflich werden konnte.

20

8. November 2022, 07:30 Uhr

»Warum ist der so schwarz?«, wollte Vince von Dr. Süß wissen.

Die beiden Ermittler starrten auf die seltsam verrenkte Leiche vor ihnen auf dem Tisch. Zur Abwechslung roch es am Arbeitsplatz der Rechtsmedizinerin nicht nach Verwesung und Formalin, sondern nach Moder und Schlick. Der Tote war nicht blass und aufgedunsen, wie Milo es von Wasserleichen kannte, sondern dunkel, und wirkte irgendwie verdorrt.

»Das kommt vom Schlamm«, erklärte Susanne Süß. »Das Flussbett hat in diesem Teil des Kanals einen hohen Anteil an Moorschlick, also ein stark saures Milieu im Boden. Die Säure entkalkt die Knochen und löst die Struktur. So angegriffen, wie das Skelett bereits ist, liegt der Mann da schon ein paar Jahre. Und die Haut ist so dunkel, weil sie leicht gegerbt ist.« Süß' Finger, sicher in Latex-Handschuhen verpackt, drückten an verschiedenen Stellen der Arme und Beine in die Leiche. »Seht ihr? Eine Art Vorstufe zu Leder. Dieser Zustand wird nicht mehr lange anhalten. An der Luft trocknet die Leiche sehr schnell aus und schrumpft dabei zusammen.«

»Was konnten Sie rausfinden?«, wollte Milo wissen, während Vince fasziniert den Toten betrachtete.

»Die Leiche ist männlich, vermutlich in den Dreißigern. Keine besonderen körperlichen Auffälligkeiten, keine Tätowierungen, keine Prothesen, anhand derer man ihn identifizieren könnte. Wie lange er schon tot ist, müssen die Gewebeproben zeigen. Aber wie bereits erwähnt, wir sprechen von Jahren. Fünf, sechs, sieben, acht? Könnte alles sein, viel länger aber nicht. Die Todesursache lässt sich bei so einem Zustand leider nicht feststellen. Das könnte alles sein, von Herzinfarkt bis Erdrosselung.«

»Sie wissen also gar nicht, ob es sich um Mord handelt?« Der Tag wurde immer besser. »Warum sind wir dann hier?«

»Dazu komme ich jetzt. Wir haben keine Kugeln im Körper gefunden und auch keine Wunden, die auf Gewalteinwirkung schließen lassen. Die Knochen, soweit das noch zu sehen ist, sind intakt, kein Schädelbruch oder etwas, das auf eine Tötung schließen ließe. Aber …« Dr. Süß trat an den Tisch und ergriff den Kiefer der Leiche. Mit einem festen Ruck öffnete sie den Mund. Eine Reihe dunkelbraun verfärbter Zähne waren im ansonsten schwarzen Mundraum zu sehen. Milo und Vince beugten sich über den Tisch und starrten in das leere Loch. »Da fehlt die Zunge«, erklärte sie. »Sauber abgetrennt hinten am Zäpfchen.«

Vince beugte sich noch tiefer über den Tisch, als wollte er wirklich sichergehen, dass die Zunge nicht irgendwo versteckt war. »Hat man sie gefunden?«

Dr. Süß verzog das Gesicht. »Ich nehme an, die Frage ist rhetorisch. Ob sie rausgeschnitten wurde, als der Mann noch am Leben war oder erst posthum?« Sie zuckte mit den Schultern. »Das werden wir nicht rausfinden. Aber vielleicht hilft es euch trotzdem, in eurem aktuellen Fall weiterzukommen?«

»Was auch immer mit dem Mann geschehen ist, ist Jahre her«, erwiderte Milo. »Aber wir wissen nicht mal, ob der Typ überhaupt ermordet wurde. Es ist ja sehr nett von Ihnen, dass Sie an uns denken, aber wie soll uns die Leiche weiterhelfen?«

Die zierliche Rechtsmedizinerin schien etwas enttäuscht, dass ihr niemand folgen konnte. Ihr Stirnrunzeln erinnerte Milo an eine alte Mathelehrerin, deren Ansprüchen sie auch nie genügt hatte.

»Na, Augen, Ohren, Zunge«, erklärte Süß langsam und schlug ihre Hände erst über die Augen, dann an die Ohren und schließlich vor den Mund. »*Mizaru, kikazaru, iwazaru.*«

Vince sah Milo an. Sein Blick wirkte verzweifelt.

»Hä?«

Dr. Süß seufzte. »Nicht sehend, nicht hörend, nicht sprechend. Ihr habt doch sicher schon mal die drei Affen gesehen, die sich Augen, Ohren und Mund zuhalten?«

Milo und Vince nickten. Die Rechtsmedizinerin hatte recht, der Vergleich war tatsächlich naheliegend.

» Diese Affen gehen auf das 12. Buch der Analekten des Konfuzius zurück, darin spricht er zu seinem Schüler Yan Yuan über das Wesen der Sittlichkeit. Wenn mich nicht alles täuscht, war die Sittlichkeit das Problem eurer ersten beiden Leichen?«

Wieder nickten Milo und Vince, diesmal aber voller Erstaunen. Susanne Süß genoss nun ihre ungeteilte Aufmerksamkeit.

»Die Affen entstammen einem grammatikalischen Wortspiel. Das Tier ist weniger interessant. Aber die Bedeutung in dem Kulturkreis, über Schlechtes hinwegzusehen, ist in der westlichen Kultur etwas verzerrt. Es geht darum, das Schlechte nicht wahrhaben zu wollen – eine deutliche Anklage.«

»Die drei Toten gehören also wirklich zusammen?«, wollte Vince wissen.

Das wäre schön, dachte Milo bei sich. Dann wäre die Serie nämlich komplett, und das Töten hätte ein Ende.

»Könnte sein«, antwortete Dr. Süß. »Die Leiche ohne Zunge ist die älteste, die Morde folgen der klassischen Darstellung: Zunge, Augen, Ohren.«

»Mein Gott«, murmelte Milo leise und drehte sich zu Vince um.

»Schmidt wurden die Augen entfernt, weil er etwas gesehen hat, was er nicht sehen sollte.«

Vince runzelte die Stirn. »Aber hat Nowak etwas gehört, was er nicht hören sollte? Und deshalb wurden ihm die Ohren abgeschnitten?«

»Bisher dachte ich bei Nowak eher, wer nicht hören will, muss fühlen«, erwiderte Milo und sah ihren Partner an.

»Oh«, meinte der. Dann riss er die Augen auf. »Oh! Du meinst die vielen Chancen, die er bekommen hat? Back to life?«

»Würde nicht zum Affen passen«, mischte sich Dr. Süß ein. »Eher die Theorie, dass er Verbotenes gehört hat.«

»Hm«, machte Milo. Dann fiel ihr Blick wieder auf die Leiche ohne Zunge. »Dann hat er hier vielleicht etwas gesagt, was er nicht hätte sagen sollen.«

»Falsches Zeugnis, meinst du? Wie in der Bibel?« Vince nickte. »Mann, ist das alles schräg.«

»Aber«, fuhr Milo fort und konnte eine gewisse Erleichterung nicht unterdrücken. »Wenn das alles stimmt und die Toten zusammengehören, wenn das wirklich eine Serie ist, bedeutet es auch, dass Nowak das letzte Opfer war. Zunge, Augen, Ohren.« Sie zeigte auf die Leiche vor sich. »Dieser Tote, Schmidt, Nowak.« Serpils Zorn bei einer weiteren Leiche wollte sie sich nicht ausmalen.

»Ähäm«, machte Dr. Süß und hob einen Finger. Jetzt sah sie wirklich aus wie eine Mathelehrerin. »Ich will euch ja den Spaß nicht verderben, aber falls die toten Männer zusammengehören, solltet ihr vom vierten Affen erfahren.«

»Welchen vierten Affen?«, entfuhr es Vince.

Milo schluckte. Sie kannte die drei Äffchen in allen möglichen Varianten, als wenig einfallsreiche Deko, nicht-witzige T-Shirts, Kaffeetassen-Motive … einen vierten Affen hatte sie noch nie gesehen.

»Was für ein vierter Affe?«, wiederholte sie die Frage, ein ungutes Gefühl im Magen.

Die Rechtsmedizinerin lächelte. Offensichtlich bekam sie selten die Gelegenheit, mit ihrem fernöstlichen Expertinnenwissen aufzutrumpfen. »*Shizaru,* der vierte Affe, hält seine Pfoten vor den Unterleib, was so viel bedeutet wie: Tu nichts Böses. Werden alle vier Affen dargestellt, ist die Bedeutung meist sexueller Natur. Die Botschaft des Vierten kann auch als ›Hab keinen Spaß‹ oder ›Hab keinen Sex‹, verstanden werden.«

Milo konnte aus dem Augenwinkel sehen, wie sich Vince schützend die Hände vor seinen eigenen Unterleib legte. Niemand musste aussprechen, an was er dabei gerade dachte. Die Botschaft war klar.

21

8. November 2022, 13:30 Uhr

»Ihr beide«, brüllte Serpil quer über den Flur. Milo und Vince hatten es nicht einmal geschafft, die Jacken abzulegen. »In mein Büro, sofort!«

Milo zuckte zusammen. Man musste keine Expertin für Körpersprache sein, um zu erkennen, dass ihre Chefin kurz vorm Explodieren war.

Sie hatten die Tür zu Serpils Zimmer noch nicht geschlossen, da knallte ihnen die Vorgesetzte bereits eine aufgeschlagene Tageszeitung vor die Nase.

»Hier, seht euch das an«, brüllte sie, und winzige Tropfen ihrer Spucke landeten auf dem Papier. »Was soll diese Scheiße? Woher wissen die das?«

›*MÄNNERMORDE – Hamburgs Frauen schlagen zurück*‹, stand in großen roten Buchstaben über einem Foto, das die Leiche von Kai Nowak zeigte. Immerhin mit verpixeltem Gesicht, und der Winkel der Aufnahme war so gewählt, dass man die abgeschnittenen Ohren ebenfalls nicht erkannte.

Ungläubig rieb sich Milo die Augen, hektisch überflog sie den kurzen Text neben dem Bild. ›Verurteilter Frauenschläger tot aufgefunden‹, ›zweites Opfer in Folge‹, ›Polizei weiterhin ahnungslos‹, ›Frauen wehren sich endlich gegen Sexualverbrechen‹ … O Gott.

Sie schnappte nach Luft und drückte Vince das Blatt in die

Hand. Die Zeitung war von diesem Morgen und Serpils Frage berechtigt: Woher hatte die Mopo ihre Informationen? Das Foto? Die Fakten? Was für eine Scheiße.

»Ich hoffe, ihr habt eine Erklärung«, forderte Serpil. Sie hatte beide Hände in die Hüften gestemmt, kein gutes Zeichen.

»Da muss jemand geplaudert haben«, antwortete Vince gelassen. Die Wut seiner Chefin perlte an ihm ab, als wäre er mit Teflon beschichtet.

»Wenn das das Niveau eurer Ermittlungsarbeit ist, dann wundert es mich nicht, dass uns die Leichen über den Kopf wachsen, und niemand, aber auch wirklich *niemand* nur den Ansatz einer Spur hat!« Serpil schnappte nach Luft.

»Ist ja nicht so, dass wir gar nichts haben«, nutzte Milo die kurze Pause. »Vielleicht sind wir mit der neuen Leiche sogar einen guten Schritt weitergekommen.«

Erwartungsvoll starrte Serpil sie an. Milo kam sich vor, als wäre sie eine Angeklagte im Kreuzverhör. Mit trockenem Mund berief sie sich auf Susanne Süß' Vermutungen. »Könnte sein, dass wir es tatsächlich mit einem Serienmord mit Rachemotiv zu tun haben.«

Serpil zog eine Augenbraue hoch. Sie war offensichtlich noch nicht zufrieden.

»Der Leiche aus dem Kanal fehlt die Zunge, und sie wäre in der Serie das älteste Opfer«, berichtete Milo weiter. »Zunge, Augen, Ohren. Du kennst doch sicher diese kleinen Affen, die mit den Händen Mund, Augen und Ohren bedecken?«

Serpil nickte unwillig.

»Es gibt noch einen vierten, dem fehlt der Schwanz«, kommentierte Vince heiser.

»Wollt ihr mich auf den Arm nehmen?«

Milo konnte sehen, wie sich die nächste Welle der Wut in Serpils Gesicht anbahnte. »Ganz im Gegenteil, das könnte tatsächlich unsere Spur sein. Wir haben zwei Opfer mit eindeutigen sexuellen Vorlieben. Es würde mich nicht wundern, wenn das auch beim dritten Toten, der Kanalleiche, der Fall wäre. Die vier Affen könnten in diesem Kontext sexualisierte Gewalt anprangern. Verbrechen, für die irgendjemand, vielleicht die Justiz, blind war.«

»Ihr wollt also sagen, diese Schmierfinken von der Zeitung haben recht?«

»Sie haben möglicherweise nicht unrecht«, formulierte Milo vorsichtig. »Von den Amputationen steht im Artikel aber kein Wort, was bedeutet, sie haben die Infos nicht aus dem engeren Kreis. Vielleicht ist jemand Externem daran gelegen, dieser Sache noch mehr Aufmerksamkeit zu verschaffen. Möglicherweise dem Täter selbst? Oder der Täterin?«, fügte sie hinzu.

»Frauen, die ihre Vergewaltiger richten?« Serpil war immer noch skeptisch.

»Frauen, die sich ungerecht von der Justiz behandelt fühlten oder vielleicht gar nicht erst zur Polizei gegangen sind«, grübelte Vince. »Deswegen war Schmidt nicht aktenkundig. Und Nowak wurde für sein Vergehen nicht verurteilt, weil die Anklage zurückgezogen wurde.«

Milo wusste, er dachte an Theresa von Ohlson, Jenny Nowak, Nina Wucherpfennig und das tote Mädchen aus dem Snuff-Video. Vermutlich auch an weitere Frauen, deren Namen sie noch nicht kannten, möglicherweise auch niemals erfahren würden. In diesem Moment fiel ihr etwas ein. »Theresa von Ohlson hat von einer Selbsthilfegruppe erzählt, der sie sich einige Zeit angeschlossen hat. Ich denke, es ist an der Zeit, die Damen dort mal etwas genauer unter die Lupe zu nehmen.«

22

10. November 2022, 16:30 Uhr

»Ach, Sie schon wieder. Woll'n Se noch 'ne Tasse?« Die Cafébesitzerin, die ihnen vor zwei Tagen in aller Herrgottsfrüh den Kaffee vorbeigebracht hatte, war gerade dabei, die Stühle auf der Terrasse zusammenzustellen.

Milo und Vince waren ein weiteres Mal am Osterbekkanal, wo die letzte Leiche gefunden worden war. Sie hatten sich vorgenommen, noch einmal alle Leichenfundorte nach eventuellen Gemeinsamkeiten zu durchkämmen, bevor sie der Selbsthilfegruppe einen Besuch abstatteten. Denn Tat- oder Fundorte, selbst wenn die Verbrechen lang zurücklagen, erzählten immer etwas über das Opfer – und den Täter.

»Vielen Dank, wir hatten gerade einen Kaffee im Büro.« Dünne, widerliche Landeskriminalamtsplörre aus dem Vollautomaten, der seit 1994 nicht mehr gereinigt worden war. Mindestens. »Machen Sie Schluss für heute?«

Die rundliche Frau nickte geschäftig. »Zu dieser Jahreszeit schon. Gibt ja kaum Ruderer momentan.« Sie nickte in Richtung eines Gebäudekomplexes, der sich hinter dem *Alster Ruderverein* erhob. »Die alten Leutchen kommen immer am Vormittag. Und im November ist es auch mit den Familienbesuchen nicht so weit her. Die fallen alle erst wieder kurz vor Weihnachten ein. Wegen dem schlechten Gewissen.«

Milo fühlte sich ertappt. Auch diese Woche war sie nicht bei Angela in der Pflegeeinrichtung gewesen. Hastig schüttelte sie den Gedanken ab.

»Das ist also ein Altenheim?«

Die Frau nickte. »Gute Gegend, ruhige Lage. Und immer Blick aufs Wasser. Aber …« Sie rieb Zeigefinger und Daumen aneinander. »Nicht ganz günstig. Zumindest seitdem das Heim vor einigen Jahren von einem privaten Investor übernommen worden ist.«

Vince trat von einem Bein aufs andere. »Vielleicht sollten wir bei denen mal nachfragen«, raunte er Milo zu. »Ob die was gesehen haben.«

Sie drehte sich zu ihm um. »Vor sechs Jahren? Oder waren es sieben?« Milo schnaubte.

Vince zog die Nase hoch. »Vielleicht auch acht, sagt Susi.«

Milo nickte. »Super Idee. Eine deiner besten bislang.«

Er schob die Hände in die Hosentaschen und zog die Schultern hoch. »Dann lass uns wenigstens weiterlaufen. Es ist arschkalt.«

Die Temperaturen waren in den vergangenen Tagen noch einmal gesunken. Selbst die Pfützen auf den Straßen waren mittlerweile gefroren. Immerhin hatte heute den ganzen Tag lang die Sonne geschienen. Das war eine Seltenheit im beginnenden Winter in der Hansestadt.

»Wollen Se wirklich keinen Kaffee? Ich kann auch noch mal einen aufsetzen«, bot die Frau an.

»Danke fürs Angebot. Aber wir machen hier mal weiter.«

»Is gut.«

Milo und Vince gingen vor zum Kanal und stellten sich an die Mauer. Ein paar Enten schwammen an ihnen vorbei. Das Wasser schwappte träge gegen die Metallkonstruktion, die in einiger Entfernung im trüben Wasser installiert worden war, um einen Teil des Bodens trockenzulegen und Bauarbeiten am Grund ausführen zu können. Nur so war die Kanalleiche überhaupt gefunden worden. Wer weiß, wie lange sie noch im Schlick gelegen hätte, wenn die Baustelle nicht gewesen wäre.

»Wie überzeugt bist du, dass die Leiche aus dem Kanal zu den beiden anderen gehört?«, wollte Vince wissen und zog eine Schachtel Marlboro aus der Jackentasche. Er steckte sich eine Zigarette zwischen die Lippen, zündete sie aber nicht an.

»Ziemlich sicher.« Sie streckte die Hand aus, nahm ihm die Zigarette weg und hielt sie ihm hin. »Probier es doch mal mit diesen Kaugummis. Die sollen helfen.«

»Hab ich auch gehört. Aber die brennen so schlecht ab.« Er grinste schief. »Was machen wir noch mal hier?«

Sie zuckte mit den Schultern. »Ein Gefühl für den Ort bekommen.« Milo ließ den Blick schweifen. »Wirklich irre, dass man mitten in Hamburg eine Leiche im Kanal entsorgen kann, und es niemandem auffällt. Warum ist sie nicht wieder an die Oberfläche gestiegen? Durch die Verwesung bilden sich doch eigentlich Gase, die den Leichnam aufblähen und nach oben treiben.«

Vince kratzte sich am Kopf. »Das hat mir Susi erklärt. Wenn man zum Beispiel mehrere Tüten mit Sand füllt, sie zuknotet und dann am Körper befestigt, kann das einen Leichnam am Grund halten.«

»Tüten?« Milo drehte sich zu ihm um. »Doch nicht etwa Mülltüten.«

»Keine Ahnung. Es waren keine Überreste mehr zu finden – oder keine, die wir dem Leichnam zuordnen konnten. Im Laufe der Zeit haben wohl Schlick und Schlamm das Beschweren übernommen. Und wenn die Stadt nicht zufällig gerade neue Abwasserrohre verlegen müsste …« Er verstummte.

Milo drehte sich einmal um die eigene Achse. »Aber wieso bekommt keiner mit, wenn jemand eine Leiche im Kanal versenkt?«

Sie spähte auf die andere Uferseite. Ein Bürogebäude. Wenn der Täter in der Nacht gekommen war, hatte er aus dieser Richtung keine Zeugen befürchten müssen. Milo drehte den Kopf nach rechts. Der Bootsverleih wurde in der Nacht auch nicht mehr frequentiert. Der *Alster Ruderverein* schon dreimal nicht. Dann kam die Straße, und die Häuser in der Reihe dahinter waren zu weit weg, um von dort etwas zu sehen, außerdem standen Bäume im Weg. Falls es Sommer gewesen war, als jemand die Leiche hier abgelegt hatte, hätte das Blattwerk die Sicht versperrt.

Blieb also wirklich nur das Altenheim.

»Komm, wir gehen mal nachsehen, ob jemand von den alten Leutchen unter seniler Bettflucht leidet und vielleicht etwas mitbekommen hat.«

Sie liefen die hundert Meter am Kanal entlang und bogen nach links in einen schmalen Weg ab, der sie direkt zum Eingangsportal des Altenheims führte.

»Scheiße«, sagte Milo, als sie die Buchstaben über der gläsernen Drehtür erblickte. Das war nicht nur ein Altenheim. Das war eine Einrichtung, die sich auf die Behandlung Demenzkranker spezialisiert hatte. Ausgerechnet. Die Chance, hier jemanden zu finden, der sich an etwas vor sieben, vielleicht sogar acht Jahren erinnerte, verwandelte sich binnen einer Sekunde von gering zu absolut unwahrscheinlich.

Trotzdem traten sie durch die Drehtür und stellten sich am Empfang vor.

»Milosevic und Frey, wir kommen von der Kripo«, erklärte Milo knapp, während sie ihre Ausweise zeigten. »Wir würden gern mit dem dienstältesten Angestellten sprechen.«

Der Mann hinter der Glasscheibe sah sie verwirrt an. »Mit dem dienstältesten Angestellten?«

»Ja. Einfach jemand, der hier schon sehr lange arbeitet. Seit mindestens sieben Jahren«, fügte sie hinzu.

Der Mann dachte nach. Strich sich über den imposanten Schnauzbart. Dann sagte er: »Wissen Sie, vor drei Jahren wurde das Haus ja privatisiert. Da wechselte die gesamte Belegschaft.«

Auch das noch. Milo schloss ergeben die Augen und atmete tief durch. In diesem Scheißfall blieb ihr auch nichts erspart.

»Aber warten Sie mal ...«

Sie sah auf.

»Die Doro. Die ist schon früher da gewesen.«

»Doro? Und wie weiter?«

»Dorothea Friedemann. Ja, stimmt, die blieb als Einzige hier, als der neue Betreiber kam. Auch wenn die Arbeitsverträge und die Entlohnung sich verändert haben.« Er zuckte mit den Schultern, als wollte er damit sein Unverständnis ausdrücken.

»Und wo finden wir Dorothea Friedemann?«, hakte Vince nach.

Milo dachte: Bestimmt ist sie gerade in Urlaub. Oder in einem Sabbatical. In Nepal ohne Internetverbindung, damit sie sich selbst finden kann.

»Die Doro hat heute Dienst.« Der Mann klickte mit der Maus und schaute auf den Monitor. Dann warf er einen Blick auf die Uhr an seinem Handgelenk. »Sie haben Glück. In fünfzehn Minuten ist Schichtwechsel.«

Milo fing Vince' Blick auf. Offensichtlich dachten beide dasselbe: Fortuna war ihnen ausnahmsweise mal hold.

23

10. November 2022, 17:00 Uhr

Dorothea Friedemann war eine winzige Frau. Milo schätzte, dass sie gerade mal eins fünfzig war und maximal vierzig Kilo wog. Ihr schlohweißes Haar trug sie raspelkurz, nur der Pony war etwas länger und blauschwarz gefärbt. Als sie mit federndem Schritt und quietschenden Gummisohlen aus einer Tür im Seitenbereich des Foyers kam, hielt der Mann am Empfang sie auf.

»Doro! Die zwei Herrschaften wollen dich sprechen.« Er zeigte in Milos und Vince' Richtung, die sich von der schicken Sitzgarnitur erhoben, auf der sie auf die Frau gewartet hatten.

Mit einem Lächeln im Gesicht kam sie auf die beiden zu. »Wie kann ich Ihnen helfen?« Sie musste weit nach oben blicken, aber offenbar war Dorothea Friedemann derlei Mühsal gewohnt. Außerdem schien sie selbst nach einer Schicht vor Energie nur so zu strotzen – und das, obwohl sie die Fünfzig sicher schon vor einigen Jahren überschritten hatte. Faszinierend, wie sehr manche Menschen ihren Job liebten.

Milo stellte sich und Vince vor und bat Dorothea Friedemann, sich zu ihnen zu setzen. Dann erklärte sie, warum sie hier waren. »Vor zwei Tagen wurde eine Leiche im Kanal geborgen.«

Die Frau nickte. »Das erklärt das riesige Polizeiaufgebot. Wir haben uns schon gewundert.«

»Wir ermitteln in dem Fall und haben uns gefragt …« Milo zögerte. Wie sollte sie an die Sache rangehen? Sie konnte ja schlecht fragen: Haben Sie vor sieben Jahren – möglicherweise auch mehr – gesehen, wie jemand eine Leiche im Kanal entsorgt hat? Sie setzte noch mal neu an. »Frau Friedemann, wie lange arbeiten Sie in dieser Einrichtung?«

Die Frau kniff die Augen zusammen und schien zu rechnen. »Fünfzehn Jahre, schätze ich.«

»Sie sind als Einzige geblieben, als der Betreiber wechselte?«

Friedemann nickte betrübt. »Ja. Danach wurde vieles anders. Manches gut. Das meiste schlecht.«

»Warum haben Sie sich keine neue Arbeit gesucht?«

Dorothea Friedemann lachte auf. »Was wäre dann aus meinen Patienten geworden? Die konnte ich doch nicht alle hierlassen und einfach weggehen.«

»Ist das Heim nicht teurer geworden seit der Privatisierung?«

Friedemann nickte. »Oh doch. Aber die meisten Angehörigen haben sich darauf eingelassen.« Sie zuckte mit den Schultern. »Vermutlich auch, weil sie keine Lust hatten, sich um etwas anderes zu kümmern.«

Wieder spürte Milo den Stich des schlechten Gewissens in der Magengegend, und wieder schob sie das Gefühl beiseite.

»Machen Sie hier auch Nachtdienste?«, wechselte Milo das Thema.

Dorothea Friedemann verzog den Mund. Sobald ihr Lächeln verschwand, sah man ihr an, dass sie eine zähe und leidensfähige Person war, die schon einigen Kummer im Leben gehabt hatte. »Warum stellen Sie mir diese komischen Fragen? Worum geht es hier eigentlich? Und was hat das mit der Leiche im Kanal zu tun?«

Milo wollte gerade zu einer Erklärung ansetzen, als Vince ihr zuvorkam.

»Frau Friedemann, wir lassen jetzt mal die Hosen runter.«

Die Lippen der Frau kräuselten sich amüsiert. »Na, da bin ich mal gespannt.«

Er lachte verlegen. »Wir tappen ziemlich im Dunkeln, was diese Kanalleiche angeht. Es gibt wenig Spuren, die vielen Jahre unter Wasser haben ihr Übriges getan.«

Friedemann nickte verständnisvoll.

»In einem Fall wie diesem, wenn uns der Leichnam nicht viel verrät, versuchen wir, über den Fundort auf eine Spur zu kommen. Also zum Beispiel: Wie kann ein toter Körper unbemerkt mitten in der Jarrestadt in einem Kanal landen? Deshalb wenden wir uns an die Nachbarn, befragen alle, die unter Umständen etwas gesehen haben, es vielleicht damals aber nicht einordnen konnten.«

Die Frau schwieg und nickte langsam. »Wann sagten Sie, soll das gewesen sein?«

»Tja, das ist das Problem«, erwiderte Vince verlegen. »Vor sieben oder acht Jahren vielleicht?«

Dorothea Friedemann sah ihn an. Dann prustete es aus ihr heraus. »Und daran soll ich mich noch erinnern? An irgendeine Begebenheit, der ich damals schon keine Bedeutung beigemessen habe?«

Vince stützte das Gesicht in den Händen auf. »Sie haben recht. Wenn man es so ausspricht, klingt es einfach nur bescheuert.«

Dorothea Friedemann blinzelte nachdenklich. »Es tut mir leid. Aber ich glaube, ich kann Ihnen nicht weiterhelfen.«

Milo nickte gefrustet.

»Wie ist das eigentlich, wenn man mit Demenzkranken arbeitet?«, wollte Vince wissen. Offenbar hatte er die Ermittlungen eingestellt und fing ein Privatgespräch an. »Bestimmt sehr herausfordernd, oder?«

Dorothea Friedemanns Gesicht erstrahlte, als hätte man eine

Lampe auf sie gerichtet. Es war nicht zu übersehen: Sie brannte für ihren Beruf. »Natürlich ist es das. Aber es gibt auch sehr viel.«

»Ist es nicht traurig? Menschen zu pflegen, die sich jeden Tag ein Stückchen mehr auflösen? Die alles vergessen?«, hakte Vince nach.

Milo rutschte unruhig auf ihrem Stuhl hin und her. Das war nun wirklich kein Thema, über das sie mehr hören wollte.

»Ehrlich gesagt ist es das auch, traurig«, gab Friedemann zu. »Aber es ist auch sehr oft unglaublich witzig.«

»Witzig?«

Sie lachte. »Allerdings. Erst heute habe ich einen älteren Herrn dabei erwischt, wie er Mozartkugeln mit dem Nussknacker zertrümmert hat. Er dachte, es seien Walnüsse.«

Vince schmunzelte.

»Oder Frau Lott, die felsenfest davon überzeugt ist, dass ich ihre Schwester Hannelore bin. Sie singt jeden Morgen das Tüdelband-Lied für mich. Jeden Morgen, mit allen Strophen!« Frau Friedemann lachte wieder.

Milo stand auf. »Vince, wir sollten mal weiter.« Irgendwann mussten sie Serpil mal eine Spur präsentieren, ansonsten würde die Chefin sie einen Kopf kürzer machen.

Er gab ihr ein Zeichen. »Eine Frage hab ich noch, Frau Friedemann.«

»Natürlich«, erwiderte sie strahlend.

»Gibt es auch richtig, richtig schlimme Momente? Die einem im Gedächtnis bleiben, die man einfach nicht mehr vergisst?«

Milo verdrehte innerlich die Augen. Vince war echt so ein hoffnungsloser Fall. Was sollte das?

Dorothea Friedemann senkte den Blick. Ein Schatten legte sich über ihr Gesicht, und sie wirkte mit einem Mal ernst. »Ja, die gibt es. Viele unserer Patienten werden aggressiv, weil die Impulskontrolle im Gehirn ja auch nachlässt. Sie verletzen sich und andere. Da sie niemanden mehr erkennen, ist es für die Angehörigen oft sehr schwer. Manche kümmern sich aufopferungsvoll, selbst wenn der Patient seit Jahren nur noch vor sich hindämmert. Aber viele … ehrlich gesagt, sehr viele, kommen irgendwann nicht mehr.« Sie seufzte. »Sie verdrängen einfach, dass sie einen Vater oder eine Mutter, eine Schwester oder einen Bruder haben. Einmal hatten wir einen Fall, da wurde eine Heimbewohnerin mit ihrem Rollstuhl nach dem Sonntagsausflug einfach so vor dem Eingang abgestellt und nie wieder besucht. Eine Schlaganfallpatientin, wir behandeln nämlich nicht nur Demenzerkrankungen hier. Der Sohn, der vorher jede Woche zu Besuch gekommen war, kam einfach nie mehr wieder.«

»Das ist ja fürchterlich«, sagte Vince ergriffen.

»Nicht wahr? Die alte Dame starb dann auch recht schnell. Es kümmerte sich ja sonst niemand mehr um sie. Und als der Sohn nicht mehr auftauchte …« Friedemann zögerte, zog die Augenbrauen zusammen. »Wann, sagten Sie, ist die Leiche in den Kanal geworfen worden?«

Milo spürte, dass die altbekannte Unruhe Besitz von ihr ergriff. Die Stimmung hatte sich verändert. Dorothea Friedemann zupfte gerade an einem Erinnerungsschnipsel. An etwas, das ihr im Gedächtnis geblieben war. Milo hielt vor Aufregung die Luft an.

»Wir vermuten 2014. Vielleicht auch ein Jahr davor oder eines danach.«

»Moment mal.« Dorothea Friedemann sprang von der Sitzgruppe auf, marschierte zum Empfangstresen und scheuchte den Mann mit dem Schnauzbart zur Seite. Sie setzte sich auf den Schreibtischstuhl, zauberte eine winzig kleine Lesebrille aus einer Tasche ihrer Jacke und setzte sie auf. Dann tippte sie konzentriert auf der Tastatur herum, ohne den Monitor aus den Augen zu lassen.

Vince und Milo, die ihr gefolgt, aber vor dem Tresen geblieben waren, warteten angespannt. Die Sekunden vergingen, zogen sich wie Kaugummi in die Länge.

Plötzlich rief Dorothea Friedemann: »Da!«

Milo krallte sich am Tresen fest. »Haben Sie etwas gefunden?«

»Allerdings.« Dorothea Friedemann kam um den Tresen herum und baute sich in ihrer ganzen Größe vor Milo und Vince auf. Mit einem Mal wirkte sie jedoch nicht mehr klein, sondern wie eine stolze Feldherrin, die gerade die entscheidende Schlacht gewonnen hatte. »Ich mache diesen Job nun seit fast dreißig Jahren, und ich habe viele Dinge gesehen. Manche Ereignisse gehen einem so ans Herz, dass man sie nicht mehr vergisst. Und dieser Fall war so einer. Wir hatten die Patientin, von der ich eben sprach, seit einigen Jahren hier, die wurde ausschließlich von ihrem Sohn besucht. Er kümmerte sich rührend und absolut zuverlässig um sie, nahm sie regelmäßig zu Ausflügen mit, kochte ihr Gerichte aus der alten Heimat. Ganz reizend. Und dann, eines Tages, es war im Sommer, stand der Rollstuhl mit der alten Dame darin hier vor dem Eingang. Mitten in der Nacht, ohne ein Wort der Erklärung. Der Sohn tauchte nie wieder auf.«

»Konnte die Patientin etwas dazu sagen?«

Friedemann schüttelte entschieden den Kopf. »Nach dem schweren Schlaganfall ein paar Jahre zuvor war das Sprachzentrum völlig zerstört. Sie war die meiste Zeit abwesend und halbseitig gelähmt.«

»Das heißt, sie konnte nicht erklären, was passiert war?«

Friedemann schüttelte wieder den Kopf. »Nein. Aber danach ging es rapide bergab mit ihr. Etwa sechs Wochen nach dieser

Nacht starb sie. Allein und vergessen. Nicht mal zur Beerdigung kam ihr Sohn.«

»Hm«, machte Vince nachdenklich.

»Wir haben uns damals alle gefragt, was wohl geschehen sein könnte. Warum der Sohn sich nie mehr blicken ließ. Ob er vielleicht selbst krank geworden wäre. Oder einen Unfall hatte.«

Milos Herz begann, schneller zu schlagen. Sie waren auf der richtigen Spur, das spürte sie. »Haben Sie versucht, den Sohn zu erreichen?«

»Natürlich. Er war wie vom Erdboden verschluckt. Später erfuhren wir, dass er als vermisst galt, weil er auch bei der Arbeit nicht mehr aufgetaucht war.«

»Wissen Sie noch, wann das alles war, Frau Friedemann?«

Die kleine Frau lächelte überlegen. »Sogar ganz genau. Am 15. August 2015 wurde die Patientin im Rollstuhl abgestellt. An diesem Mittag sahen wir den Sohn zum letzten Mal.«

»Und wie hieß der Sohn?«

»Serkan. Serkan Karabulut.«

24

11. November 2022, 9:30 Uhr

Als Milo am Freitagmorgen vom Parkplatz des LKA in Richtung Eingang lief, sah sie die Journalisten schon von Weitem. Ihre Laune verdunkelte sich augenblicklich. In den vergangenen Tagen hatte das Telefon in der Soko »Mülltüte« bereits ununterbrochen geklingelt, weil Reporter versuchten, einen von ihnen zu einem Statement herauszufordern. Immerhin: Offenbar hielten alle Teammitglieder dicht. Seit der erneuten schrecklichen Schlagzeile am Dienstagabend waren keine weiteren Details mehr an die Presse durchgesickert. Vielleicht war die Sache damit ausgestanden – möglicherweise war es aber auch nur die Ruhe vor dem Sturm.

»Frau Kommissarin!«, rief eine Journalistin, als sie Milo erblickte, und eilte auf sie zu. »Können Sie etwas zum Stand der Ermittlungen sagen? Haben Sie die Kanalleiche mittlerweile identifiziert? Warum haben Sie immer noch keine Fahndung herausgegeben?«

Auch die anderen Presseleute schlossen sich ihr an, Blitzlichter zuckten auf, mindestens vier schaumstoffbezogene Mikrofone schoben sich Milo vor die Nase. Sie drehte sich zur Seite, lief kommentarlos an den Reportern vorbei und marschierte mit strammem Schritt durch die Glastür. Der Mann am Empfang drückte auf den Summer, als sie ihre Marke zeigte, und Milo rettete sich ins Innere des Landeskriminalamts. Meine Fresse, was konnten diese

Schmierlappen doch für Nervensägen sein! Nicht, dass sie in ihrer Karriere nicht schon dankbar für Zeugen- oder Fahndungsaufrufe in der Zeitung gewesen war. Aber diese Sensationsgier war ihr einfach ein Graus.

Ihr Handy vibrierte, als sie in den Aufzug zu den Büroräumen der Sonderkommission stieg. Sie musste einen Moment in ihrer Tasche kramen, bevor sie die Nachricht lesen konnte.

FOTZE! LASS DIE TOTEN RUHEN! DAS IST DIE LETZTE WARNUNG!

Milo schnappte nach Luft. Die Nummer war eine andere, der Tonfall derselbe wie beim letzten Mal. Ohne nachzudenken, wählte sie die Nummer des Absenders. Nach dem zweiten Klingeln wurde abgehoben.

»Hallo?« Milos Stimme klang überraschend fest. Ihre Hände schwitzten. Das Telefon fest an ihr Ohr gepresst, konnte sie schweres Atmen hören. Ihr Magen zog sich zusammen. »Hallo, wer sind Sie?«

Die Aufzugtüren öffneten sich, das Atmen wurde lauter, verwandelte sich in ein heiseres Stöhnen.

»Hören Sie auf, mich zu belästigen! Ich bin Polizistin. Ich werde Ihre Nummer nachverfolgen lassen und Sie finden. Dann kriege ich Sie wegen Belästigung dran.«

Im selben Moment wurde aus dem Stöhnen ein lautes Gebrüll, als würde ein wildes Tier direkt in ihr Ohr schreien. Instinktiv riss Milo das Telefon weg und legte auf. Schwer atmend lehnte sie sich gegen die Wand und schloss die Augen. Dieses Geräusch würde sie nie mehr vergessen.

Ich muss schleunigst meine Nummer ändern, dachte sie, atmete tief durch und betrat mit kontrollierter Miene das Büro. Gerade noch rechtzeitig, ehe Serpil mit der Assistentin im Schlepptau in den Raum rauschte und verkündete: »Es ist Serkan Karabulut!«

Die müde wirkenden Kollegen, die bereits da waren und vor ihren Rechnern saßen, blickten auf.

»Wer?«, fragte Horst, dessen Gesicht heute noch ein wenig eingefallener wirkte als sonst.

Serpil schnaubte. »Die Kanalleiche. Es ist Serkan Karabulut.«

»Sind wir sicher?«, hakte Milo nach, die kaum glauben konnte, dass Bewegung in den Fall zu kommen schien.

»Absolut.« Serpil nickte emsig. »Wir haben gestern Abend, als ihr uns den Namen durchgegeben habt, gleich alle Zahnärzte in der näheren Umgebung des letzten Wohnorts von Karabulut kontaktiert und ihnen die Röntgenaufnahmen des Gebisses geschickt. Eine Arzthelferin in einer der Praxen ist wohl begeisterte Krimileserin und hat sich gleich heute Morgen an die Arbeit gemacht. Vor einer halben Stunde haben wir die Bestätigung bekommen.« Serpil sah die Assistentin an. »Gute Arbeit.«

Milo war nicht eitel, aber genau genommen war es ihre und Vince' Ermittlungsarbeit gewesen, für die Nadja gerade die Lorbeeren bekam.

»Nadine«, nahm Serpil den Faden wieder auf, und Milo zuckte unbemerkt zusammen, weil sie schon wieder den falschen Namen verwendet hatte, wenn auch nur in Gedanken, »fass doch mal zusammen, was wir über ihn haben.«

»Serkan Karabulut, geboren am 28.02.1981 in Neustadt in Holstein, wuchs in der Nähe von Malente auf. Nach der Schule Ausbildung zum Versicherungskaufmann, Umzug nach Hamburg 2004, einige Jahre im Angestelltenverhältnis, dann Gründung einer eigenen Versicherungsagentur in Wilhelmsburg. Nicht verheiratet, keine Kinder, keine Vorstrafen, Führungszeugnis ist sauber. Das erste Mal, dass er polizeilich Erwähnung findet, ist am 18. August 2015, als ihn seine Auszubildende als vermisst meldet.«

»Moment«, mischte Milo sich ein. »Wieso denn so spät? Er verschwand doch am 15. August, also drei Tage vorher.«

Nadine nickte. »Ja, aber das war ein Samstag. Die Auszubildende hatte in der Woche Urlaub, und als sie am 17. August, dem Montag, ins Büro in Wilhelmsburg kam, war Karabulut nicht da. Das wunderte sie offenbar, aber sie dachte, er nehme sich vielleicht einen Tag frei. Erst als sie ihn auch am nächsten Tag noch nicht erreichen konnte und niemand etwas wusste, ging sie zur Polizei.«

Serpil schaute Nadine mit unverkennbarem Stolz an. Milo verdrehte die Augen, aber nur innerlich, um nicht wieder den Drachen zu wecken, der in der Chefin wohnte und nur darauf wartete, die nächste Feuersalve zu speien. Apropos, wo steckte eigentlich Vince?

»Okay. Wir wissen, dass er am 15. August um die Mittagszeit seine Mutter aus dem Pflegeheim abgeholt hat. Sie wollten einen Ausflug machen. Offenbar hatten sie einen Schrebergarten«, fasste Milo das zusammen, was sie sich vom Gespräch mit Frau Friedemann gemerkt hatte. »Wurde der Schrebergarten damals untersucht?«

Nadine drehte das Blatt Papier um, das sie in den Händen hielt. »Davon steht hier nichts.«

»Und die Wohnung? Sein Leben? Es muss doch irgendjemanden jucken, wenn ein Mensch einfach so verschwindet!«, brauste Milo auf. »Zum Beispiel die Polizei?«

Serpil verschränkte die Arme vor der Brust. »Da musst du mich nicht so vorwurfsvoll anschauen. Ich war damals noch in Hannover.« Sie drehte den Kopf nach links. »Horst! Du warst doch schon Teil der Abteilung.«

Er prustete Kaffee über den Tassenrand, als er sich verschluckte. »Das heißt aber nicht, dass ich weiß, was im Fall Karablublu, oder wie der heißt, ermittelt wurde.«

Für einen Moment herrschte Stille.

»Wow«, rief Serpil dann mit vor Ironie triefender Stimme. »Das ist wirklich beeindruckend.«

»Ich hab die Akte geöffnet«, mischte sich Philipp ins Gespräch ein. »Es wurden Ermittlungen angestellt. Man ging aber wohl davon aus, dass sich Serkan Karabulut ins Ausland abgesetzt hat. Er hatte auch einen türkischen Pass.«

Milo schnaufte. Das war ja mal wieder typisch. Beamtenschimmel, so weit das Auge reichte. »Und man fand es glaubwürdig, dass er alles in Deutschland zurücklässt? Sein Unternehmen? Seine Mutter? Sein Leben? Einfach lächerlich.«

»Wurden denn Befragungen durchgeführt?«, wollte eine Stimme neben Milo wissen. Sie drehte den Kopf. Vince. Er biss gerade in einen schokoglasierten Donut.

»Schön, dass du auch kommst«, zischte sie, was er nur mit einem bröselig-fettigen Mampfen kommentierte.

»Ja, eine kurze Liste gibt es«, erwiderte Philipp, der den Blick konzentriert auf den Monitor gerichtet hielt. »Zwei, drei Freunde, ein paar Arbeitskollegen aus anderen Filialen. Karabulut war wohl eher ein Einzelgänger.«

»Druck uns mal die Liste aus«, sagte Milo. »Wir klappern die Befragten noch einmal ab.«

»Und was soll das bringen?«, maulte Horst, der seit der Fahrt zu den Eltern des ersten Opfers das LKA vermutlich nicht mehr verlassen hatte.

Milo zuckte mit den Schultern. »Vielleicht haben die Kollegen die falschen Fragen gestellt.«

Serpil legte den Kopf schief. »Und was wäre eine richtige Frage?«

Milo ließ einen Moment verstreichen, ehe sie sagte: »Hat sich Serkan Karabulut jemals an einer Frau vergangen?«

25

11. November 2022, 15:00 Uhr

Vince rollte auf seinem Schreibtischstuhl gelangweilt durchs Büro. Wenn er an der einen Wand ankam, stieß er sich ab und fuhr wieder zurück. Milo, die am Rechner saß und die Datenbanken durchwühlte, stöhnte genervt auf.

»Vince! Hast du nichts zu tun?«

Er ließ die flachen Hände auf die Oberschenkel fallen. »Nein. Alles erledigt. Die Bodyguards von den von Ohlsons sind raus. Haben hieb- und stichfeste Alibis, sie wurden am Abend von Schmidts Ermordung von etwa dreißig Leuten auf einem Empfang gesehen. Am Abend, als Nowak umkam, waren sie zusammen bei den von Ohlsons zu Hause. Sie haben Sushi vom Lieferdienst bestellt, der Bote bestätigt die Aussage. Außerdem gibt es eine Überwachungskamera bei den von Ohlsons, die zeigt, dass nach 21 Uhr niemand mehr das Grundstück verlassen hat.«

»Und weiter?«

»Keine Ahnung. Was soll ich denn sonst noch ermitteln? Wir haben doch keine Spur.«

Milo riss die Augen auf. »Willst du mich verarschen?«

Vince seufzte, rollte ein Stück nach hinten und legte die Beine auf dem Schreibtisch ab. Mit den Fingern begann er abzuzählen: »Karabuluts Eltern sind tot, er hatte keine Geschwister, und wir konnten keine weiteren Angehörigen in Hamburg ermitteln. Offenbar gibt es Verwandtschaft in der Türkei, da ruft Serpil an.«

Okay, das ergab Sinn. Warum sollten sie sich mit den türkischen Kollegen auf Englisch herumschlagen, wenn sie eine Muttersprachlerin in ihren Reihen hatten?

»Karabuluts Versicherungsbüro«, fuhr Vince fort, »wurde geschlossen. Ich habe eine halbe Stunde in der Warteschlange der Hotline der Zentrale verbracht, danach wurde ich rausgeschmissen, ohne mit jemandem gesprochen zu haben. Stattdessen habe ich eine Mail geschrieben, Dringlichkeit hoch. Außerdem«, er hielt den dritten Finger hoch, »habe ich das Netz nach Profilen in den sozialen Medien und so weiter durchsucht, aber Karabulut war nirgends angemeldet, oder seine Accounts sind bereits alle gelöscht und in den ewigen Weiten des World Wide Web verschwunden.« Er lehnte sich in seinem Stuhl zurück und verschränkte die Arme hinter dem Kopf. »Also nein, ich habe nichts zu tun. Und du?«

Sie schnaufte angestrengt. »Es gibt doch sicher noch mehr, was du erledigen kannst, oder? Vielleicht suchst du dir zur Abwechslung selbst eine Aufgabe und wartest nicht darauf, dass ich dir sage, was du tun sollst.«

Vince zog die Augenbrauen hoch. »Heidewitzka, du bist ja in Bombenstimmung.«

Milo seufzte tief und strich sich über die Stirn. »Du hast recht. Ich lasse meine schlechte Laune an dir aus. Es tut mir leid. Aber dieser Fall … Ich …« Wieder war sie kurz davor, Vince von den Drohungen auf ihrem Telefon zu erzählen. Aber dann würde er wissen wollen, warum sie nicht gleich damit rausgerückt war. Plötzlich schämte sie sich, für ihre Angst, für ihre Unprofessionalität und dafür, dass sie lieber schwieg, als noch mal an das Stöhnen an ihrem Ohr denken zu müssen. »Ich stecke bei Schmidt und Nowak fest. Ich weiß einfach nicht mehr, in welche Richtung wir noch ermitteln sollen«, redete sie sich schnell aus dem Thema raus.

Vince stützte die Arme auf den Oberschenkeln auf und schnaufte ebenfalls. »Ich weiß. Es gibt keine Spuren an den Leichen. Nichts an den Fundorten. Und keine Verbindungen zwischen den Ermordeten – sieht man davon ab, dass sie sich alle in welcher Form auch immer an Frauen vergangen haben.«

»Bei Karabulut wissen wir es nicht«, gab Milo zu bedenken.

»Stimmt. Und seine Akte ist jungfräulich.« Er sah sie an. »Das war ein Wortwitz.«

Milo verdrehte die Augen und sagte spitz: »Was denkst du, was ist schlimmer? Dass du so einen Witz machst, oder dass du erklären musst, dass es einer war? Ich bin unentschlossen.«

Vince' Lächeln verblasste plötzlich. »Aber vielleicht ...«

»Was?«

Er legte den Kopf schief. »Vielleicht ist die Sache, also Karabuluts Vergehen, auch bereits verjährt. Dann wäre es mittlerweile vielleicht aus der Akte gelöscht, je nachdem, ob und wie er dafür bestraft wurde.«

»Das stimmt. Mist!« Es gab Vergehen, die blieben für immer in der polizeilichen Akte stehen. Andere, vor allem Delikte, die unter das Jugendstrafrecht fielen, wurden nach einer bestimmten Zeit gelöscht.

»Oder, was wahrscheinlicher ist, Karabuluts Vergehen wurde nie zur Anzeige gebracht wie bei Michael Schmidt.«

Milo runzelte die Stirn. »Das wäre fatal.«

»Aber nicht unwahrscheinlich«, sagte Vince. »Ich habe neulich in einer Studie gelesen, dass 85 Prozent der Sexualstraftaten nie angezeigt werden. Zieh dir das bitte mal rein!«

»Ich weiß gerade nicht, was mich mehr schockieren soll: die

Zahl oder die Tatsache, dass du eine Studie zu Sexualstraftaten gelesen hast.«

Er verdrehte die Augen. »Manchmal bist du echt so ein Arschloch, Milosevic. Glaubst du eigentlich, das lässt mich alles kalt? Seitdem wir in diesem Fall ermitteln, stolpern wir nur so über Belästigungen, Vergewaltigungen, häusliche Gewalt, sexualisierte Gewalt und was weiß ich.«

Sie nickte langsam, stand vom Stuhl auf und griff nach ihrer Lederjacke. Morgen würde sie sich einen ordentlichen Wintermantel kaufen. Egal, was passierte. »Und das wird auch erst mal so bleiben. Komm, mach dich fertig, wir gehen.«

Philipp war es über verschiedene Kontakte gelungen, die Selbsthilfegruppe zu ermitteln, der Theresa von Ohlson eine Zeit lang angehört hatte. Die Gruppe mit dem vielsagenden Namen »Frau macht Mut« traf sich jeden zweiten Freitag im Monat in einem Gemeindehaus in Lokstedt. Es war Vince' Idee gewesen, die Frauen beim Treffen gemeinsam aufzusuchen, anstatt den Versuch zu machen, sie einzeln zu vernehmen. Er hatte Milo überzeugt, dass es wichtig wäre, die Dynamik der Gruppe zu spüren. Aber nun schien ihm irgendwie nicht mehr ganz wohl bei der Vorstellung, in einen Raum voller Überlebender sexualisierter Gewalt zu sein.

»Die Selbsthilfegruppe.« Er zögerte. »Magst du da vielleicht allein hinfahren?«

Milo schlüpfte in die Jacke. »Ganz sicher nicht. Wir müssen sie ja alle befragen, da brauche ich dich.«

»Das wird mich aber wieder so fertigmachen.«

Sie verließ das Büro und rief über die Schulter: »Erwarte jetzt bloß kein Mitleid!«

Auf dem Flur begegneten sie Serpil, die auf Türkisch in ihr Telefon sprach. Offenbar hatte sie endlich jemanden erreicht, der ihr etwas über Karabuluts Vergangenheit sagen konnte. Oder aber sie schiss wieder irgendwen zusammen. Aus Serpils Tonlage konnte man das nicht heraushören, vor allem nicht in der unbekannten Sprache.

»Eine Sache noch«, sagte Vince, der sich an Serpil vorbeischob und zu Milo aufholte. »Irgendwo müssen unsere Sexualstraftäter Spuren hinterlassen haben. Ansonsten hätte der Mörder ja nichts von ihren Taten gewusst.«

»Richtig. Oder er kannte sie eben alle. Vielleicht ist er ja einer von ihnen. Ein geläuterter Sexualstrafstäter.«

»Glaubst du das echt?«

»Nee. Eher, dass unser Täter selbst ein Opfer ist. Wobei wir dann eher von einer Täterin ausgehen sollten.«

Sie traten in den Aufzug.

»Nur fürs Protokoll, es gibt auch Männer, die vergewaltigt werden. Oder anders Opfer sexualisierter Gewalt werden.«

»Klar. Aber das ist ein winziger Anteil. Wie viel eigentlich? Stand das auch in deiner schlauen Statistik?«

Vince schüttelte den Kopf. Die Fahrstuhltüren öffneten sich, und sie traten ins Foyer. In diesem Moment klingelte Milos Handy. Sie zuckte zusammen, als hätte sie ein Stromschlag getroffen, zwang sich aber, es aus der Tasche zu ziehen. Im ersten Moment war sie erleichtert, dass es das Pflegeheim war, dann kam das schlechte Gewissen. Scheiße.

»Ja?«

»Frau Milosevic, hier spricht Frau Hauptmann«, sagte eine samtweiche Frauenstimme. »Ich rufe wegen Angela Kaltofen an.«

Milo gab Vince ein Zeichen, dass er schon zu ihrem Wagen gehen sollte, und warf ihm den Autoschlüssel zu. Dann drehte sie sich zur Seite und sagte leiser ins Telefon: »Das ist gerade ein ungünstiger Moment.«

»Und das ist leider genau mein Stichwort«, fuhr die Leiterin des Pflegeheims fort. »Frau Kaltofens Zustand verschlechtert sich zunehmend. Aber sie fragt immer wieder nach Ihnen. Sie gehören zu den wenigen, die sie nicht vergisst, es wäre wirklich gut, wenn Sie …«

Schuldgefühle rollten wie eine Lawine über Milo hinweg und machten es unmöglich, sich auf die Stimme am anderen Ende der Leitung zu konzentrieren. Schon vor Wochen hatte sie sich vorgenommen, bei Angela vorbeizufahren. Und doch hatte sie es nicht getan, obwohl sie wusste, dass nicht mehr viel Zeit blieb.

»Wann können Sie vorbeikommen?«

»Ich, äh … ich weiß es noch nicht.«

»Frau Milosevic, bitte! Ich würde nicht anrufen, wenn es nicht wirklich dringend wäre.«

»Ja doch!«, fuhr Milo hoch. »Ich komme so schnell es geht. Nächste Woche.« Dann fügte sie hinzu: »Spätestens.«

Sie legte auf und starrte eine Sekunde lang auf das Handy in ihrer Hand. Natürlich wusste sie, warum sie nur so selten im Pflegeheim vorbeifuhr. Es bedrückte sie, ihre Mentorin und Freundin so zu sehen. Angela Kaltofen, die Milos Leben im entscheidenden Augenblick wieder auf die rechte Bahn gebracht hatte, die sie nie im Stich gelassen hatte, wegen der sie überhaupt zur Polizei gegangen war: Sie war nur noch ein Schatten ihrer selbst, wie eine langsam verblassende Erinnerung. Es zerriss Milo jedes Mal das Herz, wenn sie sich sahen.

Vielleicht wird es Zeit, dass du dich dem Schmerz stellst, flüsterte eine Stimme in Milos Kopf. Jetzt ist es deine Aufgabe, für sie da zu sein.

Milo spürte einen Kloß im Hals. Gleichzeitig stiegen ihr die Tränen in die Augen.

»He, Milo! Was ist los?« Vince war hinter ihr aufgetaucht und sah sie erschrocken an.

Hastig schüttelte sie das wehmütige Gefühl ab und steckte das Handy weg. »Nichts. Können wir?«

Michelle

Es waren nur noch eine Handvoll Menschen in der Bar. Die letzte Kellnerin hievte die Stühle auf den Tresen, die Kasse war lange geschlossen, die Musik bestand nur noch aus Rauswerfern. Sperrstunde.

»Hast dich wirklich kaum verändert«, lallte Matze und grinste Michelle an. An ihm hatte der Zahn der Zeit genagt. Die Schläfen waren lichter geworden, graue Strähnen hatten sich in den hellen Lockenkopf geschlichen. Aber er sah immer noch verdammt gut aus. So gut, dass Michelle nicht glauben konnte, dass seine Ehe tatsächlich gescheitert war. Was für eine Frau verließ diesen Mann?

Wegen der Arbeit, hatte er ihr erklärt. Die letzten Jahre war in seinem Leben nichts so wichtig gewesen wie sein Job. Freunde, Familie, das Privatleben hätten sehr darunter gelitten, dass er immer nur auf Reisen war. Irgendwann habe Katrin die Schnauze voll gehabt und sei samt den Kindern zu ihren Eltern. Das Klassentreffen sei genau die Ablenkung, die er jetzt brauche. Und dann auch noch Michelle wiederzusehen, nach all den Jahren, das sei wirklich ein Geschenk des Himmels. Wie sie es nur geschafft habe, immer noch so gut auszusehen? Da komme er ja gleich wieder ins Schwärmen, wie damals in der Schule.

Sie wusste, dass er log. Es überraschte sie, dass er sich überhaupt an ihren Namen erinnerte. Matze war der beliebteste Typ in ihrer Klasse gewesen. In der gemeinsamen Zeit hatte er vielleicht vier Worte mit ihr gewechselt, und die waren nicht freundlich gewesen. Sie war die Pummelfee aus der letzten Reihe. Und ja, sie hatte sich nicht besonders verändert. Aber heute, nur für diesen einen Abend, war das egal.

Sie hatte auf dem Treffen eigentlich nur kurz Hallo sagen wollen. In ihrem Leben hatte sich nicht viel getan. Sie hatte es nicht mal geschafft, den Ort zu verlassen, in dem sie aufgewachsen war. Kleiner Job, kleine Wohnung, klei-

nes Leben. Und eigentlich war sie zufrieden. Nur Abende wie diese, an denen die Freunde von früher nach Hause kamen und zwischen Weihnachtsbaum und Gänsebraten mit ihren tollen Karrieren und Beziehungen protzten, die machten es ihr schwer, zufrieden zu bleiben. Trotzdem, sie wollte nicht unhöflich sein, und darum ging sie immer wieder auf die Klassentreffen. Auch wenn sie danach Wochen brauchte, um ihr Selbstwertgefühl wieder zusammenzukratzen und sich aufzurichten.

An diesem Abend saß plötzlich Matze neben ihr. Seine Mutter habe er besucht. Ohne die Kinder sei der Alltag hart. Die Biere kamen schneller als die Infos, doch Michelle war das egal. Sie hatte geduldig zugehört, genickt, ihm an den richtigen Stellen recht gegeben und sich gefreut, dass er sich den ganzen Abend lang für niemanden sonst interessierte. Er hatte nur Augen für sie. Seine alten Freunde, die beliebten Mädels von früher, alle scheuchte er schnell wieder weg. Als hätten sie beide ein Leben lang nur auf diesen Abend gewartet, um sich endlich kennenzulernen.

»Wohnst du noch in Quickborn?«, fragte er, als die Bedienung sie zum zweiten Mal aufforderte, langsam auszutrinken.

Sie nickte und spürte, wie verlegene Röte in ihre Wangen stieg.

Matze sah es ebenfalls und grinste von einem Ohr bis zum anderen. »Absacker bei dir?«, fragte er, und seine Hand legte sich unterm Tisch auf ihren Oberschenkel.

Sie hatte wenig getrunken, sie trank eigentlich nie, doch seine Berührung ließ sie schwindelig werden. Ihr Hals war trocken, und sie brachte kein Wort heraus. Michelle nickte. Es waren keine Leute mehr da, von denen sie sich verabschieden mussten.

Gemeinsam machten sie sich auf den Heimweg, es war nicht weit. Matze wankte ordentlich, immer wieder musste er sich bei Michelle abstützen, um nicht auf die Straße zu fallen. Die frische Luft schien seinen Rausch nur zu verstärken. Trotzdem schaffte er es die zwei Etagen in ihre Wohnung hinauf. Sie hatte gerade die Tür aufgeschlossen, da legten sich seine Arme schwer um *ihre Mitte. Sein Kopf stieß schmerzhaft gegen ihre Stirn, als er versuchte, sie zu küssen.*

Sie kicherte verlegen und schob ihn von sich. »Meinst du nicht, dass du dafür etwas zu betrunken bist?«

Als wollte er ihr das Gegenteil beweisen, riss er sie fest an sich und keuchte in ihr Ohr: »Das hier schaffe ich allemal noch.«

Plötzlich war jede Romantik verschwunden. So hatte sich Michelle das nicht vorgestellt. Der Gestank von Alkohol, der ihn umgab, verursachte ihr Übelkeit, sie stemmte die Arme gegen seine Brust. »Lass mal lieber …«

Aber er schien sie nicht zu hören. Seine Hand packte ihre linke Brust und knetete sie viel zu fest.

»Au, du tust mir weh«, protestierte Michelle. »Hör auf damit!«

Plötzlich riss er ihre Bluse auf, grob schob er ihren BH von der Brust und presste sein Gesicht an ihre nackte Haut. Sie machte zwei Schritte nach hinten, das Herz klopfte ihr bis zum Hals, aber nicht vor Aufregung. Angst schnürte ihr die Kehle zu. Sie stolperten, stürzten gemeinsam zu Boden. Aus Matzes Kehle kam ein Grunzen, das sie mehr an ein Tier erinnerte als an einen Menschen. Sein Gesicht war zu einer wilden Grimasse verzerrt, er biss in ihre Brustwarze, und sie schrie vor Schmerz auf.

»Nein! Ich will das nicht.«

Sie strampelte mit den Füßen, um sich zu befreien, doch er ließ nicht von ihr ab. Eine Hand schob sich zwischen ihre Beine und machte sich an ihrer Strumpfhose zu schaffen.

»Stell dich nicht an! Was denkst du, warum wir hier sind?« Er hob den Kopf und sah sie an, in seinen Augen war eine Gier zu sehen, die ihr Angst machte.

Sie schüttelte den Kopf, Tränen schossen ihr in die Augen. »Ich will das nicht«, flüsterte sie, und im selben Moment verwandelte sich die Gier in seinen Augen in Wut, und seine Faust traf sie mitten im Gesicht.

»Aber ich will das. Und heute kriege ich, was ich will.«

26

11. November 2022, 16:00 Uhr

Der Parkplatz vor dem Gemeindehaus war überraschend voll. Wie viele Mitglieder hat diese Selbsthilfegruppe?, schoss es Milo durch den Kopf. Im selben Augenblick öffnete sich die Eingangstür, und eine Schaar Kleinkinder in bunten Warnwesten stürmte schreiend, flankiert von zwei mehr oder weniger überfordert dreinblickenden Betreuerinnen, aus dem Gebäude. Es gibt immer noch schlimmere Berufe, dachte Milo mit Blick auf die Plakette des Kindervereins »Kleine Helden«, die direkt neben dem Schild für die mutsuchenden Frauen an der Hauswand hing.

Vince, dem die Kinderschar ein Lächeln aufs Gesicht zauberte, grüßte die beiden jungen Erzieherinnen freundlich und schob sich an ihnen vorbei in das Gebäude. »Im nächsten Leben mach ich das auch«, erklärte er.

Milo war sich nicht sicher, wie ernst er es damit meinte. In ihrem Kopf tauchte plötzlich ein Bild auf: ihr Partner an der Seite einer hübschen Frau mit Kind auf dem Arm. Über kurz oder lang würde ihn dieses Schicksal ereilen, gewollt oder ungewollt. Sie verdrängte die Vorstellung von Vince als Vater schnell, ebenso das damit verbundene Unbehagen. Sein Privatleben hatte nichts mit ihr zu tun.

»Ich glaub, zu unserer Veranstaltung geht's nach oben.« Vince' ausgestreckter Arm wies auf ein einfaches Blatt Papier, das mit

Paketband an den Handlauf der Treppe geklebt war. »Frau macht Mut« war in schwarzen Versalien darauf gedruckt, dahinter die Zimmernummer 108.

Plötzlich spürte Milo einen Kloß im Hals, den sie sich nur schwer erklären konnte. Irgendetwas in ihr scheute sich davor, die Frauen zu befragen. Hatten sie nicht genug durchgemacht? War es in Ordnung, sie hier an diesem Ort, einem sicheren Treffpunkt, zu überrumpeln? Aber für Zweifel war es jetzt zu spät. Sie würde sich zusammenreißen müssen. Energisch beschleunigte Milo ihren Schritt und rannte, zwei Stufen auf einmal nehmend, an Vince vorbei in die erste Etage hoch.

»Hey, was hast du's denn plötzlich so eilig?«, keuchte er, als sie vor Zimmer 108 ankamen. »Die werden uns schon nicht weglaufen.«

Milo ignorierte ihn und klopfte zweimal fest gegen die weiße Holztür, bevor sie es sich noch einmal anders überlegen konnte. Sie wartete einen Atemzug, dann öffnete sie die Tür.

Der Raum wirkte wie ein verlassenes Klassenzimmer. Grauer, vergilbter Linoleumboden, schmutzige Wände, die irgendwann einmal weiß gewesen waren, große Fenster in alten Holzrahmen, von denen der Lack blätterte. Für was auch immer die Geldspritze von Theresa von Ohlson verwendet wurde, die Räumlichkeiten gehörten nicht dazu.

Wenigstens gab es Kaffee und Kuchen. Auf einem Tisch an der Wand waren einige Thermoskannen, Wasser und Gebäck angerichtet. In der Mitte des sonst leeren Raums saßen sich acht Frauen im Stuhlkreis gegenüber. Alle Gesichter waren den beiden Ermittlern zugewandt.

»Guten Tag, die Damen«, durchbrach Vince die Stille und schob sich neben Milo in den Raum. »Bitte entschuldigen Sie die Stör–«

»Wer sind Sie?! Was wollen Sie? Das hier ist ein geschlossenes

Meeting! Männer sind unerwünscht«, herrschte sie eine ältere Dame aus der Runde an, die sich sofort von ihrem Stuhl erhoben hatte. Sie musste knapp über sechzig Jahre alt sein, ihr Gesicht war hart, voller Falten. Die blonden Haare wirkten schütter, ein grauer Ansatz ließ die Kurzhaarfrisur leicht ungepflegt wirken, das strenge dunkle Kostüm war jedoch makellos und saß. Die Hände vor der Brust verschränkt, die Lippen zu einem schmalen Strich gepresst, erinnerte die Frau Milo an eine Schuldirektorin, passend zum Umfeld. Ihr stechender Blick war voller Ablehnung auf Vince gerichtet.

»Männer haben hier keinen Zutritt!«, wiederholte sie mit eisiger Stimme.

»Dieser Mann ist eine Ausnahme«, erklärte Milo ruhig, holte ihren Polizeiausweis aus der Tasche und streckte ihn nach vorn. »Jagoda Milosevic, Kriminalpolizei, das ist mein Kollege Vincent Frey.« Aus dem Augenwinkel konnte sie sehen, wie ihr Kollege ebenfalls seinen Ausweis zückte. »Wie gesagt, wir stören nur ungern, aber wir haben ein paar Fragen an Sie.«

Verstohlene Blicke huschten zwischen den Frauen hin und her. Milo hatte das Gefühl, eine stumme Kommunikation zu beobachten, von der sie nicht einmal die Hälfte verstand. Es war unmöglich, alle Anwesenden gleichzeitig im Auge zu behalten. Sie konnte nur hoffen, dass Vince auf dem Schirm hatte, was ihr entging.

»An wen genau?«

»Wie bitte?«

»Wen wollen Sie befragen?« Die ältere Frau musste Dina Schneider sein, die Leiterin der Gruppe. Mittlerweile hatte sie den Stuhlkreis verlassen und sich schützend vor ihre Frauen gestellt. Sie wirkte alles andere als kooperativ. »Sie werden ja wohl nicht mit uns allen sprechen wollen.«

»Doch, genau aus diesem Grund sind wir hier«, erklärte Milo, während sie weiterhin versuchte, die Gesichter der Teilnehmerinnen zu scannen. Sieben Frauen befanden sich neben Schneider im Raum, die älteste von ihnen war vielleicht fünfzig, die jüngste, eine hübsche rundliche Frau, Mitte zwanzig. So unterschiedlich sie alle waren, die eine fülliger, die andere dünner, die eine besser gekleidet, die andere etwas ungepflegt, eines hatten sie alle gemein: Sie waren Überlebende. Emotional, seelisch und körperlich Verwundete. Es war nicht das erste Mal, dass Milo Opfern eines Verbrechens begegnete. Das Niederschlagen der Augen, das Zucken der Mundwinkel, die verkrampften Finger, die angespannte Haltung. Diese Frauen hatten in der Tat eine ordentliche Portion Mut nötig.

»Brauchen wir einen Anwalt?«, wollte Dina Schneider von Milo wissen.

Sie zog eine Augenbraue fragend nach oben. »Das können nur Sie wissen, Frau Schneider.«

»Keine Sorge, wir haben nur ein paar Fragen.« Vince, der sich bisher im Hintergrund gehalten hatte, machte vorsichtig einen Schritt nach vorn. »Wir haben absolutes Verständnis dafür, wie schwer diese Situation für Sie ist. Aber wir wären Ihnen sehr dankbar, wenn Sie uns helfen würden.«

»So wie ihr uns geholfen habt?« Die Frau, deren Stimme nun durch den Raum schnitt, musste in Milos Alter sein. Sie war gut gekleidet, eine teure Jeans und eine Bluse mit langer Strickjacke darüber, und ihr dezenter, aber exklusiver Schmuck fügte sich perfekt in das gepflegte Bild. Die Frau hatte die hellbraunen Haare zu einem lockeren Knoten am Hinterkopf geschlungen und kaum Make-up aufgelegt. Ihre Stimme war fest, der Vorwurf darin nicht zu überhören.

»Ich kenne Ihren Fall leider nicht, Frau …?« Milo konnte die Unsicherheit ihres Partners förmlich spüren. Die Situation war alles andere als angenehm, für niemanden.

»Bäumer. Katja Bäumer«, antwortete die Frau knapp. »Und es würde mich sehr wundern, wenn irgendjemand bei euch meinen Fall kennen würde.«

»Katja.« Die Frau neben Katja Bäumer legte ihr beschwichtigend eine Hand auf den Arm. Sie war jünger als Bäumer, eine Person of Colour mit hohen Wangenknochen und großen, mandelförmige Augen. Ihr Gesicht war makellos und wunderschön, sie hätte ein Model sein können. Die saubere, wenngleich abgetragene Kleidung ließ einen deutlich weniger einträglichen Beruf vermuten.

»Was wollen Sie von uns wissen?« Der sanfte Blick der schönen Frau richtete sich auf Milo. Sie sprach mit einem Akzent, den Milo nicht zuordnen konnte.

»Das würden wir gern mit jeder von Ihnen einzeln besprechen.«

»Wir haben keine Geheimnisse, wir sind Schwestern«, erklärte die andere ruhig, ohne Feindseligkeit.

»Aber wir haben unsere Vorschriften«, entgegnete Milo, dann wandte sie sich an Dina Schneider. »Gibt es hier einen Raum, in dem wir ungestört sind?«

Dina Schneider hatte offensichtlich eingesehen, dass es wenig Sinn ergab, sich ihnen in den Weg zu stellen. Sie nickte knapp. »Zwei Türen den Flur runter ist mein Büro, ich bringe Sie hin.«

»Vielen Dank, wir wissen Ihre Hilfe zu schätzen.« Dann sah Milo in die Runde. »Wer will den Anfang machen?«

27

11. November 2022, 16:20 Uhr

»Es geht um die Männermorde, richtig? Ich hab es in der Morgenpost gelesen.« Katja Bäumer hatte sich, ohne zu zögern, bereit erklärt, sich als Erste befragen zu lassen.

Zu dritt saßen sie nun in dem kleinen, bis unter die Decke vollgestopften Büro. Leitz-Ordner und Fachliteratur über den Umgang mit emotionalen Wunden und psychischen Traumata füllten die Regale an den Wänden. Dazwischen ein, zwei beruhigende Naturbilder, die Dina Schneider vielleicht versicherten, dass es auf diesem Planeten auch Schönes und Gutes gab. Daran erinnerte auch ein altes Foto, das in einem schlichten Rahmen auf dem Schreibtisch stand. Eine deutlich jüngere Dina Schneider war darauf zu sehen, vielleicht Anfang zwanzig, sie umarmte einen kleinen Jungen. Ein Schnappschuss, auf dem beide – Mutter und Sohn? – aus vollem Herzen strahlten, ein Moment des puren Glücks, zufällig eingefangen.

Vince nickte. »Ja, es geht um die Männermorde.«

»Ich war's nicht.« Katja Bäumer lachte bitter.

»Das ist nicht unsere Frage.« Milo studierte ihr Gesicht. Die Wut und Verbitterung darin waren offensichtlich. Aber gegen wen oder was richtete sie sich?

»Warum besuchen Sie diese Gruppe, Frau Bäumer?« Milo ließ

die Frau keine Sekunde aus den Augen, während sie auf eine Antwort wartete.

»Weil man sich hier tatsächlich für das interessiert, was mir geschehen ist«, antwortete die andere unvermittelt. »Weil man mir hier wirklich helfen will.«

»Was ist Ihnen geschehen?«, fragte Milo, obwohl sie die Antwort natürlich kannte.

»Ich wurde vergewaltigt.«

Milo nickte stumm. Was war die richtige Antwort darauf? Es tut mir leid? Wie schrecklich? Wie geht es Ihnen?

»Wie lange ist das her? Und wer war der Täter?«

Milo konnte sehen, wie sich die Muskeln der Frau unter der Bluse anspannten. Auch wenn die Kleidung das meiste versteckte, war nicht zu übersehen, dass Katja Bäumer extrem durchtrainiert war. Kampfsport, dachte Milo und machte sich eine mentale Notiz. Was hatte Dr. Süß gesagt? Falls man eine Täterin in Betracht zog, müsste sie überdurchschnittlich kräftig sein.

Bäumer lächelte humorlos. »Vor zwei Wochen hatte ich Jahrestag. Zweiten, um genau zu sein. So lange ist es her, dass ich Anzeige erstattet habe. Und seit zwei Jahren läuft das Dreckschwein trotzdem weiter frei herum.«

»Wurden denn Ermittlungen angestellt?«, erhob Vince das Wort und warf Milo einen Blick zu.

Katja Bäumer verzog den Mund. »So kann man das nun wirklich nicht nennen. Irgendwo gibt es dazu sicher trotzdem eine Akte. Im Archivieren und Ablegen seid ihr ja deutlich besser als im Ermitteln.« Sie klang zynisch, als sie sagte: »Aber ich erzähle die Geschichte selbstverständlich gern noch mal. Was macht es für einen Unterschied? Zur gesunden Aufarbeitung gehört auch die Erinnerung, nicht wahr?«

Weder Milo noch Vince gingen auf die Spitze ein.

»Ich jogge«, begann sie nach einer kurzen Pause zu erzählen. »Ich bin Beraterin, das bedeutet viel Zeit am Schreibtisch, an Flughäfen, in Zügen, und wenig Zeit für Sport. Ich mache das als Ausgleich, seit vielen Jahren, egal in welcher Stadt, egal bei welchem Wetter, egal zu welcher …«, sie zögerte kurz, »… Tageszeit. Haben mir Kollegen gesagt, dass es für eine Frau gefährlich ist, nachts allein im Park unterwegs zu sein? Natürlich. Immer wieder. Aber ich hab nie etwas darauf gegeben. Wer an die Schwachstelle denkt, der wird selbst zur Schwachstelle. Das lernt man relativ früh im Beraterleben. Sehen Sie mich an. Ich bin vieles, aber kein Opfer.«

Milo musste ihr recht geben. Als Einzige aus der Gruppe der Frauen, Schneider mal ausgenommen, wirkte Katja Bäumer selbstbewusst und stark – nicht gerade der Typ Frau, an den sich Vergewaltiger üblicherweise heranwagten. Zumindest dachte Milo das. Oder war das ein Vorurteil? Waren es gar nicht die schwach wirkenden, wehrlosen Frauen, an denen Sexualstraftäter sich vergingen? Vermutlich nicht. Das wäre ja auch viel zu einfach.

»Ich bin in vielen Parks dieser Welt gejoggt, meistens abends, nach einem langen Tag im Job. Es ist irgendwie Ironie des Schicksals, dass es mir dann hier in Hamburg passiert ist, wo ich mich immer sicher gefühlt habe. Ist doch mein Zuhause.«

Milo sah die Frau lange an. »Was ist passiert?«

»Ich war unterwegs auf dem Friedhof in Ohlsdorf. Von meiner Wohnung aus durch den Park und zurück sind es knapp zwölf Kilometer, meine Hausrunde, wenn Sie so wollen. Es war Ende Oktober und gegen 21 Uhr, selbstverständlich schon dunkel. Der Park ist schlecht beleuchtet, in manchen Teilen gar nicht, aber ich hatte Reflektoren und eine Stirnlampe dabei. Gesehen habe ich ihn trotzdem nicht. Er war plötzlich da, muss im Gebüsch gewartet haben. Zufall kann das keiner gewesen sein.« Ihre Stimme hatte beim letzten Satz zu zittern angefangen. Katja Bäumer räusperte sich beinahe verärgert und sprach weiter. »Plötzlich war da diese Hand in meinem Gesicht. Ich hatte meine Kopfhörer in den Ohren, es lief Bon Jovi, »It's my life«. Ich werde diesen Song nie mehr vergessen, kann ihn seitdem auch nicht mehr hören. Der Mann hat mich nach hinten gerissen, ins Gebüsch. Einen Kopfhörer hab ich verloren, auf dem anderen lief der Song weiter, die ganze Zeit. Es ging sicher alles sehr schnell, aber in meiner Erinnerung dauerte es ein ganzes Leben. Und dauert bis heute. Er hat sich auf mich geworfen, mir die Stirnlampe vom Kopf gerissen. Stockdunkel war es dann, ich habe nichts mehr erkannt. Ich hab versucht, mich zu wehren, aber ich hatte keine Chance. Er hat mir die Elle in den Hals gedrückt, etwa so.«

Sie drehte den eigenen Unterarm nach außen und hielt ihn gegen ihren Hals. Es gelang nicht ganz, aber Milo hatte eine gute Vorstellung von dem, was sie demonstrieren wollte.

»Ich hab kaum Luft gekriegt, konnte nicht schreien, niemand hat uns gesehen. Ich weiß noch, ich dachte: Der ist so gut, der hat das sicher schon hundertmal gemacht. Ich erkenne einen Profi, wenn ich ihm begegne. Aber hundertmal, das wäre selbst in eurem Dilettanten-Verein unwahrscheinlich, oder?« Sie wartete die Antwort nicht ab, sondern fuhr fort. »Meine Hose hat er einfach zerrissen, den Rest könnt ihr euch denken, oder wollt ihr die Details hören?«

Milo und Vince schüttelten beide den Kopf.

»Doch offenbar hab ich ihm die Stimmung verdorben.« Unter all der Bitterkeit glaubte Milo, einen Funken Genugtuung zu hören. »Ich hab mich gewehrt, so gut es ging, hab einfach nicht aufgegeben. Irgendwann habe ich einen Arm freibekommen und seinen Oberkörper von mir weggedrückt. Da hat er wohl Panik gekriegt, dass ich sein Gesicht sehe. Er hat mir seinen Ellenbogen gegen den Kopf gerammt, sich die Hose hochgezogen und ist davongerannt.«

»Haben Sie ihn denn erkannt?« Milo kannte die Antwort, bevor Bäumer den Kopf schüttelte.

»Nein, sonst hätte man ihn vielleicht sogar erwischt. Kein Gesicht, kein Sperma, er ist nicht gekommen. Wenigstens das nicht. Alles, was ich gesehen habe, waren auffällige orangefarbene Joggingschuhe. Und eine Narbe am Hals.«

Milo erstarrte. »Was für eine Narbe war das?«

Die Frau zuckte mit den Schultern. »Ich weiß es nicht mehr genau.«

»Ein Schnitt? Eine alte Verletzung?«, bohrte sie weiter.

»Nein. Die Haut sah irgendwie gespannt aus.«

Vince zog seinen Block aus der Tasche und kritzelte etwas darauf: *Schmidt?* Milo nickte unmerklich. Die Wahrscheinlichkeit war gering, die Aussichten, dass sie mit ihrem Schuss ins Blaue richtig lagen, schlecht. Aber wenn sie sich doch ohnehin schon an jedem Strohhalm festhielten, konnten sie auch nach diesem greifen.

»Ich hatte lange die Hoffnung, dass man das Arschloch findet, aber es kam nie etwas raus«, sprach Bäumer weiter. »Vor einem halben Jahr wurde die Ermittlung dann eingestellt. Für den Rest meines Lebens werde ich jedem Mann, den ich kennenlerne, als Erstes an den Hals starren.«

Ihr Blick wanderte an Vince' unversehrter Haut entlang. Er wand sich unangenehm berührt unter ihrem Blick.

»Dina meint, solange ich damit nicht aufhöre, habe ich mit der Sache nicht abgeschlossen. Aber kann man das überhaupt? Mit so etwas abschließen?«

»Sie scheinen den Umständen entsprechend gut damit umzugehen«, stellte Milo fest. Sie wollte nicht anklagend klingen, sondern Bäumer Respekt zollen. Die kämpferische Haltung der Frau beeindruckte sie.

»Noch mal, ich bin kein Opfer. Was mir zugestoßen ist, das

ist eine Riesenscheiße. Und damit meine ich nicht nur die Vergewaltigung. Der Typ ist ein perverser Irrer, der eingesperrt gehört, damit er das, was er mir und vermutlich anderen Frauen vor und nach mir angetan hat, möglichst nicht noch einmal machen kann. Aber der viel größere Skandal ist doch, dass niemand etwas dagegen unternimmt. Keiner von euch hat sich wirklich für mich interessiert! Es gab einen medizinischen Befund, ein Aktenzeichen, und das war's. Fall nicht gelöst, aber erledigt.« Bäumer richtete sich auf, wurde lauter. Den Zeigefinger streckte sie anklagend in Milos und Vince' Richtung. »Das Opfer lebt, kein größerer Schaden zu sehen, der Typ ist ja nicht mal in ihr gekommen, kann so schlimm nicht gewesen sein. Wär sie halt nicht nachts allein im Park herumgelaufen, ist sie ja irgendwie auch selbst schuld. Das haben alle gedacht, ich hab's in jedem Gesicht gesehen, in jedem.« Sie wurde immer lauter. »Und das ist die eigentliche Scheiße, dass Frauen wie ich, Frauen wie Sarabi und Anna und Petra und all die anderen da draußen völlig allein gelassen werden. Gäbe es nicht Menschen wie Dina, wäre die Selbstmordrate unter uns Überlebenden deutlich höher, das sag ich euch.«

Nachdem ihre letzten Worte verklungen waren, legte sich eine bleierne Stille über den kleinen Raum. Milo wusste, dass Katja Bäumer recht hatte. Es kam ihr absolut verkehrt vor, das Vorgehen der Polizei in irgendeiner Weise zu verteidigen. Wäre ihr das passiert, was Bäumer widerfahren war, und hätte sich danach niemand dafür interessiert, wäre sie heute mit Sicherheit genauso wütend.

»Haben Sie jemals auf eigene Faust nach dem Mann gesucht, der Ihnen das angetan hat?«, wollte Vince leise wissen.

»Was hätte ich denn Ihrer Meinung nach machen sollen?«, fragte Bäumer, die sich offenbar wieder etwas beruhigt hatte. »Mich in den Park legen und warten, bis ein Typ mit orangefarbenen Turnschuhen und Narbe am Hals vorbeirennt? Nein, ich habe nicht selbst nach ihm gesucht. Ich habe mit Kampfsport angefangen, Krafttraining, Selbstverteidigung. Alles, damit mir so etwas nie mehr geschieht. Ich würde nicht noch einmal freiwillig in die Nähe meines Vergewaltigers kommen.« Plötzlich legte sie den Kopf schief. »Mit einer Ausnahme vielleicht.«

»Und die wäre?« Milo beugte sich nach vorn.

»Um seinen Leichnam zu identifizieren.«

28

11. November 2022, 21:00 Uhr

»Meinst du, es ist eine von denen?« Müde rieb Vince sich die Augen. Anna Schirner, mit 24, die jüngste der Gruppe, hatte eben als Letzte das kleine Büro verlassen. Wie die meisten vor ihr, mit Ausnahme von Katja Bäumer, hatte die junge Studentin beim erneuten Durchleben des Übergriffs deutlich gelitten.

»Nein. Von denen kann doch keine einer Fliege was zuleide tun«, erwiderte Milo nachdenklich, dachte aber insgeheim: Obwohl man nie wissen kann.

»Na ja, die Bäumer schon. Und sie wusste als Einzige sofort, weshalb wir hier sind.« Vince runzelte nachdenklich die Stirn.

»Weil sie in der Zeitung von den Morden gelesen hat.«

»Behauptet sie.«

»Vince, komm schon! Das ist nicht dein Ernst. Sie wurde vor zwei Jahren vergewaltigt, die erste Leiche ist aber mehr als dreimal so alt. Mach deine Hausaufgaben.«

Er zuckte mit den Schultern. »Noch wissen wir nicht mal mit Sicherheit, ob die erste Leiche wirklich dazugehört.« Als er Milos hochgezogene Augenbraue sah, zuckte er mit den Schultern und fügte hinzu: »Ich werde ihren Fall trotzdem mal von Nadine checken lassen. Wer weiß. Vielleicht finden wir wenigstens raus, warum man den Vergewaltiger damals nicht gefunden hat.« Vince sah sie an. »Wenn es wirklich Schmidt war. Kann ich mir eigentlich nicht vorstellen.«

»Übrigens.« Milo sah auf die Uhrzeit auf ihrem Handy. »Heute vor einer Woche ist Kai Nowak gestorben. Und die Woche davor hat es Schmidt erwischt.«

»Soll ich eine Kerze anzünden?«, fragte Vince.

Milo verdrehte die Augen. »Denk doch mal nach!«

»Ja, ich weiß schon. Das bereitet mir auch Bauchschmerzen. Für die vier Affen fehlt noch ein Toter. Und wenn sich der Täter an seinen Rhythmus hält ...«

»... ist das Opfer schon tot. Und kastriert.«

»Oder der Mörder steht auf Symmetrien und tötet den letzten Mann erst in sieben Jahren.« Vince lächelte schief und griff sich sichtbar unangenehm berührt in den Schritt. »Und wir haben keine Ahnung, wer das Opfer sein könnte.«

»Vielleicht finden wir ihn erst in ein paar Tagen. Oder Jahren. Wie Karabulut.« Milo stöhnte. »Oh Mann.«

Ein festes Klopfen an der Tür unterbrach sie, einen Moment später betrat Dina Schneider den Raum. »Sind Sie fertig? Ich habe noch einiges an Arbeit vor mir und brauche das Zimmer.«

»Es fehlen nur noch Sie«, antwortete Milo freundlich und lud die Leiterin der Selbsthilfegruppe ein, auf dem freien Stuhl in ihrem Büro Platz zu nehmen.

»Ich?«, überrascht zog die ältere Frau die Brauen nach oben. »Warum? Ich leite die Gruppe nur an.«

»Sie sind viel zu bescheiden«, erwiderte Milo lächelnd. Vor einigen Jahren hatte Angela Kaltofen ihr den ultimativen Trick bei Zeugenbefragungen verraten: zuvorkommend sein, schmeicheln. »Weichkneten« hatte Kaltofen das genannt. Die meisten Menschen, und wenn sie noch so abweisend waren, reagierten positiv auf Komplimente und Freundlichkeiten.

»Nach allem, was wir heute gehört haben, sind Sie für viele dieser Frauen so etwas wie eine Lebensretterin.« Es fiel Milo nicht schwer, das zu sagen – denn allem Anschein nach war Dina Schneider wirklich eine Heilige.

Der Anflug von einem Lächeln erschien auf dem faltigen Gesicht. »Nun ja, ich tue, was ich kann.«

»Ich würde behaupten, Sie tun sogar noch mehr«, fuhr Milo mit ihrer Lobeshymne fort. »Sie helfen den Frauen zurück ins Leben, sind Tag und Nacht für jedes noch so kleine Problem zu erreichen, geben ihnen Vertrauen in die Welt zurück und verleihen neuen Mut. Das ist weit mehr als ein gewöhnliches Ehrenamt.« Sie beugte sich vor und sah Schneider in die Augen. »Warum machen Sie das alles? Das muss unglaublich viel Zeit und Energie kosten, da bleibt doch kaum noch Platz für etwas anderes, oder?«

Es schien, als würde die Frau einen Moment über ihre Antwort nachdenken, bevor sie schließlich seufzte. »Gerade Sie sollten das eigentlich verstehen. In dieser Welt gibt es so viel Ungerechtigkeit, so viel Not und Elend. Das Böse lauert überall. Man kann noch so sehr versuchen, alles richtig zu machen, und doch ist man niemals sicher. Alles, was ich versuche, ist, dieser schlechten Welt etwas Gutes entgegenzusetzen. Den Schutzlosen einen Ort zu bieten, an dem sie sich geborgen fühlen. Einen Ort der Gemeinschaft, frei von Gewalt, Sex und Männern.« Ihr Blick fiel vorwurfsvoll auf Vince.

Milo nickte. »Das ist wirklich beeindruckend.«

»Das ist menschlich«, unterbrach Schneider sie, und die strengen Falten waren zurück auf ihrer Stirn. »Das sollte keine Ausnahme sein. *Ich* sollte nicht die Ausnahme sein.«

»Sprechen die Frauen denn über ihre Vergewaltiger? Über das, was man ihnen angetan hat?«

Schneider schüttelte den Kopf. »Nein. Es geht zwar um die Aufarbeitung des Geschehenen, aber nur, um gestärkt in die Zukunft zu gehen. Wenn ein neues Mitglied zu uns kommt, ist es ihr völlig freigestellt, ob und wie detailliert sie ihre Geschichte mit der Gruppe teilen möchte. Es gibt hier keine Regeln. Von manchen, Sarabi Kidane zum Beispiel, wissen wir so gut wie gar nichts. Sie will nicht darüber sprechen, was ihr zugestoßen ist, sondern sucht bei uns vor allem Trost. Ich will, dass die Frauen verstehen, dass sie nicht allein sind. Und dass ihr Leben mit einer Vergewaltigung nicht zu Ende sein muss. Wir sprechen viel über neue Beziehungen, wie es gelingt, am Arbeitsplatz oder im Freundeskreis wieder sicher aufzutreten. Das kann so weit gehen, dass ich den Frauen dabei helfe, neue Kleider zu kaufen.«

»Weil sie kein Geld haben?«, wollte Vince irritiert wissen.

Dina Schneider lachte bitter. »Weil sie sich nicht mehr trauen, körperbetonte Kleidung zu kaufen. Weil sie sich unsicher fühlen in einer Welt, in der Unterwäschemodels wie Prostituierte posieren. Weil Emanzipation und Empowerment für Opfer sexualisierter Gewalt nichts als bittere Lügen sind.«

Vince senkte beschämt den Kopf, und auch Milo hatte plötzlich einen Kloß im Hals.

»Sie kennen also keinen der Männer, der ihren Schützlingen Gewalt angetan hat?«

»Nein, wozu auch?« Dina Schneider fixierte sie mit stechend grauen Augen. »Das wäre der Part, an dem Sie übernehmen sollten, oder sehe ich das falsch? Die Polizei, mein Freund und Helfer. Der Treppenwitz des Jahrhunderts!« Sie schnaubte. »*Sie* sollten die Namen der Täter kennen, und *Sie* sollten dafür sorgen, dass meine Arbeit überflüssig wird. *Sie* sollten diesen Frauen das Gefühl der Sicherheit zurückgeben, das sie verloren haben. Sie sollten nicht mich befragen, Sie sollten sich selbst fragen, was Sie hier eigentlich machen! Und was Sie besser machen könnten.« Schneider lehnte sich in ihrem Stuhl zurück. »Ja, die Welt wäre ein besserer Ort, wenn Sie endlich anfangen würden, Ihre Arbeit richtig zu erledigen.«

29

11. November 2022, 22:30 Uhr

Mit einem zufriedenen Brummen schob sich Vince die letzten Reste von Milos unangetastetem Pad Thai in den Mund. Seine eigenen vor Öl triefenden Reisnudeln hatte er schon vor einer Stunde verschlungen. Milo versprach sich stumm, ihren Kollegen nie mehr auswählen zu lassen, wo sie das Essen bestellten. Auch wenn ihr Magen knurrte: Dieses vor Glutamat und anderen Geschmacksverstärkern strotzende Essen rührte sie nicht an.

Es klopfte an der Tür, und Milo hob den Kopf. Ein Kollege aus dem Innendienst, wenn sie sich nicht täuschte. Sie war ihm schon häufig in den Fluren des LKA begegnet, aber seinen Namen konnte sie sich nicht merken. Möglicherweise auch, weil der Mittfünfziger mit dem Bauchansatz und dem lichter werdenden Haar so durchschnittlich aussah, dass es schwerfiel, ihn in Erinnerung zu behalten. Sie hatte noch nie ein Wort mit ihm gewechselt.

»Ihr wollt es heute aber wissen«, sagte der Kollege mit einem Lächeln.

»Ach, Hermann, wenn du wüsstest«, rief Vince und stöhnte.

Hermann, genau, das war sein Name. Hermann Vies.

»Wir schieben Überstunden, damit wir von Serpil befördert werden«, scherzte Vince. »Oder nicht öffentlich ausgepeitscht, das wäre schon ausreichend.«

Hermann lachte. »Der Mülltüten-Fall?«

Vince nickte.

»Dann will ich euch mal nicht aufhalten. Macht es gut – und vor allem, macht nicht so lang.« Er winkte ihnen zu und verschwand auf dem dunklen Gang.

Milo konzentrierte sich wieder auf die Pinnwand vor ihnen, das Schmatzen ihres Kollegen im Rücken.

»Geht das auch leiser?«, knurrte sie gereizt. Zurück im Büro war ihre Laune nicht besser geworden. Auf der Pinnwand hingen Fotos der drei Toten auf der einen Seite, die Namen der sieben Frauen aus der Selbsthilfegruppe und drei Bilder von ihnen, die sie im Internet hatten recherchieren können, gegenüber. Immerhin von Katja Bäumer und Petra Hülsenbeck hatten sie Porträts im Netz gefunden, über die Unternehmen, in denen sie arbeiteten. Anna Schirner hatten sie auf Facebook aufgespürt. Die anderen vier blieben ohne Bild. Aber selbst Vince hatte eingesehen, dass das die unwahrscheinlichste Opfer-Täter-Aufstellung seit Agatha Christie war.

Im Geiste ging Milo noch einmal alle Frauen und ihre Geschichten durch.

Katja Bäumer, 37, Beraterin, vergewaltigt beim Joggen. Anzeige gegen unbekannt, die Ermittlungen hatten ins Nichts geführt und waren vor einigen Monaten eingestellt worden.

Petra Hülsenbeck, 49, Sekretärin, die von ihrem Chef betatscht worden war, Anzeige gegen ihn erstattet hatte und quasi im selben Atemzug entlassen worden war. Seit zwei Jahren kämpfte sie vor Gericht gegen die Firma – bislang ohne Erfolg. Die polizeilichen Ermittlungen waren eingestellt worden, als ihr ehemaliger Chef bei einem Autounfall starb.

Anna Schirner, 24, Studentin. In einer Bar auf der Reeperbahn hatte ihr ein fremder Mann K.-o.-Tropfen in den Drink gegeben. Sie war Stunden später am Elbstrand erwacht, Oberschenkel und

Brüste übersäht mit Hämatomen. Der Täter hatte sie vaginal und anal penetriert und war sich dabei sogar so sicher gewesen, dass er nicht einmal ein Kondom verwendet hatte. Er wurde nie gefunden.

Olga Winogradowa, 33, Stripperin, die nach einer Gruppenvergewaltigung auf einem privaten Junggesellenabschied zuerst in eine schwere Depression gerutscht war, nun aber eine Ausbildung zur Kindergärtnerin machte. Den Tätern hatte man eine erbärmlich geringe Geldstrafe aufgebrummt: Die Verteidigung hatte auf mangelnde Straffähigkeit plädiert, weil die Männer unter Alkohol- und Drogeneinfluss gestanden hatten und zuvor noch nie auffällig geworden waren.

Ellen Haller, 28, als Teenagerin jahrelang von einem Verwandten sexuell missbraucht, bis sie endlich den Mut aufbrachte und es ihren Eltern sagte – woraufhin diese den Kontakt zu ihr abbrachen. Sie hatte die Übergriffe nie zur Anzeige gebracht.

Michelle Bohrne, 41, die eines Abends von einem alten Freund missbraucht und schwer verprügelt worden war. Da man seinen Samen in ihrem Uterus und jede Menge äußerliche wie innere Verletzungen hatte sicherstellen können, war der Mann zu fünf Jahren verurteilt worden und saß noch heute.

Und Sarabi Kidane, 34, die wortkarge Reinigungskraft aus Eritrea, von der sie so gut wie nichts wussten.

Nicht nur, dass Milo keiner der Frauen zutraute, mit einer solchen Brutalität, wie sie sie vorgefunden hatten, drei Männer zu überwältigen und zu töten. Es war vor allem ein Trauerspiel, dass von sieben Fällen gerade einmal zwei zu einer Verurteilung geführt hatten. Einfach erbärmlich.

Sie fuhr sich durch die Haare und stöhnte. »Das war doch keine von denen!«

»Oder es waren alle zusammen, wie bei ›Mord im Orientexpress‹«, nuschelte Vince mit vollem Mund in ihrem Rücken. »Hast du ›Der perfekte Mord‹ gesehen? Da tauschen die Täter die Opfer, damit man kein Motiv erkennt.«

»Vince, jeder hat ›Der perfekte Mord‹ gesehen. Die Geschichte ist so bekannt, dass nur die dümmsten Täter der Welt das versuchen würden.«

»Oder die genialsten, weil sie vermuten, dass wir vermuten, dass das niemand mehr macht.«

»Hat dir die scharfe Soße den letzten Funken Verstand aus dem Kopf geätzt? Wenn Serpil diesen Schwachsinn hört, schmeißt sie uns raus.«

»Wenn ich was höre?« Wie auf Bestellung betrat die Chefin das Büro. Ein paar ausgedruckte Seiten in der Hand, starrte sie auf die Pinnwand. Milo konnte den bevorstehenden Ärger förmlich riechen.

»Wer sind die?«, fragte sie, und ihr Zeigefinger deutete auf die Namen der Frauen. Im selben Moment klingelte Vince' Handy.

»Frey«, meldete er sich und marschierte ans andere Ende des Raums, während er leise ins Telefon sprach.

»Das sind Mitglieder einer Selbsthilfegruppe für Vergewaltigungsopfer.«

Serpil lief näher zur Wand. »Hilf mir noch mal auf die Sprünge. Was hat die Selbsthilfegruppe mit der Mordserie zu tun? Außer dass sie der Presse ausreichend Munition gibt, um uns für alle Zeiten aus dem Verkehr zu ziehen, sollte sie jemals davon Wind bekommen?«

»Nun, einer unserer Toten, Kai Nowak, hat vor knapp zwei Jahren eine Frau vergewaltigt, die diese Gruppe mit ziemlich hohen Geldbeträgen unterstützt.«

Serpils Stirn legte sich in tiefe Falten. Milo wusste, dass ihrer Chefin diese Verbindung nicht ausreichte. »Ich hoffe, ihr habt noch mehr in petto.«

»Ähm …«, krampfhaft kramte Milo in ihrem Kopf nach einer weiteren Erklärung. Zum Glück kam Vince in diesem Moment zurück und hielt triumphierend das Handy in die Höhe.

»Ich habe gerade mit der Technik gesprochen. Sie haben die DNS-Proben von Michael Schmidt, unserem ersten beziehungsweise zeitlich gesehen zweiten Opfer, mit den damals gesicherten Hautpartikeln unter den Fingernägeln von Katja Bäumer verglichen. Er ist es. Er hat sie vergewaltigt.«

Milo schluckte ihre Überraschung mitsamt dem verblüffend starken Drang herunter, ihrem Partner um den Hals zu fallen.

»Warum wurde das erst jetzt gemacht?«, wollte Serpil wissen.

Milo erklärte: »Schmidt war nicht vorbestraft, seine DNS befand sich in keiner Datenbank. Erst jetzt konnten wir einen Vergleich anstellen.«

Serpils Falten glätteten sich etwas, und die Feuerfunken in ihren Augen erloschen. »Ihr glaubt also, die Frauen ermorden ihre Vergewaltiger?« Der Zweifel in ihrer Stimme war immer noch deutlich zu hören.

»Wir glauben, dass wir diesen Verdacht zum jetzigen Zeitpunkt nicht ausschließen können«, erwiderte Milo diplomatisch. »Und diese Katja Bäumer ist durchtrainiert. Sie könnte es locker mit einem Mann aufnehmen. Dass Schmidt auch noch beim Joggen getötet wurde …«

»Woher hätte Bäumer denn wissen sollen, dass Michael Schmidt ihr Vergewaltiger war?«, hakte Vince nach. »Er war nicht vorbestraft, und ihr Täter konnte nicht ermittelt werden.«

Milo dachte nach. »Darauf haben wir noch keine Antwort.«

Vince schnalzte mit der Zunge. »Blöd.«

»Und selbst wenn sie ihn identifiziert hätte, wäre das nicht sehr nachvollziehbar?«, wandte Serpil ein. »Ausgerechnet den Mann umbringen, der ihr Leid angetan hat?«

»Hast du schon mal ›Der perfekte Mord‹ gesehen?«, fragte Milo und konnte Vince aus dem Augenwinkel grinsen sehen. Für diese Frage würde sie sicher noch büßen.

Serpil schüttelte unwirsch den Kopf, dann knurrte sie: »Meinetwegen geht der Sache nach, Vorladungen für alle, aber haltet den Ball flach. Davon geht nichts nach draußen, bis wir sicher sind, verstanden? Wenn wir neben der Presse auch noch die Frauenrechtler aufwiegeln, gibt es Mord und Totschlag in den Straßen.« Mit diesen Worten knallte sie den beiden die Papiere, die sie in der Hand gehalten hatte, auf den Tisch und stapfte davon. Es war der Ausdruck einer Mail. Der Chefredakteur der Hamburger Morgenpost hatte sich die Mühe gemacht, Serpil die Titelseite der morgigen Ausgabe zukommen zu lassen und sie um ein Statement zu bitten.

Vergewaltiger von einflussreichem Opfer hingerichtet? Ermittler weiterhin ohne Spur!, lautete die Schlagzeile, darunter ein Schnappschuss von niemand Geringerem als Theresa von Ohlson. Flankiert von ihren Bodyguards stieg sie aus einem dicken schwarzen Mercedes. Ein zweites Foto, mit den Photoshop-Künsten eines Redaktionsvolontärs einfach darauf gelappt, zeigte Milo und Vince am Fundort von Nowaks Leiche nahe der Reeperbahn.

»Ach du Scheiße«, flüsterte Vince.

30

12. November 2022, 00:30 Uhr

Milo fühlte sich wie durchgekaut und wieder hochgewürgt. Ihr Magen hing in den Kniekehlen, ihre Stimmung war noch weiter unten, und die Müdigkeit sorgte dafür, dass ihr unendlich kalt war. Ein Wintermantel – das wär's. Aber wann sollte sie in die Stadt fahren, um sich einen zu kaufen, nachdem der letzte am Ende des vergangenen Winters in die Altkleidersammlung gewandert war? Vielleicht sollte sie sich einfach irgendeine dicke Jacke online bestellen.

Vince hatte sie an der Ecke zur Fruchtallee rausgelassen, die letzten Meter ging Milo wie immer zu Fuß.

Im Eppendorfer Weg 72 angekommen, lief sie durch die Einfahrt aufs Hinterhaus zu. Die Wohnung, in der Milo und Valerie seit zwei Jahren gemeinsam wohnten, befand sich im Hochparterre eines schmalen Neubaus in zweiter Reihe. Milo liebte die Lage: einerseits mittendrin im Leben, andererseits weit genug entfernt von der trubeligen Straße. Im Sommer verbrachten sie, wenn nicht gerade ein Fall zu ermitteln war, gern ganze Tage auf der schönen Terrasse, umgeben von zwei Laubbäumen, in denen die Vögel zwitscherten.

Sie lief auf die Eingangstür zu. Im Wohnzimmer brannte Licht, Valerie war also noch wach. Milo sehnte sich nach einer wärmenden Umarmung. In Gedanken rollte sie sich bereits neben ihrer

Freundin auf dem Sofa zusammen und ließ sich den Nacken kraulen.

Zwei Stufen auf einmal nehmend, sprang Milo die Treppe zur Haustür hinauf, wie immer ging der Bewegungsmelder erst im letzten Moment an. Milo, die gerade in der Hosentasche nach dem Schlüssel gekramt hatte, blieb wie vom Donner gerührt stehen.

Quer über die Haustür hatte jemand mit feuerroter Sprayfarbe ein Wort geschrieben. *FOTZE* stand da in ungelenken Lettern, von denen die Farbe in langen Nasen nach unten sickerte. Milos Herz begann, wild zu schlagen. Die SMS, der Anruf. Sie hatte die unbekannten Nummern checken lassen. Wie erwartet führten beide Nummern ins Nichts. Offiziell war es seit fünf Jahren zwar nicht mehr möglich, Prepaid-Karten ohne Ausweisdokument zu erwerben, doch inoffiziell gab es eben doch Mittel und Wege, eine Nummer zu verschleiern, sodass eine Identifizierung kaum mehr möglich war.

Und jetzt das. Noch unverhohlener konnte man ihr fast nicht drohen. Wer auch immer sich die Mühe machte, sie zu verängstigen, kannte nicht nur ihre Nummer – er wusste auch, wo sie wohnte. Mit aufkeimender Panik sah sie sich um. Aber da war niemand. Das konnte kein Zufall sein. Oder? Nein, kein Zweifel, die Botschaft galt ihr. Der Kerl meinte es ernst.

Langsam näherte sie sich der Tür, streckte den Finger aus und strich über das F. Die Farbe war noch feucht. Es konnte also nicht lange her sein, dass sich jemand dazu berufen gefühlt hatte, die Beleidigung auf die Tür zu schmieren.

Schlagartig wurde Milo schlecht. Irgendjemand da draußen wurde gerade sehr persönlich. Was würde als Nächstes passieren?

Mit zitternden Fingern schloss Milo die Haustür auf, hastete durch den Flur und betrat die Wohnung. Sie streifte sich die Stiefel von den Füßen und eilte ins Wohnzimmer, wo Valerie unter einer Wolldecke auf dem Sofa lag und in einem Buch las.

»Hey, Süße, da bist du ja.« Sie richtete sich auf und bemerkte Milos Gesichtsausdruck. »Was ist denn los?«

»Wann bist du heute nach Hause gekommen?«, flüsterte sie.

Valerie runzelte irritiert die Stirn, blickte aber auf die Uhr. »Ich weiß nicht, vor 'ner Stunde würde ich sagen.«

»Du hast seitdem nichts gehört?«

»Was soll ich gehört haben?«

Milo berichtete ihrer Freundin in wenigen Worten von der verunstalteten Tür, nach kurzem Zögern auch von den Nachrichten auf ihrem Telefon und dem Anruf. Valerie streifte die Decke ab und folgte Milo auf Socken aus der Wohnung.

Ihr Gesicht wirkte fassungslos, als sie die Buchstaben auf der Haustür las. »Was zum Teufel soll das? Meinst du, das hat was mit deiner Ermittlung zu tun?«

Milo atmete tief durch. »Ich befürchte, ja.«

Valeries Unterlippe zitterte, als sie sagte: »Aber das ist Vandalismus! Und eine Drohung. Du musst das melden, sofort.«

Milo zog ihre Freundin wieder in die Wohnung und nahm sie in die Arme. Sie versuchte, sich die eigene Beunruhigung nicht anmerken zu lassen. Ihr Herz pochte laut und hart in der Brust. Valerie hatte nichtsahnend auf der Couch gelegen, während nur ein paar Meter entfernt irgendein Verrückter an ihrer Haustür gewesen war. Beruhigend strich sie ihr über den Hinterkopf. »Ich weiß, Liebling. Das werde ich, versprochen.« Sie küsste Valeries Hals, und der betörende Duft ihrer Freundin stieg ihr in die Nase.

Valerie hob den Kopf, ihre Lippen trafen sich. Augenblicklich spürte Milo eine altbekannte Wärme in sich aufsteigen. Valerie schloss sie in eine feste Umarmung, vergrub ihre Hände in Milos blondem Haar. Als ihre Fingerkuppen Milos Nacken berührten, erschauderte sie. Milo schloss die Augen, gab sich den Liebkosungen hin, küsste Valerie leidenschaftlicher …

Und dann kamen die Bilder. Wie Blitzlichter, die für den Bruchteil einer Sekunde die Szenerien erleuchteten. Eine Hand, die sich über einen Mund legte und einen Frauenkörper in ein dunkles Gebüsch zerrte. Neues Bild. Eine Tür, die sich langsam öffnete, und der schemenhafte Umriss einer Gestalt, die sich ins Schlafzimmer stahl. Neues Bild. Der Rumpf eines Mannes, der sich zwischen nackte Schenkel schob, während andere die Handgelenke festhielten. Neues Bild. Ein weiblicher Körper, übersäht mit Verletzungen und blauen Flecken, die Kleidung zerrissen im Sand des Elbstrands.

Milo stieß Valerie unsanfter von sich weg, als sie es beabsichtigt hatte. »Es … es tut mir leid«, stammelte sie. »Ich kann nicht. Ich …« Sie verstummte.

Valerie starrte sie ungläubig an. Dann schüttelte sie den Schrecken ab, ergriff Milo an den Schultern und sagte ruhig. »Du lässt dir jetzt eine Badewanne ein, ich koche uns einen Tee. Und dann erzählst du mir, was passiert ist.«

Milo lag in der Wanne und beobachtete die Schaumblasen, die langsam in sich zusammenfielen. Es klopfte leise an der Tür. Valerie kam herein, in den Händen hielt sie eine dampfende Tasse. Sie zog einen kleinen Hocker heran, stellte die Tasse auf dem Badewannenrand ab und sah Milo lange an. »Und?«

Milo seufzte tief. »Ich weiß nicht, wo ich anfangen soll.«

»Irgendwo.« Valerie strich ihr übers Haar und lächelte sanft.

Und dann begann Milo zu erzählen. Ihre Freundin wusste bereits von den toten Männern, aber von den drei beziehungsweise vier Affen hatte Milo in den kurzen Momenten, die sie in den vergangenen zwei Wochen miteinander gehabt hatten, nichts erwähnt – zu kostbar waren die Augenblicke, in denen Milo einfach so tun konnte, als hätte sie einen stinknormalen Beruf, den sie wie so viele andere nach Feierabend dort lassen konnte, wo er hingehörte. Sie berichtete von ihrem Treffen mit Theresa von Ohlson, von Jenny Nowak, den hässlichen Schlagzeilen in der Presse, dem Druck, der auf ihr lastete, und kam schließlich zum heutigen Tag und den Drohungen.

»Wir haben eine Selbsthilfegruppe für vergewaltigte und misshandelte Frauen befragt«, sagte sie schließlich.

Valerie blinzelte. »Ihr habt was?«

»Sie sind unsere heißeste Spur bislang. Über Nowak, Schmidt und Karabulut haben wir so gut wie nichts herausgefunden, was uns irgendwie weiterhelfen könnte. Aber über die Selbsthilfegruppe haben wir bereits Verbindungen zu zwei der Ermordeten hergestellt, Nowak und Schmidt. Theresa von Ohlson unterstützt die Gruppe finanziell, sie wurde von Nowak vergewaltigt. Eine der Frauen war das Opfer von diesem Schmidt. Das haben wir heute mit einer DNS-Analyse herausgefunden.«

Sie spürte, wie Valeries Stimmung kippte. Ihre eben noch besorgte Miene verhärtete sich.

»Aber Milo! Ihr könnt doch nicht einfach aus Opfern Täter machen!« Valerie presste die Finger gegen ihre Tasse, sie wirkte angespannt. Milo erlebte selten, dass die Therapeutin sich nicht im Griff hatte.

Sie musterte Valerie kritisch. »Entschuldige mal. Aber in meinem Kosmos sind die Opfer nicht nur die Frauen, sondern auch die drei Männer, die brutal umgebracht wurden.«

»Meinst du nicht, dass die Frauen genug durchgemacht haben?« Valerie stand auf und tigerte im engen Badezimmer herum. »Und jetzt stiefelt ihr da einfach ins Treffen der Selbsthilfegruppe, in einen geschützten Raum, der nur den Überlebenden vorbehalten ist, und befragt sie? Wie viele Traumata sollen die denn noch abbekommen?«

Milo setzte sich in der Badewanne auf und ärgerte sich, dass sie nackt war. Schützend hielt sie sich eine Hand vor die Brust. »Meinst du, mir hat das Spaß gemacht?«

Valerie blieb abrupt stehen. »Das wäre ja noch schöner. Weißt du eigentlich, wie viele Frauen einen sexuellen Übergriff zur Anzeige bringen?«

»Ja«, stöhnte Milo. »Weniger als zwanzig Prozent. Hat Vincent mir erzählt.«

Valerie nickte entschlossen. »Und weißt du auch, wie viele Frauen bereits sexualisierte Gewalt erlebt haben? Über dreißig Prozent. Das ist jede dritte Frau, Jagoda, die vergewaltigt, genötigt oder belästigt wurde.«

Milo schlug mit der flachen Hand ins Badewasser. »Ich weiß, verdammt noch mal!«, rief sie aufgebracht, obwohl das nicht ganz stimmte. Natürlich wusste sie, dass es sexualisierte Gewalt an jeder Ecke gab. Aber dass es so viele Frauen waren, die in ihrem Leben mindestens einmal darunter leiden mussten, war krass. Und noch viel heftiger war, wie viele sich in ihrer Not an die Polizei wandten. In ihrem Frust rief sie: »Was soll ich denn machen? Den Täter einfach weiter morden lassen?«

»Oder die Täterin«, giftete Valerie und überkreuzte die Arme vor der Brust. »Davon scheinst du zumindest auszugehen.«

»Als Polizistin ist es meine Aufgabe, in alle Richtungen zu ermitteln, auch wenn es nicht jedem gefällt oder nicht ›politically correct‹ ist«, knurrte sie und malte die Anführungszeichen in die Luft.

»Du glaubst doch wohl selbst nicht, dass eine vergewaltigte Frau ihrem Täter im Park auflauert, ihm eine Tüte über den Kopf zieht, ihn erstickt und ihm anschließend die Zunge rausschneidet?«

»Die Augen«, gab Milo zu bedenken. »Und wer sagt, dass es nur eine war? Vielleicht waren es ja alle zusammen.«

Valerie schüttelte den Kopf. »Du hast doch den Verstand verloren.«

Milo erhob sich energisch aus der Badewanne. Tropfend griff sie nach einem Handtuch. »Was regst du dich überhaupt so auf?«

»Pah!« Valerie war wirklich stinksauer – so erlebte Milo sie nie. Eigentlich führten sie eine sehr harmonische Beziehung ohne große Konflikte, sah man vom ewigen Streitthema Coming-out ab. »Du weißt ja nicht, wer bei mir den ganzen Tag in der Praxis auftaucht.«

»Doch. Paare, bei denen es nicht mehr in der Kiste läuft.« Valerie hatte eine Praxis für Paar- und Sexualtherapie. Sie erzählte wenig von ihren Patienten, und das war Milo nur recht. Den ganzen Tag musste sie sich mit Mord und Totschlag herumärgern, da wollte sie abends nicht auch noch von den sexuellen Problemen anderer Leute hören.

»Und weißt du was? Die meisten Frauen, die mit ihrem Partner Intimitätsprobleme haben, sind irgendwann in ihrem Leben einmal Opfer sexualisierter Gewalt geworden. Die werden das nie mehr los und fragen sich jahrelang, ob sie eine Mitschuld tragen, ob sie ihrem Vater, Onkel, besten Freund, Arbeitskollegen oder Tinder-Flirt Zeichen gesendet haben, dass sie leicht zu haben wären oder Bock auf den Scheiß hätten. Und dann kommst du«, sie streckte anklagend den Finger aus und zeigte damit auf Milo, »und wirfst ihnen einen Mord vor? Wow.« Valerie hielt inne. »Im Ernst, Milo. Das ist so schäbig, das hätte ich dir niemals zugetraut.«

Sie wirbelte herum, riss die Badezimmertür auf und ließ Milo im mittlerweile lauwarmen Wasser der Badewanne stehen.

Ellen

Sie starrte hoch zu den hellen Punkten an der Decke ihres Kinderzimmers. Ihr Vater hatte vor vielen Jahren, als er ihr die fluoreszierenden Kreise und Sterne geschenkt hatte, das Sternbild der Fische aufgeklebt. Immer, wenn Ellen nachts nicht schlafen konnte, blickte sie hoch in den Sternenhimmel und stellte sich vor, sie wäre eine Astronautin, die durchs All schwebte. In ihrem Raumanzug war sie sicher, die große Glaskugel über ihrem Kopf schützte sie vor dem unendlichen Nichts des Weltraums, genau wie der Anzug aus vielen Schichten. Es herrschte absolute Stille. Niemand konnte ihr zu nahe kommen. Sie war weit weg von allem, was ihr wehtun konnte, unendlich fern und leicht wie eine Feder. Ihr Körper war wie aus Luft, schien sich mit der Schwerelosigkeit zu verbinden, bis er sich ganz in ihr auflöste. Nicht einmal die Striche, die sich Ellen mit der Rasierklinge ihres Vaters auf die Innenseite des Oberschenkels malte, waren mehr zu spüren.

Und auch nicht die behaarte Hand, die in diesem Moment unter ihr dünnes Nachthemd schlüpfte und den Weg zwischen ihre Beine suchte.

Ellen schloss die Augen und dachte an den Weltraum. Vor ihrem inneren Auge erblickte sie das Sternbild der Fische. In Gedanken fing sie an, sich mit kraulenden Armen in Richtung der leuchtenden Formation zu bewegen. Die Stille in ihrem Kopf war atemberaubend, und sie träumte sich davon. Malte sich aus, auf einem der Planeten zu landen, in die Atmosphäre einzutauchen, die Gravitation zu fühlen, die sie langsam in Richtung Boden zog. Sanft landeten ihre Füße in blauem Gras, das unter ihrer Berührung erzitterte. Ellen hob den Kopf und sah über dem ultraviolett schimmernden Himmel drei goldene Sonnen, eine davon so nah, dass sie meinte, sie mit der Hand berühren zu können.

Sie hörte ein Grunzen. Dann griffen seine Hände nach ihrer Hüfte. Er hob sie an, legte sich ihre Unterschenkel auf die Schultern und drang mit einem zufriedenen Stöhnen so tief in sie ein, dass es wehtat.

Als er fertig war, legte er sich neben ihr auf die Matratze und schmiegte sich an ihren regungslosen Körper. »Das ist etwas ganz Besonderes, was wir da haben«, meinte er mit kehliger Stimme und legte eine Hand auf ihren Bauch.

Ellen antwortete nicht. Sie war schon wieder auf dem unbekannten Planeten, sah hinauf zu den drei goldenen Sonnen und wünschte sich, nie mehr zurückzukehren.

31

12. November 2022, 7:30 Uhr

»Alter. Es ist noch nicht mal acht Uhr!« Vince' verschlafene Stimme drang aus der Freisprechanlage. Er hörte sich zerknautscht und übernächtigt an. Genauso, wie Milo sich vielleicht gefühlt hätte, wenn die Wut nicht immer noch in ihr lodern würde. Die allzu kurze Nacht hatte sie auf dem Sofa im Wohnzimmer verbracht, zugedeckt mit der zu dünnen Wolldecke, die zu allem Überfluss auch noch nach Valerie roch. Doch der Ärger hatte sie von innen gewärmt. Was bildete sich ihre Freundin eigentlich ein? Sie so anzugehen, ihr vorzuwerfen, die Frauen mit ihren Ermittlungen absichtlich zu quälen. Sie war Polizistin, sie musste alle Möglichkeiten in Betracht ziehen!

Milo hatte die halbe Nacht kein Auge zugetan und war erst gegen drei in einen unruhigen Schlaf gefallen. Als sie dann um sieben Uhr schon wieder aufgewacht war, hatte sie beschlossen, sich anzuziehen und die Wohnung zu verlassen. Und zwar ohne Valerie vorher Bescheid zu geben. Das war trotzig und kindisch, aber Milo im Augenblick herzlich egal.

»Dir auch einen schönen guten Morgen«, sagte sie besser gelaunt, als sie in Wahrheit war.

»Sag bitte nicht, dass du auf dem Weg zu mir bist«, nuschelte Vince ins Kopfkissen. »Es ist Wochenende. Ich brauche mal einen freien Tag.«

Und ich brauche ein freies Jahr!, knurrte Milo in Gedanken, ging aber nicht auf Vince' Kommentar ein.

»Nein, ich fahre woandershin.«

»Am Samstagmorgen um halb acht? Ich hoffe, die Person mag dich.«

Milo hörte, dass Vince aufstand und irgendwohin lief. Vermutlich in die Küche, um sich einen Kaffee zu machen. Nur Sekunden später vernahm sie ein unverkennbares Plätschern. Ihr Kollege hatte sie zum Pinkeln mit ins Bad genommen.

»Du bist so widerwärtig«, seufzte sie.

»Stell dich nicht so an. Wir sind doch Partner. Wir teilen alles«, gab er unbekümmert zurück.

Nein, nicht alles, dachte Milo. Genau genommen teilte sie sogar einen beachtlichen Anteil ihres Lebens nicht mit Vince. Nicht ihre Beziehung zu Valerie. Nicht ihre Freundschaft zu Angela Kaltofen. Und nicht ihre Vergangenheit. Umgekehrt bekam sie von ihrem Partner oft mehr mit, als sie es sich wünschte. Seine Weibergeschichten. Sein entsetzliches Essverhalten. Und die Tatsache, dass er die Regeln oft sehr viel freier auslegte, als Milo es sich jemals selbst erlaubt hätte. Und doch konnte sie sich keinen besseren Kollegen an ihrer Seite vorstellen. Vince war ein unverbesserlicher Optimist, absolut loyal und empathisch. Immer dann, wenn bei Milo der Geduldsfaden riss, wenn sie unfair oder unhöflich wurde, rettete Vince mit seinem Charme und seiner Zugewandtheit den Menschen aller Alters- und Einkommensklassen gegenüber die Situation. Das schätzte sie sehr an ihm. Auch wenn sie es Vince noch nie gesagt hatte.

Die Klospülung wurde betätigt. »Also, was liegt dir auf dem Herzen, mein Schatz? Worüber möchtest du mit mir reden, was nicht vielleicht auch bis Montag, morgen oder zumindest neun Uhr hätte warten können?«

»Was, wenn deine komische Theorie doch stimmt?«, platzte es aus Milo heraus. »Die vom perfekten Mord. Wenn die Frauen tatsächlich die Täterinnen sind und ihre Opfer nur tauschen?«

Vince schwieg einen Moment. »Das würde bedeuten, eine von ihnen ist von Karabulut missbraucht worden. Die Sekretärin und die Frau, die von ihrem guten Freund vergewaltigt wurde, wären damit aber raus. Auch die Stripperin.«

»Ex-Stripperin«, korrigierte Milo, während sie auf die leere B4 abbog, die sie einmal quer durch St. Pauli, am Hauptbahnhof und dem Klostertor vorbei bis zu den Elbbrücken bringen würde. Von dort aus waren es noch gute dreißig Minuten Fahrt bis zu ihrem Ziel.

»Du bist echt schlimmer als die Sittenpolizei«, stöhnte Vince. Im Hintergrund hörte Milo, wie eine Kaffeemaschine zu röcheln und gluckern begann.

»Wenn Katja Bäumer ausscheidet, weil sie von Schmidt vergewaltigt wurde, die Sekretärin, die Ex-Stripperin und diese andere Frau raus wären, blieben noch die Studentin, die Frau aus Afrika und die andere übrig, deren Name mir gerade nicht einfällt.«

»Ellen hieß sie. Ellen Haller. Sie war Opfer eines Täters aus der Familie«, erinnerte sich Vince. »Also bleiben nur Anna Schirner und Sarabi Kidane.«

Milo hielt an einer Ampel, die gerade auf Rot sprang. »Wie kannst du dir die ganzen Namen merken?«

»Ich höre eben zu. Außerdem habe ich einen Trick, soll ich ihn dir verraten?«

»Nein.«

»Pff.« Vince machte ein abfälliges Geräusch, kam dann aber zurück zum Thema. »Anna Schirner wurde beim Feiern mit K.-o.-Tropfen betäubt. Von Sarabi Kidane wissen wir gar nichts.«

»Doch«, seufzte Milo tief, der gerade eingefallen war, wieso die beiden Frauen unmöglich die Täterinnen gewesen sein konnten. »Karabulut ist 2015 verschwunden. Sein Übergriff hätte also vorher stattfinden müssen. Da war Anna erst 17 und lebte noch irgendwo in der Provinz rund um Münster. Und Kidane war noch in ihrer Heimat. Äthiopien?«

»Eritrea. So ein Mist.« Vince klang so gefrustet, wie Milo sich fühlte. »Und wenn Karabulut doch nicht zur Serie gehört?«, schlug er vor. »Sein Mord ist vor sieben Jahren passiert.«

»Glaubst du dran?« Milo klang skeptisch, und Vince stöhnte laut.

»Nein, mein Bauchgefühl sagt: Der gehört dazu. So ein verdammter Kack.«

»Die Alibis der Frauen für die Todeszeitpunkte von Schmidt und Nowak sollten wir trotzdem überprüfen, wie Serpil gesagt hat.«

»Okay. Mache ich am Montag, ich bitte Philipp und Horst um Hilfe«, sagte Vince. »Gibt's sonst noch was?«

Milo überlegte. Sollte sie Vince von der verunstalteten Tür erzählen? Nein. Dann müsste sie auch von der SMS, dem Anruf und dem Streit mit Valerie berichten, und dazu konnte sie sich nicht durchringen. Ein Gedanke schoss plötzlich durch ihren Kopf: Warum wurde eigentlich *sie* bedroht und nicht Vince? Weil sie eine Frau war? Und damit die vermeintlich Schwächere? Wut stieg in ihr hoch. Nein, sie würde nicht den »starken« Kollegen um Hilfe bitten. Sie würde diese Sache allein durchstehen.

»Wo fährst du eigentlich hin?«, hakte Vince nach.

»Geht dich nichts an«, antwortete Milo knapp, die Wut immer noch im Bauch.

»Mann, Mann, Mann, Milosevic«, sagte Vince. »Manchmal bist du echt ein Kotzbrocken. Aber ich lieb dich trotzdem.« Und legte auf.

32

12. November 2022, 9:15 Uhr

Es roch nach Desinfektionsmittel und bitterem Kaffee. Milo stand am Tresen im Eingangsbereich und wartete darauf, von jemandem in Empfang genommen zu werden.

Als die schwarzhaarige, gedrungene Vietnamesin, mit der sie telefoniert hatte, aus einem Raum dahinter trat, hellte sich deren Gesicht merklich auf. »Frau Milosevic! Endlich. Da wird sich Frau Kaltofen aber freuen.«

Milo schielte nach dem Schild auf der Brust der Frau. Richtig. Frau Hauptmann. Mit Vornamen Mychau.

»Ich glaube, Sie haben Glück. Heute ist ein guter Tag«, fuhr Mychau Hauptmann fort, während sie Milo die Liste reichte, in die sie sich wie alle Besucher eintragen musste.

Ein guter Tag war ein Tag, an dem Angela Kaltofen nicht vollkommen in ihrer Welt versunken war und niemanden, nicht einmal Milo, wiedererkannte. Ein guter Tag war ein Tag, an dem sie nicht aggressiv war, andere Heimbewohner anging oder durch das geöffnete Fenster Passanten beleidigte, die auf dem Deich gegenüber spazierten. Ein guter Tag war ein Tag, an dem Angela Kaltofen zumindest noch ein bisschen so war wie früher.

Hinter der drallen Heimleiterin, die ununterbrochen quasselte und von den Veranstaltungen erzählte, die sie in den vergangenen Monaten für die Heimbewohner organisiert hatten, lief Milo durch die stillen Flure. Hier und da stand eine Tür zu einem Zimmer offen. Die meisten waren wie richtige Wohnungen im Miniaturformat eingerichtet, mit opulenten Perserteppichen auf dem Boden, tickenden Standuhren an der Wand, bequem aussehenden Fernsehsesseln vor alten Röhrenfernsehern, die häufig ohne Ton vor sich hin flimmerten. In den Sesseln konnte Milo die Umrisse von in sich zusammengesunkenen Körpern erkennen, die teilnahmslos auf die Mattscheibe glotzten. Eine Frau ribbelte gerade konzentriert den Faden eines gestrickten Schals auf und reagierte gar nicht, als Frau Hauptmann sie ansprach.

»Ach, darum kümmere ich mich später«, meinte sie und lief munter weiter. Nur wenige Türen später waren sie da. »Frau Milosevic.« Die Heimleiterin drehte sich zu ihr um, die Hand lag bereits auf der Türklinke. »Wie ich am Telefon bereits sagte, Frau Kaltofen hat sehr abgebaut in den letzten Monaten. Ich weiß nicht, ob sie Sie gleich erkennt. Oder … oder überhaupt.«

Milo schluckte. »Okay. Und was mache ich dann? Wenn sie nicht weiß, wer ich bin?« Sie hatte zwar immer gewusst, dass diese Möglichkeit theoretisch bestand, die sie aber so wenig wahrhaben wollen, dass sie die Erkenntnis nun wie eine Ohrfeige traf.

»Erzählen Sie ihr etwas von früher. Eine gemeinsame Erinnerung. Menschen mit Demenz und Alzheimer wirken so, als dränge nichts mehr zu ihnen durch. Aber das stimmt nur bedingt.« Sie klopfte Milo aufmunternd auf die Schulter. »Also, viel Erfolg. Und wenn etwas ist, drücken Sie einfach auf den roten Knopf.«

Ehe Milo es sich noch einmal anders überlegen konnte, riss Frau Hauptmann die Tür des Zimmers auf. »Frau Kaltofen! Angela! Schauen Sie mal, wen ich Ihnen mitgebracht habe.«

Zögernd trat Milo ins Zimmer. Immerhin roch es hier besser, nicht so abgestanden – was aber auch am offenen Fenster lag. Obwohl es draußen nur knapp über dem Gefrierpunkt war, saß Angela Kaltofen auf einem Stuhl vor dem geöffneten Fenster und sah hinaus auf die Elbe. Sie drehte sich nicht um, zuckte nicht einmal zusammen.

»Aber Frau Kaltofen! Sie holen sich ja noch den Tod!«, rief die Heimleitung entsetzt, zerrte Milos alte Mentorin vom Fenster weg und verfrachtete sie in einen Sessel. Nachdem sie eine Decke über die dünnen Beine der ehemaligen Kriminalkommissarin gelegt und die Enden fest unter die Gliedmaßen gestopft hatte, schloss sie das Fenster mit Nachdruck und wies Milo an, sich auf das Sofa zu setzen. »Ich bringe Ihnen beiden noch eine Kanne Tee, und dann unterhalten Sie sich mal. Ja?« Mit beschwingten Schritten verließ sie das Zimmer und hinterließ bleiernes Schweigen.

Milo knetete ihre Hände. Gesenkten Blickes dachte sie darüber nach, was sie zu Angela Kaltofen sagen sollte. Vielleicht wäre eine Entschuldigung angebracht. Weil sie sich so lange nicht mehr hatte blicken lassen. Oder erst mal mit einer Frage einsteigen? Nach dem allgemeinen Wohlbefinden? Je länger Milo darüber nachdachte, desto bescheuerter kam ihr ein »Wie geht's?« vor. Kaltofen wusste nicht mehr, wer sie war, geschweige denn, wie es ihr ging! Da konnte Milo auch gleich ein paar nichtssagende Phrasen übers Wetter raushauen.

Sie räusperte sich und hob den Kopf. Angela Kaltofen schaute an ihr vorbei an die Wand hinter Milo. In diesem Augenblick verließ sie beinahe der Mut. Sie sollte einfach wieder gehen. Es war eine blöde Idee gewesen, hier aufzukreuzen. Was hatte sie erwartet? Dass ihre Mentorin, die seit drei Jahren immer häufiger im mentalen Dämmerschlaf war, bei ihrem Anblick aufsprang und sich wieder erinnerte? Unwahrscheinlich.

Aber jetzt, wo sie schon einmal da war, konnte sie wenigstens ein paar Worte mit Angela wechseln. Und wenn schon nicht wechseln, weil die Frau Ende sechzig selbst kaum mehr etwas erzählte, geschweige denn auf Ansprache reagierte, dann doch wenigstens etwas sagen. Bevor es endgültig zu spät war.

Milo schloss kurz die Augen, konzentrierte sich. Leise fing sie schließlich an zu sprechen.

»Ich erinnere mich noch genau an den Tag, als wir uns das erste Mal begegnet sind. Ich war sechzehn und hing mit den falschen Leuten ab. Früher war ich gut in der Schule gewesen. Aber als mein Vater seine Arbeit verlor und nur noch zu Hause auf der Couch hockte, während meine Mutter drei Jobs auf einmal übernahm, um uns über die Runden zu bringen, veränderte sich in unserer Familie alles. Drago und Branko hatten Freunde, mit denen sie Autos knackten, Gras rauchten und Zigarettenautomaten aufbrachen. Sie stellten nur Unsinn an und brachen meiner Mutter damit fast das Herz, während mein Vater auf dem Sofa saß und achtzehn Stunden am Tag fernsah. Vollkommen unbeteiligt. Auf mich achtete niemand.«

Sie atmete tief durch. Milo schwelgte nicht gern in den Erinnerungen an damals. Da ihre Brüder unentwegt durch kleinere und größere Delikte aufgefallen waren und nur mit Ach und Krach den Hauptschulabschluss geschafft hatten, waren Evica und Zoran allem Anschein nach froh gewesen, dass ihre Nachzüglerin nicht auch so ein Sorgenkind war. Deshalb fiel zunächst auch keinem auf, dass Milos Noten nach der Entlassung ihres Vaters in den Keller rauschten, dass sie tagelang, manchmal sogar über Nacht mit ihrer Clique abhing, die sie heute einen »schlechten Umgang« nennen würde.

Im selben ruhigen Ton sprach Milo weiter: »Ich war immer die Kleinste. Nicht nur vom Alter her, auch körperlich. Also musste ich es allen beweisen. Ich musste härter sein als alle anderen, taffer, mutiger. Einmal sagte eine alte Dame, der wir die Handtasche geklaut hatten, ich sei wie der verdammte Terrier, der ein Rudel bissiger Hunde anführt. Der kleinste und der gefährlichste.«

Sie lächelte traurig bei der Erinnerung. Ihr Blick wanderte durchs Fenster nach draußen, wo sich die grauen Wolken über einen diesigen Himmel schoben. In der Ferne sah sie einen Schwarm Vögel in V-Formation über den Horizont fliegen. Nach Süden, in wärmere Gefilde.

»Weil ich noch minderjährig war, ließen sie mich die besonders heiklen Aufgaben übernehmen. Wir wurden andauernd erwischt und von der Polizei aufgegriffen. Obwohl sie mich immer wieder verwarnten und mir drohten, mich bei meinen Eltern zu verpfeifen, schaffte ich es irgendwie, dass weder Mama noch Papa etwas mitbekamen. Obwohl ich gar nicht weiß, ob es sie in diesem Moment überhaupt interessiert hätte.«

Milo dachte an ihre Brüder. Branko, den Ältesten, und Dragomir, nur ein Jahr jünger. Sie waren lange vor Milo auf die schiefe Bahn geraten. Autos knacken, Überfälle, Diebstähle, Körperverletzung … die Einträge der beiden lasen sich wie das A bis Z des Kleinkriminellen, aus dem irgendwann einmal ein richtiger Verbrecher wurde. Es war allein Peggy zu verdanken, dass Drago die Kurve rechtzeitig kriegte. Sie heiratete ihn schneller, als er Verlobung sagen konnte. Ein halbes Jahr später kam Serafina auf die Welt, danach im Jahresrhythmus Kayla und Liora. Für seine Mädels, wie Drago die Töchter und Peggy nannte, änderte er sich binnen kürzester Zeit, absolvierte eine Ausbildung als Metallbauer, zog in eine kleine, aber saubere Wohnung, und verabschiedete sich ein für alle Mal von seinen alten Kreisen. Er wurde zu dem Bruder, den Milo sich in ihrer Kindheit oft gewünscht hatte: verlässlich, manchmal vielleicht sogar ein wenig spießig, aber liebevoll und beschützend. Selbst Branko hatte zumindest den schlimmsten Absturz abfedern können – allerdings durch eine Nahtoderfahrung im Drogenrausch. Bis heute balancierte er immer am Abgrund und schlug sich mit Gelegenheitsarbeiten durch. Milo wusste, dass auch ihr Schicksal an einem seidenen Faden gehangen hatte.

»An dem Tag, als wir die Tankstelle überfallen wollten, hatte ich den ganzen Morgen Durchfall. Einen Kaugummiautomaten zu knacken oder einer Zwölfjährigen das Sparbuch abzuluchsen, ist eben doch noch mal etwas anderes, als einer Kassiererin eine Schreckschusspistole vors Gesicht zu halten. Mein Gott, war ich damals bescheuert.«

Milo schloss die Augen und atmete tief durch. Es hätte nicht viel gefehlt, und ihr Leben würde heute anders aussehen – ganz anders.

»Du hattest eine Feinstrumpfhose über dem Kopf«, erklang plötzlich eine Stimme, und Milo schlug die Augen auf. Angela Kaltofen sah sie direkt an. Der Ausdruck in ihrem Gesicht wirkte wach und klar, und ihre Lippen umspielte ein Lächeln. »Das war so albern und dämlich, weil es dein Gesicht kein bisschen versteckte. Und überall waren Kameras. Die hätten dich schneller erwischt, als du zu Hause angekommen wärst.«

Milo spürte, dass sich ein Kloß in ihrem Hals bildete und die Tränen in den Augen hochstiegen. Hastig wischte sie sich über die Nase und grinste verlegen. »Wir hielten das für eine todsichere Sache.«

»Um in den Knast zu kommen?«, spottete Angela. »Ja, das hätte geklappt. Jugendstrafrecht wird nicht nur am biologischen Alter, sondern auch an der Reife einer Person festgemacht. Und damit hättest du sehr schlechte Karten gehabt, meine Liebe, denn auf den Kopf gefallen warst du nie.«

Milo freute sich über das Kompliment – und noch mehr darüber, dass sie einen wachen Moment ihrer alten Mentorin miterleben durfte. »Zum Glück warst du ja da. Meine Retterin in der Not.«

»Eher deine Nemesis.«

Beide lachten.

»Ich erinnere mich noch genau an deinen Gesichtsausdruck, als ich dir die Waffe abnahm und Handschellen anlegte. Du hättest dir fast in die Hosen gemacht. Und was warst du wütend!« Angela lachte.

»Genau deswegen. Weil mir die Knie schlotterten, wenn ich an die Reaktion meiner Eltern dachte. Die hätten mir eine Standpauke gehalten, die sich gewaschen hätte.«

»Schlimmer als meine hätte sie nicht werden können«, wandte Angela ein.

»Auch wieder wahr.«

Milo und Angela blickten sich in die Augen.

»Schön, dass du da bist«, sagte die Kriminalkommissarin a. D. »Du siehst beschissen aus.«

»Danke für die Blumen.«

»Apropos Blumen. Sollte man einer fast Siebzigjährigen, deren Gehirn nur noch durchgekochtes Gemüse ist, nicht wenigstens Unkraut von der Tanke mitbringen?«

Milo wiegte den Kopf hin und her. »Tankstellen. Ich meide sie, wo ich kann.«

Angela lachte, beugte sich nach vorn und berührte Milo am Bein. »Wie geht es dir, Kleine? Und wie geht es deiner Freundin?«

Die ältere Frau war eine der wenigen Personen in Milos Leben, denen sie sich schon vor langer Zeit anvertraut hatte. Kaltofen hatte damals nur mit den Schultern gezuckt und gesagt: »Und weiter?«

Milo wusste, was sie dieser Frau zu verdanken hatte. Die Chance auf ein erfülltes Leben. Einen Realschulabschluss, das Abitur, eine Laufbahn bei der Polizei. Ein offenes Ohr. Verständnis. Unterstützung. Anerkennung.

»Uns geht es gut. Eigentlich. Gestern Abend hatten wir einen richtig schlimmen Streit.«

Angela lehnte sich wieder im Sessel zurück. »Ging es um einen Fall?«

»Woher weißt du das?«

»Es geht immer um einen Fall«, meinte die Kriminalkommissarin lapidar. »Deswegen bin ich die meiste Zeit meines Lebens Single geblieben.«

»Und hast dich um Chaoten wie mich gekümmert.«

»Das war eine Art Hobby«, sagte Angela trocken. Dann wurde sie ernst. »Erzähl mir davon.«

»Vom Streit?«

»Gott bewahre, nein. Vom Fall.«

Und Milo erzählte. Von den Toten und den Lebenden, Männern und Frauen, Affen und Menschen, von fehlenden Ohren, Augen und Zungen und vor allem: von der fehlenden heißen Spur.

»Ich glaube, dass Valerie im Grunde recht hat. Die Frauen haben schon genug Schlimmes miterlebt. Und dann verdächtigen wir sie des Mordes.«

»Ihr verdächtigt sie nicht. Ihr ermittelt. Glaub mir, ich bin in meiner Karriere so einigen Leuten auf die Füße getreten, weil ich einen Fall lösen wollte. Die Bürgermeister und Innensenatoren Hamburgs waren nie gut auf mich zu sprechen.«

Das konnte Milo sich sehr gut vorstellen. Angela Kaltofen war eine knallharte, analytische, mutige Polizistin gewesen, bevor sie mit Ende fünfzig die niederschmetternde Diagnose Früheinsetzender Alzheimer bekommen hatte. Gerade einmal zehn Jahre später fristete sie ihr Dasein in einem Pflegeheim für Demenzerkrankte. Das Leben konnte so unfair sein.

»Ihr musstet die Frauen befragen. Und wenn eine oder mehrere verdächtig sind, ist es eure Pflicht, den Spuren nachzugehen. Nur weil man selbst Überlebende einer Gewalttat ist, heißt das nicht, dass man nicht auch eine Täterin sein kann.«

Milo stöhnte. »Ich weiß. Aber erzähl das mal Valerie!«

Angela legte den Kopf schief. »Sie wird es verstehen. Sie war wegen etwas anderem so außer sich.«

»Bist du jetzt unter die Hellseherinnen gegangen?«, knurrte Milo.

»Ich kenne Menschen«, sagte Angela. »Und deine Valerie verwechselt gerade zwei Arten von Schuld.«

»Das musst du mir erklären.«

»Wenn eine Frau Opfer sexualisierter Gewalt wurde, fragt sie sich in fast allen Fällen, ob sie eine Schuld trifft. Ob sie zu aufreizend war. Avancen gemacht hat. Der berühmte zu kurze Rock. Oder ob sie vehementer hätte Nein sagen sollen. Sich zur Wehr setzen. Schreien. Kämpfen. Ob sie die Situation hätte verhindern können. Viele Menschen, denen sexualisierte Gewalt widerfahren ist, reagieren so, sie übernehmen Verantwortung für das, was ihnen angetan wurde.« Angela schwieg kurz. »Es gibt keine Entschuldigung für Übergriffe dieser Art. Keine einzige. Und doch rechtfertigt Gewalt gegen Frauen keinen Mord. Rache gehört in Dramen der griechischen Antike, meinetwegen noch in die Bibel, aber nicht in unsere Zeit. Wir lösen unsere Konflikte anders. Nun ja, zumindest die meisten von uns. Aus Schuldgefühl noch mehr Schuld auf sich zu laden, ist nicht akzeptabel. *Wenn* es denn so sein sollte.«

Milo dachte über Angelas Worte nach. »Gleichzeitig kann es nicht sein, dass so wenig Übergriffe überhaupt gemeldet werden und wir die Täter nicht finden. Das geht doch nicht!«

Angela Kaltofen seufzte. »Du hast absolut recht. Das ist eine riesige Sauerei. Aber wenn ich im Leben eines gelernt habe, dann dass sich Gerechtigkeit nicht von selbst einstellt.«

33

12. November 2022, 19:00 Uhr

Es war bereits spät, als Milo die Haustür aufschloss. Den hässlichen, beleidigenden Schriftzug, der immer noch dort stand, ignorierte sie einfach und trat in den Hausflur. Zum ersten Mal seit Wochen fühlte sie sich nicht ausgelaugt und hilflos, wenn sie nach einem langen Tag im LKA heimkehrte. Sie war traurig, das ja. Angela Kaltofen fehlte ihr. Trotzdem hatte sie einen schönen Tag mit ihrer alten Mentorin verbracht. Nach einem langen Spaziergang auf dem Elbdeich hatten sie gemeinsam zu Mittag gegessen, bis Angela Kaltofen müde geworden war. Milo hatte sich auf dem Nachhauseweg vorgenommen, ihre Mentorin wieder zu besuchen. Und diesmal würden keine Monate vergehen, bis sie den Hintern hochbekam.

Die Lichter in der Wohnung waren gelöscht. War Valerie weg? Vielleicht bei ihren Eltern. Da flüchtete sie sich gern hin, wenn ihr alles zu viel wurde – ein Umstand, den Milo nicht einmal im Ansatz nachvollziehen konnte, aber akzeptierte. Während sie sich aus der Lederjacke schälte, warf sie einen Blick auf ihr Handy. Keine Nachricht von Valerie. Auch nicht von Vince oder jemand anderem aus dem Team. Zumindest das war gut, denn es bedeutete, dass kein weiterer Mann ermordet worden oder irgendeine andere Bombe explodiert war.

»Valerie?«, rief Milo in die stille, dunkle Wohnung hinein und ging in die Küche. Sie entdeckte ein paar Überreste des Frühstücks auf der Arbeitsplatte und lief ins Schlafzimmer, das ebenso verwaist war.

Als sie mit hängenden Schultern das Wohnzimmer betrat, sah sie die Silhouette einer Person auf dem Sofa. Ihr Herz setzte einen Schlag aus, doch sie fasste sich rasch und schlug auf den Lichtschalter. Sofort löste sich ihr Schreck auf: Valerie saß im Schneidersitz auf dem Sofa, die Wolldecke um die Schultern gelegt.

»Warum sitzt du denn hier im Dunkeln, um Gottes willen?«, wollte Milo mit klopfendem Herzen wissen. »Und jagst mir so einen Schrecken ein.«

Valerie drehte den Kopf in Milos Richtung. Die sah sofort, dass ihre Freundin geweint hatte. Mit wenigen Schritten war sie beim Sofa angekommen und zog Valerie in eine innige Umarmung.

»Was ist denn los, Liebling? Ist es wegen unseres Streits? Es tut mir leid. Ich wollte dich nicht anschreien. Das war nicht fair«, flüsterte Milo und hauchte Küsse auf Valeries dunkle Locken.

Valerie schüttelte fast unmerklich den Kopf. »Ich muss dir etwas erzählen. Etwas, was ich dir vielleicht schon früher hätte erzählen sollen.«

Milos erster Gedanke war: Sie hat sich in eine andere verliebt. Der zweite: Scheiße.

Der dritte war: Recht hat sie. Milo arbeitete quasi nonstop. Über »Quality Time« oder »Work-Life-Balance« konnte Milo während einer laufenden Ermittlung nur müde lächeln. Und auch sonst stand der Job fast immer an erster Stelle. Möglicherweise war es Valerie zu viel geworden. Zu viel Zeit ohne Milo. Zu viel Zeit allein. Da konnte man auf dumme Gedanken kommen. Oder jemandem über den Weg laufen.

Valerie rückte ein Stück von Milo ab, und der kleine Rest Hoffnungen, ihre Vermutung möge eine irrwitzige Spinnerei gewesen sein, verpuffte im Nichts.

Plötzlich flüsterte Valerie: »Als ich noch in Trier studierte, gab es da einen Kommilitonen, mit dem ich in einer Referatsgruppe war. Er hieß Lars.«

In Milos Hirn ratterten die Informationen wie auf einem alten Anzeigebrett am Flughafen. Lars. Kommilitone. O Gott, Valerie hatte sich in einen Mann verliebt?!

»Er war ausgesprochen nett zu mir. Half mir bei den Seminararbeiten. Zeigte mir die Stadt, die ich nicht kannte und in die ich nur gekommen war, weil die ZVS mich dorthin geschickt hatte.« Sie zog die Nase hoch. »Ich dachte, wir wären Freunde. Und ich ging davon aus, dass er wusste, dass ich lesbisch bin. Weil wir manchmal über Frauen redeten, die er heiß fand. Aber dann …« Sie brach in Tränen aus. Milo wollte sie in den Arm nehmen, aber Valerie wehrte ab. Mit zitternder Stimme flüsterte sie: »Er hat sich mir auf eine Art und Weise genähert, die ich nie vergessen werde.«

Milo wusste nicht, was sie fühlen sollte. Einerseits war sie unendlich erleichtert, dass Valerie sich nicht in diesen Lars verliebt hatte und sie allem Anschein nach auch nicht verlassen würde. Gleichzeitig schämte sie sich, weil sie gerade wirklich nur an sich und das mögliche Ende ihrer Beziehung gedacht hatte. Und zu guter Letzt wusste sie nicht wohin mit der Wut, die in diesem Moment wild in ihr aufflammte.

»Was ist passiert?«, hakte sie vorsichtig nach. »Hat er dich …«

Valerie sah auf. »Zum Sex gezwungen? Nein, das nicht. Aber so was Ähnliches.«

»Was hat er mit dir gemacht?«, presste Milo zwischen zusammengepressten Zähnen hervor. Wenn sie dieses Arschloch jemals in die Finger bekam …

Valerie schüttelte den Kopf. »Das möchte ich nicht erzählen.«

Milo sah sie überrascht an. »Warum nicht?« Wie oft hatte Valerie ihr schon in den Ohren damit gelegen, dass sie die Dinge, die ihr in der Vergangenheit widerfahren waren, aufarbeiten musste? Galt das nur für Nicht-Therapeuten? Oder hatte jeder Mensch, egal ob psychologisch ausgebildet oder nicht, einen blinden Fleck, an den er nicht heranwollte?

Ihre Freundin straffte die Schultern. »Weil ich dann für immer die Frau für dich bin, mit der ein Mann so etwas machen konnte. Und das will ich nicht.«

»Aber Valerie …«

Die schüttelte entschieden den Kopf. »Nein. Die einzige Person, die davon weiß, ist meine Therapeutin von damals. Und, na ja, Lars. Der hoffentlich in der Hölle schmort.«

»Ich will, dass er dafür bezahlt, was er dir angetan hat.« Milo war so erzürnt, dass sie vom Sofa aufstehen musste. »Wie heißt er mit Nachnamen? Lebt er noch in Trier?«

Valerie lächelte matt. »Setz dich wieder hin. Ich werde es dir sowieso nicht erzählen.«

»Dann finde ich es heraus!«

»Viel Spaß dabei. Ich glaube, es gab nicht nur einen Lars, der Psychologie in Trier studiert hat zu der Zeit.«

Milo mahlte mit den Backenzähnen und ließ sich wieder aufs Sofa sinken. Als Valeries Hand sie am Arm berührte, löste sich der Zorn, der so plötzlich in ihr hochgekocht war, in Luft auf, und sie wandte sich wieder ihrer Freundin zu. »Es tut mir so leid. So unendlich leid!«

»Danke. Ich erzähle es dir aber nicht, damit du mich bemitleidest. Sondern um dir zu erklären, warum es mich gestern Abend so wütend gemacht hat, als du von der Befragung der Selbsthilfegruppe erzählt hast.« Sie strich sich eine Locke aus der Stirn. »Weißt du, wenn zu mir damals jemand gekommen wäre und mir in dieser Situation unterstellt hätte, ich hätte Lars etwas angetan, wenn derjenige *mich* zur Schuldigen gemacht hätte … Ich habe doch sowieso schon die ganze Zeit gedacht, es wäre meine Schuld gewesen, dass die ganze Sache passiert ist. Ich hätte das nicht verkraftet.«

Milo schwieg. Dann nickte sie langsam. »Ich weiß. Und ich verstehe deine Perspektive. Aber ich muss auch meinen Job machen. Ich kann niemanden da draußen herumlaufen lassen, der Menschen tötet, nur weil es sich dabei unter Umständen um eine vergewaltigte oder misshandelte Frau handelt, die sich an ihrem Peiniger rächt. Hättest du denn gewollt, dass Lars etwas Schlimmes widerfährt? Dass er … stirbt?« Milo schluckte und hoffte, mit ihrer Frage nicht zu weit gegangen zu sein.

Valerie dachte einen Moment nach, dann sagte sie: »Keine einfache Frage. Vielleicht hätte ich damals anders geantwortet, aber heute kann ich sagen, nein, hätte ich nicht. Das hätte meinen Schmerz nicht geheilt. Gewalt für Gewalt ist keine Lösung, Rache hilft nicht dabei, Wunden zu heilen.«

»Aber Rache ist ein ernst zu nehmendes Motiv in solchen Fällen. Und die meisten Frauen, mit denen ich gesprochen habe, hätten ihren Peinigern so ziemlich jede Strafe gewünscht«, gab Milo zu bedenken.

»Das verstehe ich. Aber wenn du tatsächlich vorurteilsfrei in der Sache sein willst, solltest du in alle Richtungen ermitteln«, wandte Valerie ein.

Milo blinzelte. »Wie meinst du das?«

»Schau dir nicht nur die Frauen an. Auch Männer werden Opfer sexualisierter Gewalt.«

»Du meinst als Jungen oder im Teenageralter? Das weiß ich.«

Valerie legte den Kopf schief. »Nein, auch erwachsene Männer.« Sie zeigte auf einen riesigen Papierstapel auf dem Sofatischchen, der Milo bislang entgangen war. »Eine Studie des Bundesfamilienministeriums. Ich habe nur reingelesen, die Schwarte hat über 400 Seiten. Im Internet habe ich auch recherchiert.« Sie schnaufte, als ob sie sich für einen Dauerlauf vorbereitete. »Jedes Jahr kommt es zu etwa drei- bis vierhundert sexuellen Übergriffen auf Männer, und zwar durch Frauen.«

Milo schüttelte langsam den Kopf. »Wie genau soll das gehen?«

»Es ist ein Irrglaube, dass ein Penis nur dann erigiert sein kann, wenn der Mann in Stimmung ist. Mechanische Stimulation reicht aus, um eine Erektion zu bekommen – und dann gibt es ja auch noch einige medikamentöse Hilfsmittelchen. Es gab 2018 eine Geschichte in den USA, die durch die Medien ging. Eine Frau brach in das Haus ihres Exfreundes ein, bedrohte ihn mit einer Machete und zwang ihn zum Sex. Er zeigte sie an, aber keiner wollte ihm glauben. Die Kommentarspalten im Netz waren nach der Berichterstattung voll von beleidigenden Äußerungen, allerdings ausschließlich dem Mann gegenüber.«

Langsam verstand Milo. »So von wegen, welcher Kerl lässt sich von einer Frau zum Sex zwingen?«

»Genau. ›Was für ein Weichei!‹ war noch das Netteste. Und solche Übergriffe sind gar nicht so selten. Trotzdem gibt es in Deutschland nur vier Männerhäuser und mehr als hundertmal so viele Frauenhäuser. Wobei das natürlich auch immer noch nicht genug ist.«

»Das ist krass«, erwiderte Milo langsam. »Nur hilft mir das bei meinem Fall nicht weiter. Es wurden ja Männer getötet, keine Frauen.«

»Stimmt. Wäre aber auch möglich, dass sie sich nicht nur an Frauen vergangen haben. Habt ihr mal in die Richtung ermittelt?«

Milo starrte Valerie an. Ach du Scheiße. Das hatten sie nicht mal ansatzweise in Betracht gezogen. Dass die Toten nicht nur Täter gegenüber Frauen gewesen sein könnten … sondern vielleicht auch gegenüber Männern, Jugendlichen oder sogar Kindern auffällig geworden waren.

Valerie zog sie an sich. »Musst du morgen arbeiten?«

Milo atmete aus. »Ich müsste.«

»Aber morgen ist Sonntag. Und wenigstens an einem Tag in der Woche möchte ich meine Frau ganz für mich allein haben. Denkst du, das geht?«

Valerie küsste Milo zärtlich.

»Ich denke, das geht. Es darf nur kein weiterer Mord dazwischenkommen.«

Wie aufs Kommando klingelte ihr Handy.

»Wenn du da jetzt rangehst …«, drohte Valerie mit gar nicht mal so sehr gespieltem Ernst.

Milo schielte aufs Display. Es war Serpil. Das war nie gut. Entschieden stellte sie den Ton des Handys ab. Dabei fiel ihr Blick wieder auf die Studie, die Valerie ausgedruckt hatte. »Muss ich das ganze Ding lesen, oder spendierst du mir eine Zusammenfassung?«

»Noch besser. Ich gebe dir die Kontaktdaten von Dr. Weißhaupt. Das ist ein Kollege von mir, ein Psychiater, der Sexualstraftäter betreut. Vielleicht kann er dir irgendetwas über die Psychologie des Sexualstraftäters sagen, was du noch nicht weißt.«

»Das ist eine gute Idee. Danke.« Milo beugte sich vor und küsste Valerie erneut, bis ein Klingeln, das anders als das erste klang, die Stille zerriss.

»Was ist das?«

»Unser Festnetztelefon«, erklärte Valerie verblüfft.

»Wir haben ein Festnetztelefon?!«

»Du bist wirklich zu selten hier. Eigentlich haben nur meine Eltern die Nummer«, sagte Valerie und stand in diesem Augenblick vom Sofa auf, um den Anruf entgegenzunehmen. »Ja?« Ihr Gesicht wurde finster, während sie in den Hörer lauschte. »Hm. Ja. Moment.«

Dann hielt sie der verblüfften Milo das Telefon hin. »Deine Chefin. Ich wusste nicht, dass sie die Nummer auch hat.«

»Ich auch nicht«, murmelte Milo, ergriff den Hörer und dachte an den vierten Toten, auf den sie seit 24 Stunden unfreiwillig warteten. Der, dem der Täter vermutlich den Penis abgeschnitten hatte.

»Wird auch Zeit«, schnarrte die hektische Stimme der Chefin los. »Wieso gehst du nicht ans Handy? Egal, hör zu. In der Türkei hat man sich endlich erbarmt, meine Anfrage zu bearbeiten. Ich habe gerade ein Gespräch mit einer Cousine zweiten Grades von Serkan Karabulut geführt. Sie war außer sich, als ich ihr vom Leichenfund erzählt habe, will ihn in die Türkei überführen lassen, aber das ist nicht der Punkt. Auf meine Nachfrage, ob der Tote in der Vergangenheit vielleicht mal auffällig gegenüber Frauen wurde, ist sie fuchsteufelswild geworden und hat mich in Grund und Boden gebrüllt. Er habe nie etwas gemacht, hat sie mehrfach geschrien, der Verdacht sei doch sofort wieder fallen gelassen worden.«

»Welcher Verdacht?«

»Erst gehst du nicht ans Telefon, dann lässt du mich nicht ausreden. Noch habe ich keine Ahnung, aber wenn du mich fragst, die Sache stinkt.«

Milos Gedanken überschlugen sich vor Aufregung. »Was weißt du? Hat die Cousine dir irgendwelche Hinweise gegeben?«

»Gar nix. Ich finde auch nichts in den Datenbanken. Aber mein kleiner Zeh zwickt, und das heißt immer, dass das die richtige Spur ist!«

»Okay, Chefin. Klingt gut«, erwiderte Milo und fügte dann, nach einem schuldbewussten Blick in Richtung Valerie hinzu: »Ich gehe der Sache am Montag nach.« Ihr Adrenalin musste sich dieses eine Mal der Beziehung unterordnen.

»Montag?!« Serpils Stimme überschlug sich fast.

Milo richtete sich ein Stück auf. »Die Stadt Hamburg ist so pleite, ich sollte sie nicht um einen weiteren Wochenendaufschlag bringen. Und wenn die Angelegenheit nun schon mindestens sieben Jahre zurückliegt, kommt es auf einen Tag mehr oder weniger doch auch nicht an, oder?«

Serpil seufzte tief. Bevor sie auflegte, murmelte sie: »Deine Arbeitseinstellung ist wirklich zum Davonlaufen, Jagoda Milosevic.«

»Ebenso!«, flötete Milo und legte auf.

Valerie

»Hey! Mit dir habe ich ja gar nicht gerechnet. Was verschafft mir die Ehre?« Valerie hielt die Tür auf und ließ Lars eintreten. Er begrüßte sie mit einem auf die Wange gehauchten Kuss.

»Ich wollte dir das Buch vorbeibringen. Fürs Referat.« Er hielt den Myers hoch, einen über eintausend Seiten dicken Wälzer.

»Das hätte doch am Montag noch gereicht.«

Er zuckte mit den Schultern. »Ach, ich hatte eh nichts vor.«

Sie ging vor ihm her in die winzige Zweizimmerwohnung, in der sie lebte. Wenn sie schon nach Trier hatte ziehen müssen, wollte sie wenigstens in keiner WG wohnen und sich darüber ärgern, dass andere ihre Lebensmittel wegfutterten oder nie das Klo putzten.

»Ich kann dir leider nur Wasser und Tee anbieten. Ich bin nicht auf Besuch eingestellt.« Sie lächelte und räumte leicht verlegen einen Berg getragener Klamotten vom Sofa. Dann rief sie sich wieder ins Gedächtnis, dass Lars ein Freund war und man Freunde auch in einer nicht aufgeräumten Wohnung begrüßen durfte. »Setz dich doch. Ich schau grad Downtown Abbey. Kennst du, oder?«

Lars ließ sich neben Valerie aufs Sofa fallen und schüttelte den Kopf. »Worum geht's?«

Sie erklärte es ihm und ließ die Folge weiterlaufen. Lars saß nah neben ihr und ließ sich tief in die Sofakissen sinken. Valerie selbst saß ein wenig aufrechter als noch zuvor. Sie mochte Lars, doch so vertraut, so nah beieinander auf dem Sofa zu sitzen, fühlte sich ungewohnt an. Sie stützte sich mit den Händen links und rechts ab, um sich ein bisschen weiter in die rechte Sofaecke zu schieben.

Dabei berührten sich ihre Finger. Valerie wollte die Hand wegziehen, aber Lars umschloss sie fest mit seiner Hand. »Nicht«, flüsterte er leise.

Valerie erstarrte. In ihrem Kopf flogen die Gedanken wild durcheinander: Was soll das? Er weiß doch, dass ich nicht auf Männer stehe. Sie zog etwas fester, um ihre Finger aus seiner Umklammerung zu befreien.

Doch Lars ließ nicht los. Stattdessen beugte er sich näher an sie heran, ergriff mit der freien Hand ihren Kopf und zog sie zu sich, um sie zu küssen.

»Valerie … Darauf habe ich so lange gewartet.«

Sie wand sich, versuchte, den Kopf wegzudrehen. Doch Lars ließ sich nicht so leicht abwimmeln.

»Hör auf!«, fauchte sie. »Was soll das denn?«

Ob sie ihm eine runterhauen sollte? Vielleicht brachte ihn das zur Besinnung. War er betrunken? Hatte er etwas genommen?

Er ließ sein Gewicht auf ihren Oberkörper fallen und begrub sie fast unter sich. Valerie spürte seine feuchte Zunge, die sich in ihren Mund hineindrängte. Ihre Zähne schlugen gegeneinander, als sie versuchte, sich ihm zu entziehen. Doch es war hoffnungslos.

»Lars!«, rief sie laut und schubste ihn mit aller Kraft, die sie hatte, von sich. »Schluss jetzt. Hör auf mit dem Scheiß.«

Er wich zurück, und für einen Augenblick war sie sich sicher, dass der Spuk vorbei war. Dann jedoch machte er einen Satz nach vorn, legte ihr die linke Hand um die Kehle, drückte so fest zu, dass sie noch Luft bekam, sich aber nicht mehr zur Wehr setzen konnte, und schob die andere in seine Hose. Er entblößte seinen pulsierenden Penis, drückte ihn Valerie in die Hand, die entsetzt zurückzuckte. »Ich will dir nicht wehtun. Stell dich doch nicht so an.«

»Nein, Lars«, wimmerte Valerie. »Bitte, hör auf damit. Ich …«

Er griff erneut nach ihrer Hand, legte sie um seinen Schwanz und umfasste ihre Finger hart. Dann bewegte er sie hoch und runter, um Valerie zu dirigieren. »Du willst es auch.«

»Lars …« Die Tränen schossen ihr in die Augen. Immerhin wurde der Druck um ihren Hals lockerer.

Sein Mund kam ganz nah an ihr Ohr. »Ich träume schon so lange davon. Mach es mir, Valerie. Zwing mich nicht, dir wehzutun.«

34

14. November 2022, 13:30 Uhr

»Dr. Weißhaupt. Vielen Dank, dass das so spontan geklappt hat.« Milo streckte die Hand aus und trat einen Schritt nach vorn. Der hochgewachsene Endvierziger, der ein bisschen wie Steve Jobs aussah, nur mit Haaren und moderner Brille, lächelte knapp und begrüßte sie seinerseits. Sein langer Körper steckte in einem hochprofessionell wirkenden Lauf-Outfit. Sogar einen kleinen Rucksack trug er auf dem Rücken, in dem er allem Anschein nach irgendeinen isotonischen Drink transportierte. Zumindest sah die hellorangefarbene Flüssigkeit in dem durchsichtigen Schlauch, der vom Rucksack über Weißhaupts Schulter führte und in einem Mundstück auf Höhe des Schlüsselbeins endete, danach aus.

Weißhaupt ließ seinen Blick über Milos Kleidung wandern. »Wenn Sie meinen«, murmelte er und begann, sich die Arme zu dehnen. Dann sagte er: »Ich hoffe, Sie schaffen den Kilometer in weniger als vier Minuten.«

Milo zog eine Augenbraue hoch. »Wie bitte?«

Weißhaupt schnaufte genervt. »Dass Sie so kurzfristig einen Termin bekommen haben, liegt einzig und allein daran, dass Sie mich auf meiner täglichen Runde begleiten dürfen. Ich nehme in zwei Wochen an einem Halbmarathon teil, ich kann mir keinen Trainingsausfall leisten.«

Sie blinzelte verwirrt. »Äh, Augenblick, das war aber nicht so mit Ihrer Assistentin abgesprochen.«

Er seufzte entnervt, während er an eine Bank trat und die Beinmuskulatur dehnte. »Das haben Sie sicher überhört. Selektive Wahrnehmung, man kriegt nur das mit, was man mitkriegen will – ein psychologischer Klassiker.« Er klatschte in die Hände und joggte locker los. »Allez hopp!«

Milo fühlte sich gezwungen, sich ebenfalls in Bewegung zu setzen. »Können wir nicht erst reden, und Sie joggen danach? Es dauert bestimmt nicht lange!«

Weißhaupt hob den Arm demonstrativ in die Luft. »Keine Zeit. Ich habe um 15 Uhr einen Gerichtstermin. Wir machen es so, oder wir machen es gar nicht.«

Verdammt noch mal! Milo fluchte innerlich. In Jeans, Lederjacke und dem riesigen hellgrauen Wollschal, den ihr Valerie heute Morgen aufgeschwatzt hatte, war sie maximal schlecht für eine Joggingrunde um die Alster angezogen. Immerhin trug sie heute nicht ihre schweren Stiefel, sondern ein paar Sneaker. In denen würde sie zwar im Nullkommanichts nasse Füße bekommen, aber wenigstens war schnelles Laufen darin kein Problem.

Milo beschleunigte und holte Dr. Weißhaupt ein, der in zügigem Tempo über den Gehweg joggte. Elegant wich er einer Kleinfamilie mit Kinderwagen und Labrador aus, lief in einem weiten Bogen um zwei alte Damen mit Rollatoren herum und verfiel dann in einen gleichmäßigen, aber sportlichen Trab.

»Was kann ich für Sie tun?«, kam Weißhaupt gleich zur Sache.

»Nun, also …« Milo sammelte sich kurz. Selbst die kurze Distanz hatte sie atemlos werden lassen. Reden und Joggen zur gleichen Zeit waren außerdem keine gute Idee. Trotzdem, zum Glück war sie an die Alster gefahren, um Dr. Weißhaupt zu treffen, nicht Vince. Der hätte doch jetzt schon Schnappatmung und brennende

Lungenflügel. »Ich würde gern etwas über Sexualstraftäter erfahren.«

Weißhaupt sah stur nach vorn. »Was genau?«

Sie fand langsam das Tempo. »Was treibt sie an? Was sind ihre Motive?«

»Das können Sie doch in jedem Fachbuch lesen oder von Ihren Kollegen aus dem Sittendezernat erfahren«, meinte Weißhaupt unfreundlich und warf einen Blick auf sein Handgelenk. Vermutlich kontrollierte er seinen Puls.

»Ich würde es gern von Ihnen hören.«

Er hob die Augenbrauen. »Dann müssen Sie mir aber mehr geben als ein paar nichtssagende Fragen.«

Milo zögerte. Weißhaupt war nicht gerade ein Sympathieträger, zudem ein wenig schrullig. Doch er schien kompetent zu sein: Valerie hatte in den höchsten Tönen von seiner Expertise geschwärmt. Im LKA war er durch alle Abteilungen bekannt, da er oft Gutachten erstellte oder bei der Profilerstellung von Sexualstraftätern behilflich war. Eigentlich ein Wunder, dass Milo ihm während dieses Falls nicht schon früher begegnet war.

Sie holte tief Luft, konzentrierte sich auf einen regelmäßigen Schritt und berichtete dem Psychiater im Schnelldurchlauf von den drei Toten. Dr. Weißhaupt hörte hochkonzentriert zu und unterbrach Milo kein einziges Mal. Als sie geendet hatte, schaute sie ihn forschend an. Sie hatte Seitenstechen bekommen und hätte am liebsten eine Pause eingelegt. Doch sie quälte sich weiter.

»Und? Was sagen Sie?«

Er blinzelte, den Mund zu einem dünnen Strich verzogen, die Stirn in Falten gelegt. Zu Milos größter Überraschung sagte er: »Holen Sie Ihr Handy raus und starten Sie die Tonaufnahme.«

Milo klappte beinahe die Kinnlade herunter. »Warum?«

»Nicht fragen, machen. Ansonsten vergessen Sie die Hälfte oder zitieren mich falsch, und das kann ich nicht leiden.«

Sie stolperte fast, als sie versuchte, im vollen Lauf ihr Handy aus der Jackentasche zu ziehen und die Aufnahmefunktion zu aktivieren. Nun kam sie sich noch bescheuerter vor, wie sie ihm das Handy vor die Nase hielt, um seine Worte aufzuzeichnen, während sie neben ihm herrannte.

Dr. Weißhaupts Lippen suchten nach dem Endstück des durchsichtigen Schlauchs. Er trank zweimal, warf einen weiteren Blick auf seine Pulsuhr und begann dann zu dozieren. »Zunächst einmal stimme ich Ihnen zu, dass es sich beim Täter – oder der Täterin – vermutlich um ein- und dieselbe Person handeln muss.«

»Sie haben sich mit dem Fall beschäftigt?«

Er warf ihr einen verärgerten Seitenblick zu. »Natürlich! Gleich nachdem Sie meiner Assistentin die Fotos geschickt haben.«

Milo unterdrückte einen Fluch. Und warum haben wir danach nicht einfach miteinander telefoniert?, fragte sich sie, während sie an der Gurlitt-Insel vorbeikamen, auf der sich das *Café Prüsse* und der *Ruderclub Allemannia* befanden.

»Das Serielle ist unverkennbar, auch wenn Taten nicht immer gleich ablaufen müssen, um von einem Täter ausgeführt worden zu sein, das wissen Sie genauso gut wie ich. Zum Wesentlichen: Sexualstraftäter sind, anders als die meisten Menschen denken, keine starken Männer. Die meisten haben dissoziative oder narzisstische Wesenszüge, viele leiden unter mangelndem Selbstbewusstsein. Wir unterscheiden grundsätzlich zwischen dem Typen, der aus Dominanz handelt, und dem Typen, der von Wut getrieben wird. In beiden Fällen ist häufig eine erlebte Kränkung Auslöser für den Impuls, eine Frau zu bestrafen, stellvertretend für alle Frauen, die es nicht gut mit Männern wie ihm meinen.«

Milo hielt das Handy so weit wie möglich in Weißhaupts Richtung und gab sich Mühe, dabei das Gleichgewicht nicht zu verlieren. Als sie auf Höhe des *Hotel Atlantic* einer Kindergartengruppe entgegenkamen, wich Weißhaupt nach rechts aus, und Milo blieb nur, einen großen Schlenker nach links über die Wiese zu machen. Sie musste Gas geben, um Weißhaupts Vorsprung einzuholen, und war völlig außer Atem, als sie nach dem Sprint wieder zu ihm aufschloss. Ob sie ihn um eine Pause bitten sollte? Langsam lief sie Gefahr, mit ihrem Schnaufen Weißhaupts Worte zu übertönen. Nein, sie waren gerade mal einen Kilometer gelaufen. Wenn sie jetzt einknickte, würde er ihr garantiert gar keine Fragen mehr beantworten.

»Meistens kennen sich Täter und Opfer. Nur einige wenige legen sich wirklich nachts im Park auf die Lauer und überwältigen die Erstbeste, die ihren Weg kreuzt.«

Milo sah sich um. Wie viele Übergriffe hatte es wohl schon hier an der Außenalster gegeben? Hunderte? Tausende? Sie musste an Katja Bäumer denken. Oder Anna Schirner. Sie waren zumindest laut aktuellem Ermittlungsstand Zufallsopfer gewesen. Es hätte auch jede andere treffen können, aber sie waren es geworden. Was für eine schreckliche Gewissheit.

Weißhaupt wirkte kein bisschen angestrengt. Eher so, als wäre er auf einem gemütlichen Spaziergang. Mittlerweile hatten sie die Kennedybrücke hinter sich gelassen und bogen nach rechts ab. »Eine Vergewaltigung ist nicht nur eine körperliche, sondern vor allem eine seelische Verletzung. Das ist den Tätern durchaus bewusst, darauf zielt ihr Handeln in vielen Fällen sogar ab. Dass sie jemandem wehtun wollen, um ihre eigene Zurückweisung oder Kränkung zu lindern.«

»Sind alle Vergewaltiger Sadisten?«

Dr. Weißhaupt sah sie an, als ob er ihre Nachfrage himmelschreiend dämlich fände. Dann lief er etwas schneller. Zur Strafe, dachte Milo, während Weißhaupt fortfuhr: »Keineswegs. Nur die wenigsten haben sadistische Züge. Sadisten planen ihre Taten von langer Hand. Die Vorfreude, die Gewissheit, dass sich das Opfer in Unwissenheit wiegt, und die Überlegenheit sind mindestens genauso wichtig wie der Akt selbst, wenn nicht sogar wichtiger. Es geht um das Quälen an sich. Aber wie bereits gesagt, die meisten Sexualstraftäter sind keine Sadisten.«

Milo wollte etwas erwidern, aber sie bekam zu wenig Luft, und er sprach einfach weiter, während sie am US-amerikanischen Konsulat vorbeiliefen.

»Es gibt bei den Sexualstraftaten *Hands on-* und *Hands off*-Delikte. *Hands on* erklärt sich von selbst. *Hands off* ist beispielsweise Exhibitionismus. Der Täter zwingt das Opfer, bei der Selbstbefriedigung zuzuschauen. Aber auch anzügliche Bemerkungen, Belästigungen am Telefon, Nachstellen und so weiter gehören dazu.«

Milo hatte wieder Boden gutgemacht und hob vorsichtig die Hand. Als Weißhaupt das aus dem Augenwinkel bemerkte, schnaufte er genervt, nickte ihr jedoch kurz zu und gab ihr damit das Zeichen, ihre Frage zu stellen.

»Sie sagten vorhin, Vergewaltiger seien keine starken Männer. Wie meinen Sie das?«

»In der Gesellschaft herrscht das Bild des überpotenten Mannes vor, der seinen Sexualtrieb nicht unter Kontrolle hat.« Dr. Weißhaupt lächelte verschmitzt. »Die meisten Täter, die ich begutachte, versuchen, auch mir diesen Bären aufzubinden. Sie schieben damit die Verantwortung von sich. Einem Trieb kann man schließlich schlecht entgehen, und wenn sich die Frau dann auch noch aufreizend verhält … Pah!« Er trank schlürfend einen weiteren Schluck aus seinem Rucksack. »In Wahrheit sind die wenigsten Täter solche ›Über-Männer‹, sondern leiden unter schwerwiegenden Minderwertigkeitskomplexen. Die kompensieren sie, indem sie sich entweder einfach alles nehmen, was ihnen ihrer Meinung nach zusteht, das sind die dissoziativen Täter, die jegliches Gerechtigkeitsgefühl vermissen lassen. Oder sie gleichen ihren Mangel durch die Unterdrückung und Dominanz einer anderen Person aus. Hierbei handelt es sich um die narzisstischen Typen. Aber der Ursprung ihres Handelns ist gleich: ihr gestörter oder minderwertiger Selbstwert.«

»Woher kommt der?«, hakte Milo nach.

»Nun, so pauschal kann man das nicht sagen, genauso wenig wie meine Aufzählung gerade eben wissenschaftlich korrekt war, wie Sie sich denken können. Auf einer Tagung wäre unser Gespräch gerade fehl am Platz, aber wir wissen beide, dass die strikte Wissenschaft in der konkreten Ermittlungsarbeit nicht notwendigerweise hilfreich ist.« Er warf ihr einen strengen Blick zu, wie um zu überprüfen, ob sie das wirklich wusste. Dann schloss er an: »Generell liegen die meisten Traumata in unserer Kindheit. Seelische, körperliche, emotionale Verletzungen, sexualisierte Gewalt, Erniedrigung, suchterkrankte Eltern, traumatische Erlebnisse, die Liste der möglichen Auslöser ist unendlich.«

Milo ließ das Handy sinken und konzentrierte sich für einen Moment aufs Laufen. Natürlich war ihr als Kriminalkommissarin bewusst, dass jeder Täter eine Geschichte und individuelle Trigger hatte. Aber zum Glück gab es die Justiz, die über das Strafmaß im Einzelfall entschied, indem sie all diese Vorgeschichten mit in das Urteil einfließen ließ. Deshalb kam es vor, dass Frauen, die sich nach Jahren der häuslichen Gewalt gegen ihren Ehemann wehrten, indem sie ihm Spaghetti Bolognese mit Rattengift vorsetzten, nur zu Bewährungsstrafen verurteilt wurden. Aus diesem Grund war es wichtig, ob man Einträge in der Polizeiakte hatte, wenn man eines Verbrechens verdächtigt wurde. Und aus eben jenem Grund suchten Milo und ihre Kollegen immer auch nach einem Motiv.

Doch gerade musste sie im Kopf etwas sortieren. Zuerst waren die Getöteten die Opfer eines Verbrechens gewesen. Dann hatten sie sich selbst als Täter herausgestellt. Und nun begriff Milo, dass die getöteten Männer nur zu diesen Tätern geworden waren, weil sie zu einem früheren Zeitpunkt in ihrem Leben möglicherweise selbst einmal Opfer gewesen waren … Meine Güte, war das verwirrend.

»Sind Sexualstraftäter Ihrer Erfahrung nach therapierbar?«

Dr. Weißhaupt sah sie nicht an, sondern joggte stoisch weiter. »Teilweise, das hängt vom Tätertypus ab. Die niedrigsten Rückfallquoten haben wir bei Tätern im familiären Umfeld, danach kommen die Fremdtäter, von denen etwa 30 Prozent trotz Therapie, Gefängnisstrafe und manchmal auch Hormonbehandlung wieder rückfällig werden. Am schlechtesten sieht es bei den Pädophilen und den Exhibitionisten aus. Die haben kaum eine Chance, sich wieder in die Gesellschaft einzugliedern, weshalb viele auch in Sicherheitsverwahrung kommen.«

»Und wie gehen die Männer damit um?« Milo stellte resigniert fest, dass sie am Alsterpark angekommen waren. Fast die Hälfte der Siebeneinhalb-Kilometer-Runde, Deutschlands vielleicht beliebtester Joggingstrecke. Und den ganzen Weg musst du ja auch wieder zurück, dachte sie, weil sie natürlich mit dem Auto gekommen war, das auf der anderen Seite der Alster stand.

Weißhaupt lächelte knapp. »Einige sind erleichtert. Wissen Sie, einem solchen Verlangen unterworfen zu sein, ist kein Zuckerschlecken. Die meisten Männer, mit denen ich gesprochen habe, leiden sehr unter ihren Störungen.«

Milo sah zu Dr. Weißhaupt und verlangsamte unmerklich das Tempo. Zu ihrer eigenen Überraschung schloss sich der Psychiater ihr an und jagte nicht etwa davon.

»Wir haben die ganze Zeit gedacht, dass sich unser Mörder

oder unsere Mörderin an den Männern rächen will, also ein Opfer sexualisierter Gewalt ist. Deswegen haben wir in diese Richtung ermittelt. Kann es jedoch sein …« Sie zögerte, ehe sie den Gedanken aussprach. »Könnte es auch sein, dass unser Mörder selbst ein geläuterter Sexualstraftäter ist? Der Frauen nun vor Übergriffen schützen will, wie er sie selbst begangen hat? Einer, der eingesehen hat, dass sein Verhalten falsch war, vielleicht sogar eine Haftstrafe und Therapie deswegen hinter sich gebracht hat und Männer, die so sind, wie er einmal war, verachtet? «

Dr. Weißhaupt drehte sich langsam zu ihr. »Ausschließen würde ich es nicht.« Dann grüßte er sie mit einer kurzen Geste, beschleunigte und war nur wenige Augenblicke später auf und davon.

35

14. November 2022, 14:30 Uhr

»Ist dein Auto kaputt?« Vince, der gerade eine BiFi aus der Plastikpelle pulte, blieb vor der völlig abgekämpften Milo stehen. »Oder warum schwitzt du so?«

»Halt die Klappe«, knurrte sie und schob sich an ihm vorbei.

»Willst du auch eine Salami?« Er hielt ihr eine orangefarbene Packung hin.

»Vince, wie oft denn noch? Ich bin Vegetarierin.«

Er betrachtete die Nährwerte auf der Rückseite der Verpackung. »Ich glaube nicht, dass da so viel Fleisch drin ist.«

Milo lief ins Büro und wollte sich gerade an den Schreibtisch setzen, als Serpil den Raum betrat. »Einsatzbesprechung in zwei Minuten«, rief sie in einem Tonfall, der keine Widerrede duldete, dann fiel ihr Blick auf Milo. »Bist du in den Regen gekommen?«

»Nein, ich war joggen.«

Serpil und Vince wechselten einen irritierten Blick. »Während der Arbeitszeit?«, forschte die Chefin nach.

Milo blies genervt die Backen auf und entließ die Luft wieder. »Das lasse ich jetzt unkommentiert.«

Serpil zuckte mit den Schultern und verschwand in den Besprechungsraum. Milo zog die Lederjacke aus, angelte nach dem Sprühdeo, das zwischen den Stiften auf dem Schreibtisch stand, und fasste ihre Haare mit einem Haargummi zusammen. Als sie das Gefühl hatte, ansatzweise wiederhergestellt zu sein, folgte sie dem schmatzenden Vince in den größeren Raum, wo der stille Philipp, Horst und die Assistentin, deren Name entweder Nadja oder Nadine war, bereits warteten. Und eine andere Frau, die Milo nur vom Sehen aus der Kantine kannte.

»Das ist Gioia Tripodi. Sie ist aus dem LKA 6 und wird uns bei diesem Fall unterstützen.«

Milo blinzelte ungläubig. Das LKA 6 war das Dezernat für Organisierte Kriminalität und Rauschgiftkriminalität.

Sie musterte Gioia. Die war groß, sicher über eins fünfundachtzig, hatte einen sportlichen, muskulösen Körper, schwarzes, langes Haar, das sie zu einem hohen Pferdeschwanz gebunden hatte, und einen geraden Pony, der ihr bis fast in die grünen Augen reichte. Aus diesen Augen sah sie Milo mit interessiertem, leicht spöttischem Blick an, während sie einen Mundwinkel zum Lächeln hochgezogen hatte.

»Moin«, sagte sie mit einer tieferen Stimme, als Milo erwartet hätte. »Ich freue mich auf die Zusammenarbeit.« Wieder fiel ihr Blick auf Milo.

Vince, der neben ihr stand, wirkte mit einem Mal ganz nervös. »Die steht auf mich!«, flüsterte er mit Wurstatem in Milos Ohr. »Guck mal, wie die mich anschaut. Hast du einen Kaugummi?« Er ließ Gioia nicht aus den Augen, sondern fixierte sie so auffällig, dass es Milo peinlich war.

»Reiß dich am Riemen. Die steht nicht auf Kerle«, rutschte es ihr heraus. Hastig schob sie hinterher: »Wie dich.«

»Pff. Danke, Dr. Sommer, für den Rat, um den ich nicht gebeten habe.«

Serpil schaute in ihre Richtung, und Milo und Vince verstummten sofort.

»Ich habe Gioia heute früh auf den aktuellen Stand gebracht.

Philipp, Horst, Nadine und Vince haben sich den Morgen über um die Alibis der Selbsthilfegruppe gekümmert. Wie sieht es da aus?«

»War 'ne verdammt harte Nuss«, knurrte Horst, der sich am Montagnachmittag offenbar schon nach dem Wochenende sehnte, zumindest ließ das sein mürrischer Gesichtsausdruck vermuten. »Ich habe diese Petra Hülsenbeck befragt. Hat ein Alibi für den Tod von Nowak, da war sie nämlich mit einer Freundin im Kurzurlaub im Harz. Sie hat mir Fotos gezeigt, und das Hotel hat ihren Aufenthalt bestätigt.«

»Und an dem Abend, an dem Schmidt gestorben ist?«

»Da war sie beim Sport. Das Fitnessstudio konnte es über ihre Mitgliedskarte verifizieren.«

Serpil strich sich mit der Hand übers Gesicht. »Katja Bäumer?«

»Junge, die hat vielleicht Haare auf den Zähnen«, maulte Horst. »Hat mich in eine Diskussion verwickelt, dass sie mir nicht helfen will, nachdem wir ihr nicht helfen wollten.«

Vince nickte. »Ja, das ist die Katja Bäumer, wie wir auch erlebt haben.«

»Aber das Alibi sitzt?«

»Zweifellos. Zu Nowaks Todeszeitpunkt war sie bei einem Rockkonzert und konnte mir Videoaufnahmen auf ihrem Handy zeigen. Ihre beiden Begleiter bestätigten außerdem, von 18:30 bis 23 Uhr mit ihr zusammen gewesen zu sein.«

Serpil sah sich im Raum um. »Und die restlichen Frauen?«

Philipp schob sich die Brille auf der Nase zurecht und räusperte sich. Der schmale Ermittler saß neben Gioia, die dadurch beinahe wie eine Amazone wirkte. »Alle konnten nachweisen, dass sie zu den Todeszeitpunkten von Schmidt und Nowak nicht in der Nähe der Fund- beziehungsweise Tatorte waren. Wir haben auch die Zeugen überprüft, die Alibis scheinen alle wasserfest. Allein …« Er

»Okay. Dina Schneider ist also raus. Was ist mit der Theorie, dass die Frauen ihre Täter tauschen?«

»Nennen wir diese Theorie doch Vince' Theorie«, schlug er vor und warf sich in die Brust.

»Die Theorie ist für die Tonne«, knurrte Serpil, woraufhin Vince ein wenig in sich zusammenfiel. »Kaum eine der Frauen konnte ihren Täter identifizieren. Und ihr glaubt doch nicht, dass es einer Einzelperson gelingt, wenn sich die Polizei daran die Zähne ausbeißt?«

Na ja, dachte Milo. Vielleicht meint es dieser eine Täter eben sehr ernst mit seinen Ermittlungen und setzt wirklich alle Hebel in Bewegung … Wenn der Mörder Details zum Übergriff auf Katja Bäumer erfahren hätte, hätte er sich theoretisch im Ohlsdorfer Friedhof auf die Lauer legen und auf den Täter warten können. Die Frau hatte irgendetwas erwähnt, das Milo im Gedächtnis geblieben war. Turnschuhe in einer besonderen Farbe? Waren es nicht orangefarbene gewesen? Die sah man nicht alle Tage. Wenn man also zu einer bestimmten Zeit erneut den Ort eines sexuellen Übergriffs aufsucht und gezielt nach solchen orangefarbenen Schuhen Ausschau hält, könnte man, zumindest in der Theorie, dem Täter auf die Spur kommen. Wobei sich dann die Frage stellte, weshalb sie bei Schmidt in der Wohnung keine orangefarbenen Turnschuhe gefunden hatten. Andererseits: Wer viel joggte, verschliss vielleicht auch viele Laufschuhe …

Aber wie Milo es auch drehte und wendete: Wäre es nicht ein Armutszeugnis für die Polizei, wenn eine Einzelperson die Identität eines Sexualstraftäters herausfand, der auf Hamburger Joggingrouten zuschlug – die Behörde jedoch aus Mangel an Hinweisen die Ermittlungen einstellte? Weil sich von der Polizei eben niemand in den Park legte und eine Beinahe-Vergewaltigung aufzuklären versuchte? Auch deshalb, weil der Schreibtisch in der

Zwischenzeit unter der Last der neu eintrudelnden Strafanzeigen, Ermittlungsakten und Berichte zusammenbrach? Zu viel Verbrechen und zu wenig Personal. Die alte Leier. Es war zum Kotzen.

Serpil sprach in diesem Moment Nadine an, die Assistentin der Ermittlungsgruppe. »Irgendwas über Serkan Karabulut?«

Nadine ließ die flachen Hände auf den Tisch fallen. »Im System ist nichts. Ich habe aber einen Eilantrag beim Gericht gestellt, dass sie die Akten durchsuchen. Vielleicht war er Zeuge oder wurde eines Verbrechens angeklagt, aber nicht verurteilt. Ich habe auch beim Zivilgericht nachgehakt.«

Serpil nickte. »Gut.« Ihr Blick fiel auf Gioia. »Die Kollegin ist hier, weil wir unterbesetzt sind. Wir haben aktuell keine Chance, auch noch dem Verdachtsmoment mit der Organisierten Kriminalität nachzugehen.«

Horst schnaubte zustimmend.

»Die Kollegen des LKA 6 haben uns Gioia für die Ermittlungen ausgeliehen.«

»Was ist los im Rauschgiftdezernat?«, wollte Vince vorlaut wissen. »Ihr habt doch wohl nicht alle schweren Jungs eingebuchtet.«

Die schwarzhaarige Frau grinste. »Was soll ich sagen? Die Rocker fressen uns aus der Hand, und auf dem Straßenstrich sind mittlerweile alle sozialversichert.«

Alle brachen in Lachen aus.

»Okay, okay, beruhigt euch wieder«, forderte Serpil die Gruppe nach einigen entspannten Sekunden auf, immerhin mit einem feinen Lächeln im Gesicht. Dann wurde sie schlagartig wieder ernst. »Innerhalb weniger Tage wurden zwei Männer getötet, ihre Spuren führen zu einer Selbsthilfegruppe, deren Teilnehmerinnen jedoch Alibis für die Tatzeiten haben. Möglicherweise war es wirklich niemand aus der Gruppe – aber jemand, der weiß, dass es die Gruppe und damit auch die Übergriffe gibt.«

Milo legte den Kopf schief. Das war ein guter Punkt. »Es müsste also jemand sein, der die Gruppe kennt.«

»Jenny Nowak«, schlug Vince vor.

»Hatte ein Alibi.«

»Tja«, sagte er locker. »Dann bleibt erst mal nur eine andere Person.«

Alle sahen Serpil an. »Genau. Theresa von Ohlson.«

»Also gut, dann laden wir sie vor.« Vince war offenbar bereit, Nägel mit Köpfen zu machen.

»Langsam, langsam«, meinte die Chefin. »Wir stehen seit dem letzten Zeitungsartikel ziemlich unter Druck.«

Milo erinnerte sich an die Schlagzeile: *Vergewaltiger von einflussreichem Opfer hingerichtet? Ermittler weiterhin ohne Spur!* Dazu die schlecht gephotoshopte Titelseite von Theresa von Ohlson, Milo und Vince. Bestimmt hatte die von Ohlson ihre Kontakte spielen lassen, um herauszufinden, wer sie enttarnt hatte. Möglicherweise war es der Journalist von damals gewesen, den sie mit einer Menge Geld zum Schweigen gebracht hatten. Oder es war doch jemand aus dem LKA.

»Ich hatte heute Morgen den Innensenator an der Strippe«, fuhr Serpil fort. »Er war sehr deutlich, dass wir Theresa von Ohlson in Ruhe lassen und allen Ermittlungen, die in ihre Richtung gehen, nicht weiter nachgehen sollen.« Langsam ließ sie den Blick durch den Raum gleiten.

Milo rechnete damit, dass Serpil ihnen nun sagte, dass den Anweisungen des Innensenators Folge zu leisten war. Stattdessen stand die zierliche Frau auf, stemmte beide Hände auf der Tischplatte auf und zischte: »Scheiß drauf! Das ist meine Ermittlung, und ich lasse sie mir nicht von irgendeinem Sesselfurzer manipulieren, der nur die nächste Wahl im Sinn hat. Oder von seinen einflussreichen Freunden, mit denen er auf Teepartys über uns Idioten lacht.«

Sie nahm Haltung an. »Vince, ich will, dass du den von Ohlsons, vor allem aber dem Leibwächter auf die Pelle rückst, der schon einmal wegen Totschlags verurteilt wurde. Jetmir Muça. Leute wie die von Ohlsons machen sich nicht selbst die Hände schmutzig. Die lassen arbeiten. Dreht jeden Stein um.« Als Vince zaghaft die Hand hob, knurrte sie: »Mag sein, dass die beiden Personenschützer selbst ein Alibi haben, aber überprüft ihre Kontakte, sucht nach weiteren Verbindungen. Wenn die Dreck am Stecken haben, will ich den sehen!«

Vince seufzte. »Okay, ich kümmere mich drum.«

Serpil legte den Kopf schief. »Gioia wird dich unterstützen. Sie hat hervorragende Kontakte in die Szene.«

Milo bemerkte, dass Vince breit wie ein Honigkuchenpferd grinste. Dann schien ihm aufzufallen, dass Milo nicht erwähnt worden war.

»Was ist mit Milo?«

Serpil ließ sich auf den Stuhl sinken. »Es tut mir wirklich leid. Aber für dich heißt es in den nächsten Tagen Innendienst.«

Sie meinte, sich verhört zu haben. Alle im Raum sahen sie an, Nadine und Gioia mitleidig, Horst mit einem Ausdruck von Neid im Gesicht. Philipp wirkte vollkommen anteilslos wie immer. Einzig Vince war offenbar genauso schockiert wie Milo selbst.

»Warum?« Hatte sie etwas falsch gemacht? Wenn ja: was? Und wieso klärte Serpil das nicht auf kurzem Dienstweg mit ihr?

Die Chefin zog einen dünnen Pappordner unter dem kleinen Stapel von Unterlagen hervor und öffnete ihn. »Wir haben ein paar sehr ernst zu nehmende Drohungen erhalten. Alle von unbekannter Quelle, aber alle gegen Milo. Es gibt in den sozialen Medien wohl einen Hashtag, #gewaltgegenmänner. Eine rechte Website hat sich dem Thema angenommen und feuert jetzt aus allen Rohren.« Serpil blätterte durch die Papiere. »Ich will dir diesen Abschaum ersparen, Milo. Es ist fürchterlich. Ganz offensichtlich bist du zum Feindbild einiger Hetzer geworden, die dir mangelndes Engagement bei der Ermittlung vorwerfen.«

Milos Herz begann zu rasen. Die Nachrichten auf ihrem Telefon, die Schmiererei an ihrer Tür – sie hätte das melden müssen! Aber die Wut in ihrem Inneren war größer als die Angst vor den gesichtslosen Unbekannten.

»Wie bitte? Warum denn nur gegen mich? Ich ermittle doch nicht allein! Was soll der Scheiß? Nur weil ich 'ne Frau bin?«

»Ich weiß es nicht. Vince wird kein einziges Mal erwähnt. Wir anderen auch nicht.«

Sie verschränkte die Arme vor der Brust. »Ich lasse mich doch von so ein paar Arschlöchern nicht einschüchtern!«

Serpil sah besorgt aus. »Wir nehmen das sehr ernst.« Sie räusperte sich. »Das solltest du auch. Die nächste Eskalationsstufe ist, dass du Personenschutz bekommst.«

»Scheiß drauf!«, zitierte Milo ihre Chefin.

»Ich wusste, dass sie so reagiert«, sagte Serpil mehr zu sich selbst als zu Milo oder den anderen.

Milo bemerkte, dass Gioia sie verschmitzt musterte. Doch damit konnte und wollte sie sich gerade nicht beschäftigen. Ganz sicher würde sie nicht zulassen, dass sie nun ein Aufpasser auf Schritt und Tritt begleitete.

»Und weil du keinen Personenschutz willst, bleibst du im Büro.« Milo wollte widersprechen, doch Serpil fuhr ihr über den Mund. »Das ist nicht verhandelbar, Jagoda. Wenn es dir lieber ist, stelle ich dich auch frei, aber dann bleiben deine Marke und deine Waffe hier – und den Personenschutz gibt es kostenlos dazu.«

»Warum?«, fragte Milo, immer noch entgeistert. »Was kann schon so schlimm sein, dass ihr mich aus dem Verkehr zieht?« Sie wedelte mit der Hand. »Los, gib mir die Ausdrucke, ich will das selbst lesen.«

Serpil zögerte einen Moment, dann griff sie nach einem Papier und las mit vollkommen neutraler Stimme vor: »›Die Polizistenschlampe ist eine verkappte Kampflesbe, die ihren Hass auf Männer an Unschuldigen auslassen will. Deswegen ermittelt sie nicht, sondern lässt zu, dass wir abgeschlachtet werden. Sie soll brennen, die dumme Fotze, brennen. Wer mir zuerst ein Video ihrer Vergewaltigung schickt, bekommt 5.000 Euro in bar von mir. Schnappt euch die Hure.‹« Serpil ließ das Blatt sinken. »Wie ich schon sagte. Wir nehmen das sehr ernst.«

räusperte sich erneut. »Die Leiterin der Gruppe, Dina Schneider, wollte uns nicht sagen, wo sie an den beiden Abenden war.«

Milo horchte auf. »Ja, und?«

»Wir haben es auch ohne ihre Hilfe herausgefunden. Am Todestag von Schmidt war sie mit Katja Bäumer beim Griechen essen. Das hat uns Frau Bäumer erzählt, die Quittung hatte sie auch noch.« Er zuckte entschuldigend mit den Schultern.

»Und zum Zeitpunkt von Nowaks Tod?«, hakte Milo nach. Dr. Süß hatte sich wie bei Schmidt auf den frühen Abend, irgendwann zwischen 18 und 21 Uhr, festgelegt – nur eben eine Woche später als bei Schmidt.

»Da war Dina Schneider mit Sarabi Kidane im Kino.«

Milo zog die Augenbrauen zusammen. »Warum ist die Schneider eigentlich nicht daran interessiert, dass wir den Täter fassen?«

»Sie wirft uns vor, die Frauen zu verdächtigen. Sie versteht nicht, glaube ich, dass die Alibis die Gruppenteilnehmerinnen auch entlasten«, erklärte Philipp.

Milo nagte an der Unterlippe. Das kam ihr merkwürdig vor. Dass Dina Schneider ihre schützende Hand über die Frauen hielt, sich für sie verantwortlich fühlte, okay. Aber wieso blockte sie dermaßen ab? Das war doch verdächtig.

»Könnte sie doch der Racheengel der Gruppe sein?«, schlug sie vor und zog damit einen langen, intensiven Blick von Gioia auf sich, die sich bislang vornehm zurückgehalten hatte, aber der Diskussion aufmerksam zu folgen schien.

»Nein, sie hat ja Alibis«, gab Vince zu bedenken und entsandte sein schönstes Lächeln quer über den Tisch zur neuen Kollegin, die davon allerdings gar nichts mitbekam, weil ihre Augen nach wie vor auf Milo ruhten. »Und Susanne war sich absolut sicher mit den Todeszeitpunkten.«

36

14. November 2022, 20:00 Uhr

Sie schickte den Rechner in den Ruhemodus und schaltete die Schreibtischlampe aus. Milo hatte nicht den Hauch einer Ahnung, warum Kollegen wie Philipp oder Horst so dermaßen scharf darauf waren, den ganzen Tag im Büro zu hocken und den Verbrechern mit Mausklicks auf die Spur zu kommen. Das war so was von öde! Sie hatte ein weiteres Mal die Obduktionsberichte von Dr. Susanne Süß durchgelesen und mit anderen ungelösten Fällen aus Hamburg verglichen. War es schon mal vorgekommen, dass Sexualstraftäter Opfer von Kapitaldelikten geworden waren? Vielleicht hatte sich der Täter auch erst »warmtöten« müssen. Oder eben doch ein anderes Vorgehen gehabt, bis er nun bei seinem Stil, wenn man es so nennen wollte, angekommen war.

Und immer noch wusste sie nicht, wie der Täter von den sexuellen Übergriffen seiner Opfer erfahren hatte. Klar, Nowak war kein unbeschriebenes Blatt, ihn zu identifizieren, war nicht schwer. Doch wie war der Täter Schmidt auf die Schliche gekommen? Wirklich durch Observierung? Möglicherweise hatte Schmidt in einem Internetforum mit seinen Taten geprahlt – so was kam immer wieder vor. Der Täter könnte das Snuff-Video auch selbst an sein späteres Opfer verkauft haben, als Köder.

Vielleicht war es jemand von ihren Leuten. Ein Kollege, der es nicht mehr ertragen hatte, dass die Polizei so wenig gegen sexualisierte Gewalt unternehmen konnte. Der privat weiterermittelt hatte. Vielleicht schon nicht mehr im aktiven Dienst war. Der aber wusste, wo er nach Leuten wie Schmidt suchen musste.

Sie fröstelte. Wenn sie anfing, im Kollegenkreis zu ermitteln, würde sie sich keine Freunde machen, das war Milo bewusst. Obwohl sie moralisch zumindest ein bisschen auf der Seite des Täters stand, gab es für Mord keine Rechtfertigung. War ihr Verdacht nicht viel zu vage? Sie nagte an ihrer Unterlippe. Noch war sie nicht an dem Punkt, die Ermittlungen auf die Kollegen auszuweiten. Aber sie würde im Zweifelsfall auch so weit gehen. Natürlich.

Es knisterte im Lautsprecher. Die Kollegen auf Streife gaben einen Verkehrsunfall durch. Den ganzen Tag schon lauschte Milo dem Polizeifunk. Falls ein viertes Opfer gefunden wurde, diesmal mit amputiertem Penis, würde sie an den Fundort fahren, koste es, was es wolle.

Aber bislang blieb alles ruhig. Verdächtig ruhig.

Valerie war heute Abend im *Meridian Spa*. Einmal im Monat traf sie sich dort mit ihrer Mutter und ihrer Cousine und ließ sich nach Strich und Faden verwöhnen. Vor 23 Uhr würde sie nicht nach Hause kommen, auf Milo warteten nur eine kalte Wohnung und ein leerer Kühlschrank. Vince hatte sich, seitdem er mit Gioia im Schlepptau abgezischt war, kein einziges Mal gemeldet. Sicher protzte er mit seinem rostroten Angeberschlitten herum. Und Gioia belächelte ihn müde, weil jeder, der Augen im Kopf hatte, sah, dass sie queer lebte. Jedenfalls schien es Gioia nicht zu stören, eine Kollegin, die sie attraktiv, anziehend oder interessant fand, vor allen demonstrativ zu mustern. Hoffentlich hörte sie sehr bald auf damit. Milo konnte wirklich kein unfreiwilliges Coming-out im LKA brauchen, wo doch schon in den Drohungen, die Serpil präsentiert hatte, Bezug auf ihre Sexualität genommen worden war. Zum Glück hatte das keinen aus dem Team interessiert …

Doch das war gerade ihr kleinstes Problem. Sie war beleidigt, weil Serpil sie aus dem Außendienst genommen hatte, und fühlte sich vor dem Rechner absolut unnütz. Sie war weder so versiert wie Philipp, der mit drei Klicks mehr herausfand, als wenn Milo eine halbe Stunde lang im Netz herumstocherte. Noch war sie so emsig wie Nadine, die der Chefin jeden Wunsch von den Lippen ablas, und zwar bevor Serpil ihn dachte. Und sie war auch noch lange nicht so frustriert wie Horst, der im Grunde nur in Ruhe gelassen werden wollte. Das untätige, unproduktive Herumsitzen machte sie wahnsinnig.

Milo stand auf, nahm ihre Jacke, schnappte sich das Handy und verließ das Büro. Auf dem Weg zum Aufzug traf sie auf Serpil, die sich gerade von einem Kollegen verabschiedete. Es war dieser Vies, den sie neulich schon zu nachtschlafender Zeit im LKA angetroffen hatten. Entweder war er unsagbar langsam bei der Arbeit und musste deswegen andauernd Überstunden schieben, oder es gab niemanden, der zu Hause auf ihn wartete.

»Bis Morgen, Hermann«, verabschiedete sich Serpil von ihm und wandte sich dann an Milo. »Du gehst auch?«

Milo dehnte die Rückenmuskulatur. »Ja. Ich hab schon viereckige Augen und drei Bandscheibenvorfälle.«

Serpil seufzte. »Ich weiß, die Herumsitzerei ist nichts für dich.« Sie legte Milo eine Hand auf den Arm. »Ich meine es nicht böse. Ehrlich nicht. Ich mache mir nur Sorgen.«

»Hm«, murrte Milo und betrachtete ihre Schuhspitzen.

»Hast du dich in der letzten Zeit irgendwann einmal verfolgt gefühlt? Oder bedroht? Ich verlass mich darauf, dass du offen mit mir bist, Milo. Wenigstens mit mir.«

Milo dachte an den Obdachlosen, der im Park hinter ihr hergelaufen war. An den Schriftzug auf ihrer Haustür. Den SMS, dem Anruf. Das Gefühl, an den Fundorten der Leichen beobachtet zu werden. Dann schüttelte sie entschieden den Kopf. »Nein, nichts. Das legt sich bestimmt wieder.«

Serpil sah sie nachdenklich an. »Bestimmt. Und jetzt ab nach Hause. Und zwar ohne Umwege, klar? Schreib eine Nachricht, wenn du dort angekommen bist.«

Milo ging davon. »Ich werde dir keine Nachricht schreiben, Serpil! Ich brauche keinen Babysitter.«

Beschwingt von dem Fluch, den ihr Serpil hinterhergerufen hatte, trat Milo kurze Zeit später in die kalte Nachtluft hinaus. Die Luft war diesig, dicke Nebelschwaden zogen vom Stadtpark in Richtung Alster und ließen die Konturen des merkwürdigen LKA-Gebäudes verschwimmen. Milo sprang in den Wagen und fuhr, einer spontanen Eingebung folgend, schnurstracks in Richtung Wandsbek. Dort lebte ihr Bruder Dragomir mit den drei Töchtern und seiner bezaubernden Peggy. Hoffentlich war sie nicht zu spät dran, um ihren Nichten noch eine Gutenachtgeschichte vorzulesen.

»Und wenn sie nicht gestorben sind, dann leben sie noch heute«, sagte Milo und klappte das dicke Märchenbuch zu.

»Neeeeeiiiinnn!«, fingen Serafina, Kayla und Liora zu betteln an. »Lies weiter, Tante Jagoda! Nur eine Geschichte noch.«

»Nichts da.« Peggy stand im Türrahmen. »Es ist nach neun. Da müssen kleine Frösche schon längst im Bett sein. Auf geht's. In einer Minute geht das Licht aus.«

Die Mädchen verkrochen sich murrend in ihre Betten. Milo huschte von einer zur anderen und holte sich feuchte, nach Kinderzahnpasta schmeckende Küsse ab.

»Du musst morgen wieder vorbeikommen«, lispelte die Kleinste, Liora, durch die riesige Zahnlücke.

»Ich versuche es«, flüsterte Milo mit einem Anflug von schlechtem Gewissen, denn sie wusste, dass sie es morgen nicht schaffen würde. Aber vielleicht hätte sie am Wochenende Zeit? Spätestens aber im Advent, wenn sie die Mädchen zum Weihnachtsmarkt ausführte.

Peggy löschte das Licht, schob Milo in den Flur und zog die Tür hinter sich zu. Dann manövrierte ihre Schwägerin sie ins Wohnzimmer, wo Dragomir bereits wartete.

»Du hättest ruhig mal vorher anrufen können«, murmelte er, als sich Milo und seine Frau auf das apricotfarbene Sofa aus Kunstleder fallen ließen.

»Hätte das irgendwas geändert?«, wollte Peggy an Milos Stelle wissen. »Wir hätten doch ohnehin nichts anders gemacht heute.« Sie schlug Milo auf den Oberschenkel. »Schön, dass du da bist. Wie geht's?«

Milo erzählte ein paar Dinge aus ihrem Leben, wobei sie den Fall, in dem sie ermittelte, und natürlich Valerie großräumig umschiffte. Stattdessen versuchte sie, das Thema unauffällig auf Branko zu lenken.

»Dealt er wieder?«, fragte sie Dragomir frei heraus.

»Quatsch«, sagte der. Doch seine Frau zog die Augenbrauen so weit hoch, dass Milo befürchtete, sie würden dort oben kleben bleiben. Dann hievte sich Milos Schwägerin vom Sofa und sagte: »Jagoda, ich freu mich sehr, dass du gekommen bist, aber ich muss noch einen Korb Wäsche bügeln und die Küche aufräumen.« Sie legte den Kopf schief und meinte lakonisch: »Vielleicht heirate ich beim nächsten Mal nicht so eine Niete im Haushalt.«

Dragomir protestierte schwach, aber alle im Raum wussten, dass er sich sogar beim Zusammenfalten eines Handtuchs wie der letzte Trottel anstellte. Dafür war er in allen handwerklichen Angelegenheiten unschlagbar. Und Peggy schien nicht ernsthaft verstimmt.

Kaum dass sie aus dem Raum war, wurde Milo ernst. »Hör mal, Drago. Ich hab eine Frage …«

Er schüttelte den Kopf. »Und ich Idiot frag mich schon den ganzen Abend, warum du plötzlich hier auftauchst.« Er lachte trocken. »Also, spuck's aus.«

Sie grinste verlegen. Dann fragte sie: »Wie gibt man eigentlich einen Mord in Auftrag?«

Drago, der gerade von seinem Bier getrunken hatte, verschluckte sich und hustete. »Wie bitte? Warum fragst du ausgerechnet *mich*?«

Milo sah ihn mit schief gelegtem Kopf und unmissverständlichem Gesichtsausdruck an. »Im Ernst.«

Drago pulte am Etikett der Bierflasche herum. »Keine Ahnung. Woher soll ich das wissen?«

»Weil du eine beachtliche Zeit mit entsprechenden Leuten verbracht hast.«

»Alter, Jagoda! Wir haben Autos geknackt. Niemanden umgelegt.«

»Aber da kriegt man doch was mit.«

Er schnaufte einmal. Schnaufte zweimal. Dann fluchte er. »Du wirst ja doch keine Ruhe geben! Mann.« Dragomir atmete tief durch. »Also damals – vor mehr als zehn Jahren, vergiss das bloß nicht –, damals gab es dafür bestimmte Leute. Die rief man an, natürlich mit einem Wegwerfhandy und einer Prepaid-Nummer, erteilte den Auftrag und vereinbarte die Zahlungsmodalitäten. Heute geht das natürlich einfacher im Darknet.«

»Aha. Wie muss ich mir das vorstellen? Wie MyHammer, nur mit Mördern?«

Drago legte den Kopf schief. »Ja, so in etwa. Man stellt seinen Auftrag in ein Forum oder auf eine Plattform und wartet, wer sich meldet.«

Milo schluckte. »Das ist echt irre. Wie viel kostet so ein Auftragsmord?«

Ihr Bruder kratzte sich am Kopf. »Keine Ahnung, wie gesagt, das ist nicht meine Baustelle. Aber auf jeden Fall weniger, als man denken würde.«

»Was heißt das? 25.000 Euro? 50.000 Euro?«

Er sah sie an, als hätte sie gerade einen Witz gemacht. »Spinnst du?«

Ein bisschen erleichtert war Milo schon. Offensichtlich war ein Menschenleben doch mehr wert.

»Für 25.000 Euro kannst du mindestens drei Leute töten lassen, würd ich sagen. Inflation nicht mitgerechnet.«

Milo blinzelte. Ihr Mund wurde trocken. »Wie bitte?«

»So einen normalen Mord, den kriegst du heute zwischen 5.000 und 10.000 Euro, würde ich schätzen. Es sei denn, das Zielobjekt hat Bodyguards oder so. Dann wird es teurer.«

Sie beugte den Kopf nach vorn, konnte ihm nicht glauben. »So wenig?«

Er nickte traurig. »Vor ein paar Jahren waren die Preise noch ganz anders. Da fing es bei 30-, 40.000 an. Aber im Internet findest du für jeden Auftrag jemanden, der es dir noch billiger macht.«

Ihr war schlecht. »Wenn du heute also einen Mord in Auftrag geben würdest …«

Drago unterbrach sie. »Das ist hoffentlich eine sehr theoretische Frage. Du weißt, ich hab mit der Szene und dem ganzen Kram nichts am Hut!«

»Ich weiß, ich weiß«, beruhigte sie ihn. »Aber nur theoretisch. Du würdest also ins Darknet gehen.«

Er nickte. »Auf jeden Fall. Da hinterlässt man die wenigsten Spuren. Und findet so gut wie alles.«

Milo fuhr sich übers Gesicht und seufzte. Wie froh sie sein würde, wenn dieser Fall eines Tages gelöst war.

Dragomir räusperte sich. Mit gesenkter Stimme und einem Auge auf die Tür sagte er: »Peggy hat mir gedroht, dass Branko die Mädchen nicht mehr sehen darf, wenn er wieder mit den Drogen anfängt.«

Kluge Frau, dachte Milo.

»Aber letztes Wochenende habe ich ihn gesehen, in Billstedt.« Drago flüsterte mittlerweile. »Er verkauft wieder. Und jetzt weiß ich nicht, was ich machen soll. Wenn Peggy mich beim Lügen erwischt …«

Ein Geräusch von der Tür ließ ihn und Milo herumfahren. Peggy stand im Wohnzimmer, die Fäuste in die Hüfte gestemmt, mit grimmigem Gesichtsausdruck. »Ich wusste es! Du elender Scheißkerl. Na, warte …«

37

14. November 2022, 23:15 Uhr

Den Status einer Stammkneipe hatte die alte Kaschemme drei Straßen von Milos Wohnung entfernt nicht verdient. Aber ab und an, wenn ein Fall so zermürbend war wie dieser, ein Tag in ihrem Job so schwer wie der heutige und ihr Leben alles in allem eher unerfreulich, dann war *Rosis Pilshütte* der Ort, an dem Milo das Schlechte dieser Welt mit einem Helbing aus dem System spülte.

Müde sank sie an der Theke zusammen und bestellte ein Pils und einen Klaren. Sie zahlte sofort, die Versuchung, eine zweite Runde, dann eine dritte zu ordern, wäre ansonsten zu groß. Denn die vergangenen anderthalb Stunden zwischen der fuchsteufelswilden Peggy und ihrem Bruder Dragomir, der sich mehr schlecht als recht verteidigt hatte, waren alles andere als erquickend gewesen.

Für einen Montagabend war die Kneipe gut besucht, obwohl es mittlerweile nach elf war. In der Regel leisteten dem alten Mann hinter der Theke, nur ein paar Zocker an den Automaten und der ein oder andere verrauchte Stammgast Gesellschaft. Heute aber befand sich eine Gruppe Männer in ordentlich angetrunkenem Zustand im hinteren Teil der Kneipe. Sie hatten Milo beim Eintreten von Kopf bis Fuß gemustert, dann jedoch schnell das Interesse verloren. Milo kannte das. Vielleicht konnten Typen spüren, dass ihr sexuelles Interesse anders ausgerichtet war, vielleicht gab sie sich einfach nicht genug Mühe, dem heterosexuellen Schönheitsideal zu entsprechen, aber in der Regel blieb sie von ungewollten Avancen verschont.

Sie dachte darüber nach, wie es wohl den Frauen aus der Selbsthilfegruppe ergehen musste. Wie ging man mit Männern um, nachdem einem so etwas Schreckliches zugestoßen war? Ihre Gedanken verselbstständigten sich über ihrem Bier. War es nicht naheliegend, den eigenen Peiniger bestrafen zu wollen? Wie viele dieser Selbsthilfegruppen es wohl gab? Wie viele Frauen, die sie aufsuchten? Und wie viele Überlebende, die sich eben nicht dazu überwinden konnten, über die Verbrechen, die man ihnen antat, zu sprechen? Acht Männer in dieser Kneipe – war einer von ihnen ein Vergewaltiger?

Sie blickte sich um, bemerkte, dass ein junger Kerl aus der trinkfreudigen Gruppe sie anstarrte. Plötzlich war ihr unwohl. Nie zuvor hatte sie bewusst wahrgenommen, die einzige Frau in einem Raum voller Männer zu sein.

Sie exte ihr Bier und kippte den Schnaps weg, hustend verabschiedete sie sich vom Kellner, packte ihre Jacke und marschierte nach draußen. Milo wollte nur noch nach Hause.

Der kalte Winterwind schlug ihr entgegen und pfiff unter ihre Jacke. Sie fröstelte, bekam Gänsehaut und schlug den Kragen nach oben. Milo hatte erst ein paar Schritte gemacht, als sie plötzlich eine Männerstimme hörte: »Hey, hey du!«

Reflexmäßig drehte sie sich um. Es war der Kerl aus der Bar. Und drei weitere Männer, die strammen Schrittes auf sie zukamen.

Milo konnte die Panik in sich aufsteigen spüren, ein Überlebensinstinkt, der ihr Herz schneller schlagen ließ, Adrenalin in die Adern pumpte. Ich bin Polizistin, schoss es ihr durch den Kopf. Ich laufe nicht weg.

»Was wollen Sie?«, fragte sie mit fester Stimme. Innerlich verfluchte sie die Entscheidung, ihre Dienstwaffe auf dem Revier gelassen zu haben. Sie war völlig schutzlos.

»Du bist doch diese Kommissarin.« Der Typ zog sich die Kapuze über den Kopf und machte einen provozierenden Schritt auf sie zu. »Die Fotze, die dabei zusieht, wie Männer getötet werden.« Auf seiner Jacke prangten Abzeichen eines Fußballvereins, Totenköpfe, das Emblem eines Biker-Clubs. Milo versuchte sich einzuprägen, was möglich war. Das jahrelange Polizeitraining war stärker als die dumpfe Angst in ihr. Sie würde ihn identifizieren müssen. Danach.

Ihre Muskeln spannten sich an. Jede Faser ihres Körpers bereitete sich auf den Kampf vor.

Er trat noch einen Schritt auf sie zu, und Milo musste sich überwinden, nicht nach hinten auszuweichen. Sein saurer Bieratem schlug ihr ins Gesicht.

»Sollen wir der Dreckslesbe und ihrer Freundin mal 'nen Besuch abstatten?«, fragte er mit gierigem Grinsen in die Runde. »Wenn du mal wieder ordentlich gefickt wirst, machst du vielleicht deinen Job auch anständig.«

Etwas in Milo gefror. Lähmende Angst legte sich über ihre Glieder. Woher wussten die von Valerie?

Den ersten Schlag sah sie kommen, doch sie war noch zu entsetzt, um zu reagieren. Sie ging zu Boden. Milo sah, wie sich ein zweiter Mann die Mütze über den Kopf zog, sodass sie sein Gesicht nicht erkennen konnte. Er hatte einen Schnauzbart, vielleicht braun?

Aus dem Nichts traf sie ein schwerer Stiefel in die Seite. Sie hatte keine Chance, sich zu wehren. Vor Schmerz presste sie die Zähne zusammen und stöhnte, drückte die Zunge an den Gaumen, um sie nicht abzubeißen. Der nächste Schlag kam, bevor sie reagieren konnte, dann war es zu spät, um wieder auf die Füße zu kommen. Milo rollte sich zu einer Kugel zusammen, presste die Knie an den Körper, schlug die Arme in den Nacken.

»Miststück!«

»Fotze!«

»Du wurdest gewarnt!«

»Verrecke, fick dich!«

Bei jeder Beleidigung traf sie ein Tritt. Dann: Pause.

Der Typ, der sie angestarrt hatte, kam nah an ihr Ohr. »Fang endlich die Schlampe, die Männer killt. Ansonsten bist du die Nächste, die die Beine breit macht! Ich hab gehört, dass man sich dabei eine goldene Nase verdient.«

Die anderen Männer lachten.

Sie konnte hören, wie eine schwere Gürtelschnalle in ihrer Nähe klapperte, Stoff raschelte. Die Angst schnürte ihr den Atem ab. Was sollte sie tun, wenn die Hände, die sie eben noch geschlagen hatten, nach ihrer Kleidung griffen? Sie würde eher sterben, als einen von den Schweinen in sich zu spüren!

Etwas Warmes, Nasses traf sie im Gesicht, ein beißender Gestank. Pisse. Milo würgte.

»Hey, aufhören! Weg da! Lasst sie in Ruhe. Ich habe die Polizei gerufen!«, erklang plötzlich eine Stimme aus der Ferne. Schwere Schritte näherten sich, ihr Klang vermischte sich mit dem Scharren von Turnschuhen, die beim Weglaufen über den Asphalt schabten.

Milo zuckte zusammen, als sich eine Hand auf ihre Schulter legte.

»Keine Angst, sie sind weg«, beruhigte sie eine Stimme, die ihr irgendwie bekannt vorkam.

Sie nahm die Arme herunter, stemmte sich ächzend auf die Beine. In Gedanken ging sie ihren Körper durch. Die Schmerzen waren schlimm, aber nicht unerträglich. Prellungen, keine Brüche, sie würde es überleben.

»Hey, hey. Nicht weinen. Alles wird gut. Ich passe auf«, flüsterte der Mann, und erst jetzt bemerkte sie, dass ihr die Tränen über die Wangen liefen und sich mit dem Urin des fremden Mannes vermischten. Sie schluchzte, beugte sich zur Seite und kotzte auf die Straße. Der Fremde hielt stützend ihren Arm.

»Soll ich die Polizei holen? Ich hab das nur so gesagt, vorhin«, fragte er unsicher. »Aber Sie sind ja selbst von der Polizei.«

Überrascht hob sie den Kopf. Woher wusste ihr Retter, dass sie Polizistin war? Im selben Moment brachte ihr Kopf Stimme, Gesicht und Jacke zusammen.

Es war der Obdachlose aus dem Bus, der die Angreifer vertrieben hatte. Genau wie vor ein paar Tagen, als er ihren Ausweis gefunden hatte, hatte ihn der Zufall zur rechten Zeit an den richtigen Ort geführt.

Zumindest hoffte Milo, dass es der Zufall gewesen war.

38

14. November 2022, 23:30 Uhr

Sie schleppte sich den Eppendorfer Weg entlang und war erst bei Hausnummer 60 angekommen. Jeder Meter, den sie zurücklegte, tat entsetzlich weh. Diese Arschlöcher hatten ihr mindestens eine Rippe geprellt, vielleicht sogar ein Organ erwischt. Jetzt, wo das Adrenalin nachließ, bekam Milo kaum Luft. Alles schmerzte, das Einatmen, das Ausatmen, und jeder verdammte Schritt.

Den Obdachlosen hatte sie zum Glück abwimmeln können.

»Ich bringe Sie nach Hause«, hatte er ein ums andere Mal gesagt, doch die Vorstellung, dass noch ein Mensch mehr wusste, wo sie wohnte, war ihr unheimlich. Also gab sie sich unverwüstlicher, als sie war, dankte ihm für seine Hilfe, steckte ihm einen Zwanziger zu und lief dann erhobenen Hauptes los. Erst als sie um die Hausecke gebogen und sich sicher war, dass er sie nicht mehr sehen konnte, blieb sie stehen, beugte den Oberkörper vornüber und rang um Luft. Die Angst schnürte ihr die Kehle zu, das Entsetzen ließ sie erneut erstarren. Nach Minuten, wie es ihr vorkam, hatte sie sich so weit beruhigt, dass sie sich wieder aufrichten konnte. Sie hatte die Nase hochgezogen, sich Tränen, Rotz und Blut aus dem Gesicht gewischt und war vorwärts gewankt.

Nach einer gefühlten Unendlichkeit konnte sie das dunkle Schild des Fahrradladens erkennen, der in ihrem Vorderhaus im

Erdgeschoss war. Gerade als sie in die Hofeinfahrt einbiegen wollte, hörte sie eine Autotür schlagen.

Milo drehte sich mühsam um.

»Ach du Scheiße!« Vince stand mit weit aufgerissenen Augen vor ihr. Hilflos streckte er die Arme aus, wagte es jedoch nicht, sie zu berühren. »Was ist passiert?«

Einen Moment lang überlegte sie, ob sie ihm irgendeine Geschichte erzählen sollte. Sie sei angefahren worden oder eine Treppe hinabgefallen. Doch sie war so schwach, so verletzt, dass sie keine Kraft mehr dafür aufbrachte, Vince anzulügen.

»Vier Typen. Haben mich in der Kneipe erkannt und sind mir gefolgt.«

»Haben Sie dich …?« Vince verstummte.

Milo wusste, was er fragen wollte: vergewaltigt.

Sie schüttelte den Kopf. »Nein, haben sie nicht.« Und in Gedanken ergänzte sie: Noch nicht. »Aber sie haben mir sehr eindrücklich gezeigt, was sie von unseren Ermittlungsmethoden halten.« Ihr Kopf begann mit einem Mal zu schmerzen. Hoffentlich hatte sie keine Gehirnerschütterung.

»Komm, ich bring dich rein.« Vince ergriff sie verblüffend behutsam am Arm. Und so gern Milo ihn abschütteln wollte, so gern sie ihm gesagt hätte, sie komme allein klar, so dankbar war sie, dass er sie stützte.

»Was machst du hier?«, wollte sie wissen, als sie in den Hof liefen.

»Ähm …« Vince stockte. Er schien mit sich zu ringen. Dann gab er verlegen zu: »Serpil hat mich gebeten, auf dich aufzupassen. Sie war in Sorge, dass du einen Alleingang startest. Deswegen stehe ich hier seit einer Weile und warte darauf, dass du heimkommst.«

Milo blieb stehen. »Du hast mich überwacht?! Das darf doch wohl nicht wahr sein.«

»Ich sollte lediglich überprüfen, dass du sicher zu Hause ankommst.« Vince legte die Stirn in Falten. »Und ich würde sagen, ich habe auf ganzer Linie versagt. Wär ich dir besser mal die ganze Zeit gefolgt.«

Obwohl ihr Rippenfell wie Feuer brannte, wurde Milo laut. »Wir sind Partner, Vince! Du kannst mich doch nicht einfach so beschatten.«

»Hab ich doch auch nicht. Ich hab nur hier gewartet. Außerdem war das nicht meine Idee. Und wenn ich noch etwas anfügen dürfte: Serpil hatte durchaus recht mit ihrer Sorge um dich.«

»Ach komm, Bullshit! Wie soll ich dir vertrauen, wenn du dich auf Serpils Seite schlägst? Du hättest mit mir reden müssen!« Milo machte sich von ihm los und humpelte auf die Stufen zu, die zur Haustür führten. Mühsam kämpfte sie sich die Treppe hinauf. Jeder Schritt wurde von einer Schmerzsalve begleitet. Vince blieb hinter ihr, schweigend, mit gesenktem Kopf.

Als sie vor der Haustür stehen blieb und nach dem Schlüssel in der Hosentasche kramte, hörte sie plötzlich, dass ihr Partner hinter ihr scharf einatmete.

»Was ist das?«

Sie sah auf. Erblickte die roten Buchstaben. *FOTZE*. Die Beleidigung stand immer noch da.

»Das? Ach, das hat irgendjemand dahin geschmiert. Hatte noch keine Zeit, mich um die Beseitigung zu kümmern«, murmelte sie ausweichend.

»Milo! Das ist eine ernst zu nehmende Bedrohung! Wieso hast du nichts davon erzählt? Fuck!« Vince hob die Arme und ließ sie entrüstet fallen. »Aber du kannst *mir* nicht vertrauen?«

In dieser Sekunde ging das Licht im Hausflur an. Bitte nicht, dachte Milo, doch nur einen Wimpernschlag später wurde die Tür aufgerissen, und Valerie stand im Bademantel da. Beim Anblick von Milo schlug sie sich erschrocken die Hand vor den Mund, berappelte sich jedoch schnell wieder und stürzte auf sie zu.

»Ich hab mir solche Sorgen gemacht!« Sie fiel Milo um den Hals, die unter der Berührung stöhnte, und drückte sie an sich. »Wo warst du? Warum ist dein Handy nicht an?« Sie schnupperte. »Und was …?«

Milo machte sich behutsam von Valerie los und fing den fragenden Blick von Vince auf. Anstatt etwas zu sagen, zog sie das Handy aus der Tasche und bemerkte, dass das Display schwarz war. Das musste schon vor einer Weile ausgegangen sein, und sie hatte es nicht bemerkt.

»Vince? Schön, dass wir uns endlich mal kennenlernen. Ich habe schon viel von dir gehört.« Valerie richtete sich an Milos Partner.

»Ach, das ist ja ein Ding. Ich höre von dir zum ersten Mal.« Er bedachte Milo mit einem eindringlichen Blick. »Du bist Milos … Mitbewohnerin?«

Valerie runzelte die Stirn. »So würde ich das jetzt nicht nennen.«

Vince blinzelte, formte ein lautloses »Wow!« und schüttelte ungläubig den Kopf. Es war vollkommen klar, dass er wusste, wie der Hase lief. Aber nicht mal darüber konnte Milo sich heute Abend noch aufregen.

»Kommt rein, ich mache uns einen Tee«, schlug Valerie vor. »Milo, willst du erst duschen und dann ins Krankenhaus? Oder andersherum?«

Milo schob sich an Valerie vorbei ins Haus. »Krankenhaus? Quatsch. Ich muss nur …« Ihr wurde schwindelig. Sie stolperte nach links, stützte sich an der Flurwand ab. Hatten die Typen sie doch am Kopf …?

Dann wurde es schwarz.

Als sie aufwachte, lag sie auf dem Boden, ihre Unterschenkel waren aufs Sofa gebettet. Vince kniete neben ihr.

»So viel zum Thema Vertrauen«, brummte er, während er den kühlen Waschlappen, der auf ihrer Stirn lag, hochnahm und wendete. »Nicht nur, dass du mir das mit der Schmiererei auf der Haustür nicht erzählt hast. Du lebst mit einer Frau zusammen? Wann hattest du vor, mir das zu erzählen? Bei eurer Hochzeit? Wenn du mich fragst, ob ich euer Trauzeuge werden will?« Er kam noch näher und flüsterte. »Mann, Milo! Was soll denn der Scheiß?«

Sie drückte ihn weg, wollte sich aufrichten, doch sofort fing sich alles wieder zu drehen an. »Ich hätte es dir schon irgendwann erzählt.«

Wenn Ostern und Weihnachten auf einen Tag fielen, dachte sie.

»Es weiß niemand. Also so gut wie niemand. Auch nicht meine Familie. Und ich wäre dir *sehr* dankbar, wenn das so bleiben könnte.«

»Wie bitte? Du hast eine superheiße, ultranette Freundin und mich jahrelang an der Nase herumgeführt, und ich soll es niemandem erzählen? Keine Pussy-Witze? Keine Gags auf deine Kosten?«

Milo wollte den Kopf schütteln, aber sie schloss nur ergeben die Augen.

Vince seufzte theatralisch. »Das wird dich was kosten, Milosevic. Aber ich bin ja froh, dass du in festen Händen bist. Das erklärt, warum du gegen meinen Charme immun bist. Und so kommen wir uns wenigstens nicht in die Quere. Zum Beispiel bei Gioia. Junge, die ist vielleicht ein heißer Feger.«

Milo sah ihn mitleidig an.

Vince blinzelte. Dann schaltete er, ließ den Kopf hängen und verzog das Gesicht.

»Och nö.«

»Ich fürchte, doch.«

»Warum sind die heißesten Frauen Lesben?!«

Milo musste unwillkürlich lächeln. Da fiel ihr etwas ein. »Wo ist Valerie?«

»Die wartet draußen auf den Notarzt.«

Nun richtete sich Milo doch auf, was mit einem wilden Pulsieren unter der Stirn und unzähligen Sternchen, die vor ihren Augen tanzten, begleitet wurde. »Aber …«

Vince drückte sie zurück aufs Kissen, auf dem ihr Kopf gebettet gewesen war. »So wie ich deine Valerie bis jetzt kennengelernt habe, wird sie da nicht mit sich reden lassen. Sie hat wirklich *cojones.*« Er machte ein ernstes Gesicht. »Sie war wie eine sexy Rektorin, als sie mir gerade befohlen hat, auf dich aufzupassen.« Ihm schien etwas einzufallen. »Sag ehrlich, Milosevic, im Bett ist sie der Kerl und du das Mädchen, auch wenn's auf den ersten Blick anders aussieht. Oder?« Er dachte erneut nach, und bevor Milo intervenieren konnte, fragte er: »Benutzt sie so einen Umschnalldildo, wenn ihr –«

»Ich schwöre bei Gott, Vince, wenn du den Satz beendest …«

Er hob abwehrend die Hände. »Schon gut! Nicht aufregen.«

Milo nahm ihre letzte Kraft zusammen und fauchte: »Solltest du das Thema je wieder ansprechen, werde ich deine Eier so lange mit einer Bratpfanne malträtieren, bis du sie unter der Tür durchschieben kannst.«

Vince grinste versaut. »Oh, verstehe. *So* eine bist du.«

Sarabi

Sarabi warf einen gehetzten Blick über ihre Schulter, während sie auf Knien hektisch den unteren Rand der Klobrille schrubbte. Ihr Arm schmerzte, ihr Rücken noch mehr. Dies war die zwanzigste Toilette, die sie an diesem Abend putzte. Aber die Schmerzen und die Anstrengung waren ihr egal, es war etwas anderes, das ihr den Schweiß auf die Stirn trieb und ihre Hände zittern ließ: Angst.

Die letzte Kollegin hatte die Etage, auf der sie sich befand, vor etwa fünfzehn Minuten verlassen.

»Bist du noch nicht fertig?«, hatte sie Sarabi überrascht gefragt. Sarabi war schneller und gründlicher als die meisten anderen, sie trödelte nicht und machte keine Pausen. Warum gerade sie die ihr zugeteilten Räume noch nicht fertig hatte, war der Kollegin ein Rätsel gewesen, das hatte Sarabi an ihrem fragenden Gesichtsausdruck gesehen.

Doch Sarabi hatte nur den Kopf geschüttelt. Sie wusste, warum sie immer noch hier war, warum sie beinahe doppelt so viel Arbeit zugeteilt bekam wie die anderen. Warum er wollte, dass am Ende der Schicht nur noch sie beide allein in dem dunklen Labyrinth aus Räumen zurückblieben.

Es hatte harmlos angefangen. Ein Lächeln hier, ein kleiner Scherz, ein Finger, der wie aus Versehen über ihre Hand strich, wenn er ihr den Gehaltszettel überreichte. Am Anfang hatte sie es ignoriert, als Einbildung abgetan. Was konnte der glücklich verheiratete Hotelmanager, Vater von zwei Kindern, schon im Sinn haben? Warum sollte er sich für eine ungebildete Putzfrau in zerschlissenem Kittel interessieren? Noch dazu eine Untergebene? Sie war ja nicht einmal ein Zimmermädchen, sondern nur ein unsichtbarer Geist, der dafür sorgte, dass die betuchten Gäste am kommenden Tag wieder ein blitzblankes Spa und makellos saubere Massageräume vorfanden.

Doch sie hatte sich nicht geirrt. Das unbehagliche Gefühl, das sie bei je-

der Begegnung mit ihm überkam, hätte eine Warnung sein sollen: Halte dich fern, lauf, versteck dich!

Was hätte sie tun sollen? Sie konnte nicht weglaufen, sie war auf diesen Job angewiesen, es war ein absoluter Glücksfall, dass sie ihn überhaupt bekommen hatte. Wenn er sie rausschmiss, würde sie alles verlieren, die Wohnung, die Unterstützung, vielleicht sogar den Aufenthaltsstatus. Wo sollte sie hin mit ihrer Tochter? Sie war so lange schon auf der Flucht gewesen, sie konnte nicht mehr laufen, sie war müde, unendlich müde.

Plötzlich hörte sie, wie die Tür zur Herrentoilette geöffnet wurde. Schwere Schritte kamen geradewegs auf sie zu. Ihr Herz begann schneller zu schlagen, ihre Finger klammerten sich um den Lappen in den Händen. Sie wusste, was jetzt geschehen würde, aber sie konnte nichts dagegen tun.

Mit einem leisen Knarzen öffnete sich die Tür in ihrem Rücken. Immer noch auf Knien drehte sie sich um und blickte zu ihm hoch. Sie hatte nur einen einzigen Gedanken im Kopf: Tu mir das nicht an, bitte nicht.

Er lächelte, seine weißen Zähne blitzten im Licht der Neonröhre. Er trat einen Schritt auf sie zu und streichelte über ihre Wange. »Du bist wirklich viel zu schön, um hier zu putzen«, flüsterte er und nahm ihr den Lappen ab.

Eine heiße Träne lief ihr über die Wange.

»Aber, aber, du musst doch nicht weinen«, tröstete er, während er den Reißverschluss seiner Anzughose öffnete. »Du weißt doch, dass ich mich um dich kümmere. Ich pass schon auf, dass dir nichts passiert. Du bist doch mein kleiner Schatz.«

Mit einer Hand griff er in seine Hose und holte sein halb erigiertes Glied heraus. Sein Atem wurde schwer, mit der freien Hand packte er Sarabi fest im Nacken und drückte ihr Gesicht zwischen seine Beine. Ein wohliges Grunzen drang tief aus seiner Brust. »Und jetzt mach mir eine kleine Freude, damit ich auch weiter gut auf dich achtgebe, du kleine Schlampe.«

Sarabi unterdrückte ein Schluchzen, schloss die Augen und öffnete den Mund.

39

15. November 2022, 10:00 Uhr

»Um Himmels willen, wie siehst du denn aus?« Serpils Augen waren in etwa doppelt so groß wie normalerweise. Bevor Milo die Blessuren in ihrem Gesicht und den leicht hinkenden Gang erklären konnte, verengten sich die weit aufgerissenen Kreise plötzlich zu schmalen Schlitzen. »Du wurdest angegriffen, stimmt's?« Dann polterte Serpil in voller Lautstärke los: »Was hab ich dir gesagt? Red ich hier eigentlich mit Taubstummen? Was ist an ›ernst zu nehmender Bedrohung‹ nicht zu verstehen? Was denkt ihr bloß?«

Fünf Köpfe blickten von ihren Unterlagen und Bildschirmen hoch, als würde Serpil tatsächlich eine Antwort einfordern.

Die drehte sich in diesem Moment zu Vince um. »Und du? Was kannst du eigentlich? Du solltest auf sie aufpassen! Schau sie dir an, wie gut hat das Aufpassen geklappt, he?« Sie stieß einen türkischen Fluch aus. »Ich möchte einmal in meinem Leben mit Profis arbeiten. Nur ein einziges Mal! Ist das zu viel verlangt?«

Vince hob die Hand wie ein Schüler, der etwas zum Unterricht beitragen wollte.

»Frey, halt bloß die Klappe!«, brüllte Serpil ihn an, und er zog den Kopf ein. Dann richtete sich ihre Wut wieder auf Milo. »Habe ich dir nicht klar und deutlich Schreibtischdienst verordnet, Milosevic?«

»Ich kann ja wohl schlecht hier übernachten«, verteidigte sie sich mutig.

Serpil stemmte die Hände in die Hüften. »Hast du's gemeldet?«

Milo nickte. »Gerade eben.«

»Und? Irgendeine Chance, dass sie die Arschlöcher kriegen?«

Milo konnte die Wut ihrer Chefin beinahe körperlich spüren. Es war dieselbe Wut, mit der sie seit dem Angriff zu kämpfen hatte. Frustriert schüttelte sie den Kopf. »Vielleicht. Ich habe nur einen Typen deutlich gesehen, noch in der Bar. Sie schicken eine Streife hin, aber ich bezweifle, dass es etwas bringt. Ich glaube, die Kerle kamen aus dem Rockermilieu. Einer von denen hatte das Emblem eines Bikerclubs an der Jacke.«

Serpil nickte entschlossen. »Ja, aber das ist doch ein Anfang!«

Milo lächelte matt. »Ein Anfang. Aber mehr auch nicht.« Sie wusste, ihre Anzeige würde irgendwann auf dem unbezwingbaren Berg nicht gelöster Fälle landen. Besser gar nicht erst auf etwas anderes hoffen.

Mit zusammengepressten Zähnen lief sie zu ihrem Schreibtisch. Bei jedem Schritt schoss ein stechender Schmerz in ihre Seite. Es war nichts gebrochen, Gott sei Dank, aber die Prellungen würden sie noch einige Zeit an diese Nacht erinnern.

»Und was denkst du, dass du hier machst?«, wollte Serpil wissen, die sie mit Adleraugen beobachtete.

»Schreibtischdienst«, knurrte Milo. »Will meine Chefin so.«

»Jagoda Milosevic«, knurrte besagte Chefin zurück, »wenn du keine offizielle Suspendierung auf deinem Schreibtisch finden willst, bist du hier verschwunden, bevor ich mit meinem Kaffee zurück bin.«

»Aber, wir stecken mitten in den Ermittlungen, mir geht's gut!«

»Aber, aber, dein aber interessiert mich nicht. Du kannst kaum aufrecht stehen und siehst aus, als wärst du besoffen in den

Schminktopf gefallen. Du gehörst ins Bett oder auf die Couch oder sonst wohin, wo du dich nicht selbst in Gefahr bringst. Frey, fahr sie nach Hause!«

Vince, der sich in der Deckung seines Monitors in weiser Voraussicht auf einen mit Sahne gefüllten Krapfen konzentriert hatte, protestierte puderzuckerstaubend: »Warum ich? Die kann allein nach Hause, sie hat es doch auch allein hergeschafft.«

Das Einzige, was beängstigender war als eine brüllende Serpil, war eine flüsternde Serpil. Mit leiser Stimme, die schneidend durch den Raum schoss, fuhr sie ihre Truppe an: »Ich möchte ein für alle Mal klarstellen, dass wir hier nicht in der Montessori-Spielgruppe sind. Ich mache keine Angebote, über die ihr frei entscheiden könnt, ich mache *Ansagen*. Befehle, falls ihr das besser versteht. Wenn ich sage, Milosevic geht nach Hause, dann geht Milosevic nach Hause. Und bleibt da. Und wenn ich sage, Frey fährt sie, dann ist das Einzige, was ich hören will, der Anlasser seiner SCHEISS SCHROTTKARRE UNTEN AM PARKPLATZ. HABT IHR MICH VERSTANDEN?« Ihre letzten Worte rangen ihrem Zwerchfell alles ab, was es zu bieten hatte.

Vince starrte sie einen Moment sprachlos an, dann stopfte er den restlichen Krapfen in den Mund, griff nach seiner Jacke, im Vorübergehen nach Milos Arm und zerrte sie in den Flur.

»Wie geht's dir?«, fragte Vince, nachdem sie einige Minuten schweigend durch die Straßen gefahren waren. Ausnahmsweise entsprach sein Fahrtempo tatsächlich den Vorgaben der Straßenverkehrsordnung, und die Gänge wechselte er, als wäre Milo ein rohes Ei. Wäre Lachen im Moment nicht so fürchterlich schmerzhaft gewesen, sie hätte es versucht. Es brauchte also nur eine Bande frauenfeindlicher Schläger, damit auch sie in den Genuss von Vince' charmanter Seite kam.

»Ging mir tatsächlich schon besser«, brummte sie und meinte nicht die körperlichen Leiden damit. Da konnte sich ihr Partner noch so viel Mühe geben: Die Aussicht auf Hausarrest in dieser Phase der Ermittlungen machte sie wahnsinnig.

»Vielleicht solltest du dich tatsächlich etwas ausruhen? Gioia ist ja da und kann aushelfen«, schlug Vince vorsichtig vor.

»Vielleicht solltest du die Klappe halten«, fauchte Milo. »Aber ich hätte mir ja denken können, dass du die Frauen an deiner Seite auch beruflich schneller austauschst, als du ihre Namen in deinem Handy speichern kannst!«

»Woooohooow, jetzt aber mal halblang, Milo, du weißt ganz genau, dass ich …«

Sein Handy klingelte, bevor er den Satz beenden konnte. ›MILO 2‹ verkündete das Display seines Handys, das in einer Halterung auf der Armatur klemmte. Mit einer um Verzeihung bittenden Grimasse nahm er das Gerät aus dem Plastikgriff und hielt es sich ans Ohr. »Gioia, was gibt's?«

Milo rollte genervt mit den Augen. »Hundert Euro und ein Punkt in Flensburg«, kommentierte sie.

Dann wurde sie still, denn sie hörte Gioia Tripodi am anderen Ende hektisch reden, und Vince' Miene versteinerte. Er nickte, klemmte das Telefon zwischen Schulter und Kinn, während er einen Gang nach oben schaltete und Gas gab. Milo kannte ihren Partner lang genug, um zu wissen, dass er keine guten Nachrichten hörte.

»Was ist los?«, flüsterte sie.

Er schüttelte den Kopf. »Verstanden«, sagte er ins Telefon. »Ich bin in fünfzehn Minuten bei dir.«

»Wo bist du in fünfzehn Minuten? Was ist passiert?« Milo zupfte an seinem Ärmel. »Los, sag schon!«

Vince schüttelte den Kopf und steckte das Telefon in ein Fach in der Fahrertür. »Nein, das werde ich dir nicht sagen.«

»Was? Warum?«

»Weil du dann nie im Leben zu Hause bleibst, um dich auszuruhen.«

»Vincent Frey, ich mag vielleicht nicht so furchterregend sein wie unsere Chefin, aber ich bin deine Partnerin, in guten wie in schlechten Zeiten, und du bist mir zu Treue und Wahrheit verpflichtet. Was ist passiert?«

Er rieb sich mit einer Hand über die Augen, dann seufzte er ergeben. »Es gibt eine weitere Leiche.«

Milo schnappte nach Luft. »Wo?«

Eine Welle von Schuldgefühlen brach über ihr zusammen. Sie waren nicht schnell genug gewesen. Ein weiterer Mensch war tot, weil sie nicht die richtigen Fragen gestellt, nicht mit den richtigen Menschen gesprochen, die Zeichen nicht richtig gedeutet hatten. Gleichzeitig packte sie eine altbekannte Aufregung: Könnte dieser Tote der Schlüssel zur Lösung sein?

»Wo? Sag schon, wo ist er?«

»Wer hat gesagt, dass es ein Er ist?«, versuchte Vince, sich aus seiner Zwickmühle zu befreien.

Aber Milo ließ sich nicht abbringen. »Wir fahren hin.«

Er lachte laut auf. »Auf keinen Fall! Hast du nicht gehört, was Serpil gesagt hat? Anweisungen, keine Angebote. Ich bring dich schön nach Hause, und dann fahre *ich* hin. Oder willst du, dass wir beide den Job verlieren?«

»Du weißt ganz genau, sie würde uns nie rauswerfen«, behauptete Milo mit fester Stimme. Fast glaubte sie selbst, was sie sagte.

»Nein, sie würde uns nicht rauswerfen. Sie würde uns kreuzigen und vierteilen und an der Stadtmauer aufhängen, als Warnung für alle anderen, die mit dem Gedanken spielen, sich ihr zu widersetzen. Ich bring dich heim«, sagte er in beruhigendem Tonfall. »Und ich verspreche, ich ruf dich an und berichte jedes Detail.«

Milo schnaubte. Seit wann legte ausgerechnet Vince Wert auf die Einhaltung von Regeln, egal ob sie aus dem Bußgeldkatalog des Ordnungsamts oder von Serpil persönlich kamen? Das war doch grotesk. »Du siehst ein Detail nicht, wenn es dir ins Gesicht springt! Das ist mein Part, schon vergessen? Mir geht es gut, Vince, ehrlich. Es gibt keinen Grund, mich auszuschließen, ich habe nichts verbrochen, ich bin weder in Gefahr, noch bin ich krank. Nimm mich mit, ich nehme auch jede Schuld auf mich.«

»Jagoda, du …«

»Nein, komm mir jetzt nicht mit Jagoda. Wäre die Situation umgekehrt, ich würde dich nicht ausschließen, das weißt du.«

Er warf ihr einen langen, skeptischen Blick zu. Doch sie konnte sehen, dass sie ihn weichgeklopft hatte, und atmete erleichtert auf.

»Wie deine Freundin es mit dir aushält, ist mir ein Rätsel. Sie muss eine Heilige sein«, seufzte Vince und setzte den Blinker für einen U-Turn.

Milo beschloss, den verbotenen Seitenhieb auf Valerie dieses Mal zu ignorieren. Und auch, dass Vincent gerade über eine durchgezogene Linie fuhr. »Wo fahren wir hin?«, fragte sie stattdessen mit einem versöhnlichen Lächeln.

40

15. November 2022, 10:45 Uhr

»Brauchst du Hilfe?«

Milo schüttelte energisch den Kopf. »So weit kommt's noch!«

Sie atmete tief ein und stemmte sich aus Vince' Auto. Ihr Körper fühlte sich an, als wäre sie mit einem Panzer kollidiert. Aber der Teufel sollte sie holen, wenn sie sich deswegen von den Ermittlungen abbringen lassen würde. Diesen Gefallen würde sie weder ihren Angreifern noch dem Täter tun.

Mit zusammengebissenen Zähnen stakste sie hinter Vince auf den Eingang des beeindruckenden Hotels zu, vor dem er geparkt hatte. Hinter dem nierenförmigen Gebäude konnte sie einen Blick auf die Außenalster erhaschen. Eine blitzende Front aus Glas und Stahl empfing sie, umrahmt von einer gepflegten Grünanlage. Milo glaubte sich zu erinnern, dass sie vor ein paar Jahren über die Eröffnung dieses Luxus-Bettenbunkers gelesen hatte. Hier würden sie also den vierten Affen finden?

Zwei Dienstwagen der Polizei standen in der Auffahrt zum Hotel, an der Motorhaube des vorderen lehnte »Milo 2« und rauchte eine Zigarette. Ein Concierge in eleganter Uniform und ein Mann, der offenbar für die Koffer zuständig war, beobachteten sie dabei missbilligend. Milos Anblick kommentierte Gioia lediglich mit einem kurzen Zucken der Augenbraue, dann bot sie ihr grinsend eine Zigarette an. »Was dich nicht umbringt, macht dich härter, hab ich mir sagen lassen.«

Ihre Augen blitzten, und für den Bruchteil einer Sekunde überlegte Milo, ob die Kollegin wirklich so schamlos vor Vince mit ihr flirtete.

Der griff nach der ihr angebotenen Kippe und steckte sie sich in den Mund. »Danke. Also, was ist hier los?«

»Das solltet ihr euch besser selbst ansehen«, formulierte Gioia vorsichtig. »Die Spurensicherung wartet oben, ich hab sie gebeten, noch nicht anzufangen.«

»Oben?« Milo legte den Kopf in den Nacken. Etwa sieben bis acht Stockwerke ragte der Bau in den Himmel. Eine umlaufende Dachterrasse krönte das Ganze. Man musste einen atemberaubenden Blick über die Alster und Harvestehude haben. Die Zimmer hier kosteten garantiert ein Vermögen. Wen würden sie finden? Einen reichen Geschäftsmann, der sich irgendwann an einer Prostituierten vergangen hatte? Milo dachte an Olga Winogradowa, die Stripperin, die mittlerweile Kinder betreute. Könnte es einen Zusammenhang geben?

Vince warf seine Kippe auf den Boden und drückte sie mit dem Schuh aus. »Na, dann wollen wir mal«, forderte er Milo und Gioia auf.

Mit einem unguten Gefühl im Magen und Schmerzen in der Seite folgte sie ihrem Kollegen. Der Concierge nickte ihnen stumm zu und öffnete die schwere Glastür. Ihr Outfit musste deutlich unter dem Niveau sein, was er gewohnt war, und entlarvte sie mehr als jede Polizeimarke als Nicht-Gäste.

Das Innendekor des Hauses konnte es in jedem Fall mit der Fassade aufnehmen: glänzender Marmor, samtige Teppiche, überdimensionale Glaslüster, unaufdringliche Kunst, wohin man blickte. Elegant gekleidete Gäste saßen entspannt bei Kaffee, Tee und einigen vereinzelten grünen Smoothies in der Lobby und an der Bar verteilt. Elegante Kellner und Angestellte drehten routiniert ihre Servicerunden, leise Pianoklänge hallten durch den Eingangsbereich. Von einer Leiche war weit und breit nichts zu bemerken. *The Show must go on*, schoss es Milo durch den Kopf.

»Hier entlang«, forderte Gioia Tripodi sie auf und marschierte zu einem von drei Aufzügen nahe der Rezeption. Ein kurzer prüfender Blick des diensthabenden Servicemannes entging Milo ebenso wenig wie der Check seiner Kollegin. Keiner machte Anstalten, sie am Betreten des Aufzugs zu hindern. Profis wie wir, registrierte Milo anerkennend.

»Ich hab schon viel gesehen, was ich lieber wieder vergessen würde.« Gioia starrte auf die glänzende Stockwerksanzeige aus Messing, während sie sprach. »Aber das hier schafft es locker unter die Top Ten.«

Bevor Vince oder Milo antworten konnten, öffnete sich der Fahrstuhl mit einem leisen Pling. Sofort war Milo zurück in der Welt, in der sie sich auskannte und sicher fühlte. Signalrotes Absperrband war links und rechts vom Ausgang gespannt und führte in einen schmalen Gang und mit großer Wahrscheinlichkeit direkt zu ihrem Opfer.

Am Eingangsbereich zum Hotel-Spa wartete die in Schutzanzüge verhüllte Mannschaft von Dr. Süß auf ihren Einsatz.

»Wir haben nicht den ganzen Tag Zeit«, begrüßte die Ärztin sie mit strenger Stimme. »Es wollen auch noch andere Leichen obduziert werden.«

»Wir beeilen uns, vielen Dank für eure Geduld«, entschuldigte sich Vince mit einem charmanten Lächeln.

Die grimmige Miene der Rechtsmedizinerin wurde sofort weich. Zusammen mit Vince marschierte sie durch die Absperrung.

»Süß«, sagte Gioia mit einem breiten Grinsen und schaute zu Milo. Sie konnte nicht anders, als ebenfalls zu lächeln.

Ihr Lächeln verschwand, kaum dass sie den eigentlichen Spa-Bereich des Hotels betreten hatten. Sie hatte recht gehabt: Durch die bodentiefen Panoramafenster bot sich ein spektakulärer Blick auf die Alster. Keiner der Anwesenden hatte jedoch ein Auge dafür. Alle Blicke waren auf den toten Mann in der Mitte des Raums gerichtet. Splitternackt und bäuchlings lag er quer über einer der mit Kissen gepolsterten Rattanliegen. Die Einkaufstüte über seinem Kopf stand in krassem Kontrast zum exklusiven Ambiente. In die beigefarbenen Kissen um den Kopf des Toten war viel Blut eingesickert. Arme, Beine und Unterseite des Toten hatten sich bereits dunkel gefärbt. Es waren Totenflecken, Livores, die ihnen Dr. Süß nicht zu erklären brauchte. Der Mann musste irgendwann in der vergangenen Nacht umgebracht worden sein.

Milo betrachtete die Mengen an Blut um die Tüte herum und hatte so eine Ahnung, dass er nicht erstickt war.

»Wir drehen ihn mal auf den Rücken«, sagte sie.

Dr. Süß gab ihnen je ein paar Handschuhe, dann machten sie sich an die Arbeit. Es war immer wieder erstaunlich, wie schwer ein toter Körper war. Dieser hier wog sicherlich neunzig Kilo.

Milo betrachtete die Vorderseite der Leiche. »Können wir Fotos machen und dann die Tüte abnehmen?«, fragte sie und fing sich einen bösen Blick von Dr. Süß ein.

»Das hätten wir längst erledigt, wenn uns die Neue gelassen hätte«, schnarrte die Rechtsmedizinerin.

»Die Neue wollte aber, dass sich die Kollegen ein eigenes Bild machen«, erwiderte Gioia und wurde Milo gleich noch ein Stück sympathischer. »Vielleicht finden die beiden hier etwas, das ich übersehen hätte. Ist ja ihr Fall.«

»Sieht zumindest so aus«, murmelte Milo nachdenklich.

Vorsichtig wanderte sie durch das Spa. Sie wollte keine Spuren zerstören, aber dieser Ort hatte eine Geschichte zu erzählen. Ihr war nur nicht klar, welche. Sie spürte, dass ihr Vince' und Gioias Blicke folgten. Ausnahmsweise war ihr nicht kalt, sondern heiß. Niemand hatte daran gedacht, die Heizung im Raum abzuschalten. Ihre Augen schweiften vom einen Ende des großzügigen, exklusiven Raums zum anderen. Ein ausladender Jacuzzi. Eine goldene Bar mit Getränken und Obstkorb. Ein sitzender, menschengroßer Buddha in Gold mit mildem Lächeln auf dem Gesicht, die Augen, wie bei allen thailändischen Figuren seiner Art, geschlossen.

Auf den ersten Blick gab es nichts, was auf einen Kampf hindeutete. Bis auf die blutige Liege war die Etage sauber. Aber da war etwas, was Milo irritierte. Sie sog die Luft ein. Es roch nach einem exotischen Raumduft, aber auch nach Chlor und Putzmittel.

Zwischen den Liegen stapelten sich Magazine und Zeitungen. Ironie des Schicksals, dass der eigene Fall vom Titelblatt der Hamburger Morgenpost obenauf lag. »Mülltütenmörder immer noch nicht gefasst«, lautete die Schlagzeile.

In der Tat, immer noch nicht gefasst.

Milo marschierte weiter, nun zu den luxuriösen Duschen mit goldenen Armaturen und winzigen blau schimmernden Fliesen, öffnete die Türen zu den Saunakabinen, dem Dampfbad, den Masageräumen und den Toiletten und spähte in den abgetrennten Poolbereich. Nichts, was auch nur im Ansatz eine Verbindung zu dem Toten vermuten ließ.

Ihr Blick ging zur Decke. Wie sie vermutet hatte, gab es keine Überwachungsanlage im Spa. War das Zufall? Hatte ihr Täter gewusst, dass er hier oben ungestört sein würde?

»Jagoda, das solltest du dir ansehen«, hörte sie Vince rufen.

Wenn er ihren Vornamen benutzte, konnte das nichts Gutes

bedeuten. Sie eilte mit einem Ächzen zurück zur Liege, wo Dr. Süß gerade die Tüte entfernt hatte und für einen Moment innehielt.

Vom Kopf des Toten war nicht mehr viel übrig. Milo warf einen angewiderten Blick in die Tüte voller Knochensplitter, blutigem Brei und Hirnmasse. Der Hinterkopf aufgebrochen, das Gesicht völlig zerschmettert. Die Nase gab es de facto nicht mehr, auch die Jochbeine waren völlig eingedrückt, der Kiefer ohne Zweifel mehrfach gebrochen.

»Da scheint jemand eine ordentliche Wut gehabt zu haben«, kommentierte Gioia trocken das blutige Massaker.

»Todesursache muss ich euch diesmal nicht groß erklären.« Susanne Süß beugte sich über den Toten und betastete mit ihren behandschuhten Fingern seinen Körper, während einige ihrer Kollegen fleißig fotografierten. »Da sind überall grüne Glassplitter im Hirn. Ich tippe auf eine Flasche.«

»Wer ist der Kerl? Haben wir eine Gästeliste? Wird jemand vermisst?«, wollte Vince wissen.

»Wir brauchen keine Gästeliste«, antwortete Gioia. »Das ist kein Gast. Das ist der Chef des Ganzen.«

Vince und Milo zogen beide überrascht die Braunen nach oben und entlockten der neuen Kollegin ein stolzes Grinsen.

»Kannst du hellsehen? Der Typ hat nicht nur kein Gesicht mehr, er hatte auch noch eine Tüte über dem, was davon übrig ist.« Vince' Blick wanderte zwischen dem Toten und Gioia hin und her.

»Sagen wir's mal so.« Sie seufzte. »Er wurde nicht über sein Gesicht identifiziert.«

»Sondern?« Vince brauchte etwas länger als Milo, um der Kollegin zu folgen.

»Eine Affäre?«, fragte sie.

»So was in der Art. Die Leiterin des Spas ist erst kürzlich zu ihrem Posten … gekommen.« Gioia verzog die Lippen zu einem bitteren Lächeln. »Zweimal hatte sie Sex mit ihrem Chef. Das hat ausgereicht, um die Karriereleiter zu erklimmen und seinen nackten Arsch wiederzuerkennen.«

»Hat sie ein Alibi?«, wollte Milo wissen.

Gioia nickte. »Sie war mit ihrem Freund zusammen, möchte aber natürlich nicht, dass er von den Hintergründen ihrer Beförderung erfährt.«

»Wurde sie zum Sex gezwungen?«

»Soweit ich das beurteilen kann, nein. Die junge Frau klang sehr pragmatisch. Sie war nicht besonders erschüttert vom Tod ihres Wohltäters, auch nicht allzu überrascht, wenn ihr mich fragt. Meine Einschätzung: Ein Opfer ist die keines, Mörderin aber auch nicht.«

»Wir sollten trotzdem mit ihr sprechen«, sagte Milo. »Vince, kannst du das übernehmen? Und wir brauchen eine Liste von allen Angestellten, die letzte Nacht hier Dienst hatten. Besser noch von allen, die Zugang zum Haus und zum Spa haben. Wer weiß, vielleicht war sie nicht die Einzige, die an ihrer Karriere gearbeitet hat.«

Gioia nickte. »Ich kümmere mich sofort darum.«

»Was meinst du?«, wollte Milo von Vince wissen, als die Kollegin weg war. »War das unsere Mörderin?«

Vince blickte überrascht. »Die Entscheidung, dass es eine Frau war, hast du jetzt einfach so getroffen?«

»Na ja. Es scheint, als hätten wir schon wieder einen Mann, der Frauen missbraucht oder zumindest sexuell ausgebeutet hat. Das ist doch kein Zufall. Und dann hat er auch noch eine Tüte über dem Kopf.«

»Vom Discounter«, gab Vince zu bedenken. »Und du hast gehört, was Gioia gesagt hat. Die Spa-Tante wurde nicht missbraucht. Sie hat es freiwillig getan.«

»Nur weil sie das freiwillig gemacht hat, heißt das nicht, dass es kein Missbrauch war. Sie ist Angestellte, er ihr Vorgesetzter, sie hat einen Partner, er vielleicht irgendwo Frau und Kinder. Das war keine Liebesaffäre, der Typ hat seine Position ausgenutzt, um mit Frauen zu schlafen.«

»Hm«, machte Vince und wirkte nicht überzeugt.

»Wer auch immer diesen Mann getötet hat, ich glaube nicht, dass es euer Mörder war«, unterbrach Dr. Süß die beiden.

»Meine Rede«, erwiderte Vince zufrieden.

Milo seufzte ergeben. »Und warum nicht?«

»Nun, zunächst das Gesicht. Das trägt nicht die Handschrift der anderen Leichen. Augen, Ohren und Zunge sind bei den anderen Toten präzise abgetrennt worden. Da hat jemand mit sauberen Handbewegungen und einer gewissen Ruhe gearbeitet. Das hier …« Sie deutete auf die Reste des Kopfs. »Das ist eine Schlachtplatte. Da hat jemand wild drauflosgeschlagen. Und außerdem, falls euch das noch nicht reicht …« Sie winkte die beiden zur Leiche. »Das ist definitiv nicht der vierte Affe.«

Zwischen den dunkel angelaufenen Beinen des Toten baumelte dick angeschwollen sein grau-blaues Glied. Immer noch fest mit dem Körper der Leiche verbunden.

»Keine Kastration.«

41

15. November 2022, 19:30 Uhr

»Sagt dir der Begriff ›Übertötung‹ etwas?« Geschickt schnappte sich Valerie mit zwei Essstäbchen das letzte Stück Eierstich-Sushi vom Teller.

»Hey, das wollte ich!«, protestierte Milo.

»Dann musst du schneller mit den Stäbchen werden«, grinste Valerie, ließ Milo das Röllchen aber mit einem Zwinkern auf den Teller plumpsen. »Also, Übertötung?«

»Wenn ein Opfer schwer verstümmelt ist oder noch lange nach dem eingetretenen Tod malträtiert wird, weil der Täter seine Emotionen nicht unter Kontrolle hat«, wiederholte Milo die Lehrbucherklärung. »Wer ist hier Mordkommissarin? Du oder ich?«

Zufrieden nickte Valerie und schluckte einen Reisball hinunter. »Völlig richtig, Hauptkommissarin Milosevic. Aber können Sie mir auch erklären, warum ein Täter so reagiert?«

»Weil er ein Trauma hat?«

Wieder nickte Valerie. »Und was bedeutet das?«

»Dass ihm etwas Schreckliches zugestoßen ist.«

»Ihm oder ihr«, korrigierte ihre Freundin mit erhobenem Zeigefinger. »Ein Trauma entsteht durch ein nachhaltiges Schockerlebnis, aber auch durch immer wiederkehrende, ritualisierte Misshandlungen. Kinder, denen man über Jahre Gewalt zufügt, Menschen, die immer wieder gemobbt werden, Frauen«, sie machte eine bedeutsame Pause, »die missbraucht oder belästigt werden. Über eine lange Zeit.«

»Der Krug geht so lange zum Brunnen, bis er bricht«, murmelte Milo leise.

»Exakt«, antwortete Valerie. »Ich sehe das wie eure Frau Dr. Süß. Was du mir über diesen vierten Mord erzählst, passt so gar nicht in die Serie. Der Mörder hat bisher jedes Mal sehr bedacht und präzise gehandelt. Und schnell. Er hat keine Spuren hinterlassen, dafür deutliche Zeichen: die abgetrennten Körperteile. Diesmal sieht es anders aus. Einen menschlichen Schädel zu zertrümmern, das braucht Zeit und Kraft. Ihr habt es entweder mit einer sehr starken Person zu tun.«

»Oder?«

»Oder mit einem Menschen, der in diesem Moment die Kontrolle über sich verloren hat. Todesangst, Hass, Wut, Verzweiflung, wenn das alles zusammenkommt, wenn alle Sicherungen durchbrennen, dann hast du am Ende so eine Leiche.«

»Und das passiert nicht erst beim vierten Mord«, dachte Milo laut nach.

»Nein, das passiert nicht erst beim vierten Mord.«

»Fuck«, hauchte Milo.

»So kann man es auch sagen.«

Im selben Moment vibrierte Milos Handy auf dem Tisch. Valerie, die es unter normalen Umständen hasste wie die Pest, dass Milo so gut wie immer erreichbar war, schielte interessiert auf das Display. Vince schickte ein Foto, das aber gerade noch im Download festhing. Und eine Sprachnachricht, die schneller durchkam: »Sieh dir das an! Ich erwarte eine Beförderung. Und übrigens: Serpil hat dich zurückbeordert. Ich glaube, ihr geht der Arsch auf Grundeis.«

Milos Herz begann schneller zu schlagen, als sie das gesendete

Foto öffnete. Es war der Screenshot einer Excel-Liste mit den Namen der Hotelangestellten, die Zugang zum Haus und Spa-Bereich hatten. Ein Feld hatte Vince gelb eingefärbt. Milos Mund wurde plötzlich trocken. Sarabi Kidane arbeitete als Putzfrau in dem Hotel.

»Ich befürchte, einen Fall haben wir soeben gelöst«, seufzte sie und angelte nach ihrer Jacke.

Valerie sparte sich jeden Kommentar und griff stattdessen nach ihrem Weinglas. Die letzte Sushi-Rolle blieb auf Milos Teller zurück.

42

15. November 2022, 20:15 Uhr

Als Milo auf dem Revier eintraf, hatte Vince bereits einen vorbildlichen Job erledigt und sich Sarabi Kidanes aktuelle Adresse sowie einen Durchsuchungsbefehl besorgt. Er schien es ernst zu meinen mit der Beförderung.

Schweigend legten sie die Fahrt auf die Veddel zurück. Kidane wohnte in einem der weniger schönen, dafür aber noch günstigen Viertel Hamburgs. Keiner von ihnen hatte Lust auf das, was ihnen bevorstand. Es brauchte nicht viel Fantasie, um sich die Geschichte zusammenzureimen.

»Ist sie alleinstehend? Kinder?«, fragte Milo, als sie neben Vince auf das wenig einladende und renovierungsbedürftige Hochhaus zusteuerte.

»Eine Tochter, elf Jahre alt. Mit ihr ist Kidane vor acht Jahren nach Deutschland gekommen. Im Hotel arbeitet sie seit zwei Jahren.«

Sexueller Missbrauch über eine lange Zeit, erinnerte sich Milo an Valeries Worte. Sie wollte gar nicht wissen, was Thilo Breitengraser, der tote Manager, seiner Untergebenen angetan hatte. Sie würde es erfahren. Und sie wusste, was der Preis dafür war. Der zerschlagene Schädel, den selbst Milo nicht vergessen würde. Warum nur war Kidane nicht einfach zur Polizei gegangen? Doch die Antwort auf diese Frage kannte sie nur zu gut: weil ihr niemand geholfen und sie vermutlich ihren Job verloren hätte, und damit den dünnen Boden unter ihren Füßen.

Sie fuhren mit einem altersschwachen Fahrstuhl in die achte Etage. »Es gibt Tage, da hasse ich diesen Job«, knurrte Vince, als sich die Türen öffneten.

Vor der letzten Wohnung im Gang, 13c, blieben sie stehen. Kidane und Faraj stand in krakeliger Schrift auf einem kleinen Zettel, der mit Paketband unter die Klingel geklebt war. Durch den Türspalt schimmerte Licht, ein Fernseher war durch die dünne Wand zu hören. Die beiden nickten sich zu, dann klingelte Vince.

Es dauerte einen Moment. Schließlich verstummte die TV-Stimme in der Wohnung.

Milo wartete zwei, drei, vier Atemzüge und schlug mit der flachen Hand gegen die Tür. »Frau Kidane, machen Sie auf. Polizei. Wir müssen mit Ihnen sprechen.«

Ihre Stimme hallte durch den Flur, laut und kalt. Sie wusste, was Vince eben gemeint hatte. Es gab Tage, da hasste auch sie diesen Job. Einen Moment hoffte Milo, es würde einfach niemand öffnen, und Sarabi wäre zusammen mit ihrer Tochter untergetaucht. Dann hörte sie Schritte auf der anderen Seite. Der Schlüssel drehte sich im Schloss, eine Sicherheitskette rasselte, ein schmaler Spalt, dunkle Augen, ein hübsches Gesicht.

»Ja, bitte?«

»Jagoda Milosevic.« Milo hielt ihre Marke hoch. »Kriminalpolizei. Wir sind auf der Suche nach Sarabi Kidane.«

Die Frau warf einen Blick über die Schulter in den Raum, schloss die Tür, entriegelte die Kette und öffnete. Sie konnte nicht viel älter als dreißig sein. Viel zu dünn war sie. Ihre großen Augen blickten besorgt.

»Sie sind Frau Faraj?«, fragte Milo fürs Protokoll.

Die Frau nickte. »Karima Faraj. Kommen Sie herein.«

Die Wohnung war winzig. Eine Küchenzeile, bestehend aus zwei Herdplatten, zwei Schränken, die nicht zusammenpassten, und einem kleinen Kühlschrank, eine Couch an der einen Wand, eine zweite an der anderen, beide bereits mit Bettzeug für die Nacht umgebaut. Aus dem Zimmer nebenan waren die Stimmen zweier Mädchen zu hören, sie lachten.

»Unsere Töchter«, beantwortete Sarabi Kidane die unausgesprochene Frage in Milos Blick. Zusammengesunken saß die Frau am Küchentisch. Es gab nur zwei Stühle. Ihre Augen waren geschwollen vom vielen Weinen. Ihr schönes Gesicht wirkte fahl und grau. Sie sah aus wie ein gehetztes Tier. »Sie sind gekommen, um mich zu holen?«, fragte sie. Die Angst in ihrer Stimme war nicht zu überhören.

Für einen Moment überlegte Milo, ob sie das Spielchen spielen und die junge Mutter fragen sollte, ob es denn einen Grund gebe, sie mitzunehmen. Aber ein Blick in das Leben dieser Frau genügte, um es zu lassen. Sie würde die nächsten Schritte für Sarabi Kidane so angenehm wie möglich machen.

»Es tut mir leid, ich denke, es gibt keinen anderen Weg. Sie gestehen, und wir tun, was wir können, das verspreche ich ihnen.«

Für einen Moment war es ganz still.

»Kann meine Tochter hierbleiben?« Sarabi Kidanes Stimme zitterte.

»Fürs Erste«, antwortete Milo vorsichtig. Schon jetzt zeigte sich, wie wenig sie am Ende wirklich tun konnte. Das System würde übernehmen.

Sarabi nickte tapfer. »Ich hole ein paar Sachen und verabschiede mich.« Sie verschwand in dem anderen Zimmer, das Lachen der Mädchen verstummte, leise Stimmen waren zu hören.

»Sie ist eine gute Frau«, erklärte Karima Faraj, die Fäuste wütend geballt. »Aber die Welt ist nicht gut. Nicht zu Frauen wie uns.

Unsere Töchter sind gleich alt. Sie müssen in dieser Welt leben. Das ist nicht gut.«

»Wir werden tun, was wir können«, versprach Milo ein zweites Mal und fühlte sich hilfloser als je zuvor. Einen Moment später kam Sarabi Kidane zurück. Sie trug einen einfachen Mantel und eine alte Sporttasche. Die Frau rechnete allem Anschein nach nicht damit, allzu bald in die Wohnung zurückzukommen.

Zwischen Vince und Milo verließ sie mit gesenktem Kopf und hängenden Schultern ihre Tochter und ihr Zuhause.

»Frau Kidane, wir werden dieses Gespräch aufzeichnen«, erklärte Vince, als sie wenig später, nach einer gespenstisch ruhigen Autofahrt, auf dem Revier saßen.

Das LKA war um diese nächtliche Zeit beinahe leer. Bis auf Hermann Vies, den Kollegen aus dem Innendienst, der offenbar wieder Überstunden machte und Milo, Sarabi Kidane und Vince auf dem Gang begegnet war. Er hatte ihnen unverbindlich zugenickt und war dann gemächlich an ihnen vorbei in den Feierabend spaziert.

Feierabend. Es gab kaum etwas, das sich Milo sehnlicher wünschte.

Irgendwoher hatte Vince Kaffee in Pappbechern aufgetrieben. Die junge Mutter ignorierte das Getränk, aber nickte.

»Haben Sie die Belehrung verstanden? Sie wollen wirklich keinen Anwalt?«

Kidane schüttelte den Kopf. »Ich habe meinen Chef umgebracht«, antwortete sie ruhig. »Daran kann auch ein Anwalt nichts ändern.«

Milo und Vince tauschten vielsagende Blicke. Da war das Geständnis, das sie wollten. Oder auch nicht.

»Ein Anwalt könnte unter Umständen dafür sorgen, dass Ihre Gründe Beachtung finden«, formulierte Milo vorsichtig ihren Rat.

Kidane schüttelte erneut den Kopf. Eine Träne rollte über ihre Wange. »Ich will nicht, dass meine Gründe Beachtung finden«, wiederholte sie Milos Worte mit beißendem Unterton in der Stimme. »Ich will nicht, dass meine Tochter erfährt, dass alle Welt erfährt, was er mir angetan hat.«

»Was hat er Ihnen denn angetan?«

»Was denken Sie, warum ich bei Dina in der Gruppe war?«

Milo schwieg. Natürlich wussten sie es.

»Breitengraser hat Sie missbraucht.« Vince stellte keine Frage, er traf eine Aussage.

»Immer und immer wieder«, bestätigte Sarabi Kidane. Sie hob den Kopf und blickte sie abwechselnd an. »Zuletzt verging eigentlich keine Schicht, ohne dass er mir irgendwo auflauerte. Er hat mich absichtlich am Abend eingeteilt, mir mehr zu putzen gegeben als den anderen, damit ich bis spät im Hotel bleiben musste.«

»Warum sind Sie damit nicht zu Ihrem Vorgesetzten gegangen?«, fragte Milo, obwohl sie die Antwort kannte.

»Und was dann? Ich bin mir sicher, meine Chefin wusste davon oder konnte sich zumindest denken, was dahintersteckte. Ich hätte meinen Job verloren. Wer weiß, ob ich einen neuen gefunden hätte. Ich habe keinen Abschluss, keine Ausbildung, die in Deutschland zählt. Meine Tochter und ich sind in diesem Land *geduldet*. Wie lange hätte es wohl gedauert, bis ein neuer Breitengraser aufgetaucht wäre? Es gibt hier niemanden, der Frauen wie mir hilft. Nicht hier und auch nirgendwo anders. Außer vielleicht Menschen wie Dina Schneider. In der Gruppe war ich wenigstens nicht allein, da war ich nicht das einzige Opfer.«

»Wie lange lief die Sache mit Breitengraser?« Milo beobachtete Vince, der sich Notizen in ein Heftchen schrieb.

»Ein Jahr, zwei Wochen und drei Tage.«

Milo schluckte. Sie wollte nicht aufrechnen, wie viele Übergriffe das gewesen sein mussten.

»Warum jetzt?«, fragte sie stattdessen. »Sie haben sich nicht gewehrt, Sie haben ihn nicht angezeigt, mit niemandem je gesprochen. Warum haben Sie ihn genau jetzt umgebracht?«

Kidane ließ müde den Kopf hängen und sackte in sich zusammen. »Ich konnte nicht mehr. Es war einfach zu viel gestern Nacht. Ich war für das Spa eingeteilt und wusste, was das zu bedeuten hat.«

»Was hatte es denn zu bedeuten?«, fragte Vince und hatte die Stirn in Falten gelegt.

»Dass es lange dauern würde, weil er etwas zu feiern hatte. Dort oben hat er es immer besonders genossen. An guten Tagen wollte er einfach nur einen schnellen Blowjob, manchmal hatte ich sogar noch die Handschuhe dabei an. An schlechten …« Sie zögerte. »An schlechten Tagen wollte er alles von mir.«

»Und gestern Abend wollten Sie nicht mehr?«

»Ich wollte lieber sterben, als diesen Mann noch einmal in mir zu spüren. Ich habe die Zeitung gesehen, beim Aufräumen, die Morgenpost. Ich dachte: Das hätte er auch verdient, dass ihn endlich jemand für das bestraft, was er mir antut.«

»Und dann haben Sie es selbst getan?«

»Er kam nach oben, hatte eine Flasche Champagner dabei. Er war angetrunken, vielleicht ein Abendessen mit Gästen, eine Gehaltserhöhung, ich weiß es nicht. Er hat mir die Flasche in die Hand gedrückt und gesagt, dass ich mich freuen soll, so etwas Exklusives hätte ich sicher noch nie bekommen. Ich sollte das Putzzeug wegräumen, mich ausziehen und mit zwei Gläsern wiederkommen. Er würde auf mich warten. Dann hat er sich die Hose ausgezogen.«

Sie drehte den Kopf zur Seite und senkte den Blick. Als wollte sie wegschauen. Nicht sehen, was sie getan hatte.

»Ich hab meinen Putzwagen weggebracht, mich ausgezogen, wie er es wollte, und bin zurück. Er stand am Fenster, splitternackt, und hat nach draußen geschaut. Plötzlich hat mein Körper von ganz allein gehandelt. Ich bin zu ihm und habe ihm die Flasche auf den Hinterkopf geschlagen. Ich wusste nicht, was passiert. Er ist einfach umgefallen wie ein Sack. Ich habe immer wieder auf seinen Kopf geschlagen, bis die Flasche gebrochen ist. Ich konnte nicht aufhören …«

Milo machte einen mentalen Haken: Das war die Erklärung für die Glassplitter, die Dr. Süß in der Hirnmasse gefunden hatte.

Tränen liefen über Kidanes Gesicht, aber sie sprach weiter. »Er hat keinen Laut von sich gegeben, lag einfach nur da. Das hat mich erst richtig wütend gemacht. Dass es so einfach war. Was hätte ich mir alles ersparen können? Schon vor Monaten! Ich wurde so böse. Auf mich. Auf ihn.« Die Frau blinzelte eine Träne weg. »Neben der Heizung an der Wand hing ein Feuerlöscher. Den hab ich genommen und weitergeschlagen, bis nichts mehr übrig war. Bis ich meine Arme nicht mehr heben konnte.«

Aus dem Augenwinkel sah Milo, wie sich Vince eine Notiz zum Feuerlöscher machte.

»Was haben Sie mit dem Feuerlöscher gemacht?«

Sie zuckte mit den Schultern. »Ich habe ihn gesäubert und wieder dahin gestellt, wo er normalerweise steht.«

Milo atmete tief durch. Sie mussten den Feuerlöscher auf Spuren überprüfen, selbst wenn sie die Aussage der Frau nicht anzweifelte.

»Dann habe ich alles geputzt. Ich erinnere mich nicht, wann ich mich wieder angezogen habe, aber ich weiß noch, da lag in der Abstellkammer diese Tüte. In der Zeitung stand, dass den toten Männern Tüten über den Kopf gezogen wurden. Und ich dachte, vielleicht hab ich einmal im Leben Glück.« Sie schlug die Hände vors Gesicht und schluchzte.

Nach einem Räuspern machte sich Vince wieder eine Notiz. »Und dann?«

»Ich weiß nicht mehr, wie lange ich gebraucht habe. Es war schon hell, als ich endlich zu Hause war. Aber ich habe alles geputzt, das ganze Spa.«

»Was ist mit der Kleidung von Breitengraser? Und mit der Flasche, oder eher mit dem, was davon übrig war?«

»Im Müll. Ich habe alles in den Müll geworfen. Ich wusste nicht, ob an seiner Kleidung irgendwelche Spuren von mir waren. Der Müll wird jeden Morgen abgeholt.«

Milo atmete tief ein und wieder aus. »Frau Kidane, Sie bekennen sich also des Totschlags an Thilo Breitengraser schuldig.«

Vince beugte sich zu ihr herüber und flüsterte: »Totschlag? Nicht Mord?«

Doch sie wedelte ihn beiseite, und er nickte zustimmend. Offenbar verstand er, worauf sie hinauswollte.

Kidane sagte: »Ja. Ich habe ihn getötet.«

»Haben Sie diese Männer schon einmal gesehen?«

Milo schob drei Fotos über den Tisch, Porträtaufnahmen der ersten Männerleichen, aus Zeiten, in denen sie noch gelebt hatten. Bisher hatte die Presse weder Namen noch Bilder der Toten veröffentlicht, was aber nicht heißen musste, dass sie den Journalisten nicht vorlagen.

»Das sind Kai Nowak, Michael Schmidt und Serkan Karabulut«, Milo tippte mit dem Finger von einem zum nächsten. »Sagen Ihnen diese Namen etwas?«

Kidane schüttelte den Kopf. »Nein, ich kenne keinen davon.«

»Danke.« Milo packte die Fotos wieder ein.

»Was geschieht jetzt mit mir?« Die Stimme der Frau war voller Angst.

Vince erhob sich von seinem Stuhl, stoppte die Aufzeichnung des Aufnahmegeräts und umfasste Kidanes Hand. »Wir werden Ihnen einen Anwalt besorgen, und er wird die nächsten Schritte mit Ihnen besprechen. Vielleicht erinnern Sie sich ja noch an weitere Details. Möglicherweise haben Sie erst zugeschlagen, als Breitengraser Sie bereits gepackt hatte. Wenn er Sie bedroht hat, könnte Ihr Anwalt auf Notwehr plädieren. Das würde vieles ändern.« Er sah Kidane eindringlich an. »Denken Sie an Ihre Tochter. Überlegen Sie noch mal, was genau geschehen ist, wenn Sie Zeit hatten, sich ein bisschen zu beruhigen.«

43

16. November 2022, 8:00 Uhr

»Ich will gute Nachrichten. Los, her damit! Ist die Putzfrau unsere Serienkillerin?«

»Die Putzfrau hat einen Namen«, fuhr Vince zu Milos Überraschung die Chefin an. »Und nein, sie ist nicht die Mörderin der anderen Männer.«

»Verdammt«, blaffte Serpil. »Seid ihr sicher?«

»Einmal Notwehr mit Totschlag versus dreifachen Mord? Ja, wir sind sicher«, knurrte Vince.

Es war äußerst selten, dass er gegenüber Serpil aufmuckte. Die Sache mit Sarabi Kidane schien ihm wirklich unter die Haut zu gehen.

»Ihre Aussage ist eindeutig«, eilte Milo ihrem Kollegen zu Hilfe. »Sie hat ein Motiv für Breitengraser, den Totschlag hat sie gestanden. Zu den anderen Männern hat sie weder Bezug, noch passen die Ergebnisse aus der Rechtsmedizin zusammen. Zudem hat sie für die Taten Alibis. Insbesondere bei Karabulut, da war sie noch nicht einmal in Deutschland. Bei Nowak war sie essen mit Dina Schneider. Sie war es nicht.«

Serpil musterte Milo von oben bis unten, sagte jedoch nichts und trat stattdessen an die Tafel, an die immer noch die toten Männer und lebendigen Frauen der Selbsthilfegruppe gepinnt waren.

»Oder sie will genau, dass wir das denken. Was, wenn die

Frauen doch alle unter einer Decke stecken? Wenn sie einen nach dem anderen kaltmachen? Kidane sind die Sicherungen durchgebrannt, die hat es versaut. Jetzt flüchtet man sich in Notwehr, und der Rest bleibt ungestraft.«

»Das ist doch Blödsinn!« Vince war ebenfalls an die Wand getreten. »Warum erst die drei, deren Übergriffe länger her sind, und dann erst den Typen, der Kidane in jeder Schicht etwas antut? Warum nicht Breitengraser zuerst, wenn von ihm so eine Gefahr ausging?«

»Vielleicht war sie es nicht allein, vielleicht waren noch andere Frauen aus der Gruppe beteiligt. Wer war noch mal das Opfer von Michael Schmidt?« Ihr Finger folgte der roten Marker-Linie von Schmidt zu Katja Bäumer. »Vielleicht hat die ihr geholfen?«

»Und warum dann Kai Nowak?«, mischte sich Milo ein, die ebenfalls nicht mehr an die Theorie der Selbsthilfe-Morde glaubte, aber ihrer Chefin nicht grundlos widersprechen wollte. »Wie passt der in die Reihe? Theresa von Ohlson ist die einzige Verbindung zur Gruppe.«

»Und wie ich seit Kurzem weiß, ist ausgerechnet sie absolut tabu«, schoss Serpil wie aus der Pistole. »Der Innensenator hat mir gestern noch einmal sehr eindringlich gesagt, was mit uns allen passiert, wenn wir die von Ohlson weiterhin mit dem Fall in Verbindung bringen. Ich mein's ernst, wir können uns wirklich keinen Schritt mehr in die Richtung erlauben.« Sie hob die Hände. »Ich weiß, ich weiß, ich habe vor ein paar Tagen gesagt, dass ich darauf scheiße. Streifendienst ist für mich und für euch allerdings keine Option.«

»Aber …«, versuchte es Milo, wurde jedoch sofort unterbrochen.

»Nichts aber. Das Ehepaar von Ohlson taucht in dieser Geschichte nicht mehr auf. Nicht vor und nicht hinter den Kulissen, oder wir haben alle morgen keinen Job mehr. Ihr Alibi ist wasserdicht, sie haben eine weiße Weste, das schwört der Innensenator bei allem, was ihm heilig ist.«

»Was soll einem Politiker heilig sein?«, ätzte Vince.

»Nicht unser Problem«, erwiderte Serpil. »Wir sollten schleunigst rausfinden, wer wirklich etwas damit zu tun hat.«

»Aber das passt doch alles nicht zusammen!«, protestierte Vince. »Wir haben zwei tote Männer, die jeweils eine Frau aus der Gruppe missbraucht haben. Einer von ihnen wurde von seinem Opfer erschlagen, so weit, so gut – oder eben nicht. Bäumer hat ein Alibi für die Zeit, als Schmidt erdrosselt wurde, sie fällt also weg. Bleibt Nowak, der nur über die von Ohlson mit der Gruppe in Verbindung steht, und Karabulut, der überhaupt nichts mit den Frauen zu tun hat.«

»Soweit wir wissen«, unterbrach Milo, und Vince nickte.

»Soweit wir wissen, stimmt.«

»Kidane sitzt in Untersuchungshaft. Sie können wir später noch mal befragen, wenn du darauf bestehst, Serpil«, schlug Milo vor. »Vince, du scannst bitte Karabuluts Vergangenheit, vielleicht gibt es ja doch irgendwo einen Kontakt mit einer der Frauen. War da nicht diese Geschichte, über die niemand reden wollte?«

Serpil nickte. »›Er hat nie etwas gemacht, und der Verdacht ist sofort wieder fallen gelassen worden‹«, zitierte sie die Worte der Cousine des Verstorbenen. »Mehr weiß ich noch nicht. Leider. Wir müssen weitergraben.«

»Ich werde mir Kidanes Mitbewohnerin noch mal vornehmen«, erwiderte Milo. »Am Ende weiß die noch etwas, das uns irgendwie weiterhilft. Außerdem muss jemand der Tochter Bescheid geben, und ich vermute, darauf hast du keine Lust?«

Dankbar schüttelte Vince den Kopf, und Milo seufzte.

Müde stieg sie ins Auto. Gegen die kurze Nacht half nicht mal Vince' Spezialmischung aus der Büromaschine: vier Löffel Kaffeepulver auf eine Tasse Wasser und zwei Stück Zucker. Ihre Hände zitterten gefährlich, und ihre Augen brannten. Sie öffnete die Autofenster und ließ den eiskalten Fahrtwind herein, um wach zu bleiben.

Ihre Gedanken kreisten immer noch um die möglichen Verbindungen zwischen den Männern und Frauen, als ihr Karima Faraj die Tür zur 13c öffnete.

»Bitte entschuldigen Sie die Störung, Frau Faraj. Haben Sie einen Moment Zeit für mich?«

Sarabi Kidanes Mitbewohnerin zögerte kurz, bat sie aber dann in die Wohnung. Während Milo am kleinen Küchentisch Platz nahm, setzte Faraj Wasser auf den Herd.

»Möchten Sie Tee? Die Mädchen sind in der Schule«, sagte sie in gebrochenem Deutsch.

»Vielen Dank, aber ich will keine Umstände machen«, erklärte Milo. »Sie wohnen schon länger mit Sarabi Kidane zusammen?«

»Zehn Monate. Unsere Töchter sind im selben Alter. Wir teilen dieses Zimmer, die Mädchen das andere.« Sie zeigte auf die geschlossene Tür.

»Hat Frau Kidane mit Ihnen darüber gesprochen, was ihr zugestoßen ist?«

Die Frau stellte zwei Tassen mit duftendem Tee auf den Tisch, dann nahm sie selbst Platz. »In ihrer Heimat oder hier?«

Milo spürte den Kloß im Hals und würgte ihn mit einem Schluck Tee herunter. Wollte sie wissen, welche Narben Sarabi Kidane aus Eritrea mitgebracht hatte?

»Hier, an ihrem Arbeitsplatz. Haben Sie gewusst, dass sie missbraucht wurde?«

»Sarabi hat viel geweint, wenn die Kinder nicht da waren, aber niemals viel erzählt. Zu viel Angst. Zu viel Sorge. Aber ich wusste, was passiert ist.«

»Woher?«, bohrte Milo nach. »Woher wussten Sie davon?«

»Sie hat sich immer sofort gewaschen nach der Arbeit. Sie war lange unter der Dusche, und ich wusste warum. Man will den Dreck wegwaschen, den Mann wegwaschen. Aber es geht nicht weg, nicht vom Waschen.«

Für einen kurzen Moment öffnete sich das Fenster in ein Leben, das Milo erschauern ließ. Instinktiv fasste sie sich an die rechte Seite, wo ihre Rippen noch schmerzten, wo die Haut voller blauer Flecken war. Sie konnte den Urin der Männer immer noch riechen und wusste nicht, ob dieser Geruch jemals vollständig verschwinden würde. Ob die Angst vor einer dunklen, leeren Gasse bleiben würde.

»Gab es Freundinnen? Hatte Sarabi Besuch?«

Karima Faraj schüttelte die dunklen Locken. »Hier ist kein Platz für Besuch, und wir haben keine Zeit für Freunde.«

Milos Blick wanderte durch die Wohnung. Es gab kaum persönliche Dinge, kein Möbelstück, das nicht mindestens an einer Stelle ausgebessert war. Keine Bücher, kein Fernseher. Nur ein paar Werbeprospekte und eine Gratis-Zeitschrift aus dem Drogeriemarkt. Ihr Blick blieb für einen Moment an einer Rolle dunkler Mülltüten hängen. Wie viele dieser Tüten es wohl in Hamburg gab? Zu viele, um einen Verdacht zu bestätigen. Auf dem Fensterbrett stand eine Vase mit Blumen. Die waren ihr gestern Abend nicht aufgefallen. Sie waren nicht mehr frisch, aber das Bouquet war professionell gebunden. Kein exklusiver Strauß, trotzdem zu teuer für diesen Haushalt.

»Von wem sind die Blumen?«, wollte sie von Faraj Karima wissen.

Die Frau zuckte mit den Schultern. »Von Sarabi. Vielleicht von der Arbeit im Hotel?«

Sie stand auf und brachte einen Umschlag an den Tisch. »Schauen Sie nach.«

Milo öffnete den Umschlag. Eine Karte fiel heraus. Darauf war eine Wolke, aus der Regentropfen fielen, ein eng umschlungenes Paar stand unter einem roten Schirm. Sie klappte die Karte auf und las den kurzen Text.

Ich denke an dich. Du bist nicht allein. Benjamin.

»Wer ist Benjamin?«, fragte Milo. »Hatte Sarabi einen Freund?«

»Weiß ich nicht«, versicherte Faraj enttäuschend glaubwürdig. »Sarabi hat nichts erzählt, und über Nacht war nie jemand da.«

»Darf ich die haben?«, fragte Milo und steckte die Karte mit dem Absender der Gärtnerei in die Tasche. Sie war ebenfalls auf der Veddel, nicht weit von hier. Faraj erhob keine Einwände. »Vielen Dank für Ihre Hilfe. Sobald wir einen Termin für die Verhandlung haben, melden wir uns. Und … können Sie Sarabis Tochter sagen, was passiert ist? Zumindest in Grundzügen?«

Die Frau nickte. »Das habe ich schon. Sagen Sie Sarabi, ich passe gut auf Feven auf. Sie muss stark bleiben.«

Milo nickte. »Sie auch«, antwortete sie und verabschiedete sich.

Ihr nächster Halt würde diese Gärtnerei sein. Vielleicht hatte sie Glück und jemand konnte sich an diesen Benjamin erinnern.

44

16. November 2022, 9:30 Uhr

»Blumen« stand in geschwungenen, altmodischen Lettern über dem wenig ansehnlichen Ladenlokal, das sich nur ein paar Straßen weiter befand.

Milo stieß die Tür auf und sog den Duft der Blumen ein. Es war ein bunter Mix aus Gerüchen. Astern, Lilien, Dahlien, sie kannte zu wenig Blumensorten, um sie zuordnen zu können.

»Kann ich Ihnen helfen?«, fragte ein freundlich wirkender Mann mit weißem Haar und einer kleinen Brille auf der Nasenspitze.

»Ich hoffe. Mein Name ist Jagoda Milosevic. Ich bin von der Kriminalpolizei.« Sie fingerte ihren Ausweis aus der Hosentasche und hielt ihn dem Mann hin.

»Milosevic, hm?« Er grinste vielsagend.

Sie zuckte mit den Schultern. »Nicht verwandt, nicht verschwägert. Ich habe nicht mal den serbischen Pass.«

Er lachte. »Wunderbar, Jagoda Milosevic. Was kann ich für Sie tun?«

In kurzen Worten erklärte sie ihm, dass sie in einem Fall ermittelte, und zeigte dem Mann ein Handyfoto des Blumenstraußes, den sie bei Kidane entdeckt hatte. »Könnten Sie bitte nachsehen, ob ein solcher Strauß an eine Kundin namens Sarabi Kidane geschickt wurde?«

Der Mann zögerte einen Moment. »Bräuchten Sie dafür nicht so was wie einen Durchsuchungsbefehl?«

Milo verzog das Gesicht. »Theoretisch. Praktisch werde ich bei Ihnen aber gleich zwanzig rote Rosen erstehen und meiner Mutter zum Geburtstag schenken.« Die Lüge ging ihr leicht über die Lippen, denn die Blumen würde sie Valerie mitbringen.

Der Mann hob erfreut die Augenbrauen. »In dem Fall mache ich eine Ausnahme.« Er holte ein abgegriffenes Auftragsbuch heraus.

»Digital haben Sie das nicht?«

Er sah sie über die Brille an.

»Es würde vielleicht schneller gehen.«

»Menschen in meinem Alter haben Zeit, Frau Milosevic«, antwortete er, während er in dem Buch zu blättern begann. »Was haben wir denn da … Kaimer. Cinnerbo. Meier. Petridou.« Wieder blickte er auf. »Wann soll das gewesen sein?«

Milo zuckte mit der Schulter. »Keine Ahnung. Der Strauß sah noch nicht alt aus. Vor ein paar Tagen?«

Der Blumenhändler durchsuchte das Buch Eintrag für Eintrag, wobei er den Zeigefinger zu Hilfe nahm, um über die Zeilen zu fahren. Schließlich richtete er sich auf.

»Bedaure. Wir haben an niemanden mit diesem Namen geliefert.«

»Hm. Vielleicht an die Adresse?« Sie gab ihm Kidanes Anschrift, aber auch das blieb erfolglos. Selbst der Name der Mitbewohnerin war nirgendwo zu finden.

»Schauen Sie doch mal bei den Auftraggebern. Finden Sie da einen Benjamin?«

»Gute Frau, wir schreiben doch nicht die Namen all unserer Kunden auf!«

Milo überlegte. »Vielleicht ist es ja ein Stammkunde? Der den

Strauß hier binden ließ und ihn selbst bei der Adresse vorbeigebracht hat?«

»Möglich ist alles. Wie heißt er denn mit Nachnamen?«

»Das weiß ich leider nicht.«

Er runzelte die Stirn. »Und wie sieht er aus?«

»Das weiß ich auch nicht.«

Der Blumenhändler seufzte. »Und was genau wissen Sie?«

Gute Frage, dachte Milo. Sie konnte doch nicht schon wieder einer kalten Spur folgen. Oder?

»Tja. Gut.« Sie sah sich um. »Die Rosen nehme ich trotzdem mit.«

Ein Lächeln huschte über das Gesicht des Mannes. Er kam hinter dem Verkaufstresen hervor, suchte zwanzig langstielige rote Rosen heraus und wollte von Milo wissen, ob er sie zum Strauß binden sollte. Valerie mochte Blumen aber pur, ohne Grünzeug, deshalb ließ sich Milo die Rosen nur in ein Papier einwickeln und zog dann ihren Geldbeutel aus der Tasche, um zu bezahlen.

Als sie bereits an der Tür angekommen war und sich verabschieden wollte, bemerkte sie, dass der Blumenhändler nachdenklich am Tresen stand, die Arme auf die Arbeitsplatte aufgestützt, auf der Reste von Blättern und mehrere Blumenscheren lagen.

»Wer, hatten Sie gesagt, soll der Auftraggeber gewesen sein?«, rief er ihr hinterher. »Ein Benjamin?«

Milos Magen machte einen Looping, und sofort kam die Aufregung zurück. »Ja.«

»Wir haben hier eine Aushilfe … Benjamin. Benny. Er arbeitet stundenweise bei uns, seit meine Tochter studieren geht. Manchmal erlaube ich ihm, aussortierte Sträuße oder Blumen mitzunehmen, die niemand gekauft hat. Seine Mutter freut sich darüber, sagt er immer. Vielleicht hat er den Strauß mitgenommen?«

Milos Mund wurde trocken, und sie musste gegen das Gefühl

ankämpfen, über die Theke zu springen und den alten Mann zu schütteln, damit er noch mehr Informationen ausspuckte. Sie bezwang den Impuls und nickte stattdessen nur aufmunternd.

»Er ist ein armer Kerl. Hat irgendwo die falsche Abbiegung im Leben genommen.« Der Mann seufzte. »Keine richtige Ausbildung. Wenig Freunde. Ein Einzelgänger.«

Milo trat an den Tresen und legte die Blumen ab. Das klang fast zu gut, um wahr zu sein. Serientäter waren häufig Einzelgänger, isoliert von der Gesellschaft und doch ein integrierter Teil davon. »Und Sie glauben, er könnte den Strauß, den ich Ihnen gezeigt habe, mitgenommen haben?« Erneut zog sie ihr Handy aus der Tasche und hielt ihm das Display hin.

Er wiegte den Kopf hin und her. »Kann sein, kann aber auch nicht sein.«

»Wie heißt Ihre Aushilfe mit Nachnamen?«

»Müller. Benjamin Müller.«

»Haben Sie Unterlagen von ihm? Einen Ausweis? Führerschein? Irgendwelche Dokumente?«

Der Blumenhändler blickte verlegen zu Boden. »Wir nehmen das nicht so genau. Er stand eines Tages im Laden und suchte einen Aushilfsjob. Wir bekommen hier nicht so viele Anfragen. Er ist fleißig, pünktlich und höflich.«

Und nicht angemeldet, dachte Milo stumm, aber verkniff sich einen Kommentar.

»Haben Sie seine Adresse?«

Der Blumenhändler nickte zögernd. »Aber ich kann Ihnen die doch nicht einfach geben.«

»Hören Sie!« Milo beugte sich weit über die Theke. »Ich werde Sie in dieser Sache nicht melden, aber dafür rücken Sie jetzt die Adresse raus, verstanden?«

Er schluckte so schwer, dass sein Adamsapfel hüpfte. »Verstanden.«

»Und kein Wort zu Ihrem Benny, bis ich ihn selbst gesprochen habe!«

Wieder nickte er.

Mit klopfendem Herzen und einer Adresse im nahe liegenden Wilhelmsburg verließ Milo den Blumenladen. Sie hörte Angela Kaltofens Stimme in ihrem Kopf: »Wenn sich etwas zu gut anhört, um wahr zu sein, dann ist es das meistens auch.«

Vielleicht hast du einmal nicht recht, Angela, erwiderte sie in Gedanken.

»Ihre Rosen!«, rief der Alte ihr noch hinterher, aber dafür hatte sie in diesem Moment kein Gehör.

45

16. November 2022, 10:15 Uhr

Nur wenig später stand sie vor einem leicht heruntergekommenen Mehrfamilienhaus. Vor der Tür parkte ein alter Golf, dessen rote Lackierung von der Sonne ausgebleicht war. In einigen Fenstern des Erdgeschosses klebten Schilder eines Immobilienbüros, aus denen hervorging, dass man hier freie Wohnungen bekommen konnte – eine absolute Seltenheit in Hamburg, in dem die Wohnungsnot ähnlich groß war wie in Berlin oder München. Wenn eine Immobilie nicht lange vor der offiziellen Ausschreibung unter der Hand wegging, rangelte man mit Hunderten von Bewerbern um einen Besichtigungstermin und hatte danach so gut wie keine Chance, die Wohnung auch wirklich zu bekommen. Es sprach weder für die Immobilie noch für die Lage, wenn ein Makler sein Schild aufstellen musste. Wenn dieses Schild auch noch aussah, als würde es dort bereits seit Jahren hängen, wusste man mit Sicherheit, dass das Objekt bereits viele Interessenten zuvor abgeschreckt hatte.

Milo stellte den Passat in einiger Entfernung ab und sammelte sich. Ihr Instinkt sagte ihr, dass dieser Benjamin etwas mit dem Fall zu tun hatte. Sie hatte den begründeten Verdacht, dass er Sarabi Kidane die Blumen geschenkt hatte. Aber warum? Sie griff nach ihrem Mobiltelefon und suchte Vince' Nummer aus den Kontakten heraus. Es tutete, doch er nahm nicht ab. Mist. Ob sie Serpil anrufen sollte? Nein, die würde sie sofort zurückpfeifen. Alleingänge waren nicht nur dumm, sie waren auch brandgefährlich – für das eigene Überleben und die Stimmung in der Ermittlungskommission.

Aber Milo wusste, dass sie keine Zeit hatten. Irgendetwas an dieser Sache war faul. Sie konnte die Teile des Puzzles sehen, sie musste sie nur noch zusammensetzen. Und wenn sie schon mal hier war …

Milo tastete nach der Pistole, dabei fuhr ihre Hand über die lädierte Seite ihres Körpers. Sie verzog das Gesicht. In der Aufregung und unter Einfluss des Adrenalins hatte sie fast vergessen, in welchem bedauerlichen Zustand sie war.

Erneut wählte sie Vince' Nummer, aber er ging wieder nicht dran. Milo schlug frustriert aufs Lenkrad. Wo steckte der Kerl?

Einem Impuls folgend, suchte sie Gioias Namen in ihrer Kontaktliste, konnte sie jedoch nicht finden. Dann fiel ihr ein, dass ihr Vince am Morgen die digitale Visitenkarte der Kollegin über den Messenger geschickt und Milo die Datei einfach abgespeichert hatte, ohne sie umzubenennen. Sie stieß ein verärgertes Brummen aus: Sie musste nicht nach Gioia Tripodi, sondern nach »Milo 2« in ihren Kontakten suchen.

Gioia ging sofort ran. »Ja?«

»Ich bin's. Ist Vince bei dir?«

»Nein. Der ist in der Bäckerei und holt sich was zu essen. Sein Handy hat er hier vergessen.«

»Mist!«

»Was ist los?«

In wenigen Worten fasste Milo zusammen, was sich seit der Befragung von Sarabi Kidanes Mitbewohnerin ergeben hatte.

»Kannst du mal die Adresse durch den Computer jagen?«, bat sie die Kollegin.

»Klar, her damit.«

»Ich suche einen Benjamin Müller. Ist der dort gemeldet?«

Milo gab Straße und Hausnummer des Mietbaus durch und wartete ungeduldig. Sie konnte Gioia atmen hören. Ihre Finger flogen über die Tastatur. Die Sekunden vergingen zäh, dann hatte die Kollegin etwas.

»Mehrparteienhaus?«, fragte sie, und Milo bejahte.

»Wagenbrecht, Ulrike und Heinrich. Beer, Wilhelm. Hartwig Friedhelm und Anette. Schneider, Dina … Moment, Dina Schneider, ist das nicht die Alte aus der Selbsthilfegruppe?«

Milo sog scharf die Luft ein. Bingo! Ihr Instinkt hatte sie nicht getäuscht.

»Einen Müller hab ich hier nicht … Hallo? Bist du noch dran?«

»Ja, ich bin noch dran. Verdammt, irgendwas ist da faul.«

Gioia wurde ernst. »Mach keinen Blödsinn, Milosevic. Du gehst da *nicht* rein. Nicht allein.«

»Ich muss! Er ist unsere beste Spur bislang, unsere einzige.«

»Dann warte wenigstens. Ich setz mich ins Auto und fahre los«, sagte Gioia, und Milo konnte hören, dass es im Hintergrund bei ihr raschelte.

»Das dauert viel zu lang«, maulte Milo, öffnete die Fahrertür und stieg aus dem Passat.

»Milo!«, rief Gioia laut. »Du gehst da nicht allein rein. Wir wissen doch gar nicht, was dich da erwartet! Wir haben einen Verdacht, *du* hast einen Verdacht. Aber mehr auch nicht. Was, wenn die beiden überhaupt nichts miteinander zu tun haben? Oder doch, aber du schlägst jetzt bei ihm auf und vermasselst alles? Was dann?«

Milo, die einige Schritte auf das Haus zugelaufen war, blieb stehen. Darüber hatte sie auch schon nachgedacht. Und natürlich, Gioia hatte recht.

»Außerdem bist du in einem, nun ja, nicht gerade 1A-Zustand, was deine körperliche Unversehrtheit angeht«, gab die Kollegin zu bedenken. »Wenn du recht hast und das unser Typ ist, dann verliert er vielleicht die Nerven. Und du holst dir ein paar weitere Schrammen – oder schlimmer.«

Milo sah zum Haus hoch. Es war ein graues, nichtssagendes Haus. Mindestens zehn Parteien, vermutlich führte ein Ausgang in den Hinterhof. Eine gute Fluchtmöglichkeit.

»Bleib mal dran«, murmelte sie und lief zur Eingangstür. Der Name Schneider stand auf einem der Klingelschilder. Müller hingegen war nirgends zu finden.

Was sollte sie tun? Sie hatten ja noch nicht mal einen Durchsuchungsbefehl, geschweige denn einen dringenden Tatverdacht. Milo spürte, dass dieser Benjamin etwas mit ihren Morden zu tun hatte, doch Spüren, das hatte ihr ihre Mentorin oft genug eingebläut, war nun mal nicht Wissen. »Der Nase folgen ist gut, die Nase reinstecken geht aber erst mit den entsprechenden Papieren«, hatte ihr Angela nicht nur einmal gesagt.

Für einen kurzen Moment überlegte Milo, ob sie nicht einfach bei Dina Schneider klingeln sollte. Aber was dann? Die Leiterin der Selbsthilfegruppe nach Benjamin Müller fragen? Besser als nichts, dachte Milo und drückte die Klingel.

»Was machst du?«, wollte Gioia alarmiert wissen.

»Vielleicht weiß die Schneider was.«

Milo klingelte noch einmal. Doch die Tür blieb verschlossen. Sie lief zurück zum Gehweg und hob den Blick zu den Fenstern, die – sofern man der Logik der Klingelschilder folgen konnte –, zur Wohnung von Dina Schneider gehörten.

In diesem Moment hörte sie, dass ein anderer Anrufer im laufenden Gespräch anklopfte. Milo nahm das Handy vom Ohr und sah aufs Display. Auch das noch.

»Serpil ruft an, bleib mal in der Leitung.«

»Aber …«, sagte Gioia noch, doch da hatte Milo das Gespräch schon in die Warteschlange befördert und Serpils Anruf entgegengenommen.

»Wo steckst du?«, wollte die Chefin wissen.

»Ich bin in Wilhelmsburg«, erklärte Milo. »Und observiere gerade …«

War da eine Bewegung hinter einem der Vorhänge? Eine Gestalt? Milos Herz schlug schneller. War Dina Schneider zu Hause? Warum öffnete sie dann nicht?

»Du solltest doch nur zu dieser Mitbewohnerin fahren und wieder zurückkommen.«

»Ja, aber ich bin da an einer Spur dran. Bei Kidane stand ein Strauß Blumen, und …«

Serpil unterbrach sie rüde. »Jagoda Milosevic, hör auf mit deinen Alleingängen. Wir haben die Täterin. Der Staatsanwalt hat gerade Anklage gegen Kidane erhoben.«

Milo zog die Augenbrauen zusammen. »Wegen des Mordes am Hotelmanager.«

»Nein«, sagte Serpil und seufzte. »Wegen allen Morden.«

»Was? Aber das ist doch totaler Bullshit!« Milo dachte an Sarabi Kidane. Sie war eindeutig die Mörderin ihres Peinigers, aber mit den restlichen Toten hatte sie sicher nichts zu tun.

»Ich weiß. Mir sind die Hände gebunden. Kidane hat nur für Nowaks Tod ein Alibi, und das kommt ausgerechnet von Dina Schneider. Vielleicht hat die ihr das Alibi aber nur aus Mitleid gegeben. Und dann?«

»Fuck!«, rief Milo aus.

»Allerdings. Als Schmidt starb, hatte Kidane Spätschicht. Die begann um 21 Uhr. Theoretisch hätte sie Schmidt töten und danach zur Arbeit fahren können. Auch wenn das mehr als unwahrscheinlich.«

»Aber was ist mit der Kanalleiche?«, fiel Milo ein. »Serkan Karabulut?«

»Muss nicht mit den anderen Fällen zusammenhängen, sagt der Staatsanwalt.«

»So ein Schwachsinn!«, rutschte es Milo lauter heraus als geplant, doch sie zügelte sich sofort und sah wieder hoch zum Fenster. Da stand doch jemand. Sie spürte beinahe körperlich, dass sie beobachtet wurde.

»Ich weiß«, erwiderte Serpil erneut. »Aber es wundert mich nicht. Der Innensenator und der Staatsanwalt sind alte Kumpels vom Rotary Club und spielen jeden zweiten Donnerstag zusammen Skat.«

Für einen Moment war Milo sprachlos. So einfach machten es sich die Herren in den oberen Etagen also. In Richtung der von Ohlsons durfte nicht ermittelt werden. Und dann suchte man sich einfach eine Täterin aus und entschied, dass man Anklage gegen sie erhob – und sie damit zur Mörderin von Schmidt und Nowak machte.

»Warum arbeiten wir überhaupt, wenn die am Ende selbst entscheiden, wen sie an den Pranger stellen?«, fragte Milo bitter.

»Ich weiß es nicht, aber …« Serpil senkte die Stimme. »Komm so schnell wie möglich zurück, wir machen eine Lagebesprechung und sehen, was wir tun können.«

Milo knirschte mit den Zähnen. »Das hier ist wichtig. Ich kann es spüren. Vielleicht ist es unsere einzige Chance.«

»Das hier auch! Und das Letzte, was ich gerade brauchen kann, sind meine eigenen Leute, die sich auf ihren Solotrips in Gefahr bringen«, fauchte Serpil. Dann sagte sie leiser: »Komm nicht ins LKA. Ich schick dir den Treffpunkt aufs Handy.«

Bevor Milo etwas entgegnen konnte, hatte Serpil aufgelegt, und Gioia war wieder dran.

»Und?«

Milo schnaufte. »Ich breche hier ab und komme zurück.«

»Schön. Lebend gefällst du mir nämlich am besten.«

Die Leitung wurde unterbrochen.

Verdammter Mist. Man wollte Kidane zwei weitere Morde anhängen. Das war doch verrückt! Milo war klar, ihnen blieb nicht mehr viel Zeit, den wahren Mörder zu finden. Alles in ihr wehrte sich dagegen, jetzt zurück in die Stadt zu fahren. Aber was sollte sie machen? Gioia und Serpil hatten recht: Alleingänge konnten dumm sein und tödlich enden.

Erneut sah sie hoch zu den Fenstern. Dieses Mal war sie sich sicher: Da oben stand jemand und schaute zu ihr herunter.

46

16. November 2022, 11:00 Uhr

»Das nenne ich ein Upgrade«, sagte Gioia schmunzelnd, als sie als Letzte in den Imbiss kam und sich umsah.

Serpil, Milo und Vince saßen schon an einem der klebrigen Tische. Vince hatte sich eine Currywurst bestellt. Morgens um elf war der Geruch fast noch weniger zu ertragen als zur Essenszeit. Milo atmete durch den Mund und versuchte, den Gestank von gebratenem Fleisch auszublenden.

»Das ist also die Sonder-Sondereinheit?« Gioia ließ den Blick von einem zum anderen wandern und blieb an Milo hängen.

Serpil räusperte sich. »Ganz ehrlich, Leute, allein dass wir uns hier treffen, kann mich den Job kosten.«

»Wieso?«, fragte Vince schmatzend. »Wir sind Kollegen und gehen zusammen in die Mittagspause.«

Alle drei Frauen sahen ihn zweifelnd an. Meinte er das tatsächlich ernst? Nicht mal ein Streifenpolizist im Urlaub würde diese Ausrede glauben.

»Passt auf«, sagte die Chefin. »Mir gefällt das gar nicht, dass wir von oben jetzt schon zum zweiten Mal einen Maulkorb verpasst bekommen. Schlimmer noch, die Politik will uns vorgeben, wie wir arbeiten sollen. Und da mache ich nicht mit.«

Milo nickte grimmig. Serpil konnte einem manchmal richtig auf den Sack gehen, ob man nun einen hatte oder nicht, aber sie war loyal und integer, was man von den wenigsten Menschen behaupten konnte, die im politischen Betrieb mitmischten. Jetzt gerade verspürte Milo tatsächlich so etwas wie Stolz auf ihre Chefin, die ihre Karriere dafür aufs Spiel setzte, die Männer in ihren auf Hochglanz polierten Büros nicht mit diesem Bauernopfer durchkommen zu lassen.

»Wir ermitteln weiter. So lange, bis wir hieb- und stichfest beweisen können, dass Kidane zwar den Hotelmanager, nicht aber die anderen Männer ermordet hat.«

Vince, Gioia und Milo nickten zustimmend.

»Ich warte auf ein Aber«, sagte die Neue.

»Es darf niemand mitbekommen. Horst und Philipp würde ich eigentlich gern ins Vertrauen ziehen, aber sie stellen gerade alle Ermittlungsunterlagen für die Anklage des Staatsanwalts zusammen und sind eine super Tarnung für uns. Je weniger sie von unseren eigenen Ermittlungen wissen, desto besser.«

»Das wird ihnen nicht gefallen«, gab Vince zu bedenken. »Wenn sie mitkriegen, dass wir sie übergangen haben …«

»Dann lass ich mir was einfallen«, knurrte Serpil. »Ein Problem nach dem anderen, können wir uns darauf einigen?«

»Was ist mit Nadja?«, wollte Milo wissen.

Serpil blinzelte. Dann fiel der Groschen. »Du meinst Nadine. Sie ist informiert und sitzt schon an einer Recherche, bleibt aber im Büro, damit niemand Verdacht schöpft.« Serpil sah zu Gioia. »Du fliegst unter dem Radar, du bist ja erst seit Kurzem bei uns. Niemand wird dich auf dem Zettel haben. Pass nur auf, dass du niemandem auf die Füße trittst.«

Gioia rieb sich die Hände. »Ich liebe diese konspirative Stimmung in eurer Abteilung.«

»Vince«, fuhr Serpil ungerührt fort, »ich brauche dich draußen, du wirst Milo begleiten. Und verhindern, dass sie allein irgendwelche Dummheiten anstellt. Sie ist immer noch nicht voll einsatzfähig, und nach den letzten Artikeln in der Zeitung sind die Drohungen nicht weniger geworden.« Sie schaute Milo ins Gesicht. »Dass du in dieser Sache eine Runde aussetzt, davon geh ich nicht aus?«

Milo schwieg eisern.

»Also gut, dann ist die offizielle Version wie folgt: Milo, ich habe dich heute Morgen zum Arzt geschickt. Wegen deiner Prellungen«, erklärte Serpil.

»Alles klar.« Milo wartete einen Moment ab. »Und was machen wir jetzt?«

»Wir warten auf einen Anruf.«

Alle starrten auf Serpils Handy, das in der Tischmitte lag. Als es auch zwanzig Sekunden später noch nicht klingelte, fragte Milo: »Wer soll denn anrufen?«

»Nadine. Für dich Nadja.«

»Aha.«

»Ich hol mir noch eine Pommes«, sagte Vince, hielt jedoch in der Bewegung inne, als das Telefon zu vibrieren anfing. Es war eine Nummer des LKA.

Serpil nahm sofort ab und hielt sich das Gerät ans Ohr. »Ich höre.«

Leise drang die Stimme der Assistentin aus dem Gerät. Sie sprach schnell und wirkte aufgeregt. Während des Gesprächs wurde der Gesichtsausdruck der Chefin immer grimmiger. Schließlich legte sie nach einem knappen »Danke« auf und sah die geheime Einsatztruppe an.

»Ich habe Nadine auf diesen Typen angesetzt, den Milo in Wilhelmsburg ermittelt hat.«

Milo nickte. »Benjamin Müller. Er wohnt anscheinend im selben Haus wie Dina Schneider.«

Vince zog die Augenbrauen zusammen. »Schneider? Von der Selbsthilfegruppe? Seltsamer Zufall.«

»Vielleicht kein Zufall«, antwortete Milo.

»*Absolut* kein Zufall«, mischte sich Serpil ungeduldig ein. »Nadine musste ordentlich wühlen, um was zu finden. Aber sie hat etwas gefunden. Einen Benjamin Müller gibt es unter dieser Adresse nicht, Dina Schneider wohnt dort, allein … Aber sie hat einen Sohn, und dreimal dürft ihr raten, wie der heißt. Richtig, Benjamin. Benjamin Schneider. Ohne festen Wohnsitz, angeblich vor Jahren ausgewandert, 2003, um genau zu sein.

»Ach.« Vince wiegte den Kopf hin und her. »Das ist allerdings ein merkwürdiger Zufall.«

»Es wird noch besser.« Serpil genoss ihren Wissensvorsprung sichtlich und fuhr mit grimmiger Befriedigung fort: »2003 war Benjamin Schneider zweiundzwanzig Jahre alt und kam gerade aus dem Knast.«

»Wie bitte?« Vince fiel beinahe die Serviette aus der Hand.

Serpil nickte. »Er saß vier Jahre wegen Vergewaltigung einer Klassenkameradin. Ich brauche keinen siebten Sinn, um zu ahnen, dass diese Geschichte und sein Verschwinden irgendetwas mit dem Auftauchen von Benjamin Müller zu tun haben, über den wir übrigens nichts finden konnten, rein gar nichts. Nur das, was Milo im Blumenladen ermittelt hat.«

Gioia runzelte die Stirn. »Schräge Geschichte, muss aber nicht unbedingt etwas mit den Morden zu tun haben. Ein Vergewaltiger, der Vergewaltiger ermordet? Ich weiß nicht. Passt das psychologisch wirklich zusammen?«

Milo dachte an das, was der joggende Dr. Weishaupt gesagt hatte. Er hielt es für möglich, dass sich ein geläuterter Täter zum Rächer emporschwang.

»Und wieso sollte seine Mutter eine Selbsthilfegruppe für vergewaltigte und misshandelte Frauen leiten?«, warf Vince ein.

»Schuldgefühle?«, schlug Milo vor, auch wenn sie nicht sonderlich überzeugt war. »Oder Buße.«

»Das finden wir heraus.« Serpil ließ die offenen Handflächen auf die Tischplatte fallen. »Mir reicht es auf jeden Fall, um weiterzuermitteln. Wir schauen uns diesen Benjamin Schneider oder Müller oder wie auch immer genauer an.«

Die anderen richteten sich auf.

»Wer fährt mit mir hin?«, fragte Milo.

»Ich muss zurück ins LKA. Den Schein wahren«, sagte Serpil. »Milo, ich würde dich ja am liebsten auch im Innendienst …«

»Kommt nicht infrage!«, polterte Milo so laut, dass sich die beiden dickbäuchigen Männer in orangefarbenen Warnwesten vom Nebentisch zu ihnen umdrehten. »Du kannst mich nicht an den Schreibtisch verdonnern. Nicht zu diesem Zeitpunkt.«

»Okay, war nur ein Vorschlag. Gioia, du begleitest Milo zu den Schneiders. Vince, du kommst mit mir.«

»Ich? Wieso? *Ich* sollte doch auf Milo aufpassen!«

»Noch mal für die Langsamen unter euch: Niemand soll Verdacht schöpfen«, fauchte Serpil und hörte sich dabei fast schon wieder an wie immer. »Besser, ein paar Kollegen sehen dich im Büro, Vince. Außerdem brauche ich jemanden, der die Verhandlungsakten von damals sichtet. Nadine ist gut, aber vier Augen sehen mehr als zwei. Milo ist bei Gioia in guten Händen.«

Vince schloss den Mund und knirschte so mit den Zähnen, dass man die Kieferknochen mahlen sah.

»Du kommst noch zu deinem Einsatz. Aber ich brauche dich bei mir.« Sie zögerte kurz. »Bitte.«

Es kam nicht oft vor, dass Serpil um etwas bat. Vince seufzte. Er wusste, wann er verloren hatte.

»Gibt es von diesem Benjamin ein Foto?«, wollte Milo wissen.

Serpil kramte ihr Telefon noch einmal aus der Tasche und öffnete ihre Mails. Sie öffnete einen Anhang und hielt Milo das Display hin.

Nein, dachte sie und spürte, dass ihr mit einem Mal eiskalt wurde. Sie krallte sich an der Tischkante fest und bemerkte, dass ihr kurz schummrig wurde.

»Was ist los, Milosevic? Hast du einen Geist gesehen?«, wollte Vince wissen.

Milo starrte auf das Foto. »Keinen Geist, aber einen alten Bekannten«, flüsterte sie leise.

47

16. November 2022, 12:00 Uhr

Sie saßen in Milos Passat vor dem hässlichen Mehrfamilienhaus, in dem Dina Schneider und vermutlich auch ihr Sohn Benjamin wohnten. Alle Fenster waren dunkel, dabei war es mitten im November selbst mittags so düster, dass irgendwo ein Licht hätte brennen müssen.

»Und der Typ verfolgt dich seit Tagen?«, fragte Gioia zum wiederholten Mal. »Das ist total irre.«

»Er hat mir meinen Ausweis zurückgegeben und mich vor diesen Schlägern gerettet, und ich bin mir sicher, er war an mindestens einem Leichenfundort. An der Balduintreppe.«

Milo war es genauso schleierhaft wie ihrer Kollegin, warum Benjamin Schneider sie seit Tagen beschattete. Oder sogar noch länger?

»Meinst du, er will dir was antun?«, fragte Gioia in diesem Moment.

»Warum hätte er mir dann geholfen?«

»Vielleicht will er einfach nur wissen, was wir wissen.«

»Mag sein. In jedem Fall weiß er, wer ich bin.«

»Ob er da drin ist?«, murmelte Gioia.

»Lass es uns herausfinden.« Milo öffnete die Tür und stieg aus, die Schmerzen in der Seite ignorierend. Sie zog den Reißverschluss ihrer Lederjacke zu, unter der sie die schusssichere Weste trug, und sah im Augenwinkel, dass Gioia dasselbe tat. Gemeinsam liefen sie auf das Haus zu.

Zum zweiten Mal an diesem Tag klingelte Milo bei Schneider, wieder blieb es zunächst still, niemand öffnete. Kurz entschlossen drückte sie auf ein Klingenschild, das einen anderen Namen trug. Nach einigen Sekunden knarzte es in der Gegensprechanlage.

»Ja?«

»Wir haben eine Lieferung für Schneider, aber es ist niemand da. Können wir das Paket vor der Wohnungstür abstellen?«

»Klar«, sagte die Stimme, dann tönte der Summer, und Milo drückte die Tür auf.

Hintereinander stiegen sie stumm in den zweiten Stock. Vor der Wohnungstür der Schneiders angekommen, legte Milo das Ohr an die Tür.

»Ich höre nichts.« Sie zog die Waffe und klopfte gegen das Türblatt. »Frau Schneider? Benjamin?«

Kein Geräusch kam aus der Wohnung.

»Mist«, fluchte sie. »Hoffentlich sind die nicht abgehauen.« Sie drehte sich von der Tür weg. »Lass uns noch mal zum Gemeindezentrum fahren, vielleicht ist die Schneider dort.«

»Oder wir sehen einfach hier nach«, schlug Gioia mit vielsagendem Blick vor und zog einen Schlüsselbund aus der Tasche.

»Was hast du vor?«, fragte Milo entgeistert.

Die Kollegin hielt einen kleinen Dietrich in die Höhe. »Unsere Aktion ist doch sowieso nicht genehmigt. Da können wir auch die Regeln etwas freier auslegen als sonst.« Sie drängte sich an Milo vorbei und machte sich am Schloss zu schaffen.

Milo rang mit sich. Bei potenziellen Verdächtigen einzubrechen, war doch noch mal eine andere Nummer, als unter der Hand weiter nach einem Mörder zu suchen. Wieso geriet sie andauernd an Kollegen, die sich nicht an die Vorschriften halten wollten?

Diese »Milo 2« war kein bisschen wie sie selbst, eher ein »Vince 2«. Aber wollte sie sich darüber wirklich beschweren? Nachdem sie heute Morgen bereits unverrichteter Dinge wieder abgezogen war – weil sie sich an die Anweisungen gehalten hatte?

Bevor sie sich zu einem Protest durchringen konnte, hatte Gioia die Tür geöffnet. Mit einem Schnappen schob sich der Riegel zurück.

»Nach Ihnen«, flüsterte Gioia, zog die Waffe und machte Milo den Weg frei.

Lautlos schlichen sie in die Wohnung, die Pistolen im Anschlag. Mit einer Kopfbewegung deutete Milo der Kollegin an, dass sie nach rechts gehen würde, während Gioia die Küche betrat.

Milo tastete sich voran. Das fahle Winterlicht warf lange Schatten in das Wohnzimmer. Die Einrichtung war schlicht: eine Ledercouch, die schon bessere Tage gesehen hatte. Eine Schrankwand in Birkenfurnieroptik. Ein Röhrenfernseher. Am Ende des Raums befand sich eine Tür, die zu einem kleinen, lieblosen Balkon führte. Er war leer.

Milo verließ das Wohnzimmer und betrat wieder den Flur. Gioia stieß die Tür zu einem kleinen Zimmer auf, das offenbar Dina Schneider gehörte. Es passten gerade so ein schmales Bett und ein billig wirkender Kleiderschrank hinein. An der Kopfseite des Raumes hing ein leidender Jesus am Kreuz.

Gioia schüttelte den Kopf. »Bad und Küche sind leer. Ich sehe mich hier um, du da drüben?« Ihr Arm wies in Richtung einer Tür neben dem Wohnzimmer. Mit Schwung öffnete Milo sie und hielt die Waffe in den Raum. Doch auch dieser war leer.

»Die Vögelchen sind ausgeflogen«, murmelte Gioia und steckte die Waffe weg.

Milo tat es ihr gleich und betrat den Raum. Es handelte sich um ein weiteres Schlafzimmer, etwas größer als das von Dina Schneider. Darin befanden sich ein Bett, ein Kleiderschrank und eine Kommode, die sich Milo genauer ansah.

Sie zog ein paar Einweghandschuhe aus der Jackentasche, öffnete die oberste Schublade – und erstarrte.

Sarabi Kidane strahlte ihr entgegen. Sie sah glücklich aus auf dem Foto, glücklich und wunderschön. In einem weißen ärmellosen Kleid saß sie auf dem Beifahrersitz eines alten Autos, einen Strauß Blumen auf dem Schoß. Es war nicht das einzige Foto von ihr: Sarabi bei Sonnenuntergang an der Alster, Sarabi vor einem Teller Pasta. Sarabi und Benjamin. Er hatte den Arm um ihre Schultern gelegt, sie lächelte. Waren die beiden ein Paar?

»Sieh dir das an!«, rief sie der Kollegin über die Schulter zu. »Benjamin Schneider scheint sein Glück gefunden zu haben.«

Doch Gioia reagierte nicht.

»Alles okay bei dir?« In Alarmbereitschaft hob Milo den Kopf.

»Das solltest du dir ansehen.« Die Stimme Gioias klang seltsam belegt, beinahe heiser.

Milo legte die Fotos zurück in die Schublade und verließ das Zimmer. Gioia kniete auf allen vieren vor Dina Schneiders Bett. Den Bettkasten hatte sie zur Hälfte herausgezogen und starrte auf den Inhalt: Mülltüten, Dutzende. Daneben eine Schachtel voller schwarzer Kabelbinder. Es waren augenscheinlich dieselben Modelle, die ihr Mörder verwendet hatte.

»Scheiße«, sagte Milo leise und zog die Schublade vollends auf.

Obenauf lag ein zerlesenes Taschenbuch, die Seiten waren wellig, das Cover kaum mehr zu entziffern. »Die Lehren des Konfuzius«, murmelte Milo. Doch als sie gerade angefangen hatte, in dem Buch zu blättern, wurde ihr Blick von etwas anderem angezogen: Akkurat ausgeschnitten und sorgfältig in Klarsichtfolie verpackt, fand sie die Zeitungsberichte über die Morde. Wortlos reichte sie die Hüllen an Gioia weiter und griff nach einem schmalen Notizbuch darunter.

Der Inhalt ließ sie scharf Luft einsaugen.

Das Buch war beinahe bis zur letzten Seite gefüllt mit weiblichen Vornamen und stichpunktartigen Informationen zu sexualisierter Gewalt: Vergewaltigungen, Obszönitäten, kleinere Delikte, schwere Verbrechen – es war alles dabei, was der Strafenkatalog so hergab. Oder die Sitzungen einer Selbsthilfegruppe.

Mit fliegenden Fingern blätterte Milo vor und wieder zurück. Sie hatte keinen Zweifel mehr, dass sie im Schlafzimmer des Täters standen. Der Täterin.

»Sieh dir das an.« Sie zeigte Gioia einige Einträge aus dem Buch. »Das geht Jahre zurück, hier das erste Datum: 2002. Ist das vielleicht das Jahr, in dem sie die Gruppe gegründet hat? Und hier, am Ende, da steht die aktuelle Besetzung der Gruppe. Die Infos hat sie alle von den Opfern bekommen. Mann, da stehen in manchen Fällen sogar die Namen der Vergewaltiger! Sie hat mehr herausgefunden als wir in unseren Befragungen«, stellte Milo verbittert fest. Dann deutete sie auf einige der Männernamen, die durchgestrichen waren. »Denkst du, die sind alle tot?«

»Sie hat sie umgebracht«, raunte Gioia atemlos. »Und zwar nicht nur die drei Typen, die wir gefunden haben. Scheiße, das geht ja über Jahre!«

Milo fröstelte. Die Vorstellung, dass Dina Schneiders Engagement für Überlebende sexualisierter Gewalt in diesen Exzess umgeschlagen war, ließ ihr das Blut in den Adern gefrieren. Wie viele Morde hatten sie übersehen? Wie war das möglich? Standardmäßig ließen sie neue Fälle doch durch die Systeme laufen. Ein Tötungsdelikt mit Mülltüte, Kabelbinder und posthumer Amputation einiger Körperteile wäre ihnen garantiert aufgefallen. Es sei denn … Serkan Karabulut fiel ihr ein. Wenn sie nicht gerade in diesem Fall ermittelt hätten, hätte er leicht durchs Raster fallen können. Auch wenn eine Tat in einer anderen Stadt oder sogar einem anderen Land stattfand, war es schwer, sie in den richtigen Kontext zu setzen. Richtig übel wurde es für die ermittelnden Beamten allerdings, wenn ein Täter seine Methoden wechselte oder dafür sorgte, dass seine Taten wie natürliche Tode oder Selbstmorde aussahen.

Allein: Warum war ihre Täterin bei den letzten Morden dann anders vorgegangen? Warum hatte sie zugelassen, dass sie die Serie erkannten? Wollte sie sie verhöhnen? Mit ihren bisherigen Taten prahlen? Oder war sie so eitel, dass sie endlich den fragwürdigen Ruhm für ihre Handlungen erlangen wollte? Was hatte Schneider bei ihrer ersten Begegnung gesagt? *Die Welt wäre ein besserer Ort, wenn Sie Ihren Job richtig machen würden.*

»Was meinst du? Wusste der Sohn Bescheid?«, wollte Gioia atemlos wissen.

Milo zuckte mit den Schultern. Ihr Herz pochte vor Aufregung. Hatten sie tatsächlich die Täterin gefunden? Die Indizien sprachen dafür. Und selbst wenn es sich nicht im direkten Sinne um Rache handelte, war das Motiv stark: Frauen vor künftigen Übergriffen schützen. Aber war Dina Schneider körperlich überhaupt in der Lage, erwachsene Männer so zu töten, wie es in der Mordserie geschehen war? Oder hatte sie Hilfe? Wieso hatte sie Alibis für die Tatzeiten? In Milos Kopf gab es mehr Fragen als Antworten.

Sie blätterte zur Liste der aktuellen Frauen. Katja Bäumer fand sie zuerst. Neben ein paar Fakten zu ihrer Vergewaltigung – Joggen, Park, nachts – stand der Name ›Michael Schmidt‹. Er war mit einem roten Stift durchgestrichen.

»Wie hat Schneider herausgefunden, dass Schmidt der Vergewaltiger von Bäumer war? Hat die es ihr selbst gesagt, obwohl sie es uns verheimlicht hat? Sind die Frauen nicht misstrauisch geworden? Oder haben sie Dina Schneider gedeckt?«

Gioia stand so dicht neben Milo, dass sie ihren Duft einatmen konnte. Sie roch frisch und auch ein bisschen herb. Milo machte unbewusst seinen Schritt zur Seite.

»Ich weiß es nicht. Sollten wir aber schnellstens rausfinden.«

»Was steht da noch über die Gruppe?«

Milo tippte mit dem Finger auf die Seite.

Theresa von Ohlson – und Kai Nowak. Sein Name war wie der von Schmidt durchgestrichen.

Anna Schirner, die Studentin, die beim Feiern überwältigt worden war. Daneben fand sich kein Name, nur ein Fragezeichen.

Ellen Haller – Manfred Haller. Durchgestrichen.

Michelle Bohrne – Matze Frick. In Klammern stand geschrieben: Haftentlassung 01. März 2023.

Sarabi Kidane – Thilo Breitengraser. Sein Name war nicht durchgestrichen, aber mit einem dicken Ausrufezeichen versehen. Offenbar wusste Dina Schneider noch nicht, dass Sarabi ihn selbst erschlagen hatte.

Milo blätterte um und entdeckte den Namen der Sekretärin aus der Selbsthilfegruppe: Petra Hülsenbeck. Dahinter stand ein Name, Klaus Maurer.

»O Gott«, flüsterte Milo.

Gioia blickte sie an. Auch dieser Name war durchgestrichen. »Er ist ebenfalls tot.«

»Muss er sein. Genau wie Patrick Gerster. Das war der Typ, auf dessen Junggesellenabschied Olga Winogradowa vergewaltigt wurde.« Sie ließ das Heft sinken. »Schneider hat sie getötet. Und wir haben es nicht mitbekommen. Wie ist das möglich?«

»Vielleicht leben sie nicht mehr in Hamburg. Oder die Taten fanden statt, bevor ihr die Serie erkannt habt. Möglicherweise hatte sie auch ein anderes Vorgehen, hat es wie Unfälle aussehen lassen. Es kann viele Gründe geben, warum ihr das nicht wusstet.«

Dasselbe hatte sich Milo auch gesagt. Trotzdem tröstete es kein bisschen.

Gioia legte ihr die Hand auf die Schulter, eine Berührung, die Milo unwillkürlich zusammenzucken ließ. »Mach dir keine Vorwürfe. Wir können nicht alle retten.«

»Hm«, machte Milo und blätterte weiter. Ein Foto steckte zwischen den Seiten, es zeigte drei junge Männer, die fröhlich in die Kamera grinsten. Der Junge in der Mitte war eindeutig eine jüngere Version von Benjamin Schneider. »Scheiße«, entfuhr es ihr, als sie einen der anderen erkannte.

»Das ist Serkan Karabulut. Der Mann im Kanal.«

Die letzten Zweifel, ob Dina Schneider hinter den Morden stecken könnte, waren ausgeräumt.

»Wer ist der andere Typ?«, wollte Gioia wissen. »Und noch wichtiger: Lebt der noch?«

Milo drehte das Foto um. Jemand hatte in die linke Ecke geschrieben: *Serkan, Benny und Holger. August 1997.*

»Holger? Taucht dieser Holger schon mal irgendwann in den Ermittlungen auf?«, fragte Gioia.

Milo schüttelte den Kopf. »Nein.«

Als ihr Telefon klingelte, fuhr sie zusammen. Es war Vince. Sie stellte den Lautsprecher an und legte das Handy auf die Kommode.

»Ich hab was rausgefunden«, keuchte er. »Prozessakten können ab und an doch ganz interessant sein. Ein Benjamin Schneider wurde im Frühjahr 1999 vor dem Landgericht Lübeck für die Vergewaltigung einer Mitschülerin verurteilt, eine gewisse Gwendolyn Wilms. Vier Jahre hat er bekommen, keine Bewährung, kein Jugendstrafrecht, obwohl er zum Zeitpunkt der Tat erst siebzehn war. Und jetzt kommt's.« Vince machte eine Pause und schnappte nach Luft. »Erinnert ihr euch noch an das, was diese Verwandte von Karabulut gesagt haben soll? Dass jeder Verdacht gegen Serkan fallen gelassen wurde? Dass man ihm Unrecht getan habe?«

Milo nickte. »Ja, das war das, was Serpil erzählt hat. Eine Cousine, die sich sehr darüber aufregte, dass Serpil überhaupt nachgefragt hat.«

»Exakt. Haltet euch fest. Dieser Serkan war am Anfang der Ermittlungen in dem Fall genauso tatverdächtig wie Benjamin Schneider. Die müssen sich gekannt haben!«

Milo starrte auf das Foto in ihren Händen. Drei junge Männer.

»Und dann wurde er als Täter ausgeschlossen?«

»Ja. Die Beweise gegen Schneider waren erdrückend, vor allem die Aussage des Mädchens belastete ihn schwer. Karabulut und ein weiterer Junge haben ihr nach dem Übergriff geholfen.«

»Ein weiterer Junge«, murmelte Milo mehr zu sich selbst, den Blick nicht vom Foto lösend.

»Genau. Es gab noch einen anderen. Einen gewissen …« Vince zögerte, suchte offenbar in den Akten nach dem Namen.

»Holger«, warf Milo ein, und ihr Finger berührte den dritten Mann auf dem Foto.

»Das stimmt«, erwiderte Vince verblüfft.

»Wie heißt dieser Holger weiter?«

»Klimt. Holger Klimt, wie der Maler.«

»Lebt er noch?«, fragte Milo leise.

»Ähm … Moment.« Sie hörten das Tippen einer Tastatur. Nach einigen Augenblicken sagte Vince: »Also zumindest wohnt in Hamburg ein gewisser Holger Klimt. Warum fragst du? Habt ihr was gefunden?«

Gioia hatte ihr Handy aus der Tasche gezogen und den Browser geöffnet. Kurz darauf hielt sie Milo das Display hin. »Holger Klimt. Immobilienmakler in Eimsbüttel.« Sie verglichen das Bild des Mannes im Internet mit dem Foto, das sie im Notizbuch gefunden hatten. Eindeutig Schneiders Kumpel, wenn auch um einige Jahre gealtert.

»Glück gehabt«, stellte Milo trocken fest. »Dina Schneider hat es bestimmt auch auf ihn abgesehen.«

»Aber warum? Weil Serkan und er davongekommen sind, aber Benjamin eingebuchtet wurde?« Gioia sah skeptisch aus, als sie Milos Blick traf.

»Möglich. Das kann sie uns hoffentlich selbst sagen. Oder Holger Klimt, sobald wir ihn finden.«

»In den Akten steht, dass Karabulut und Klimt gegen ihren Freund ausgesagt haben.«

Milo zog eine Augenbraue hoch. »Bingo. Das ist definitiv ein Motiv, die beiden zur Rechenschaft zu ziehen.«

»Habt ihr diesen Benny denn gefunden?«, fragte Vince. Sein Atem ging schneller, es war zu hören, dass er sich in Bewegung gesetzt hatte.

»Nein, weder er noch seine Mutter sind da.« Sie zögerte, bevor sie fragte: »Was hast du jetzt vor? Zur Fahndung können wir Mutter und Sohn noch nicht ausschreiben, unsere Ermittlungen sind ja nicht offiziell.«

»Ich fahre zu Klimt. Ich will ihn vor Dina Schneider und ihrem Sohn warnen. Und rausfinden, was damals wirklich passiert ist. Irgendwie hab ich ein Gefühl, das könnte uns weiterbringen.«

»Das Gefühl kenn ich.« Milo lächelte ins Telefon, sie konnte Vince' entschlossene Miene geradezu vor sich sehen. »Aber glaubst du wirklich, Klimt wird dir nach all den Jahren die Wahrheit erzählen?«

»Wenn ich ihm erkläre, dass es um sein Leben geht? Ja, ich könnte mir vorstellen, dass er dann redet.«

»Mach das, viel Glück. Wir fahren noch mal zu Kidane ins Untersuchungsgefängnis. Benjamin Schneider war ihr Verehrer. Möglicherweise hat sie eine Idee, wo er und seine Mutter stecken könnten.«

48

16. November 2022, 13:30 Uhr

»Benny?« Sarabi Kidane sah Milo und Gioia aus großen Augen an. »Sie meinen Dinas Sohn?«

Erstaunt stellte Milo fest, dass die Frau besser aussah als bei ihren letzten Begegnungen. Sie hielt ihren Rücken gerade, das ungeschminkte Gesicht war offen und klar. Kein Vergleich zu der verängstigen Frau, die sie in der Selbsthilfegruppe vor ein paar Tagen getroffen hatten, und natürlich auch kein Vergleich zu der gebrochenen Mutter, die sich von ihrer Tochter hatte verabschieden müssen und in eine ungewisse Zukunft ging. Milo glaubte nicht, dass der Knast Sarabi Kidane guttat – vielmehr vermutete sie, dass durch den Tod ihres Peinigers eine gewaltige Last von ihren Schultern gefallen war. Sie musste keine Angst mehr haben, wann sie ihm das nächste Mal begegnete. Ihre Zukunft sah sicherlich nicht rosig aus, vielleicht würde sie abgeschoben, sicherlich würde sie eine Haftstrafe antreten müssen. Aber immerhin hatte Kidane sich aus einer anderen Art von Gefängnis befreit. Auch wenn der Weg falsch gewesen war, denn Selbstjustiz war immer falsch. Die Gesellschaft, in der sie lebten, überließ dem Staat die Rechtsprechung. Aber war das immer gerecht? Noch bevor Milo die Frage zu Ende denken konnte, schob sie sie weg.

»Ja, natürlich kenne ich Benny.«

»Wie haben Sie ihn kennengelernt?«

»Ich habe ihn einmal nach der Gruppe getroffen. Ziemlich direkt, nachdem ich angefangen hatte hinzugehen. Er half seiner Mutter beim Aufräumen.« Sie legte den Kopf schief. »Was ist mit ihm?«

»Wir vermuten, dass seine Mutter, möglicherweise auch er selbst, etwas mit den Morden zu tun hat«, erklärte Milo. »Und müssen ihn so schnell wie möglich sprechen.«

Kidane blickte Milo ausdruckslos an. Dann schüttelte sie entschlossen den Kopf und lächelte. »Dina? Ich bitte Sie, Dina tut so viel Gutes – die halten Sie doch nicht ernsthaft für die Täterin? Und bevor Sie auf die Idee kommen, Benny könnte etwas damit zu tun haben, der kann keiner Fliege etwas zuleide tun.«

Milo überlegte. »Ist Benjamin Schneider in Sie verliebt?«

Sarabi Kidane öffnete den Mund, senkte den Blick. »Verliebt … nein. Aber er mag mich, glaube ich.«

»Er hat Ihnen Blumen geschenkt«, erinnerte Gioia.

»Das stimmt. Manchmal, wenn wir uns treffen, bringt er Blumen aus dem Laden mit, die nicht mehr verkauft werden konnten.«

»Wie oft treffen Sie sich denn?«, fragte Milo.

»So alle zwei Wochen?«

»Und seit wann?«

Kidane zuckte mit den Schultern. »Vielleicht seit einem Jahr.«

»Machen Sie ihm Hoffnungen?« Gioia musterte Kidane eindringlich.

Die andere Frau lehnte sich zurück und verschränkte die Arme vor der Brust. »Das denkt man dann immer, nicht wahr? Dass die Frau dem Mann Hoffnungen macht, wenn er sie nett findet.« Sie beugte sich ein Stück nach vorn und sagte: »Als Frau darf man mit einem Mann auch einfach befreundet sein. Benny ist mein Freund.«

»Sie haben natürlich recht«, erwiderte Milo und warf Gioia einen alarmierten Seitenblick zu. Sie wollten Informationen von Sarabi Kidane, da war es nicht schlau, sie zu verärgern. »Sie schließen also aus, dass er ein Mörder ist.«

Kidane hob die Augenbrauen und sagte: »Ja.«

»Wussten Sie, dass er wegen einer Sexualstraftat verurteilt wurde?«

Für einen Moment schien Kidane zu wanken. Sie blinzelte, ihr Mund ging ein Stückchen auf, klappte dann aber wieder zu. Schließlich atmete sie tief durch, legte die Hände auf die Tischplatte und sagte: »Er war es nicht. Damals.«

Milo und Gioia tauschten Blicke. Jetzt wurde es interessant.

»Sie wussten also davon. Was ist passiert?«, hakte Milo nach.

»Das ist nicht meine Geschichte.«

»Wir würden sie trotzdem gern von Ihnen hören, Frau Kidane. Sie haben eben gesagt, Benjamin Schneider ist Ihr Freund. Ein Freund, dem man eine Vergewaltigung nachsagt?«

»Ich will Benny keine Schwierigkeiten machen.« Kidane rieb sich unsicher die Hände.

Milo beugte sich nach vorn und setzte alles auf eine Karte. »Wir können aktuell nicht ausschließen, dass sich Benjamin Schneider der Beihilfe zum Mord schuldig gemacht hat. Mindestens drei, vielleicht sogar mehr Männer wurden brutal ermordet. Wenn wir diese Sache nicht stoppen, könnte es noch mehr Tote geben.« Kidane antwortete nicht, also setzte Milo nach: »Im Moment will man Ihnen die Morde an diesen Männern anhängen! Wollen Sie das? Oder wollen Sie, dass wir denjenigen finden, der wirklich dafür verantwortlich ist? Ich habe auch Freunde, aber ich würde mich nicht für diese Freunde wegen mehrfachen Mordes verurteilen lassen. Schon gar nicht, wenn da draußen ein Kind auf mich wartet, das mich braucht.«

In Kidanes Augen schimmerten Tränen. Es vergingen einige

Augenblicke, ehe sie wieder die Stimme erhob. »Es war an diesem Feiertag im Mai, der in Deutschland gefeiert wird. Vatertag.«

Gioia nickte zustimmend.

»Benny war damals mit seinen Freunden auf einer Feier an einer Grillhütte. Sie trafen sich dort mit ihren Klassenkameraden und Jugendlichen aus dem Dorf. Er kommt eigentlich aus Malente. Das ist nicht weit von Hamburg.«

Milo nickte. »Ich kenne den Ort.« Malente war eine Kleinstadt in der schleswig-holsteinischen Schweiz, zwischen Ost- und Nordsee, wo die Welt noch in Ordnung war. Zumindest scheinbar.

»Ein Mädchen war da, Gwendolyn. Benny war verliebt in sie. Es wurde viel getrunken an diesem Abend, Drogen waren auch im Spiel. Er erinnert sich an nichts, Filmriss. Als er aufgewacht ist, war er nackt, das Mädchen ebenfalls.«

Milo schnaufte. Also stimmte es doch. Benjamin Schneider hatte die Mitschülerin vergewaltigt.

»Er wusste nicht, was passiert war, hatte aber eine Prellung an der Stirn. Das Mädchen hat damals ausgesagt, sie hätte ihn getreten, die beiden anderen Jungen haben das bestätigt. Er hat gesagt, dass er keinen Sex mit ihr haben wollte, dass er ihr nie etwas angetan hätte. Ich glaube ihm.«

Gioia kramte in ihrer Jackentasche nach einem Päckchen Taschentücher und schob es Sarabi Kidane hin. Die nahm dankbar ein Tuch heraus und putzte sich die Nase. Die Tränen flossen nun ungehindert über ihre Wangen, ihr Blick war starr auf die Tischplatte gerichtet, während sie erzählte. Keine Frage: Sie durchlebte gerade auch ein eigenes Trauma.

»Es kam zur Anzeige, alle wurden festgenommen. Auch Bennys *Freunde*.« Sie lachte verächtlich. »Sie haben behauptet, er wäre das allein gewesen. Er hätte dem armen Mädchen all das als Einziger angetan.« Sie schluchzte. »Die Polizei fand Spuren von ihm in ihr. Eine Freundin von Gwendolyn sagte aus, dass er schon länger in sie verliebt gewesen sei. Und mehr hat es nicht gebraucht. Wäre er doch bloß nie auf dieses Fest gegangen!« Sarabi Kidane weinte hemmungslos.

»Und was war mit dem Mädchen?«, fragte Milo leise.

»Sie erinnerte sich nur an Benjamin, der Sex mit ihr hatte. Die anderen haben sie danach nach Hause gebracht. Sie sagte aus, Benjamins Freunde hätten sie vor ihm gerettet.« Kidane schüttelte langsam den Kopf. »Nur seine Mutter hat ihm damals geglaubt. Er hat mir einmal erzählt, ohne sie wäre er verrückt geworden. Es gab Tage, da wusste er selbst nicht mehr, was passiert und was nur aus seinen Albträumen in seinen Kopf gekrochen war.«

»Er wurde verurteilt?«, fragte Gioia.

Kidane nickte. »Weil er schon einmal ohne Führerschein gefahren war und ein paar Laternen ausgetreten hatte, gab die Richterin ihm vier Jahre ohne Bewährung.«

Milo seufzte. Sie wusste nur zu gut, was eine vierjährige Gefängnisstrafe mit einem jungen Mann machte. Sexualstraftäter gehörten im Knast zum Bodensatz, schlimmer waren eigentlich nur Kinderschänder. Sie wollte sich nicht ausmalen, was Benjamin Schneider in der Zeit seiner Haft alles hatte ertragen müssen. Beschuldigt von den eigenen Freunden.

»Er *hatte* aber Sex mit ihr«, gab Gioia zu bedenken. »Sie sagen ja selbst, Spuren von ihm, vermutlich DNS, konnten sichergestellt werden.«

Sarabi Kidane zuckte mit den Schultern. »Ich war damals nicht dabei, und Benny kann sich an nichts erinnern. Er bereut diesen Tag bis heute und gibt ihm die Schuld an allem, was danach passiert ist.«

»Was ist denn passiert?«, fragte Milo.

»Die Ehe der Eltern ging kaputt. Sein Leben war vorbei. Vier

Jahre Lücke im Lebenslauf, keinen ordentlichen Schulabschluss, keine Ausbildung. Und dann die Akte. Niemand stellt einen Vergewaltiger ein.«

Einen Mörder aber erst recht nicht, dachte Milo bei sich.

»Halten Sie es für möglich, dass er für die Morde an den Männern verantwortlich ist? Nowak? Schmidt? Karabulut?« Milo ließ Kidane nicht aus den Augen und registrierte jedes Zucken.

Doch die Frau schüttelte nur ungläubig den Kopf. »Nein, das muss ein Irrtum sein! Benjamin würde so etwas nie … Er hasst das Gefängnis. Niemals würde er wieder dorthin zurückgehen.«

»Und seine Mutter, Dina Schneider? Was ist mit ihr? Was haben Sie ihr in diesen Gruppensitzungen erzählt?«

»Dina Schneider ist ein Engel!«, sagte Sarabi laut. »Sie hat uns alle gerettet. Ohne sie hätte keine von uns das überlebt, was man uns angetan hat.«

»Haben Sie mit ihr über Breitengraser gesprochen?«, wollte Gioia wissen.

»Wir haben über uns gesprochen«, antwortete Kidane knapp. »Aber das alles habe ich bereits in der ersten Vernehmung gesagt, soweit ich mich erinnere. Daran hat sich nichts geändert. Ich habe nichts mehr zu sagen.« Die Frau presste ihre Lippen fest aufeinander.

Gioia stand vom Stuhl auf und gab Milo ein Zeichen, es ihr gleichzutun. »Vielleicht«, murmelte sie Milo beim Hinausgehen leise zu, »hatte die Mutter tatsächlich Hilfe. Auf jeden Fall sollten wir sie schleunigst finden. Die Mutter *und* den Sohn!«

49

16. November 2022, 14:45 Uhr

Mit einem unguten Gefühl im Bauch verließ Milo zusammen mit Gioia das Gebäude. Sie mussten Benjamin und Dina Schneider finden. Aber ohne offizielle Ermittlung waren ihre Möglichkeiten überschaubar.

»Und was nun?«, wollte Gioia wissen.

»Serpil ist nicht zu erreichen, ich hab es hundertmal versucht, während du auf der Toilette getrödelt hast.«

Gioia ignorierte den Seitenhieb und stieg ins Auto. »Und Vince?«

»Auch nicht.« Milo fuhr sich mit der Hand übers Gesicht. »Sein Handy ist aus. Hoffentlich ist da nichts passiert.«

Gioia kaute an ihrer Lippe. »Ich hab ein ganz mieses Gefühl.«

Ihre Blicke trafen sich.

»Ich auch.«

Gioia beugte sich zum Handschuhfach und zog hastig ein Blaulicht hervor. »*Better safe than sorry*.« Sie öffnete das Fenster, und die kalte Novemberluft strömte ins Innere des Wagens. Mit Blaulicht auf dem Dach drückte Gioia das Gaspedal durch.

Von der Untersuchungshaftanstalt nahe der Hamburger Messe, gleich neben dem Park *Planten un Blomen*, waren es nur wenige Minuten bis nach Eimsbüttel, wo Holger Klimt wohnte. Sein Immobilienbüro war am oberen Ende der Osterstraße, er selbst lebte in fußläufiger Entfernung in einem exklusiven Gründerzeithaus im Heußweg. Gioia jagte durch die verkehrsberuhigte Straße und stoppte den Wagen mit quietschenden Reifen. Sie sprangen aus dem Auto und rannten zur Haustür, die glücklicherweise offen stand.

»Zweiter Stock!«, rief Gioia nach einem Blick auf das Klingelschild und nahm zwei Stufen auf einmal. Milo folgte mit schmerzverzerrtem Gesicht.

»Polizei! Öffnen Sie die Tür«, brüllte Gioia laut, vor einer der beiden Türen auf der Etage angekommen. Instinktiv hatte sie die rechte Tür gewählt, die der Treppe näher war.

Eine ältere Dame in elegantem Rock und Twinset öffnete erschrocken die Wohnungstür. Ihre grauen Haare waren ordentlich in Locken gelegt, um den Hals trug sie eine Perlenkette. »Gott sei Dank, Sie sind hier«, rief sie und schlug sich eine Hand auf den Brustkorb. »Ich war mir nicht sicher, ob Sie meinen Anruf ernst nehmen. Der Kollege am Telefon war sehr … abweisend.«

»Wovon sprechen Sie?« Gioia sah die Frau irritiert an.

»Na, von den fremden Männern in Herrn Klimts Wohnung. Es war ein richtiger Lärm, als würden sie sich prügeln. Und man hört ja im Radio immer von Betrügern und …«

Milo zückte ihr Handy und zeigte der Frau ein Bild von Vince. »War das einer der Männer?«

»Moment. Ich brauche meine Lesebrille.« Die Nachbarin kam nach einer halben Minute zurück, diesmal trug sie eine goldene Brille auf der Nase. Nach einem Blick auf Milos Handy sagte sie: »Ja, das war einer von ihnen.«

Milo und Gioia atmeten gleichzeitig aus.

»Gut«, sagte Milo beruhigend. »Sie müssen sich keine Sorgen machen. Das war ein Kollege von uns, ein Polizist.« Dann wandte sie sich zur anderen Haustür. »Sie haben nicht zufällig einen Schlüssel für Holger Klimts Wohnung?«

Die alte Frau blinzelte. »Ja, schon. Aber …«

»Sie müssen sich wirklich keine Sorgen machen, wir sind von der Polizei und werden uns die Sache ansehen.«

Die alte Frau legte die Stirn in Falten, händigte Milo aber einen Schlüssel aus. »Den brauche ich wieder zurück«, mahnte sie streng. »Herr Klimt vertraut mir.«

Milo nickte und schloss unter den neugierigen Blicken der Nachbarin die Tür gegenüber auf.

Im Inneren der Wohnung wurden ihre schlimmste Befürchtungen wahr. Ein Bild der Zerstörung zog sich durch den ganzen Flur. Die Garderobe an der Wand, an der Mäntel und Schals hingen, war heruntergerissen, Glasscherben einer schweren Vase lagen überall verteilt, dazwischen Post, Schlüssel und allerhand Krimskrams, der vermutlich auf einer alten Biedermeierkommode gelegen hatte. Die Teppiche waren verrutscht, Blumen schwammen in Wasserlachen auf dem Boden. Spuren eines Kampfes, wie sie deutlicher nicht sein konnten.

Milo hielt den Atem an. Gioia bückte sich und holte etwas zwischen den Kleidungsstücken hervor. Es war Vincent Freys Polizeiausweis.

Mit zitternden Fingern griff Milo danach. »Verdammt, was ist hier passiert?«

»Ich befürchte, Vince hat hier mehr gefunden, als ihm lieb war.« Gioias Augen waren vor Schreck weit geöffnet. Sie zeigte auf eine der Scherben am Boden. Blut. Es klebte eindeutig Blut an dem scharfen Glas.

Milos Magen krampfte sich zusammen. Von wem stammte das Blut. Klimt? Vince? Suchend sah sie sich in der Wohnung um, als könnte sie ihren Kollegen vielleicht doch noch irgendwo finden.

Plötzlich blieb ihr Blick an einem winzigen Gegenstand hängen. Ein schwarzer Kabelbinder lag zwischen den Briefumschlägen am Boden. Gioia hatte ihn ebenfalls entdeckt.

»Fuck«, fauchte die Kollegin, während Milo das Handy aus der Tasche zerrte, um Serpil zu verständigen. Ermittlungs-Stopp hin oder her, sie würde Himmel und Hölle in Bewegung setzen, um Vince zu finden. Und wenn sie das ihren Job kostete.

»Wir müssen ihn finden«, presste sie hervor, während sie zum wiederholten Mal die Nummer von Serpils Handy wählte.

Gioia nickte entschlossen. »Vielleicht haben wir damit Glück?« Ihr Finger zeigte auf die an einem Ladegerät hängende teure Smart-Watch.

Im ersten Moment wusste Milo nicht, auf was die Kollegin anspielte. Das Piepen der Rufaufbaus im Ohr, runzelte sie die Stirn.

»Da wo an das an die Uhr gekoppelte Handy gerade ist, finden wir vielleicht auch den Besitzer und im besten Fall Vince«, erklärte Gioia mit einem Schimmer Hoffnung in den Augen.

Milos Augen weiteten sich.

»Hallo?« Serpils Stimme an ihrem Ohr klang beunruhigt.

»Wir haben ein Problem«, flüsterte Milo.

50

16. November 2022, 16:30 Uhr

»Verdammte Scheiße, wie konnte das passieren?« Serpil tigerte zwischen dem reaktivierten Team der Soko »Mülltüte« hin und her. Es hatte keine Stunde gedauert, alle an ihre Schreibtische zurückzubeordern.

Alle, bis auf einen.

Milo starrte auf Vince' leeren Stuhl. Jede Minute, in der sie untätig auf die Ergebnisse der GPS-Ortung von Klimts Uhr und dem hoffentlich damit verbundenen Handy warten mussten, verursachten ihr körperliche Schmerzen.

Sie rührte in ihrem kalten Kaffee und tippte unruhig mit dem Fuß auf und ab. Vince' Handy war nicht mehr zu finden, damit hatte sie gerechnet. Alle Hoffnung hing an der Smart-Watch von Holger Klimt. Sie wusste, ihre Kollegen arbeiteten so schnell sie nur konnten, aber das Leben ihres Partners stand auf dem Spiel. Schnell war immer noch viel zu langsam.

»Wir werden ihn finden.« Gioias Hand legte sich auf ihre Schulter, und instinktiv griff Milo danach. Die warmen Finger erwiderten den Druck und beruhigten sie zu ihrer eigenen Überraschung. Einen Moment länger als unbedingt nötig, genoss sie die Berührung, dann ließ sie mit einem schuldbewussten Gedanken an Valerie die Hand wieder los.

»Ich habe ihn«, Philipp sprang aufgeregt von seinem Drehstuhl auf. »Ich hab ihn, da ist er!«

Alle stürzten zu Philipps Tisch, wo er aufgeregt mit dem Finger auf eine topografische Karte zeigte. Milo brauchte einen Moment, um sich zu orientieren, dann erkannte sie die Seenlandschaft rund um Malente. In ihrem Hirn verbanden sich die Punkte zu einem beängstigenden Bild. Die Hütte, die angebliche Vergewaltigung, Karabulut, Klimt, Schneider. Und zwar Benjamin Schneider, nicht Dina. Sie hatten sie verdächtigt, dabei war er der viel wahrscheinlichere Täter. Jünger, stärker – und mit einem noch besseren Motiv. Heute Nacht würde sich Benjamin Schneider an seinem zweiten Verleumder rächen. Und ihr Partner war dabei zwischen die Fronten geraten.

»Malente«, murmelte Milo und richtete sich an Philipp. »Schau dir die Umgebung an. Gibt es da irgendwo in den Wäldern eine Hütte? Oder einen Grillplatz, ein Ferienhaus, irgendetwas?«

So eine Scheiße, dachte sie. Vince wüsste hundertprozentig, wo sich die Vergewaltigung damals abgespielt hatte. Aber es dauerte viel zu lange, in den Ermittlungsakten danach zu suchen.

Philipp nickte. Sie musste ihn nicht auffordern, sich zu beeilen. Seine Finger flogen über die Tastatur. Schneller, als ihm die Blicke der anderen folgen konnten, zoomte er in die Quadranten der Karte und wieder raus. Nervös leckte er sich über die Lippen, sein Blick hastete über den Bildschirm.

»Was ist hier los?« Die Stimme von Oberstaatsanwalt Dr. Eberlein donnerte durch den Raum. Alle, auch Serpil, zuckten zusammen wie beim Rauchen ertappte Schüler. Begleitet von vier Beamten der Schutzpolizei und dem Leiter des Kommissariats betrat der Oberstaatsanwalt das Büro.

»Frau Özdemir, könnten Sie mir netterweise erklären, was das hier für eine Versammlung ist? Bis vor wenigen Minuten bin ich davon ausgegangen, dass die Soko »Mülltüte« aufgelöst ist. Nun stellen Sie sich meine Überraschung vor, als ich erfahre, dass sich eine ganze Abteilung meiner Ansage widersetzt und einfach weiter ermittelt! Nicht nur das, sondern auch noch ohne Durchsuchungsbefehl in fremde Wohnungen einbricht und Wohnungsschlüssel konfisziert.« Sein Blick bohrte sich in Milo.

»Wir haben einen Notfall«, erklärte Serpil mit fester Stimme. »Einer meiner Kommissare, Vincent Frey, wurde vom mutmaßlichen Täter entführt. Er schwebt in Lebensgefahr und …«

»Frey?« Der Oberstaatsanwalt runzelte die Stirn. »Das ist doch dieser Kerl, dessentwegen wir dauernd irgendwelche Scherereien haben, weil er sich nicht an die Vorschriften halten kann, richtig?«

»Er ist einer meiner besten Männer«, überging Serpil den Vorwurf, ohne mit der Wimper zu zucken.

»Einer Ihrer besten Männer, der sich nach Einstellung der Ermittlung vollkommen unnötig in Gefahr gebracht hat?« Eberlein schnalzte mit der Zunge, und nur Gioias Hand auf ihrer Schulter verhinderte, dass Milo ihm ins Gesicht sprang. »Frey ist also nicht im Dienst, sondern als Privatperson unterwegs. Gibt es überhaupt Anlass zur Vermutung, dass er in Gefahr ist? Er könnte sonst wo sein! Die Mülltüten-Mörderin sitzt immer noch in U-Haft, soweit ich weiß. Was soll die ganze Aufregung hier?«

»Sie wissen genauso gut wie ich, dass Sarabi Kidane nicht die Mörderin dieser Männer ist«, zischte Serpil.

»Ich weiß, dass diese Ausländerin einen Geschäftsmann getötet hat und Umgang mit einer Gruppe von Frauen hatte, die allesamt männerfeindlich eingestellt sind. Ich weiß auch, welche Dynamik sich in Gruppen dieser Art entwickeln kann. Was ich nicht weiß, ist, warum sich niemand dafür interessiert und alle weiter nach dem bösen Mann suchen, der es auf seine Geschlechtsgenossen abgesehen hat. Aber vielleicht liegt das an der ungewöhnlichen

Zusammensetzung dieser Soko? Vielleicht fällt es den anwesenden Damen schwer, der Wahrheit ins Gesicht zu sehen? So schwer, dass plötzlich selbst bei der Polizei keine Regeln mehr gelten?«

Milo hatte die Hände zu Fäusten geballt, sie kochte vor Wut. Was bildete sich dieser frauenfreundliche, rassistische Vollidiot eigentlich ein?

»Wer hier falschliegt und wer nicht, das können wir klären, sobald Vincent Frey gefunden und sein Entführer befragt wurde«, antwortete Serpil beherrscht. »Bis dahin werden meine Leute …«

»Frau Özdemir, ich hab mir das hier lange genug angesehen und mehr als einmal davor gewarnt, den Bogen zu überspannen. Die Soko »Mülltüte« ist eingestellt. Sie alle nehmen sich ein paar Tage frei. Die Order kommt von oben. Vom Innensenator persönlich.«

Serpil schnappte nach Luft, die anderen verzogen die Gesichter. Es war einfach unglaublich.

Der Oberstaatsanwalt wandte sich an Milo und Gioia. »Und wenn Sie das nächste Mal unschuldige Senioren belästigen und ohne Durchsuchungsbefehl in Wohnungen einbrechen, wird aus dem Urlaub eine fristlose Entlassung, das garantiere ich.«

Sie schwiegen. Doch Milo konnte die Kollegin beherrscht atmen hören. Auch sie war kurz vorm Platzen.

»Und jetzt«, fuhr der Oberstaatsanwalt mit einem arroganten Lächeln fort, »will ich alle Unterlagen, Protokolle und Akten sehen, die Sie in den letzten vierundzwanzig Stunden angefasst haben. Verstanden?«

»Aber Herr Frey …«, protestierte Serpil.

»… ist ein freier Mann, und wenn er in vierundzwanzig Stunden nicht zurück ist, können Sie eine Vermisstenanzeige aufgeben. Vorher will ich nichts davon hören. Er sitzt vermutlich irgendwo bei einem Bier in einer Kneipe. Milosevic, Tripodi«, er wedelte in die Richtung von Philipp und Horst, deren Namen er nicht wusste, »und Sie da, raus hier, und zwar sofort. Özdemir, Sie melden sich beim leitenden Direktor.«

In dem Moment, in dem Serpil nach ihrer Jacke griff, wusste Milo, dass sie verloren hatten. Sie packte gerade bebend vor Zorn ihre Sachen zusammen, als Horst sie von der Seite anrempelte. Den Rücken zu Dr. Eberlein und seinen Männern gewandt, drückte er ihr ein zusammengefaltetes Blatt Papier in die Hand. »Viel Glück«, flüsterte er und setzte sich wieder an seinen Tisch.

Serpil hatte das Büro bereits wutentbrannt verlassen. Gioia packte Milo am Arm und beförderte sie an ihren Vorgesetzten, die sie mit Blicken durchbohrten, vorbei.

Kaum hatte sie das Zimmer verlassen, zog Milo Horsts Papier heraus. Es war ein schwarz-weißer Ausdruck der Landkarte um Malente. In das Waldgebiet nahe des Kolksees hatte ihr Kollege mit rotem Filzstift zwei Kreuze gemalt. Sie waren einige Zentimeter, im Maßstab vielleicht zwei Kilometer, voneinander entfernt.

»Bingo!«, flüsterte Gioia.

Ein Blick reichte aus, und sie rannten los.

51

16. November 2022, 20:30 Uhr

»Links oder rechts?«

Gioia blickte Milo fragend an. Im Scheinwerferlicht des Wagens teilte sich der verwachsene Waldweg in zwei schmalere Pfade auf. Horsts Karte zufolge führten beide Wege zu Hütten, die infrage kamen. Wenn Google recht hatte, waren es zu den Hütten jeweils knapp drei Kilometer zu Fuß. Natürlich hatten sie versucht, mit Milos Passat so weit zu kommen, wie es ging. Doch bereits nach wenigen Metern war Schluss gewesen, das Hinterrad blieb in einem Schlagloch stecken, und egal, wie sehr Milo sich auch bemühte, sie buddelte den Wagen nur noch tiefer in den nassen Waldboden. Immerhin hatten sie noch ausreichenden Handyempfang – und wussten deshalb, dass die beiden Hütten etwa gleichweit von ihrem Ausgangspunkt entfernt lagen. Wenn sie rannten, konnten sie es in zwanzig Minuten schaffen.

»Du links, ich rechts«, entschied Milo, bevor sie es sich anders überlegen konnte. Sie wusste, jede Minute, die sie länger warteten, könnte Vince das Leben kosten. Auch die Entscheidung, gemeinsam zur falschen Hütte zu laufen. Wenn sie sich trennten, würde eine von ihnen ihn finden … und hoffentlich war es nicht zu spät, um ihn zu retten.

Gioia nickte mit harter Miene. Sie kontrollierte das Magazin ihrer Pistole und schloss die Jacke über ihrer Sicherheitsweste. »Du weißt, jeder Horrorfilm beginnt damit, dass sich zwei Frauen im Wald trennen?«, fragte sie mit einem gezwungenen Lächeln auf den Lippen.

Milo musste unwillkürlich lachen. »Pass auf dich auf«, bat sie die Kollegin. Überrascht davon, wie ernst sie ihre Worte meinte und wie schnell ihr die Neue ans Herz gewachsen war, drehte sie sich um und stolperte in den rechten der beiden Wege hinein.

Nach wenigen Metern konnte sie nur noch ihren eigenen Atem hören. Sie war allein, mitten im Wald, nur der kleine Kegel der Taschenlampe bewahrte sie davor, über Wurzeln und Stöcke zu stolpern. Die Nacht war eisig, doch Milo spürte kaum etwas davon. Ihr war schlecht vor Unbehagen und Sorge, außerdem bekam sie kaum Luft. Ihre Lunge brannte, die Rippen schmerzten, sicher kam das noch von dem Überfall auf sie. Einmal mehr verfluchte sie die Arschlöcher, die ihr nach der Bar aufgelauert hatten. Und sie verfluchte, nicht besser in Form zu sein. Dennoch trieb sie sich weiter an. Es ging um alles. Jede Minute zählte! Da musste sich ihr Seitenstechen hintanstellen.

Während sie durch das Unterholz rannte, dachte sie darüber nach, wie riskant ihr Vorhaben war, den Täter ohne Unterstützung zu stellen. Was sie hier machten, verstieß so ziemlich gegen jede Regel ihres Jobs und gegen alles, was ihr Angela Kaltofen beigebracht hatte. Sie war allein, niemand wusste, wo sie sich befand, ihr Telefon hatte wenig Empfang, und in der Dunkelheit wartete der böse Wolf, zu allem Überfluss auch noch mit ihrem Partner als Geisel. Aber sie wusste, Vince würde sich bis in den letzten Ring der Hölle vorkämpfen, um sie zu retten. Es war die eine Sache, auf die sich beide verlassen konnten: ein Partner, der sie nicht im Stich ließ.

Nachdem sie deutlich länger als zwanzig Minuten gelaufen war, ihr Atem schwer ging und ihr ganzer Körper schmerzte, blitzte plötzlich ein Licht in der Dunkelheit auf. Milo erstarrte und knipste die Taschenlampe aus. Ein kleiner runder Kegel hüpfte keine fünfzig Meter vor ihr auf und ab. Die dunkle Novembernacht war voller Wolken, zwischen den Ästen war kaum etwas zu erkennen.

Vorsichtig, Schritt für Schritt näherte sie sich. Sie konnte die Hütte erkennen, ein kleines Gebäude aus Holz, mehr Schuppen als alles andere. Ein dunkler Schatten in menschlicher Gestalt war in der Finsternis auszumachen. Milos Herz klopfte bis zum Hals. War das Benjamin Schneider?

Unter ihrem Fuß knackste ein Ast. Sofort verschwand das Licht vor der Hütte, und der Schemen verschmolz mit der pechschwarzen Nacht. Scheiße. Milo hielt den Atem an. Geduckt verharrte sie und lauschte dem rauschenden Blut in ihrem Innenohr. Hatte er sie bemerkt?

Es dauerte ein paar Sekunden, dann erschien plötzlich ein schmaler Streifen Licht an der Vorderseite der Hütte. Eine Tür wurde geöffnet, die Gestalt verschwand nach drinnen, die Tür fiel zu. Dunkelheit. Nichts mehr zu sehen.

Milo zwang sich, still bis 60 zu zählen, bevor sie sich weiter näherte. Die Lampe ließ sie aus. In der Finsternis tastete sie nach ihrem Handy. Ein Balken Empfang. Sie hielt das Gerät in verschiedene Richtungen, darauf bedacht, das Display mit der Hand zu verdecken. Doch nirgends bekam sie ein besseres Signal rein. Dann muss es so gehen, dachte Milo und tippte eine kurze Nachricht an Gioia. Sie steckte das Handy wieder weg, atmete tief durch und bewegte sich lautlos vorwärts.

Sie kam näher. Vorsichtig schlich sie um die Hütte herum, darauf bedacht, sich nicht durch eine ungewollte Bewegung oder ein Geräusch zu verraten. Die Läden des ersten Fensters waren geschlossen, aber durch die Ritzen drang kaum Licht. An die Wand der Hütte gepresst, die Waffe im Anschlag, schob sie sich um die Ecke zum nächsten Fenster, das wenige Zentimeter offen stand. Die Scheiben waren fast vollkommen erblindet und moosbewachsen. Sie hatte nur eine Chance, wenn sie durch den Spalt hineinblickte.

Der Wind ließ die Bäume knarzen. Nicht weit von ihr hatte sich eine Plastikplane über einem Stapel Brennholz gelöst und schlug mit jeder Böe gegen die Scheite. Milo schob das Fenster noch ein Stückchen auf, das Scharnier quietschte leise. Dann hob sie langsam den Kopf und warf einen Blick ins Innere der Hütte.

Das einzige Zimmer war nur schlecht ausgeleuchtet. Ein alter Schwedenofen brannte in einer Ecke und spendete etwas Licht und Wärme. Eine alte, zerschlissene Couch stand in der einen Ecke, ein kaputter Tisch, einfache Holzstühle in der anderen. Verblichene Poster mit kaum bekleideten Frauen hingen an der Wand. Dieser Ort war seit vielen Jahren nicht mehr besucht worden.

Unter dem gegenüberliegenden Fenster, dessen Läden verschlossen waren, konnte Milo die Beine von zwei Männern sehen. Vince' Bikerstiefel erkannte sie sofort. Fest verschnürt mit schwarzem Kabelbinder war er bewegungsunfähig, aber hoffentlich noch am Leben. Das zweite Paar Beine trug eine dunkle Anzughose und elegante Lederschuhe. Holger Klimt. Seine Füße waren ebenfalls gefesselt. Mehr konnte sie von ihrem Posten nicht erkennen, vielleicht ließ sich auch das zweite Fenster öffnen? Wenn sie bloß …

Kaltes Metall in ihrem Nacken ließ sie zusammenzucken.

»Kommissarin Milosevic«, ertönte eine Stimme hinter ihr, die sie kannte, im selben Augenblick presste sich der Revolver noch fester in ihre Haut. »Ich hatte heute gar nicht mit Damenbesuch gerechnet. Schön, Sie wiederzusehen.«

Ihre Muskeln versteiften sich, und ihre Gedanken überschlugen sich, während sie die Überlebenschancen für Vince und sich selbst durchrechnete. Was sollte sie tun?

»Sie lassen jetzt Ihre Waffe auf den Boden fallen«, forderte Benjamin Schneider sie mit ruhiger Stimme auf. »Dann kommen Sie mit mir nach drinnen. Ich bin sicher, ich habe, was Sie suchen.«

Milo ließ die Waffe fallen. Sie hörte, wie Schneider sich danach bückte und sie sich in die Hose steckte. Der Lauf seiner Pistole wanderte von ihrem Hals zwischen ihre Schulterblätter. »Gehen wir.«

Sie hatte keine andere Wahl, als vor ihm auf die Tür der Hütte zuzulaufen. Dabei zerbrach sie sich den Kopf darüber, wie er aus dem Inneren wieder herausgekommen war. Ganz sicher hatte sie ihn dabei beobachtet, als er durch die Tür eingetreten war. Und dann? Das offene Fenster!, gab sie sich die Antwort und hätte beinahe laut geflucht vor Ärger über sich selbst. Schneider war lautlos durch das blinde Fenster auf der Rückseite der Hütte nach draußen geklettert und hatte es danach nur angelehnt. Anschließend hatte er nur warten müssen, bis sie in seine Falle tappte.

Schneider öffnete ihr die Tür und stieß sie in den kleinen Raum. Erleichterung nahm ihr für einen Moment die Angst, als sie Vince' besorgter und gleichzeitig wütender Blick traf. Er lebte. Jetzt mussten sie nur irgendwie beide aus der Nummer wieder rauskommen.

Holger Klimt begann bei ihrem Anblick wild auf seinem Knebel zu beißen und in den Stoff zu brüllen. Beide Männer waren an Armen und Beinen gefesselt, Küchentücher waren in ihre Münder gestopft. An Klimts Stirn prangte ein großer Fleck getrocknetes Blut. Die Vase hatte also ihn getroffen. Vince wirkte jedoch unverletzt.

»Herr Schneider, es ist noch nicht zu spät, die Sache zu beenden.« Milo drehte sich langsam zu ihm um, die Handflächen nach außen gedreht.

»Oh, ich habe fest vor, die Sache zu beenden«, antwortete er lächelnd und drückte Milo auf einen Stuhl an der Wand gegenüber den beiden Männern.

Die Waffe in der einen Hand, zog er zwei schwarze Kabelbinder aus seiner Hosentasche und reichte sie ihr. »Festmachen.« Er nickte auf ihre Handgelenke.

Milo nahm die Kabelbinder entgegen und begann, sich den ersten um ihr Handgelenk zu binden. Schneider ließ sie dabei nicht aus den Augen. Als der Plastikring fest genug war, schob sie die Spitze des zweiten darunter und machte sich dann daran, den Kabelbinder um ihr anderes Handgelenk zuzuziehen – wie Handschellen aus Plastik, für die es keinen Schlüssel gab.

Währenddessen huschte Milos Blick über die Tischplatte: Mülltüten, ein Skalpell, Kabelbinder und ein großer, schwarzer Kanister. O Gott, was hatte er vor?

Obwohl sie wusste, wie groß die Möglichkeit war, dass Schneider ihren Versuch bemerkte und sie an Ort und Stelle erschoss, zog sie den zweiten Kabelbinder nicht ganz so fest zu wie den ersten. Sie hatte die Hoffnung, sich so ein wenig Spielraum zu verschaffen. Und sie hatte Glück. Seine Aufmerksamkeit auf drei Personen verteilt, entging ihm der Zentimeter Luft um ihr linkes Handgelenk. Ein Funke Hoffnung keimte in Milo auf.

»Benjamin. Wir wissen, dass Ihnen großes Unrecht widerfahren ist.« Milo versuchte Blickkontakt zu Schneider herzustellen, aber er wandte ihr die breiten Schultern zu. Obwohl er nicht größer war sie, wusste Milo, in einem Kampf wäre sie ihm unterlegen.

»Ach ja?«, murmelte er und machte sich am Feuer zu schaffen. »Was ist denn in Ihren Augen dieses große Unrecht?«

»Sie wurden für ein Verbrechen verurteilt, das Sie nicht begangen haben. Sie haben eine Strafe verbüßt, die Sie nicht verdient haben, und dadurch Jahre Ihres Lebens verloren.«

»Falsch.« Schneider drehte sich zu Milo um. In seinen Augen war ein Meer an Gefühlen zu erkennen. Schmerz, Trauer, Stolz, Wut. Ein Sturm, der in ihm tobte, und den er kaum unter Kontrolle hatte. »Ich habe keine Jahre verloren, ich habe ein ganzes Leben verloren. Meine Vergangenheit, meine Gegenwart und meine Zukunft. Meinen Namen, meine Familie und jede Chance auf Glück.«

Für eine Sekunde dachte Milo, die Trauer würde Überhand nehmen und Schneider zu weinen beginnen. Dann aber wurde sein Blick hart.

»Dieser Mann«, er zeigte auf Klimt, »mein angeblicher Freund, hat dafür gesorgt, dass ich durch die Hölle gehe, während er weiter seine perversen Spielchen treibt. Aber heute wird er dafür büßen, genau wie die anderen.«

Klimts Augen weiteten sich vor Schreck, und er wimmerte hinter seinem Knebel.

»Dafür sind wir da, Benjamin! Sie könnten ihn uns übergeben, und ich verspreche Ihnen, er wird für die Tat von damals bestraft.«

»Die Tat von damals?« Schneider lachte höhnisch. »So wie Sie ihn auch für all seine Verbrechen der letzten Jahre bestraft haben?«

»Ich weiß nicht, wovon Sie sprechen«, gab Milo zu. Immerhin, er redete mit ihr. Wenn sie nur Zeit gewann! Gioia hatte hoffentlich ihre Nachricht bekommen oder war an der anderen Hütte angekommen und hatte bemerkt, dass es der falsche Ort war. Bestimmt war sie schon auf dem Weg hierher.

»Natürlich wissen Sie nicht, wovon ich spreche! Sie machen gemeinsame Sache mit der Justiz, und die ist auf beiden Augen blind. Damals und heute.« Er nahm Klimt ins Visier. »Ich habe ihn beobachtet. Er ist immer noch dasselbe Schwein, das er damals war. Fragen Sie ihn, los, fragen Sie ihn, was der Herr Immobilienmakler so alles fordert, um eine Wohnung zu vergeben!« Schneider trat an seinen alten Freund heran und riss ihm den Stoff aus dem Mund.

»Benny, ich bitte dich, lass uns …«, winselte der Mann.

Wild schlug ihm Schneider mit dem Griff seiner Waffe auf die blutige Stelle am Kopf, und Klimt schrie vor Schmerz.

»Was verlangst du von den Frauen, die deine Wohnungen besichtigen?«, fragte er den am Boden Liegenden angewidert.

Klimt schluchzte und schüttelte den Kopf. »Bitte, das ist doch nur …«

Schneider legte die Waffe auf den Tisch, packte den Mann am Hemd und riss ihn hoch. Milo beobachtete, wie Vince' Blick am Revolver hängen blieb. Dann wurde ihre Aufmerksamkeit abgelenkt, denn der Immobilienmakler krachte vor ihr auf den Boden, und Schneider griff nach dem Skalpell.

»Du erzählst der Kommissarin jetzt von deiner besonderen Provision, oder ich schneide dir den Schwanz hier und jetzt ab und stopfe ihn dir in dein verlogenes Maul.«

Klimts Augen rollten nach oben, er wirkte verzweifelt. »Ich schlafe mit ihnen«, flüsterte er kaum hörbar. »Aber nicht immer … und sie machen das doch freiwillig.«

»Freiwillig?!«, brüllte Schneider und stieß ihm seinen Stiefel in die Seite. »Erzähl die ganze Geschichte, ich sag's nicht noch mal, du gottverdammtes Schwein.«

Klimt wandte den Blick ab und starrte auf einen Punkt am Boden. »Ich vergebe Besichtigungstermine hauptsächlich an Frauen. Frauen, die in Hamburg niemals eine Wohnung bekommen würden. Studentinnen, Einwanderinnen, alleinerziehende Mütter. Wer in die engere Auswahl kommen will, muss sich mir erkenntlich zeigen. Sexuell erkenntlich.«

Milo starrte auf den Kopf des Mannes vor ihr am Boden. Es kam ihr vor, als würde Benjamin Schneiders Wut auf sie übergehen. »Und damals?«, fragte sie. »Was ist mit dem jungen Mädchen von der Feier geschehen? Gwendolyn, so hieß sie doch?«

Klimt zuckte bei dem Namen kaum merklich zusammen. Dann sagte er schließlich: »Wir waren auf einer Party, hier in der Hütte. Die ganze Truppe, Serkan, Benny, ich, noch ein paar Typen aus unserer Schule, Gwen und ihre Mädels.« Er berichtete stockend, als würde die Erinnerung nur langsam zurückkommen. »Es war wie immer. Wir haben getrunken, ein paar Trips geworfen, gefeiert eben. Gwen war eine von der Sorte, die dich erst heißmacht und dann doch nicht will. Die fand das gut zu sehen, dass wir sie wollen. Die hat mit uns gespielt.«

»Und das hat Ihnen nicht gepasst?« Milo konnte ihre Abscheu kaum verbergen. Schneider beobachtete sie, das Skalpell immer noch in der Hand. Ihr war, als würde sich Vince an seinen Fesseln zu schaffen machen, aber sie wagte nicht, in seine Richtung zu schauen. Stattdessen konzentrierte sie sich auf Klimt.

»Die hat es doch herausgefordert, die fand es geil, dass jeder nur sie wollte!«, spie Klimt aus.

»Und dann?«

»Dann hat sie eben genau das gekriegt, was sie wollte. Jeden von uns.«

Seine Stimme klang wütend. Das Schwein lag gefesselt vor ihr am Boden, war aber immer noch der Überzeugung, im Recht gewesen zu sein. Milo wurde schlecht.

»Ihre Freundinnen sind nach Hause, die hatten irgendwann keine Lust mehr. Gwen mochte das, wenn sie das einzige Mädchen war und alle an ihrem Rockzipfel hingen. Sie war total drauf, besoffen, konnte kaum mehr stehen, reden schon lange nicht mehr. Irgendwann ist sie eingepennt, genau wie Benny. Serkan und ich waren allein mit ihr, sie lag da, ganz entspannt.«

Schneider leckte sich nervös über die Lippen, seine Hände krampften sich um das Skalpell. Milo hatte keine Ahnung, woran er sich noch erinnern konnte.

»Wir haben sie ausgezogen. Die wollte das, da kann sie heute behaupten, was sie will.«

»Und dann haben Sie sie zum Sex gezwungen? Weil Sie der Meinung waren, dass sie das wollte? Schlafend? Ohnmächtig?«

»Ich sag doch, die war feucht. Der Körper lügt nicht. Und mitgekriegt hat die das eh nicht, die war total stoned.«

Milos Magen krampfte sich zusammen. »Wer hat angefangen?« Während sie sprach, versuchte sie vorsichtig, ihre Hände zu bewegen. Die Fessel saß lockerer, als sie zu hoffen gewagt hatte.

»Erst Serkan, dann ich. Benny ist irgendwann aufgewacht und hat sich erst geziert, der hatte immer schon Angst vor den Weibern. Aber irgendwann hat er doch mitgemacht. Einmal drin, ist er voll abgegangen. Nur ein paar Minuten, bis er gekommen ist. Dann hat sie plötzlich nach ihm getreten. Ihn am Kinn erwischt. Der ist einfach umgefallen wie ein Sack.«

»Und das haben Sie beide ausgenutzt«, stellte Milo trocken fest. »Sie und Ihr Freund Serkan haben Kondome benutzt. Kondome, die nie gefunden wurden. Nichts deutete auf Sie als Täter hin, im Gegenteil, Sie haben sich als Retter aufgespielt. Aber Ihr Freund hatte ungeschützten Verkehr mit dem Mädchen und wurde später durch sein Sperma identifiziert. Hatten Sie das die ganze Zeit geplant? Ihm die Schuld in die Schuhe zu schieben?«

Sie konnte hören, wie Klimt laut ein- und wieder ausatmete. Schneiders ganze Aufmerksamkeit war auf den Immobilienmakler gerichtet, er würdigte Milo keines Blicks mehr. Das war ihre Chance. Es gelang ihr, die linke Hand ein Stück aus dem Kabelbinder zu schieben.

»Wir wussten ja nicht, dass am Ende alles so schlimm wird! Wir dachten, wird schon werden, und haben Gwen nach Hause gebracht. Es waren ja auch Drogen im Spiel. Und es werden doch andauernd Typen freigesprochen, weil sie zugedröhnt oder besoffen oder sonst was waren.« Er schwieg einen Moment und fuhr mit veränderter, belegter Stimme fort: »Und dann war es plötzlich zu spät, die Wahrheit zu sagen. Meine Eltern haben uns einen Anwalt besorgt, der hat Serkan und mir erzählt, was im Knast auf uns wartet. Wie man dort mit Sexualstraftätern umgeht. Wir hatten einfach Angst. Es war doch nur Sex! Dafür kann man uns doch nicht Jahre wegsperren.«

»Ihr habt mein Leben versaut«, antwortete Schneider bitter. »Ihr habt mir das angetan, und Gwen. Ich wollte überhaupt nicht mit ihr schlafen, ich hätte sie nie angefasst!«

»Du wolltest es genauso wie wir«, presste Klimt zwischen den Lippen hervor. »Du hast deinen Schwanz in sie gesteckt, und dann bist du durchgedreht, weil du dafür in den Knast musstest und wir nicht. Tu nicht so, als wärst du besser als wir.«

Schneider brüllte auf wie ein angeschossenes Tier und stürzte sich auf Klimt, stieß ihm das Skalpell in den Oberschenkel und in die Brust. Im selben Moment befreite Milo die linke Hand aus ihrer Fessel. Mit einem Schritt war sie am Tisch und griff nach Schneiders Waffe. »Hände hoch, oder ich schieße!«, schrie sie aus Leibeskräften.

Schneider hielt inne, warf das Skalpell zu Boden und ließ von seinem Opfer ab.

Milo bückte sich danach, ohne den Mörder aus den Augen zu lassen, und ging damit zu Vince. Mit einer schnellen Bewegung hatte sie den Kabelbinder um seine Handgelenke gelöst und ihm den Knebel aus dem Mund gezogen. Er nahm ihr das Skalpell ab und machte sich an den Plastikriemen um seine Füße zu schaffen.

»Los, in die Ecke!«, zischte Milo, die Pistole immer noch auf Schneider gerichtet.

Der zog sich langsam zurück, und sie ging einen Schritt auf Klimt zu, der zusammengekrümmt und wimmernd auf dem Boden lag. Unter seinem Körper breitete sich eine Blutlache aus, die immer größer wurde.

Aus dem Augenwinkel nahm sie eine Bewegung wahr – dann geschah alles gleichzeitig. Schneider riss Milos Waffe aus seiner Hose, Vince stürzte sich mit dem Skalpell in der Hand auf ihn, in diesem Moment drückte Schneider ab. Ein ohrenbetäubender Knall fuhr durch die Hütte, dann schoss Milo, und Schneider fiel vor ihr zu Boden. Seine Hand griff an seine Schulter, wo sich das Hemd bereits rot färbte. Vor Schmerzen rollte er sich auf die Seite. Genau wie Vince, den Schneiders Schuss getroffen hatte. Mitten in die Brust.

»Vince!« Milo riss ihm die Jacke von den Schultern. Er trug keine Schutzweste. Sein entschuldigendes Grinsen trieb ihr die Tränen in die Augen. »Vince, du verdammter Idiot.« Wütend und verzweifelt presste sie einen der Knebel gegen seine Wunde. Ihre Hände waren nass vom Blut.

»Sichere den Angreifer«, warnte Vince zwischen zusammengepressten Zähnen. »Hast du nichts gelernt auf der Polizeischule? Ich komm klar.«

Milo nickte stumm. Sie nahm sich zwei der Kabelbinder vom Tisch und kniete sich neben den verletzten Schneider, um ihn zu fesseln.

»Hände weg von meinem Sohn! Oder ich töte Sie.«

Wie in Zeitlupe hob Milo den Kopf. Dina Schneiders harter Blick ließ sie keine Sekunde daran zweifeln, dass sie es ernst meinte.

52

16. November 2022, 21:00 Uhr

»Hände weg von meinem Sohn«, wiederholte die Leiterin der Selbsthilfegruppe ihre Warnung.

Langsam machte Milo einen Schritt zurück und stellte sich dabei schützend vor Vince, der immer noch mit schmerzverzerrtem Gesicht auf dem Boden lag. Sie hatte keine Ahnung, ob Klimt am Leben war. Beängstigend viel Blut färbte den Boden und seine Kleidung dunkelrot. Wenn Benjamin Schneider bei seinem Angriff mit dem Skalpell eine Arterie getroffen hatte, hätte er keine Chance.

»Frau Schneider, nehmen Sie die Waffe runter«, bat Milo und streckte die Arme beschwichtigend von sich. »Lassen Sie uns reden. Es sind schon zu viele Menschen gestorben.«

»Keine Menschen, Tiere«, fauchte Dina Schneider und betrat, einen Revolver in der Hand, die Hütte. Durch die Tür, die sie offen stehen ließ, drang eiskalte Nachtluft ins Innere. »Sie sollten uns dankbar sein, *ihm* dankbar sein, als Frau und als Polizistin. Wir machen die Welt sicherer für die Schutzlosen.«

Milo schluckte. Ihr Verdacht war also richtig. Dina und Benjamin Schneider arbeiteten zusammen. Mutter und Sohn in tödlicher Mission. »Es ist nicht Ihre Aufgabe, die Welt sicherer zu machen.«

»Das stimmt.« Die Frau trat näher an sie heran, ein kaltes Leuchten in den Augen. »Dafür sind eigentlich Sie verantwortlich.

Und? Wie zufrieden sind Sie mit Ihrer Bilanz?« Ihr Blick fiel auf Klimt. »Wissen Sie, dass ich bereits dreimal Frauen in meiner Gruppe hatte, die mit ihm in Berührung gekommen sind? Keine von Ihnen wollte Anzeige erstatten, weil sie Angst hatten, ihre Wohnung zu verlieren. Das ist die Welt, in der wir leben. Eine Welt, die mehr Männer wie meinen Benny bräuchte. Immer wieder schicke ich meine Frauen zu Ihnen, um dort Hilfe zu finden. Immer wieder kommen sie zu mir zurück und haben mehr Angst als vorher, weil der Staat sie im Stich gelassen hat.«

»Eine Welt, in der Sie zwei Polizisten erschießen, um Ihren Sohn zu schützen?«

»Wenn es sein muss.« Dina zuckte mit den Schultern. »Benny hat genug Strafe für zehn Leben bekommen.«

Stöhnend stemmte sich ihr Sohn auf die Beine und schleppte sich zur Couch.

»Alles in Ordnung, mein Junge?«, fragte seine Mutter voll echter Sorge. Er nickte und betastete vorsichtig das Einschussloch in seiner Schulter.

»Ist er tot?« Dina Schneiders Blick fiel auf Vince.

Milo drehte sich nach ihm um und sah, dass er regungslos am Boden lag. Ihr Herzschlag setzte für einen Moment aus. »Ja«, antwortete sie beherrscht und hoffte mit aller Kraft, dass es nicht der Wahrheit entsprach, Vince noch am Leben und nur bewusstlos war.

Weiterreden, einfach weiterreden, sagte sie sich selbst.

»Wie lange geht das schon so? Seit ihr Sohn frei ist?«

Dina Schneider antwortete nicht, sondern warf ihm einen stolzen Blick zu. »Als er 2003 endlich aus dem Gefängnis kam, war er schwer traumatisiert. Er saß nur zu Hause, hat die Wand angestarrt und sich so geschämt für diese Sache. Für das, was dem armen Mädchen passiert ist, dafür, dass uns mein Mann verlassen hat. Er hat einfach keinen Sinn mehr gesehen und war kurz davor, sich das Leben zu nehmen. Ich habe die Gruppe gegründet, als er im Gefängnis war. Ich wollte Frauen helfen, denen sexualisierte Gewalt widerfahren ist. Ich wollte Benny helfen, ihm erklären, dass da draußen Kerle rumlaufen, die viel schlimmere Sachen anstellen als er. Ich wollte einfach nur, dass er zurück ins Leben findet. Deswegen habe ich ihm von den Übergriffen auf die Frauen erzählt.«

»Hat es funktioniert?«

»Am Anfang nicht. Er war wütend, das schon, auf die Männer, auf diese Welt, auf die fehlende Verantwortung der Gesellschaft. Frauen werden einfach nicht genug geschützt. Er fing an, mich in der Gruppe zu unterstützen und den Frauen bei kleinen Dingen im Alltag zu helfen. Autoreifen wechseln, einkaufen, sie von der Arbeit sicher nach Hause bringen. Er hat auf sie aufgepasst, damit ihnen niemand mehr etwas antut. Genau wie auf Sie. Wenn Benny nicht wäre, würden Sie heute vielleicht besser verstehen, wie man sich als Opfer fühlt.«

Milo schluckte. Wenn Benjamin Schneider nicht gewesen wäre, was hätten die Typen aus der Kneipe mit ihr angestellt? Wäre es bei ein paar gebrochenen Rippen geblieben? Oder wären sie noch weiter gegangen? Sie schüttelte den Gedanken mit aller Macht ab.

»Aber das rechtfertigt doch keine Morde!«

»Wie soll man diese Schweine denn sonst stoppen?«, wollte Dina Schneider wissen. »Nur ein Bruchteil der Taten wird angezeigt, noch weniger vor Gericht gestellt. Ein noch kleinerer Teil der Täter wird tatsächlich eingesperrt, nur um nach der Entlassung rückfällig oder erneut gewalttätig zu werden. Ist das Ihre Vorstellung von Recht? Noch schlimmer ist es nur, wenn die Falschen eingesperrt werden. Mein Benny war unschuldig, und die Schuldigen waren auf freiem Fuß.« Sie spuckte aus vor Wut und Zorn. »Serkan, dieser fürchterliche Mensch, den hat Benny viele Jahre später im Internet gefunden. Der führte ein freies Leben in Hamburg. Benny hat ihn zur Rede gestellt, im Schrebergarten seiner Mutter. Er wollte eine Entschuldigung von ihm. Doch Serkan dachte nicht einmal daran, sich zu entschuldigen – im Gegenteil, er redete sich heraus. Dieser Unmensch bekam genau das, was er verdient hat.«

Dina starrte zu ihrem Sohn, der mit gesenktem Kopf auf dem Sofa saß und die Hand auf die Wunde presste. Milo wagte es nicht, zu Vince zu schauen, der vielleicht gerade seinen Verletzungen erlag. Was sollte sie bloß tun? Außer Zeit zu schinden und darauf zu hoffen, dass Gioia bald eintraf?

»Ich half ihm in dieser Nacht, die Leiche im Kanal zu versenken und die Mutter ins Pflegeheim zurückzubringen.«

Milo atmete tief ein und aus.

»Nach diesem Abend war Benny anders«, sprach Dina Schneider weiter. »Da war plötzlich wieder ein Leuchten in seinen Augen. Ich hab ihm geraten, weiterzumachen mit dem, was ihm guttut.«

»Menschen zu ermorden?«

»Frauen vor Monstern zu beschützen.«

»Ich würde niemals einen guten Menschen umbringen!«, rief Benjamin Schneider, und Milo stellte fasziniert fest, dass er es völlig ernst zu meinen schien. »Diese Tiere geilen sich auf an der Gewalt, die sie Unschuldigen antun. Haben Sie das Video von diesem Schmidt gesehen? Und Sie behaupten tatsächlich, *ich* wäre der Böse?«

Milo schluckte. Die Bilder des Snuff-Videos, die vor Angst geweiteten Augen der jungen Frau drängten in ihr Bewusstsein. Was, wenn Benjamin Schneider recht hatte? Ein kleiner Teil von ihr wollte, dass er die Rache nehmen konnte, die ihr verwehrt blieb. Würde man dic Familie der toten Frau aus dem Snuff-Video fragen, würden sie sicher etwas Ähnliches sagen.

»Eines verstehe ich nicht«, fragte Milo, auch um sich von den schrecklichen Bildern abzulenken. »Weshalb Sie Serkan Karabulut die Zunge abgeschnitten haben, ist mir mittlerweile klar. Sie haben ihn damit für seine Lügen bestraft. Danach haben Sie für eine Weile offenbar keinem Toten mehr etwas abgeschnitten.«

Benjamin Schneider zuckte mit der unverletzten Schulter. »Serkan musste seine Zunge verlieren. Das kam mir damals wie das einzig Logische vor. Immerhin hatte er gelogen.«

»Und Michael Schmidt? Wegen des Videos?«

Er nickte knapp.

Milo schauderte. »Was ist mit den anderen Männern? Die Sie nur getötet haben?« Er kam ihr beinahe grotesk vor, dieses »nur«.

»Es sind nicht alle gleich schlimm. Manche müssen auch einfach nur verschwinden, das reicht. Aber andere …«

»Warum die Ohren? Was hatten die mit Kai Nowak zu tun?«

Benjamin Schneider stierte sie an. »Weil er auf Schreie stand. Schmerzensschreie. Wenn sie ihn anbettelten, dass er von ihnen ablassen sollte. Manchmal nahm er das Flehen sogar auf, um sich hinterher darauf einen runterzuholen. Er verdiente es nicht zu leben.«

»Erklären Sie mir die Mülltüten.«

Benjamin Schneider grinste schief. »Die Männer sollten in derselben Dunkelheit sterben, in die sie andere gestürzt haben.«

Milo schluckte schmerzhaft. Auf eine extreme, verzerrte Weise verstand sie ihn.

»Hat auch Sarabi Kidane etwas mit Ihrem veränderten Vorgehen zu tun?«, machte sie einen Vorstoß.

Benjamin Schneider sprang auf und spie: »Nimm ihren Namen nicht in den Mund!«

Milo schlug die Augen nieder. Damit hatte er ihr die Antwort gegeben. Er war verliebt in die Frau, die selbst immer wieder von ihrem Vorgesetzten missbraucht worden war. Als sie ihm erzählt hatte, dass die Übergriffe anhielten, dass ihr Leiden noch lange nicht vorbei war, war er vermutlich durchgedreht. Das würde erklären, warum er Schmidt und Nowak nicht hatte verschwinden lassen wie die anderen, es nicht hatte aussehen lassen wie Unfälle. Warum er immer schneller, immer offensiver und aggressiver hatte töten müssen.

Sie versuchte es mit einer neuen Taktik. »Auch wenn ich das, was Sie getan haben, eigentlich nicht gutheißen darf, muss ich zugeben, dass mich eines beeindruckt. So viele Jahre unentdeckt zu bleiben, ist nicht einfach.«

Mutter und Sohn wechselten einen Blick. Waren sie stolz?

»Warum haben Sie bei Michael Schmidt Ihr Vorgehen geändert? Warum haben Sie seine Leiche nicht verschwinden lassen, sondern im Stadtpark liegen lassen? Warum so schnell ein neuer Toter mit der gleichen Handschrift? Es muss Ihnen doch klar gewesen sein, dass wir Ermittlungen anstellen werden. Weshalb das Risiko eingehen?«

Benjamin Schneider wandte den Blick ab. An seiner Stelle erhob seine Mutter das Wort.

»Es war an der Zeit, die Täter an den Pranger zu stellen«, rief sie mit selbstbewusster Stimme. Ob sie von der Liebe ihres Sohnes zu Kidane wusste? »Alle sollten sehen, was diese Männer getan haben! Und dass man mit solchen Taten nicht ungeschoren davonkommt. Können Sie sich vorstellen, was das für die Frauen in meiner Gruppe bedeutet, wenn ihre Peiniger plötzlich nicht mehr da sind? Ich kann Ihnen sagen, es ist das schönste Gefühl der Welt. Sie blühen richtig auf, haben endlich keine Angst mehr.«

Milo dachte an Sarabi Kidane. Trotz der drohenden Gefängnisstrafe hatte sie plötzlich anders gewirkt, erleichtert. Beinahe glücklich.

»Ich kann mit hundert Therapiesitzungen nicht dasselbe Ergebnis erzielen, das wir sehen, wenn diese Ungeheuer verschwinden. Die Frauen, die wahren Opfer, aber auch die Gesellschaft sollten erfahren, dass es wieder ein Schwein weniger gab, wegen dem man sich Sorgen machen musste. Sie sollten gefunden werden, in all ihrer Hässlichkeit, alles sollte ans Licht kommen. Alles.«

»Alles? Wirklich alles? Auch wenn Sie Gefahr liefen, dass man Sie beide erwischt?«

»Wir haben etwas angestoßen«, erklärte Dina Schneider im Brustton der Überzeugung, der Milo anekelte. Diese zur Schau gestellte Selbstgerechtigkeit kam ihr schal und falsch vor. »Wir haben Menschen an unserer Seite, die von unserer Arbeit überzeugt sind. Die uns helfen.«

Milos Herz begann schneller zu schlagen. Menschen, die ihnen halfen? O Gott, wie viele Mörder gab es denn noch? Aber sie hatte keine Zeit, an diesem Gedanken festzuhalten, denn Benjamin Schneider ergriff das Wort.

»Schmidt hatte es verdient. Er war ein schrecklicher Mensch, genau wie Kai Nowak. Und er.« Benjamin Schneider drehte den Kopf in Holger Klimts Richtung und spuckte aus. »Diese Rechnung muss noch beglichen werden.«

»Und danach?«, wollte Milo wissen. »Hören Sie danach einfach auf? Oder wollen Sie fliehen? Im Verborgenen leben? Wo es keine Sexualstraftäter gibt?«

Benjamin Schneider schwieg, doch Milo bemerkte, dass sein Blick lange auf der Waffe in seiner Hand hängen blieb.

»Wir werden weitermachen, solange man uns braucht«, erklärte Dina Schneider bestimmt. »Bis diese Gesellschaft in der Lage ist, selbst für Gerechtigkeit zu sorgen und die Hilflosen zu schützen.« In ihre Augen war ein Glanz getreten, der Milo bewies, dass sich Mutter und Sohn als Helden in dieser schrecklichen Geschichte betrachteten. Sie würden niemals aufhören, niemals ihre eigene Schuld einsehen.

»Woher wussten Sie eigentlich von Michael Schmidts Taten? Von Nowak und den Männern in Ihrem Notizbuch? Haben Sie die alle selbst ermittelt?«

»Ich sagte doch bereits, es gibt Menschen, die unsere Sache unterstützen. Wir haben unsere Quellen.«

Der Blick, den Dina Schneider mit ihrem Sohn tauschte, entging Milo nicht. Ihr Instinkt hatte sie also nicht getäuscht – die beiden agierten nicht allein.

»Erklären Sie mir das. Wie sind Sie …«

»Ich denke, das ist jetzt genug«, unterbrach Dina Schneider Milos Frage. Ihre Stimme hatte einen kalten Ton angenommen. »Ich bin mir sicher, irgendwo in Ihrem Herzen, in dem Teil, der selbst schon einmal Angst hatte, nachts eine verlassene Straße entlangzulaufen, verstehen Sie uns, sind vielleicht sogar dankbar. Aber Sie werden uns nicht helfen.«

Sie streckte den Arm aus und richtete die Waffe auf Milo, die instinktiv zusammenfuhr, dann schwenkte Dina Schneider den Arm mit der Waffe nach rechts und feuerte einmal gezielt auf Klimts Kopf.

Ein Ruck ging durch den Männerkörper, Milo brüllte: »Nein!«

Plötzlich tanzten Lichtstrahlen durch die Hütte. Im ersten Moment dachte Milo, der laute Knall aus der Pistole hätte ihre Wahrnehmung verschoben, dann entdeckte sie einen winzigen roten Punkt auf Benjamin Schneiders Stirn. Einen zweiten auf Dina Schneiders. Sie waren gerettet.

»Mama, auf den Boden!«, rief Benjamin Schneider panisch.

Dina Schneider fuhr herum, die Waffe auf Milo gerichtet, und drückte ab. Der Schuss strich haarscharf an ihr vorbei, gleichzeitig spürte sie einen Stoß, jedoch nicht von vorn, sondern von der

Seite. Vince hatte sich in ihrem Rücken aufgerappelt, auf sie geworfen und zu Boden gerissen. Im selben Moment flogen Tür und Fenster auf, und eine Handvoll dunkel gekleideter Männer vom SEK stürmten die Hütte.

»Vince! Vince!«

Das Chaos um sie herum nahm Milo nicht mehr wahr. Während der Sturm über die kleine Hütte hereinbrach, beugte sie sich über den erschlafften Körper ihres Partners. Sein Gesicht war blutleer und wirkte beinahe friedlich. Es schien, als hätte der Sprung die Wunde in seiner Brust weiter aufreißen lassen, das Blut blubberte zwischen dem aufklaffenden Fleisch hervor und sickerte in seinen Pullover. Milo schob die Jacke zur Seite. Ihr Herzschlag setzte aus, als sie das zweite Einschussloch sah. Es war noch größer als das erste und viel zu nah an seinem Herzen.

»Vince! Mach die Augen auf, du Scheißkerl!«, schrie sie ihn an.

Seine Lider flatterten. Er öffnete die Augen, nur einen winzigen Spalt, verzog den Mund zu seinem typischen, schiefen Lächeln. »Sehr wohl, *Gospođa* Milosevic«, hauchte er matt. Dann verzog er das Gesicht, fing an zu husten. Zu Milos größtem Entsetzen sah sie, dass ein Rinnsal Blut über seine Lippen lief.

Nein. Alles, aber nicht das.

»Vince!«

Anstelle einer Antwort sackte sein Körper in sich zusammen. Der Kopf fiel auf die Seite und landete in der Pfütze Blut, das aus den Wunden an seinem Oberkörper sickerte. Um Milo herum herrschte Tumult. Die dunklen Schemen ihrer Kollegen nahm sie nur am Rande wahr. Polizisten, die sich auf die Schneiders warfen, Schreie, zackige Kommandos, Einsatzprotokolle aus den Augenwinkeln, während sie über ihrem Freund und Partner kniete und zum ersten Mal seit vielen Jahren zu beten begann.

53

Anfang Dezember 2022

»Du hattest recht. Es gab ein Leck. Jemanden, der Informationen rausgegeben hat. An die Presse. Aber nicht nur.«

Serpil Özdemir knallte Milo einen Berg neuer Akten auf den Tisch. Es war zum Verzweifeln. Sie hatten nicht einmal richtig mit der Überprüfung der Frauennamen seit Gründung von ›Frau macht Mut‹ angefangen – geschweige denn die Männer ermittelt, die sich an diesen Frauen vergangen hatten! Und es kamen immer neue Namen dazu. Einige der ehemaligen Gruppenteilnehmerinnen waren weggezogen, manche hatten geheiratet, die Namen geändert. Es war eine Sisyphusarbeit, die alten Geschichten neu aufzurollen und herauszufinden, ob die Täter von damals noch am Leben waren. Oder wie sie ihr Ende gefunden hatten. Drei Exhumierungen hatten sie in den vergangenen Wochen bereits veranlasst. Dr. Susanne Süß sprach kein Wort mehr mit Milo, so sauer war sie über die zusätzliche Arbeit.

»Und dann auch noch an diesen Mumien herumdoktern, pfui Teufel!«, hatte sie Milo entgegengeschleudert, als die ihr von Exhumierung Nummer drei berichtet hatte.

Die einzigen beiden, die der kleinteiligen, mühsamen Arbeit etwas abgewinnen konnten, waren Horst und Philipp. Der ältere Kollege war froh, dass er seine Aufgaben bequem von seinem Bürostuhl aus erledigen konnte – und Philipp stellte einmal mehr sein technisches Talent unter Beweis, da er Informationen aus den tiefsten Tiefen des Internets hervorholte, die ihnen bei der Aufklärung der restlichen Fälle überaus nützlich waren.

Sieben. Das war Benjamin und Dina Schneiders schreckliche Bilanz – Stand heute. Die Namen der toten Männer, die sie bislang hatten ermitteln können, hingen wie Mahnmale an der Pinnwand der Soko »Mülltüte«.

Serkan Karabulut. 22. August 2015. Erwürgt.

Manfred Haller. 3. April 2016. Totschlag/Einbruchdiebstahl.

Patrick Gerster. 19. Dezember 2018. Im Alkoholrausch ertrunken – oder ertränkt.

Klaus Maurer. 5. Mai 2020. Tödlicher Unfall mit Fahrerflucht.

Michael Schmidt. 29. Oktober 2022. Erdrosselt.

Kai Nowak. 4. November 2022. Erdrosselt.

Holger Klimt. 16. November 2022. Erschossen.

Bis auf Karabulut hatten alle Männer einen Bezug zur aktuellen Besetzung der Selbsthilfegruppe. Die hatte Dina Schneider ja aber vor Jahren gegründet. Seitdem hatten unzählige Frauen dort Hilfe gesucht. Deshalb war sich Milo sicher, dass es noch weitere Tote gab. Morde, die nicht wie Morde ausgesehen hatten. Tote Männer, denen nicht viele Menschen nachweinten. Dina Schneider und ihr Sohn hüllten sich dazu in Schweigen. Ihr Anwalt, zur Überraschung der gesamten Soko »Mülltüte« einer der exklusivsten in ganz Hamburg, machte die Befragungen nicht leichter.

»Wer?«, wollte Milo wissen. Sie sah auf die Uhr. Es war bereits nach Mitternacht. Wie lange Valerie bei Milos Überstunden noch Gnade vor Recht ergehen lassen würde, konnte sie nicht sagen. Sie spürte aber, dass die Geduld ihrer Freundin langsam zu Ende ging.

»Die Antwort wird dir nicht gefallen«, warnte Serpil.

»Mir gefällt nichts an diesem Fall. Also raus damit.«

Serpil nickte langsam. »Hermann Vies.«

»Nein!«, rief Milo entsetzt. Ihr fielen die zahllosen Male ein, die sie Vies auf dem Gang begegnet war – meistens tief in der Nacht. Immer hatte sie gedacht, Vies sei eben sehr langsam bei der Arbeit oder über die Maßen fleißig. Was ihr jetzt umso bescheuerter vorkam. Wer im Innendienst machte bitte so viele Überstunden, und dann auch noch nachts?

»Vies war vor vielen Jahren V-Mann und wechselte dann in den Innendienst. Offenbar wurde die Stelle nicht gut genug bezahlt.« Die Chefin schnaubte.

»Wurde er suspendiert? Festgenommen?«, wollte Milo wissen, doch Serpil verzog schmerzhaft das Gesicht.

»So einfach ist das leider nicht.«

»Warum?«

»Politik. Mehr kann ich dazu nicht sagen.« Sie strich sich müde über das Gesicht. »Vies hat die Informationen zu unserem Fall jedenfalls für viel Geld an die Presse verkauft. Und als ob das noch nicht genug wäre, auch noch an einen alten Kumpel, den er noch aus V-Tagen kennt.«

»An wen?«

»Halt dich fest. Shkodran Elezi.«

»Was?!« Milo schüttelte ungläubig den Kopf. An den Bodyguard von Theresa von Ohlson hatte sie längst keinen Gedanken mehr verschwendet.

Serpil nickte. »Es ist nur rausgekommen, weil die Interne Vies wohl schon länger beobachtet hatte und er sich kürzlich eine Wohnung gekauft hat, die definitiv nicht in seiner Gehaltsklasse lag. Da hat man angefangen, gegen ihn zu ermitteln. Und dann ist Vies bei einer Vernehmung eingeknickt und hat alles erzählt. Von seinen Kontakten zur Zeitung. Seinen alten Seilschaften in die Szene. Und wie er sich, wenn wir im Feierabend waren, die Ergebnisse der

Soko unter den Nagel gerissen hat. Er ist einfach hier reinspaziert und hat mit dem Handy alles abfotografiert. Unfassbar.«

»Was für ein Arschloch!« Milo keuchte entrüstet.

»Wir haben mit Elezi gesprochen. Der streitet natürlich alles ab. Hat das gleiche Anwaltsbüro wie …«

»… Dina und Benjamin Schneider«, beendete Milo den Satz ihrer Chefin. Die Wut in ihrem Bauch wurde immer größer.

»Richtig geraten. Ich muss dir nicht erklären, dass wir damit in einer Sackgasse stecken, obwohl wir einige interessante Dinge bei Elezi gefunden haben, unter anderem ein Dutzend Prepaid-Karten und Handys. Und eine Sprüdose mit Farbe, die der an deiner Haustür verdächtig ähnelt.«

Milo fletschte die Zähne. Damit war klar, wer hinter den anonymen Drohnachrichten und der Schmiererei an ihrer Tür steckte. Vermutlich auch hinter dem Angriff in der Bar. Das waren Schläger gewesen, die Elezi angeheuert hatte, um Milo und die Ermittlungen zu stoppen. Ob die von Ohlsons davon wussten oder ihn sogar beauftragt hatten? Weil sie Dina und Benjamin Schneider in ihrem wahnsinnigen Tun unterstützten? Milo ahnte, dass sie die Antwort darauf niemals erfahren würde.

»Das können wir doch nicht mit uns machen lassen!«, fuhr sie ihre Chefin an.

»Wir können froh sein, dass wir überhaupt noch ermitteln dürfen. Das waren keine schönen Gespräche, das kann ich dir sagen. Der Innensenator und der Oberstaatsanwalt haben mich gemeinsam ins Kreuzverhör genommen.«

Milo schüttelte ungläubig den Kopf. »Was für eine Sauerei.«

»Kannst du laut sagen«, erwiderte Serpil und schniefte.

Beide vermieden es weiterhin, Vince' leeren Schreibtisch anzusehen. »Wenn Vince nicht zu Klimt gefahren wäre …« Milo kämpfte gegen die Tränen. Ihr Partner, der bereit gewesen war, sein Leben für sie zu lassen. Er fehlte ihr so.

»Ohne ihn hätten die Schneiders Klimt getötet und sich abgesetzt. Vermutlich hat Elezi ihnen gefälschte Pässe besorgt. Sie wären in ein Flugzeug gestiegen und verschwunden. Aber er hat Gioia und dich auf die Spur der beiden gesetzt. Weil ihr ihn retten wolltet.«

Milo wischte sich die Tränen aus den Augen.

»Mit einer Sache konnten die Schneiders nicht rechnen«, fuhr Serpil fort. »Dass wir uns über die Anweisungen von oben hinwegsetzen würden.« Sie grinste. »Vince, der eigenmächtig zu Klimt fährt. Horst, der euch den Ausdruck gibt. Und Gioia, die mir vor eurem Aufbruch nach Malente geschrieben hat, was ihr plant. Hätte sie das nicht getan, wären wir zu spät gekommen.«

»Wir sind schon ein tolles Team«, stellte Milo versöhnlich fest. Dann zog es ihr wieder die Kehle zu. »Waren.«

Einen Moment lang wurde es still zwischen ihnen.

»Da ist noch eine Sache.« Serpil zögerte.

Milo wusste, was jetzt kommen würde. Ihr Herz zog sich schmerzhaft zusammen, und sie musste nach Luft schnappen, um nicht in Tränen auszubrechen.

»Du brauchst einen neuen Partner.«

Milos Blick wanderte nun doch zu Vince' Schreibtisch. Niemand hatte es gewagt, das Chaos anzufassen. Akten, Stifte, Kaugummipapier, eine halb leere Cola, ein Snickers. Es sah aus, als wäre ihr Kollege nur kurz beim Bäcker oder in der Kaffeeküche, um sich mit weiteren leeren Kalorien vollzustopfen. O Gott, sie vermisste ihn schrecklich.

»Ich brauche Vince«, antwortete Milo, packte ihre Jacke und knipste demonstrativ die Schreibtischlampe aus. »Vincent Frey und sonst niemanden.«

Epilog

Sommer 2015

Er stieß das Messer in die weiche Haut. Das Fleisch ließ sich widerstandlos schneiden und schmatzte leise, als es von der Klinge zerteilt wurde. Warmer, klebriger Saft lief über seine Hände, während er die Melone sorgfältig halbierte und die schleimigen Kerne aus dem Inneren herauslöffelte.

Nachdenklich betrachtete Serkan das Gesicht seiner Mutter. Ihr Blick war in die Ferne gerichtet, an ihm vorbei, ins Leere. Ihr Mund stand leicht geöffnet, ein dünnes Rinnsal Speichel lief über ihr Kinn. Serkan legte seufzend das Messer, mit dem er eine Spalte der überreifen Frucht in kleine Stücke geschnitten hatte, zur Seite, zog ein Taschentuch aus der Jacke und wischte seiner Mutter über die Lippen.

»Ach, *anne*«, sagte er, doch die Frau im Rollstuhl reagierte weder auf seine Worte noch auf die Berührung.

Was geht wohl in deinem Kopf vor?, fragte sich Serkan wie so oft und steckte ihr behutsam ein Stück der Frucht in den Mund. Ob sie ihn überhaupt noch erkannte? Oder war sie in Gedanken längst Serkans totem Vater zurück in die Türkei gefolgt? In die heißen, flirrenden Sommer ihrer Jugend?

Feriha Karabulut war vor mehr als vierzig Jahren mit ihrem Mann Efe aus dem südlichen Anatolien in das kalte Land in der Mitte Europas gekommen. Eine Heimat war das neue Zuhause allerdings nie geworden. Feriha hatte Efe nie verziehen, dass er sie aus dem hellen Süden erst in das trostlose, verschlafene Malente und Jahrzehnte später in das immer graue, laute Hamburg mitgenommen hatte, auch wenn sie der Armut entkommen waren und sich hier eine bescheidene Existenz aufgebaut hatten. Daran hatte selbst der kleine Schrebergarten, den Efe ihr vor einigen Jahren geschenkt hatte, nichts ändern können.

Trotzdem brachte Serkan sie auch heute immer noch hierher. Efe war lange tot, und seit Ferihas Schlaganfall vor drei Jahren kümmerte sich niemand mehr um die kleine Anlage. Die Büsche wuchsen zu allen Seiten, die Beete waren verwildert, an jeder Ecke sprießte das Unkraut. Aber es war schön hier, und Serkan hoffte, dass seine Mutter die Stunden in der Natur genießen konnte. Oder überhaupt noch mitbekam.

Plötzlich gab Feriha einen grunzenden Laut von sich, und Serkan hob überrascht den Kopf, drehte sich um und folgte ihrem Blick.

Vor dem niedrigen Gartenzaun stand ein Mann. Er war nicht groß, aber breitschultrig und musste in Serkans Alter sein, Mitte dreißig vielleicht, trotzdem wirkte seine Haltung unsicher, beinahe wie ein zu groß geratener Teenager.

Serkan stand auf. »Kann ich Ihnen helfen?« Langsam machte er zwei Schritte auf das Türchen im Zaun zu. »Suchen Sie jemanden?«

Der Mann lächelte verlegen. »Habe ich mich tatsächlich so verändert?«

Serkan stutze. Diese Stimme. »Das gibt es ja nicht! Wie lange ist es her?«

»Eine halbe Ewigkeit«, sagte der andere.

Serkan zögerte einen Moment, dann grinste er und breitete die Arme aus. »Komm rein, altes Haus, lass dich drücken!« Er öffnete das Gartentürchen und zog den alten Freund in eine feste Umarmung, die allerdings unerwidert blieb.

Verlegen trat Serkan einen Schritt zurück, die erste Freude über das Wiedersehen wich dem schlechten Gewissen. Was hatte er auch erwartet? Nach allem, was damals vorgefallen war? Plötzlich war die beinahe vergessene Schuld wieder da, als wäre sie nie weg gewesen. Als hätte sie all die Jahre lang nur darauf gewartet, zurück an die Oberfläche zu kommen.

»Magst du ein Stück Melone mit uns essen?«, fragte Serkan sichtlich verlegen. Er streckte den Arm aus und zeigte auf die Sitzgruppe. Mit einem Mal war es ihm sehr wichtig, den alten Freund willkommen zu heißen. Vielleicht war es noch nicht zu spät, die Schatten der Vergangenheit zu besiegen. »Schau mal, Mama ist auch da.« Er lief durch den Garten und ging vor dem Rollstuhl in die Hocke. »Erkennst du ihn noch, *anne*? Das ist ein alter Freund von mir. Benny.«

Benjamin nahm Serkan gegenüber Platz und sagte ruhig: »Einen Freund nennst du mich, ja?«

Serkan blinzelte nervös, öffnete den Mund, wollte etwas erwidern und wusste dann doch nicht, was. Es gab keine Entschuldigung für das, was sie Benny angetan hatten.

Serkan begann, die Reste der Frucht mit fahrigen Bewegungen in Spalten zu schneiden, während er versuchte, seine Gedanken zu sortieren. Ob er die Sache direkt ansprechen sollte? Dann wäre sie vom Tisch. Mittlerweile war er sich sicher, das musste der Grund für Bennys überraschenden Besuch sein. Warum sonst sollte sein alter Kumpel nach all den Jahren plötzlich auftauchen? Vielleicht konnten sie beide heute endlich Frieden finden.

Serkan fasste sich ein Herz. »Bist du … bist du noch sauer wegen damals?«

Benjamin sah ihn ausdruckslos an. »Was meinst du?«

Serkan seufzte. »Wir haben damals echt Bockmist gebaut.« Er nahm all seinen Mut zusammen und sah Benny in die Augen.

Der andere blickte zurück. Sein Gesicht blieb unverändert ausdruckslos. »Wir?«, fragte er ruhig.

Mit einem Mal fröstelte Serkan.

Hinter ihm erklang ein Geräusch. Seine Mutter hatte die Hände um die Lehnen des Rollstuhls geklammert und die Augen weit aufgerissen. Ihr Mund ging ein Stück weit auf, als ob sie etwas sagen wollte, aber nur ein kehliges, kratziges Geräusch drang aus ihrem Rachen.

»Was hat sie?« Benny starrte hinüber.

»Schlaganfall. Hat den größten Teil ihres Hirns plattgemacht. Sie redet kein Wort, sitzt nur da, blinzelt. Das war's. Lebende Leiche, seit drei Jahren.« In diesem Moment kamen ihm einige beunruhigende Gedanken in den Sinn. Wie hatte Benny ihn gefunden? Woher wusste er überhaupt vom Schrebergarten und dass sie heute hier sein würden? Sein Blick blieb an dem langen Messer auf dem Tisch hängen. Die scharfe Klinge blitze in der Abendsonne.

»Ich glaube, dass *ihr* Bockmist gebaut habt«, kam Benny völlig ruhig auf das Thema zurück. »Und ich musste dafür büßen.«

Serkan schluckte, seine Hände waren mit einem Mal schweißnass. Er hatte sich diesen Moment oft in Gedanken vorgestellt. Sollte er sich entschuldigen? Alles zugeben? Um Vergebung bitten? Oder an der alten Lüge festhalten?

»Wir haben uns da alle nicht mit Ruhm bekleckert«, hörte er sich sagen und beobachtete, wie sich die Augenbrauen des anderen zusammenzogen. Aus Verlegenheit ergriff Serkan eine Serviette und knetete sie zwischen den Händen. »Und es ist doch auch schon Ewigkeiten her. Schwamm drüber, hm?«

Er hielt Benny über den Tisch die Hand hin. Sie zitterte kaum merklich.

Benny blickte einen Moment auf die ausgestreckte Hand, dann stand er auf und schritt durch das hohe Gras in Richtung Gartentor davon.

Mit einem Ruck stand Serkan auf und lief hinter Benny her. Was bildete sich der Kerl eigentlich ein? Ihm hier nach all den Jahren aufzulauern und die ganze Sache wieder hochzukochen? Alte Wunden aufreißen und sich dann verpissen?

»Was willst du eigentlich von mir?«, platzte es aus ihm heraus. »Wir waren alle schuld, du genau wie wir! Und die kleine Schlampe hätte nicht so einen Aufriss machen müssen. Die hätte nur den Mund halten müssen, dann wäre das alles nicht passiert.«

Benny blieb stehen. Langsam drehte er sich um die eigene Achse. Plötzlich wirkte er geradezu bedrohlich, sein Gesicht war zu einer wütenden Fratze entstellt. »Ich habe mir viele Jahre vorgestellt, wie es sein würde, einen von euch wiederzutreffen. Irgendwie habe ich mir immer ausgemalt, dass ihr euch bei mir entschuldigen würdet.« Er lachte kalt. »Damit ich euch verzeihen kann.«

Serkans Ärger verpuffte sofort. Er senkte den Kopf und betrachtete schuldbewusst seine Hände, die vom Saft der Melone immer noch klebrig waren.

Benny kam einen weiteren Schritt auf Serkan zu, der sein Herz in der Brust schlagen hören konnte. Sein Mund war plötzlich staubtrocken.

»Aber es ist okay. Ich brauche eure Entschuldigung nicht. Ich will sie gar nicht mehr. Ich will etwas anderes.«

Benny stand direkt vor ihm, Serkan konnte seinen Atem im Gesicht spüren. Von einer Sekunde auf die andere war da etwas in den Augen des alten Freundes, das Serkan nicht deuten konnte, aber das ihm das Blut in den Adern gefrieren ließ. Eine Härte, wie er sie noch nie zuvor gesehen hatte. Abwehrend stolperte er einen Schritt nach hinten. Im selben Moment hob Benny die Hände, und bevor Serkan begriff, was geschah, hatte der andere sie ihm um den Hals gelegt und drückte zu.

Panisch versuchte Serkan, die Arme Bennys runterzureißen, doch der war stark. Seine Finger fühlten sich wie ein eisernes Band an, das Serkans Hals zusammenpresste. Er keuchte, schlug wild um sich. Aber Bennys Arme bewegten sich keinen Millimeter. Stattdessen wurde der Druck auf Serkans Kehle noch fester. Er bekam keine Luft mehr und hatte das Gefühl, jeden Moment würden ihm die Augäpfel aus den Höhlen heraustreten. Seine Lunge brannte. Verzweifelt schnappte er nach Luft, aber da war nichts. Nichts, was er hätte einatmen können. In seinem Kopf explodierten Lichtfeuerwerke. Ich werde sterben, dachte er in einem letzten Moment der Klarheit und öffnete die Augen.

Benny sah ganz ruhig aus. Entschlossen, ruhig … und zufrieden.

Serkans letzte Gedanken gehörten seiner Mutter. Was würde Benny mit ihr anstellen? Sie hatte es nicht verdient, den Tod des eigenen Sohnes mitansehen zu müssen.

Aber du hast den Tod verdient, erklang eine Stimme in seinem Kopf. Es war die Sekunde, in der Serkan aufhörte, sich zur Wehr zu setzen.